KB154450

너에게 나를 보낸다

※ 본문의 QR 코드를 스캔하시면 루피형아의 해당 영화 유튜브 소개영상을 보실 수 있습니다.

너에게 나를 보낸다

영화장수 루피형아 지음

가연

C O N T E N T S

이럴 땐 이런 영화 인생 영화 테라피 77선

C O N T E N T S

들어가는 글

초등학교도 들어가기 전 아빠 손을 잡고 동네의 어느 비디오 가게에 들른 기억이 난다. 그때 난생 처음으로 비디오 한 편을 빌렸다. 이른바 슈퍼전대물의 대표작 중 하나인 〈지구방위대 후뢰시맨〉이었다. 80년대에 태어난 이들이라면 아마도 필름이 닳고 닳도록 빌려 봤을 인생 비디오일 것이다. 이후 〈가요Top10〉이나 〈일요일 일요일 밤에〉 같은 예능 프로그램을 접하면서 자연스럽게 TV에 익숙해진 나는 주말만 되면 토요명화나 주말의 명화를 꼬박꼬박 챙겨 보는 아이가 되었다.

햇살 좋았던 토요일이었을까. 아님 일요일이었던 것도 같다. 아빠가 빌린 〈사탄의 인형〉 비디오를 저만치 뒤에서 몰래 훔쳐보던 기억도 떠오른다. 어린 내 눈에 비친 공포 영화의 장면들은 실로 충격이었다. 작은 몸으론 감당 못할 만큼 커다란 공포가 느껴졌다. 보통 사람들 같으면 어른이 되어서도 공포 영화를 멀리할 만큼 강한 트라우마로 남았을 일이다. 그런데 내 경우는 조금 달랐다. 무섭긴 했지만 어쩌나 재밌게 봤던지.

그 뒤로 나는 엄마를 졸라 오백 원, 천 원을 받아 그 돈으로 비디오 가게 탐방을 즐기기 시작했다. 슈퍼에 진열된 과자들에나 눈길이 가야 할 나이였지만 비디오 가게에서 한 시간 이상씩 구경하는 걸 더 좋아했다. 게다가 당시는 비디오 대여업의 활황기였다. 오십 미터도 채 안 되는 거리에 비디오 가게들이 두세 개씩은 있었으니 나로서는 그런 환경이 마치 천국과도 같았다.

하루는 비디오 가게 앞에 붙은 한 영화 포스터가 눈에 확 들어왔다. 고소영 주연의 〈구미호〉란 영화였다. 호기심 어린 눈으로 영화 내용을 살펴보던 나는 바로 절망에 빠지고 말았다. 15세 이상 관람 가 등급이었기 때문이다. 그러나 세상 어떤 것도 그 시절 영화에 대한 내 열망의 불길은 꺼뜨릴 수 없었다. 단념하려 할수록 궁금증은 더욱 커져만 갔다. 결국 나는 돌파구를 찾아냈다. 그래, 엄마를 졸라 보자.

엄마는 내 성화에 못 이겨 영화를 빌려 주셨다. 훔쳐 먹는 음식이 더 맛있다고 했던가. 자극적인 장면은 눈을 가리고 본다는 조건으로 그 영화를 보게 된 순간의 기쁨을 무엇에 비유할 수 있을까. 그 다음부터 나는 내 나이에 비해 수위가 높은 영화를 볼 때면 종종 엄마 찬스를 사용하곤 했다. —사실 아빠 찬스는 상상도 못했다. 그런 건 아빠에겐 절대로 용납될 수 없는 일이었으니까. 하하.

집에서 여는 생일 파티엔 무조건 비디오를 빌려 와 텔레비전에 켜 놔야 했을 정도로 영화를 무척이나 좋아했던 그때의 그 어린이는 이제 영화와 사랑에 빠진 청년이 되었다. 지금으로부터 10년 전, 블로그에 다섯 줄로 쓰기 시작한 영화평은 어느새 체계를 갖춘 한 편의 리뷰가 되었고 한쪽 어깨엔 노트북이 든 가방을, 다른 손엔 배우들의 인터뷰를 찍을 카메라 가방을 들고 다니는 게 일상이 되었다.

공포를 포함한 스릴러, 미스터리, 로맨스, 멜로, 액션과 SF, 드라마, 그리고 다큐멘터리까지, 어느 한 장르를 편식하지 않고 모든 영화를 섭렵하다 보니 영화를 보는 관점이 다양해졌다. 그리고 다른 사람과는 다른 나만의 시선으로 영화를 바라보며 나름의 해석을 곁들이기 시작했다. 그것이 지금의 책으로 탄생하게 된 계기였다고 할까.

나만의 독특한 시각을 좋아해 주신 분도 있었지만 악플도 말할 수 없을 만큼 많이 받았다. 같은 영화를 봤는데 왜 나만 다른 영화를 본 것처럼 리뷰를 남기느냐는 내용부터 욕설이 난무하는 감정적인 댓글까지. 가스라이팅이란 표현이 유독 유행 중이듯 지속적으로 악플에 시달리다 보니 한때는 내가 정말 영화를 이상하게 보는 건 아닌가 싶어 영화 감상평도 블로그도 전부 접을까 고민에 빠지기도 했다.

그러던 어느 날, 〈수성못〉이라는 독립 영화를 보게 되었고 작품을 연출한 감독님과 대화를 나눌 기회가 생겼다. 책의 본문에도 등장하는 이야기지만 나는 감독님께 영화를 보는 내내 궁금했던 한 장면의 의미에 대해 정중히 여쭤보았다. 그 장면에 대한 내 해석이 감독님의 숨은 의도와 일치하는지 내심 기대했는지도 모르겠다. 하지만 아쉽게도 내 해석은 빗나갔다. 특별한 의도라기보다 그저 본인의 취향이 반영되었을 뿐이라는 답변이 돌아왔다. 그런데 잠시 후 감독님은 내 질문을 의아해하며 그 장면에 특별히 집중한 이유 같은 게 있느냐고 되물으셨다. 나는 그 장면에 대한 내 나름의 해석을 말씀드렸다. 순간 반전이 일어났다. 내용을 다 들으신 감독님이 감탄과 공감이 실린 큰 박수를 쳐 주셨던 것이다.

소소한 일화지만 그 일은 의기소침해 있던 내게 큰 용기가 되었다. 어떤 영화에 대한 내 의견이 그 영화의 의도에 대해 누구보다 정통할 창작자 본인의 깊은 공감을 얻어 냈다. 내 의견에 일종의 정당성을 부여받은 것이다. 그때 나는 비로소 깨달았다. 내 생각은 결코 틀린 게 아니다. 악플을 단 그들과 시각이 다를 뿐이다. 그 후부터 나는 누가 뭐라고 하든 내 의견을 마음껏 리뷰로 풀어낼 수 있었고 영화를 한층 더 아끼며 사랑하게 되었다.

어릴 때부터 숱한 영화를 봐 왔지만 지금은 영화 한 편을 볼 때마다 되도록 그 안에 담긴 의미를 찾으려 노력하는 편이다. 영화 창작자가 영화를 만들 때는 말하고자 하는 바가 있었을 것이다. 언뜻 보기에는 그저 재미있는 한 편의 공포물이나 코미디 같지만 공포 영화도 분명 시사하는 게 있고 코미디 영화에도 전하려는 게 있다. 모든 창작물이 그렇지만 영화를 본다는 것은 그 안에 담긴 감독의 생각이나 느낌을 공유하는 일일 것이다. 작품의 제 의도를 읽어 내는 것이야말로 공유 혹은 공감의 출발점이라고 할 수 있다.

물론 감독이 의도하지 않은 곳에서 전혀 의외의 느낌이나 공감을 얻을 수도 있다. 창작물이란 창작자의 손을 떠나면 그의 의도와 관계없이 스스로 살아 움직이는 생명력을 지니고 있기 때문이다. 그리고 열린 마음을 지닌 창작자라면 내게 용기를 준 그 감독님처럼 관객들의 다양한 시선으로 해석된 내용 역시 존중하며 즐긴다. 그런 생각을 갖고 살펴보면 영화는 마치 소중한 보물 상자와도 같다. 무수한 생각과 느낌들이 그 속에 숨어서 빛나고 있다. 그 안에서는 불가능한 것이 없다. 영화는 그런 것이다.

처음에는 주로 재미있는지 아닌지로 영화를 판단했다. 그러나 한 편

두 편 작품 감상 목록이 쌓이면서 재미보다는 주제를 함축하거나 상징하는 눈에 보이지 않는 이면의 것들에 대해 연구하며 분석하기 시작했다. 예를 들어 영화 속 TV프로그램 내용을 유심히 관찰한다든지, 주인공 뒤에 걸려 있는 시계가 몇 시를 가리키고 있는지, 영상의 배경에 햇빛이 드는지 아닌지 같은 것들이다. 영화라는 사각의 프레임 안에 들어온 모든 것은 주제를 지향하기 마련이다. 그것은 감독의 의식적인 배치일 수도 있고 무의식적인 심미안이 반영된 것일 수도 있다. 아무도 발견하지 못한 디테일의 의미심장한 역할이 내 눈에만 띌 때의 기쁨은 그 무엇과도 바꿀 수 없을 것이다. 그런 까닭에 항상 영화 평을 작성할 때는 나만의 비하인드 리뷰 같은 해석을 곁들이곤 한다.

돌이켜 보면 내 삶의 큰 스승은 첫 번째가 부모님이다. 부모님은 여러 가지를 가르쳐주셨지만 그중 가장 대표적인 것은 신의와 예의이다. 나는 부모님의 훈육에서 누군가와 한 약속은 반드시 지킨다든지 내 사소한 행동으로 인해 타인이 겪을 불편감에 대해 세심히 배려하고 깊이 생각해서 행동해야 함을 배웠다. 무엇보다 감사한 것은 민폐의 개념을 내게 확실히 심어 주셨다는 점이다. 사람들과 함께 살아가는 세상에서 남에게 해를 주지 않고 공존하는 법이라고 할까. 한 예로 나는 이제껏 한 번도 거리에서 쓰레기를 버리거나 침을 뱉어 본 적이 없다.

영화는 내 인생의 두 번째 스승이다. 영화 속에서 묘사하는 세상과 인물들의 언행에 집중하고 그 안에 담긴 의미와 메시지를 발견해 내며 영화를 보는 시선이 폭넓어졌듯 삶과 세상을 보는 내 눈도 깊고 다채로워졌다. 나는 영화를 통해 포용과 배려, 이해와 관용, 조화, 이념과 신념의 문제 등 삶을 이루는 온갖 개념과 가치를 습득했고 삶을 주체적으로 살아나가는 방식을 배웠다. 세상의 아름다운 것들을 느끼고 표현할 수 있는 감성을 키우기도 했다. 그와 더불어 자연의 소중함을 알게 되었고 보존의 필요성을 절감했다. 소외된 사람들의 고통을 이해할 수 있었고 사회적 해결책에 대한 적극적인 관심을 갖게 되었다. 따지고 보면 나는 영화와 함께 자랐고 영화에서 인생의 중요한 지혜와 살아가는 데 필요한 많은 것들을 얻은 전형적인 시네마키드 중 하나인 것이다. 이 책은 그렇게 영화와 함께 살아오며 삶과 성장의 자양분을 얻고 인생의 중반을 향해 달려가고 있는 한 시네마키드의 인생고백서와도 같다.

책에는 진행상의 필요를 위해 대략의 영화 내용 소개가 있다. 하지만 아직 영화를 보지 않았을 수 있는 독자를 위해 되도록 상세한 언급은 피하려 했다. 또한 각 아이템의 끝에는 〈영화장수 루피형아의 영화 속 숨은 그림 찾기〉라는 순서가 있다. 이제는 내 특기이며 장점이라고 감히 말할 수 있는 루피형아만의 시선과 해석, 혹은 영화 속에 숨어 있는 디테일의 의미, 영화에 얽힌 뒷이야기 등이 담겨 있는 코너이다. 영화 속 소소한 재미를 원하는 씨네필이라면 이곳이 주는 팁을 놓치지 말자.

이 책 속에는 겨우 다섯 줄짜리로 시작한 볼품없는 영화평에서 나만의 의견과 해석이 담긴 한 편의 완결된 리뷰가 탄생하기까지 겪어 왔던 좌절과 방황, 그 끝의 깨달음이 배어 있다. 그러나 그것은 내 영화 인생의 1막에 대한 정리일 뿐이다. 내 삶이 진행 중이듯 나의 영화적 성장도 한창 진행 중이다. 인간은 겉모습만 달라질 뿐 그 내면은 성년이 될 수 없는 영원한 미성년이란 말이 있지만 나는 그런 미성년의 상태에 머물지 않기 위해 지금도 영화를 통해 세상을 배우고 자라는 중이다. 내가 선정한 이 영화들을 보며 나 자신 인생과 세상에 대한 다양한 시선과 이해력을 갖게 되고 인생의 성숙을 이루었던 것처럼 다른 누군가도 이 책과 함께 삶의 고난을 헤쳐 나갈 수 있는 작은 용기를 얻었으면 좋겠다. 그리고 보다 많은 사람들이 내 책뿐 아니라 영화를 통해 자연의 소중함을 깨닫고 사랑하는 법을 배울 수 있길 간절히 기원한다.

늘 세상의 중심을 잡아주시는 아버지, 영화를 좋아하게 된 근원이 되어주신 어머니, 나와 죽이 잘 맞는 하나뿐인 내 동생, 멀리서나마 응원해준 나의 영원한 뮤즈 유진 누나, 많은 도움을 주신 영화사 진진, 그린나래미디어, 오원, 엔케이컨텐츠 등의 대표님과 담당자님들, 북콘서트를 위해 따뜻한 배려를 아끼지 않으신 미로비전 대표님과 김진우 담당자님, 그리고 내 사회적 성취의 가장 큰 후원자이신 크리시아미디어 김동민 대표님, 현정 팀장님, 나윤 님. 책이 나올 수 있게 도움을 주신 김나연 대표님과 선호제 부대표님, 정도준 대표님께 첫 번째 책의 저자가 된 말할 수 없는 기쁨과 감사를 전해드리고 싶다.

2022년 5월

루피형아 박시영

추천사

하루에도 수없이, 참 많이도 쏟아지는 영화와 관련한 이야기들 사이에서 가장 보석처럼 반짝일 루피형아의 〈너에게 나를 보낸다〉. 폐부를 깊이 찌르는 거침없이 솔직한 영화의 이야기와 지금껏 보지 못한 작가의 시점을 첨언한 리뷰는 굉장히 근사한 균형감을 선사합니다. 아마 이미 영화를 본 사람도, 보지 않은 사람도 글을 읽고 나면 '이 영화 한번 보고 싶다'라는 마음이 들어버릴거예요. 영화를 사랑하는 당신이라면, 2022년 봄, 당신의 영화 세계를 봄으로 가장 해사하게 만들어줄 매력 있는 〈너에게 나를 보낸다〉 강력 추천드립니다.

–영화 블로거 '뀨우'

외형과 다르게 내면은 참 탄탄하고 섬세한 사람이 있다. 내가 본 저자 박시영도 그런 사람 중 한 명이다. 이 책은 영화를 사랑하는 한 청년의 진솔한 이야기다. 좋아하는 영화를 꺼내 보며 느꼈던 감정과 해석이 가지런히 담겨 있다. 그의 생각과 여러분의 생각이 만나 아름다운 꽃이 피길 바란다.

–영화 블로거 '마시우'

영화를 두 번 보는 것을 두려워하지 않고 영화에 대해서 글을 쓰고 토론하는 걸 즐겨하는 루피형아의 〈너에게 나를 보낸다〉. 이 책은 영화에 대한 그의 모든 시선과 진실한 감정이 담겨 있는 리뷰를 통해 한 편의 또 다른 영화를 보는 듯한 느낌을 심어 줍니다. 영화가 지루한 부분을 편집한 인생이라면 〈너에게 나를 보낸다〉는 루피형아의 인생을 함께한 영화들을 편집한 책인 것 같다는 생각이 들었습니다. 여러분도 〈너에게 나를 보낸다〉를 통해 앞으로의 인생을 함께 할 영화들을 찾아가 보시길 바랍니다.

–영화 블로거 '영소남'

세상에는 참 다양한 모습의 즐길 거리를 통해 재미를 찾아보곤 한다. 그중에서도 '영화'라는 것은 누구나 쉽게 접할 수 있는 대중적인 오락거리로 오랫동안 사랑을 받아온 존재임에 분명할 것이다. 그러하기에 영화를 좋아하고 즐기는 사람들이 많을뿐더러 이를 조금 더 깊이 있게 바라보려는 노력하는 이들의 모습도 주위에서 쉽게 찾아볼 수 있을지도 모르겠다. 전문가 빰칠 정도의 시선을 가진 이들처럼 말이다. 저 또한 영화를 좋아해서 시작한 오래된 블로거인 만큼 영화를 좋아하는 이웃들이 다수가 존재하는데 그중에서 '영화장수 루피형아'님도 이를 대표하는 블로거 중 하나가 아닐까 한다. 누구라도 쉽게 공감할 수 있는 쉬운 문장들로 자신만의 감정을 편안하게 써왔던 포스트 글들을 통해서라도.

이런 와중에 '루피형아'님이 좋아하는 영화들에 대한 이야기를 담은 책이 나온다는 소식에 놀랍기도 하면서 내심 부러운 시선을 보낼 수밖에 없을 것 같기도 하다. 누구나 한 번쯤 꿈꿔 봤음직한 자신의 인생 영화 스토리를 책으로 담으려는 시도와 노력에 박수와 응원을 전해볼까 한다.

'루피형아'님이 선정한 77편의 인생 영화들 면면을 살펴보니 저 또한 좋아하는 영화들이 많이 포함된 것만으로도 비슷한 영화적 취향이 아닐까 하는 생각을 하게도 만들었다. 물론 '루피형아'님이 갖고 있는 또 다른 감성과 시선을 통해서 느껴지는 영화에 대한 사랑이 잘 담겨 있는 만큼 영화를 좋아하는 많은 분들에게도 그 진심이 전해지지 않을까 기대해 본다. 영화를 좋아하고 사랑하는 누구에게라도.

–영화 블로거 '무비럽웅'

끝나고 나면 더 궁금한 것들이 있다. 영화도 그중 하나다. 막이 내리면 영화 내의 이야기를 기반으로, 영화에서는 다루어지지 않은 이후를 자연스럽게 떠올리게 된다. 하나의 영화에서 파생되는 여러 생각과 관점을 나누는 것만큼 즐거운 일이 또 있을까? 그런 의미에서 이 책은 '즐겁다'는 표현이 무척 잘 어울린다. 나는 생각하지 못했던 혹은 찾아내지 못했던 부분들을 짚어 생각의 확장을 돕는다는 점에서 더욱 그렇다. 이 책을 접하게 될 여러분도 곧 책에서 다루는 다양한 영화의 주요 줄거리와 그 안에 든 의도 그리고 외적인 이야기들을 함께 살피는 동안 탐구하는 즐거움을 새삼 깨닫게 될 것이다.

–영화 블로거 '키위'

기쁨

내 안의 빛나는 별

인생은 삶의 기쁨을 느끼고 깨닫고 성장하며 나누는 것.
때로 잔잔한 시냇물을 바라보듯 여유로운 쉼의 시간도 필요하다.

1. 나의 서른에게

2017. 홍콩. 드라마

동갑내기의 삶에 비춰 본 갓 서른의 자화상

나이 서른은 어떤 의미일까. 20대라는 젊음의 열정을 마무리하고 보다 성숙해진 눈으로 다가올 인생의 긴 나날을 준비해야 하는 전환점이 아닐까. 그러나 인생의 성숙은 쉽게 오지 않는다. 그만큼의 성장통이 따른다. 이 영화는 스물아홉의 끝자락에 선 두 여성이 서른을 앞두고 마주하게 된 고민과 방황, 삶에 대한 성찰을 그리고 있다.

주인공 임약균은 잘나가는 화장품회사의 커리어 우먼이다. 남부러울 것 없는 능력과 외모를 지녔다. 언제까지나 18세의 풋풋함을 간직할 수 있을 줄 알았다. 하지만 문득 눈을 떠보니 스물아홉의 끝에 와 있다. 서른 살 생일을 한 달 앞둔 그녀는 그맘때 여성들이 흔히 겪게 되는 사회적 편견의 벽에 부딪힌다. "여자 나이 서른이면"이란 말을 공공연히 듣는다. 신경 쓰지 않으려 해도 압박감이 되어 다가오는 게 사실이다.

그녀는 남보다 빠르게 승진한다. 그런데 그 이면에는 치매에 걸린 아버지의 전화를 매정하게 끊을 수밖에 없는 바쁜 현실과 그에 의한 상대적인 죄책감이 자리한다. 10년 된 애인과는 결혼을 꿈꿀 수 없을 만큼 정체된 관계이다. 소통과 공감이 사라졌다. 설상가상으로 3주 안에 집을 비워 달라는 집주인의 갑작스런 통보는 그녀의 위기를 심화시킨다.

그런 그녀에게 놀라운 만남이 다가온다. 같은 해, 같은 날에 태어난 동갑내기 황천락과의 조우이다. 천락은 약군이 집을 구하기 전까지 한 달간 임시로 거처하게 된 방의 원래 주인이다. 약군은 월세를 아끼기 위해 휴가 동안만 집을 빌려주는 룸 쉐어를 소개받았다. 한 사람은 떠나고 그 직후 다른 한 사람이 들어왔으니 실제로 두 사람은 만나지 않는 사이이다. 대신 약군은 천락의 책꽂이에서 발견한 일기를 통해 그녀의 삶과 마주치게 된다.

음반가게 아르바이트생으로 10년을 살아온 천락은 이렇다 할 직장이 있는 것도 아니다. 사랑의 경험조차 없다. 그럼에도 불구하고 어쩐 일인지 그녀는 약군보다 더 행복해 보인다. 어릴 때부터 꿈꿔온 파리 여행도 훌쩍 떠날 수 있다. 삶에 대한 낙관이 그녀의 특별할 것 없는 일상을 따뜻하고 행복하게 만들고 있었다.

그때 약군은 아버지를 여의게 된다. 그 충격으로 일을 그만두고 애인과도 결별한다. 자신을 지탱하던 모든 것을 잃고 절망에 빠지려는 찰나, 그녀는 일기 속에서 천락 역시 인생의 큰 시련에 부딪힌 상황임을 알게 된다. 그런데도 그녀는 파리 여행을 결행했다. 약군은 절망의 끝에서도 꿈을 꾸고 실행할 수 있는 천락의 삶의 방식에 깊은 감화를 받는다. 그리고 서른 이후의 삶을 어떻게 살아나가야 할지에 대한 확고한 깨달음과 함께 위기를 헤쳐 나갈 수 있는 용기를 얻게 된다. 그녀에게 이제 서른은 끝이 아니다. 제로에서부터 다시 시작하는 새로운 출발점이다.

영화라는 것의 재미 중 하나는 의외성이다. 감독이나 작가의 재능과 역량은 얼마나 참신하면서도 개연성 있게 의외성을 실현하는가에 달려 있기도 하다. 특히 주인공이 자신의 힘으로는 어떻게 할 수 없는 상황의 벽에 갇혀 있을 때 그 위력은 더욱 커진다. 약군의 답답한 현실에 몰입해서 그녀의 처지에 백 프로 공감할 때, 무언가 돌파구가 없을까 하고 마음속으로 그녀 대신 간절히 원할 때, 그녀의 처지가 결국은 까마득한 계단 끝의 낡고 허름한 집으로 낙찰되어 절망의 나락에 빠져들 때쯤, 우리는 그녀의 삶을 돌변하게 만드는 황천락이라는 의외의 사람과 만난다.

천락의 캐릭터 설정이 재미있다. 초등 6학년 때 장래 희망이 팬클럽 회장이다. 자전적 일기의 첫 페이지 역시 팬으로서 첫 콘서트 관람 날의 설렘이다. 팬클럽에 관한 한 나 역시 책 몇 권을 써도 좋을 만큼 하고 싶은 이야기가 많다. 팬덤은 나 자신 삶의 역사 중 한 부분이기 때문이다. 한때는 회원 수 8천 명이 넘는 S.E.S 다음 팬 카페를 이끌기도 했다. 유진 누나와는 한 순수한 팬과 스타로서 요즘도 좋은 관계를 이어가고 있다. 그래서 더욱 호감을 갖고 이 영화에 몰입했는지도 모르겠다.

감독은 의도적으로 전혀 다른 삶을 살아온 두 여자를 하나로 일치시키거나 연결하려 한다. 둘은 생년월일이 똑같다. 약군이 천락처럼 안경을 쓰니 천락으로 변하는 작품 속 한 장면의 설정도 그렇다. 천락은 서른을 맞는 임약군의 또 다른 자아, 혹은 외모와 성격은 다르지만 의식이 닮은 일종의 도플갱어일지 모른다. 아니 어쩌면 서른을 맞는 모든 이가 약군이고 천락일 수도 있다. 그들 모두는 다른 삶을 살고 있지만 공통적으로 각자의 삶을 관통하는 서른이란 나이의 의미를 재정립해야 하는 인생의 기로에 놓여 있다. "깊이 생각해보면 모든 문제의 해답은 자기 안에 다 있다."는 말처럼 약군 역시 또 다른 자아인 천락의 삶에 비추어 잊고 있던 스스로의 꿈, 혹은 다시 새 길을 꿈꿀 수 있는 용기를 상기해낸 것이다. 돌이켜보면 내 경우도 서른 즈음에 어린 시절부터 일상과 맞닿아 있었으나 미처 깨닫지 못한 영화라는 꿈의 길을 재발견했었다. 결국은 내 안에서 답을 찾았다고 볼 수 있다.

이십대의 치열한 날들을 보낸 이들은 서른이 되면 삶의 가장 아름다운 날들이 모두 지나갔다는 절망감에 빠지기 쉽다. 그러나 지나놓고 보니 그것은 인생을 젊음과 비젊음이라는 단선의 시각으로 본 것에 지나지 않는다. 인생이라는 긴 여정을 놓고 보면 서른은 통과의례처럼 지나가는 한 시기일 뿐이다.

이맘때는 꼭 이런 걸 해놓았어야 하는 게 아닐까 하고 초조해할 필요도 없다. 다른 친구들처럼 서른이 되기 전에 결혼을 하지 않았거나 성공가도에 있지 않다고 해도 그것을 제대로 살아왔다든지 또는 그렇지 못했다고 아무도 규정할 수 없다. 사람은 누구나 각자의 삶의 속도가 있고 그 양상도 천차만별이다. 어떻게 살고 있든 각각의 삶에 우열은 없다. 보다 중요한 것은 매 순간 최선을 다해 살아가는 일이다. 그리고 주어진 시간 동안 마음껏 꿈꾸며 실행하는 것이다. 오히려 패배적으로 느껴야 할 것은 내가 원하는 것을 실행하는가 아닌가 하는 것이다. 내가 살고 있는 시간 속에 내가 없다면 그것이야말로 헛된 삶이다. 그래서 영화 속 천락은 이렇게 말한다.

"하고 싶은 걸 하고 가고 싶은 곳을 가면 돼. 중요한 것은 어떻게 보는가 하는 거야."

영화장수 루피형아의 영화 속 숨은 그림 찾기
"보이는 것이 전부가 아니다All is not as it seems."

이 영화는 원제인 〈29+1〉과 동명인 연극을 영화화한 작품이다. 〈29+1〉은 홍콩에서 공연되어 대중적으로 큰 인기를 끌었던 1인극이다. 영화의 연출과 각본을 맡은 팽수혜 감독은 연극의 극본과 연출은 물론 1인 2역의 두 주인공 역할을 맡아 열연한 다재다능한 예술인이다. 그런 그녀가 연극의 성공에 힘입어 메가폰까지 잡았다. 그런데 그 영화마저 중화권 3대 영화상 시상식 중 하나인 홍콩 금상장 영화제의 신인감독상을 수상했다. 참 여러모로 재능과 복이 많은 사람이다.

영화 속에는 보물찾기처럼 소소한 재미를 주는 복선이 포함되어 있다. 관객은 아무런 생각 없이 보며 지나갔지만 감독은 이미 첫 장면에서 두 사람의 인연을 암시했었다. 그를 통해 감독은 그들의 인연이 거듭된 우연에서 비롯된 숙명 같은 것임을 슬쩍 드러낸다. 영화를 다 보고나서야 관객은 무릎을 치며 자신들의 무심한 시각을 뒤돌아보게 된다. 이러한 기법은 그 자체가 삶의 우연성 속에 깃든 의외의 진실에 대해 생각해보게 만든다.

사실 스쳐 지나가는 일상 속에서도 미처 눈여겨보지 못한 것에 진실이 담기는 때가 있다. 무의식은 기억하지만 의식은 그 의미를 깨닫지 못한 경우이다. 그래서 목격자가 있지만 당시 상황을 또렷이 기억해내지 못하는 사건을 수사할 때 참고적으로 사용하는 게 최면 요법일 것이다. 의식은 스쳐 지나갔지만 무의식이 '감'과 '촉'으로 예리하게 잡아내어 간직한 것을 의식의 표면으로 불러내기 위한 방법이다. 여명과 장만옥 주연의 전설적인 로맨스 영화 〈첨밀밀甛蜜蜜〉의 프롤로그와 에필로그에서도 이 영화의 첫 장면과 같은 기법이 쓰였다.

보물찾기의 해답이 담긴 엔딩 부분에서는 익숙한 음성의 노래 한 곡을 들을 수 있다. 바로 장국영의 〈유령개시由零開始〉이다. 레슬리의 팬이라면 익히 알고 있을 이 노래는 그가 종초홍, 장만옥과 함께 출연해 화제를 모았던 홍콩 TVB 뮤직 드라마 〈일락파리日落巴黎〉의 삽입곡이다. 영화 속에는 장국영의 광팬인 천락이 어린 시절 이 드라마를 보고 자신도 언젠가는 파리에 가보고 싶은 꿈을 키우게 됐다는 내용이 나온다. 영화의 맨 끝 암전화면 위에 뜨는 "각각의 모든 단계는 0에서부터 시작된다每一個階段也是由零開始."라는 자막도 실은 "0에서 시작한다."는 의미를 지닌 〈유령개시由零開始〉의 제목과 상통한다. 팽수혜 감독 자신이 장국영의 열성적인 팬이며 그에게서 예술적으로 깊은 영향을 받았음을 알 수 있다.

곡의 가사 중에서도 "날 기억해 줄 수 있겠니?"라는 표현이 유독 가슴에 와닿는다. 왠지 지금 그 순간의 주인공이 서른이라는 시절을 한참 전에 떠나보냈을 훗날의 자신에게 보내는 말처럼 느껴져서이다. 서른을 맞는 심경이 비록 두렵고 고통스럽긴 하겠지만 세월이 흐른 어느 날 돌아본다면 그조차 그리움으로 기억하고 싶은 시절이 될 테니 말이다.

2. 앙: 단팥인생 이야기あん

2015. 일본. 드라마

우리들 각자는 저마다 살아갈 의미가 있는 존재이다

센타로란 이름의 한 중년 남자가 있다. 그는 작은 도라야키 가게를 운영하고 있다. 도라야키는 팥소가 들어간 화과자다. 벚꽃 만개한 어느 봄날 세상은 온통 화사한 꽃잎으로 뒤덮였다. 거리에도 하늘가에도 가게에 앉아 재잘대는 여학생들이 손에 든 도라야키 속에도 꽃잎이 스며 있다. 하지만 새장처럼 좁은 가게 모퉁이에 서서 기계적으로 도라야키를 굽는 센타로에겐 벚꽃의 풍경조차 귀찮기만 하다. 그는 시들한 삶을 살고 있다. 하루하루를 살아간다기보다 버틴다는 편이 맞을 것이다.

그런 그에게 바람에 흩날리던 벚꽃 잎 하나가 날아들 듯 한 할머니가 찾아온다. 그녀의 이름은 도쿠에, 나이는 76세이다. 가게 앞에 붙은 전단을 본 그녀는 자신도 아르바이트가 가능하냐고 센타로에게 묻는다. 적당히 둘러대며 도쿠에를 돌려보내려던 그는 실망해 돌아서는 그녀에게 도라야키 한 개를 예의 삼아 건넨다. 며칠 후 그녀는 또 다시 그의 가게 문을 두드린다. 센타로가 준 도라야키를 맛본 뒤 그의 팥소에 대해 조언을 해 주기 위해서였다. 50년간이나 팥소를 만들어왔다는 그녀는 자신이 직접 만든 팥을 한 번 먹어보라며 놓고 간다. 무심하게 아무 데나 던져놨다가 문득 맛본 도쿠에의 팥소는 센타로에게 큰 충격을 안겨준다. 맛과 향기가 자신의 것과는 차원이 달랐다.

봄비에 꽃잎도 다 떨어지고 새로 돋아난 잎들이 싱그러운 어느 날, 도쿠에가 늦봄의 햇살과 부드러운 바람을 안고 다시금 가게에 나타난다. 그는 기다렸다는 듯 그녀에게 팥 만드는 법을 가르쳐 달라고 부탁한다. 그녀의 비결은 팥소에 마음을 담는 것이었다. 그녀는 마음의 눈으로 팥의 내력과 속성을 들여다보고 팥이 제맛을 발휘하도록 배려하며 기다려주었다. 센타로 역시 정성을 기울여 팥을 고른 후 떫은맛을 헹궈내고 팥이 삶아지면서 시시각각 달라지는 김의 향취를 알아챈 후에야 그녀처럼 맛있는 팥소를 만들 수 있게 된다.

사람들은 센타로가 파는 도라야키 맛이 이전과는 사뭇 달라졌음을 알게 된다. 그의 가게 앞은 줄 서서 기다리는 손님들로 붐비기 시작했다. '도라하루'라는 가게 상호가 인쇄된 스티커를 붙이는 도쿠에의 손길도 덩달아 바빠졌다. 그러다 잘나가던 그들에게 위기가 닥친다. 도쿠에가 한센병 환자 격리시설에 살고 있다는 사실이 사람들에게 알려지게 된 것이다.

영화는 소외된 사람들의 이야기 속에서 누구에게나 주어진 평범한 삶이 얼마나 소중하고 아름다운 것인지에 대해 깨닫게 해 준다. 도쿠에는 사춘기 때부터 한센병 환자 수용소에 들어가 평범한 사람들이 누리는 삶을 박탈당한 채 살아왔다. 센타로도 몇 년간 감옥에서 죗값을 치른 과거가 있다. 그로 인해 평생 갚아야 할 빚에 얽매여 어쩔 수 없이 가게 일을 하고 있다. 두 사람은 형태만 다를 뿐 사회에서 격리된 삶이라는 공통점을 지녔다. 그럼에도 도쿠에는 자연과 삶을 사랑하는 방법을 터득하게 된다. 반면 센타로는 격리의 시절이 끝났음에도 자신을 옥죄는 삶에 갇힌 채 벗어나려 하지 않는다. 웃음도 살아갈 의지도 의욕도 잃은 채 그저 비관만 하고 있을 뿐이다. 빚을 갚기 위해 일해야 했던 좁고 작은 도라야키 가게는 그를 옭아매고 고립시키는 쇠사슬 같은 공간이었다.

센타로에게서 자신의 예전 모습을 보았던 도쿠에는 정성스럽게 팥소를 만드는 과정을 통해 스스로가 행하는 모든 일에 마음을 담는 방법을 알려준다. 그가 잃었던 자존감을 되찾아 주고 자연과 세상을 보는 긍정적인 시각도 갖게 해 준다. 그리고 자기 자신을 가둔 새장 같은 삶에서 훨훨 자유롭게 날아가 좋아하는 일을 하며 살라고 일러 준다. 도쿠에의 영향으로 삶을 대하는 자세가 바뀐 센타로는 결국 세상 속으로 나올 용기를 갖게 된다.

전체적으로 따뜻한 이야기이긴 하지만 보고 나면 마음 한구석에서 비애가 느껴지기도 한다. 도쿠에로서도 도라하루에서의 나날은 평생 갇혀 살며 직업이란 걸 가져본 적 없는 삶에 한줄기 햇살 같은 희망이었을 것이다. 그러나 그 희망조차 사람들의 편견 앞에서 무용한 것이 되고 만다. 미처 깨닫지 못하고 있을 뿐, 오히려 한센병은 그러한 편견을 지니고 있는 우리들 마음에 자리하고 있는 것은 아닐까. 도쿠에의 병은 외형으로 드러났지만 그 내면만은 어느 누구보다 순수하고 성의 있었다. 무엇보다 그녀는 존재의 소중함과 살아 있다는 것의 참 의미를 잘 알고 있었다. 그에 비해 겉은 멀쩡하지만 소외된 이들에 대한 편견에 사로잡혀 사람의 마음속에 자리한 순수와 본질을 알아보지 못하는 우리는 한센병보다 더 지독한 마음의 병을 앓고 있는지 모른다. 우리들의 편견을 한없이 부끄럽게 만든 영화 속 도쿠에가 센타로에게 남기고 떠난 한마디는 센타로뿐 아니라 우리 모두를 향한 의미심장한 메시지로 다가온다.

"우리는 이 세상을 보고 듣기 위해 태어났답니다. 그렇다면 특별한 무언가가 되지 못해도 우리는 각자 살아갈 의미가 있지요."

영화장수 루피형아의 영화 속 숨은 그림 찾기
"보이는 것이 전부가 아니다All is not as it seems."

이 영화는 두리안 스케가와의 원작 소설 《앙あん》을 영화화한 작품이다. 작가 스케가와는 재미있는 사람이다. 자신을 광대라 칭하며 록가수, 방송 DJ, 시인, 소설가, 각본 작가 등으로 종횡무진 활동해왔다. 가와세 나오미 감독의 전작 〈하네즈의 달朱花の月〉에서는 아키카와 테츠야라는 배우명으로 키키 키린과 함께 출연했다. 그래서인

지 그는 처음부터 만약 이 작품을 영화로 만든다면 주인공은 키키 키린이 좋지 않을까 생각하며 글을 썼다고 한다. 그만큼 주인공 도쿠에는 배우 키키 키린을 떠나서는 존재할 수 없는 캐릭터인 셈이다.

영화를 보면 마음이 훈훈해진다. 일본 영화 특유의 섬세한 감성이 녹아 있는 아름다운 자연의 모습이 일에 혹은 일상에 지쳐 상처받은 마음을 어루만져줄 것만 같다. 영화의 촬영지는 도쿄도 히가시 무라야마東村山 시이다. 현지 정보에 의하면 벚꽃 만발한 거리와 촬영 장소를 둘러보기 위해서는 히가시 무라야마 역이 아니라 그 옆 역인 쿠메가와久米川 역에 내려야 한다. 아쉽게도 센타로와 도쿠에가 함께 도라야끼를 굽던 '도라하루どら春' 자리는 철거되고 지금은 다른 외형의 건물로 바뀌었다고 한다. 대신 센타로의 단골 소바집인 '토모에야巴屋'에 들러보는 것도 괜찮을 것 같다.

도쿠에가 살던 곳은 인근에 자리한 한센병 환자 수용시설인 국립요양소 다마 전생원이다. 영화 속 장면으로만 봐도 깊숙한 숲속에 쓸쓸하게 자리한 집들의 풍경이 어딘가 그냥 지나칠 수 없게 만드는 곳이다. 참고로 전생원은 미야자키 하야오 감독의 영화 〈모노노케 히메もののけ姫〉에 등장하는 병자들 이야기와 관계가 깊은 장소이기도 하다. 신혼 때 히가시 무라야마와 인접한 도코로자와 시로 이사를 하게 된 미야자키 감독은 다마 전생원을 알고는 있었지만 한 번도 들어가 본 적이 없었다. 그러다 작품을 구상하던 중 서민들을 그린 옛 그림 속 한센병 환자를 떠올리며 집에서 15분 거리의 그곳에 직접 찾아가게 되었다고 한다. 전생원은 그에게 강한 작품적 영감을 주었다. 그 인연으로 그는 이후 한센병과 관련된 여러 가지 보존 및 후원활동을 이어오고 있다.

3. 리틀 포레스트Little Forest

2018. 한국. 드라마

홀로서기를 위한 떠남과 돌아옴

영화의 주요 이야기는 주인공 혜원의 귀향으로부터 시작된다. 아빠가 세상을 떠난 후 혜원이 땅에 굳건히 활착할 수 있을 만큼만 함께 머물렀던 엄마는 그녀가 대학에 합격해 도시로 가기 직전 먼저 집을 떠났다. 도시에서 편의점 알바 등을 하며 힘겨운 일상을 이어가던 혜원은 임용고시에 떨어진다. 같이 공부했지만 혼자 시험에 합격한 남자친구와도 어중간한 이별을 맞는다. 그러자 서울을 버리고 다시 고향으로 돌아오게 된다.

외진 산골 촌마을인 고향에는 다행히 초등학교 동창인 두 친구가 있다. 하나는 타인의 손에 이끌려 결정되는 삶이 싫어 서울의 직장을 팽개치고 귀농한 재하이다. 다른 하나는 졸업 후 농협에 취직해 고향마을의 붙박이가 된 은숙이다. 혜원은 씨앗을 뿌리고 농작물을 거두며 자급자족하는 삶을 시작한다. 세 사람은 혜원이 수확한 재료로 만든 요리들을 함께 음미하며 과거의 기억을 소환하고 현재의 고충을 나눈다. 혜원의 외로움을 달래주는 강아지 오구도 그 일원이 된다.

영화는 봄, 여름, 가을, 겨울 각 계절의 변화를 고스란히 담아낸다. "조미료 없는 무공해"라는 카피 문구가 너무나 잘 어울릴 정도로 깨끗하고 맑은 색감이 화면 안에 거대하게 넘실거린다. 극중 인물들이 겪는 꿈의 좌절, 실연의 아픔, 태풍이라는 자연재해가 준 막막한 피해조차 풍경의 일부분인 양 아름답다. 무엇보다 영화에는 신파가 없다. 그 흔한 러브라인도 미미한 암시 선에서 그친다. 마치 잔잔하고 관조적인 심경을 묘사한 감성적인 한 편의 수필 같다. 평소 감정이 널뛰는 드라마틱한 극의 구조에 익숙해진 사람이라면 자극적인 맛과 조미료가 빠진 담담한 음식 맛처럼 심심하게 느껴질 수도 있다. 하지만 나는 오히려 그래서 이 영화가 더 좋았다. 그것이 이 영화의 특징이자 기조이며 감독이 표현하고자 했던 이상적인 지점이란 걸 이심전심으로 알 수 있었다. 생명과 자연을 사랑하고 느리게 사는 것의 가치를 존중하는 감독의 가치관이 고스란히 배어 있는 기분 좋은 화면을 마음껏 실감한 영화다.

요리가 등장하고 귀농이라는 상황이 설정되어 있지만 이 작품을 요리영화라고 하기엔 무리가 있다. 그렇다고 귀농영화는 더더욱 아니다. 영화의 초점은 젊음의 고뇌와 홀로서기에 맞춰져 있다. 혜원이 돌아와 살고 있는 시골 마을의 자연은 그녀의 몸과 마음을 키워주고 그 일부가 되어 살아 있는 뗄 수 없는 환경이다. 그녀는 역시 그 자연에서 소출된 재료들로 음식을 만든다. 그녀가 익숙한 솜씨로 만들어낸 맛깔스러운 간식과 막걸리, 김치전들은 일상의 삶에 치여 상처 입은 그네들의 몸과 마음을 위로하는 치유의 음식이다. 영혼을 살찌우는 소울 푸드이다. 자연에서 나고 자연의 에너지가 듬뿍 함유된 음식을 먹으며 혜원과 재하는 허기진 도시로 떠났다 오는 바람에 축났던 기력을 회복한다. 자연의 싱싱하고 여유로운 감성과 기운을 몸과 마음에 실하게 채워 넣는다.

도시는 그들에게 여러모로 배고픈 곳이었다. 욕망과 허위가 만연한 그곳에서 채워지지 않는 진정성의 허기, 누군가에 의해 결정되지 않는 주체적인 자신에 대한 허기를 절실히 느꼈다. 그래서 영화 속 혜원은 "배가 고파서 집으로 돌아왔다."고 말한다.

음식을 만든다는 것은 그녀에게 여러 가지 의미가 있다. 우선 요리는 엄마에 대한 그리움이다. 엄마와 함께했던 날들의 추억이다. 동시에 엄마로부터 전승된 삶의 방식

같은 것이다. 엄마의 방식을 뛰어넘어 차별된 레시피로 또 다른 요리를 만들어냈을 때 비로소 그녀는 스스로 홀로 설 수 있는 자신감을 갖게 된다. 그로써 그녀 역시 하나의 '리틀 포레스트'라는 공간을 만들게 되는 것이다.

리틀 포레스트란 자기만의 작은 숲, 즉 이제껏 엄마의 숲에서 자라온 한 아이가 한 사람의 성인으로 우뚝 서며 만들어낸 독립된 세계를 의미한다. 도시가 고향이든 촌에서 태어났든 우리 모두는 근본적으로 거대한 숲인 자연이 낳은 자연의 아이들이다. 자기만의 작은 숲을 지니고 살아가야 하는, 자연으로부터 물려받은 삶의 소명이 있다. 우리는 지금 나만의 작은 숲을 이루었을까. 그렇다면 나의 리틀 포레스트는 어떤 색채를 지니고 있을까.

영화장수 루피형아의 영화 속 숨은 그림 찾기

"보이는 것이 전부가 아니다All is not as it seems."

이 작품은 이가라시 다이스케 원작의 동명 일본 만화《리틀 포레스트リトル・フォレスト》를 영화화한 것이다. 원작 만화는 목차 전체가 모두 요리 이름이다. 일본 동북지방의 한 작은 시골 마을을 배경으로 자급자족하며 사는 여성의 자기 발견과 홀로서기를 다루고 있다. 일본에서도 모리 준이치 감독에 의해 영화로 만들어졌다. 사계절을 다룬 총4부로 이루어져 있지만 여름 · 가을 편과 겨울 · 봄 편으로 나눈 두 편의 시리즈 영화로 만들어져 개봉했다.

개인적으로는 리메이크작인 우리나라 판이 더 정감 있고 친근하게 느껴졌다. 우리 영화로 현지화 되는 과정에서 작품이 전하고자 하는 의도나 메시지는 그대로 지니되 우리 정서에 맞게 다듬어졌기 때문일 것이다. 눈에서 가슴으로 곧장 파고들 만큼 감각적이고 아름다운 영상미를 비롯해서 작품 전편에 흐르는 담담하고 아기자기한 분위기, 쿨한 듯 따뜻한 등장인물들의 캐릭터 연기 등 작품의 모든 것이 마음을 끌었다.

진정 영화를 좋아하는 시네필이라면 일본판과 한국판을 비교해보는 것도 소소한 재미가 있을 것이다. 우리나라 판에서 혜원의 외로움을 덜어주는 친구인 강아지 오구는 원작과 일본판에선 원래 고양이였다. 오구는 순박한 시골 개 이미지를 고스란히 간직하고 있다. 털실을 가지고 노는 등의 장난스럽고 귀여운 모습도 관객의 마음을 사로잡았다. 혜원이 세월과 함께 내면의 성장을 이루어가듯 강아지 오구도 점차 의젓한 개로 자란다. 그런데 임순례 감독이 한 인터뷰를 통해 털어놓은 비밀이 있다. 분명 영화 속에서 관객은 계절이 변하며 오구가 커가는 모습을 지켜볼 수 있었다. 하지만 오구 역으로 나온 개는 실은 두 마리였다고 한다. 그렇다면 어릴 적 오구는 어떤 장면에서 다른 개로 바뀐 것일까.

4. 요시노 이발관 バーバー吉野

2009. 일본. 코미디

전통과 개혁이란 묵직한 주제를 경쾌한 성장기 일화에 녹여낸 잘 숙성된 풍자극

남자아이들 모두가 바가지 머리를 해야만 하는 희한한 마을이 있다. 누가 누군지 모를 정도로 똑같은 바가지 머리를 한 아이들은 일 년에 한 번 '산의 날'이 되면 일제히 모여 할렐루야를 부른다. 왜 그래야 하는지는 잘 모른다. 그저 오래 전부터 내려온 전통이라 그대로 따르고 있다. 산의 날은 마을에 가뭄이 들거나 홍수가 나지 않도록 산신령에게 제사를 드리는 날이다. 전해오는 말로 산신령인 텐구는 여성신이다. 질투심이 강하기 때문에 남학생만 그 행사에 참가할 수 있다. 마을에서 단 하나뿐인 이발관의 이발사이며 전통의 수호자를 자처하는 요시노 아줌마는 궁금해 하는 아이들에게 이렇게 설명한다.

"텐구는 아이들을 데려가기 위해 마을로 내려오거든. 어른들은 사랑하는 아이를 빼앗기지 않으려고 똑같은 머리를 해서 텐구의 눈을 속이는 거야."

그럴듯한 전설과 터부가 뒤얽힌 이 전통에 아이들은 아무도 반기를 들 수 없다. 바가지 머리를 하지 않으면 마을사람들에게 오래된 규칙을 지키지 않는 불량한 아이로 낙인찍힌다. 친구 사이에서도 동지의식을 박탈당한다. 바가지 머리에서 벗어난다는 건 그러므로 상상할 수 없는 일탈이다.

사람들 전체가 절대적인 전통에 얽매여 살아가는 이 조용한 마을에 어느 날 변화의 바람이 분다. 바람의 진원은 도쿄에서 전학 온 사카가미라는 남자아이다. 잘생긴 그 아이는 무엇보다 유행에 민감한 헤어스타일을 하고 있다. 마을 아이들은 염색에 왁스 칠까지 한 그의 머리에서 문화 충격을 받는다. 이질적인 문화 요소에 거부감을 느끼는 어른들은 사카가미에게 바가지 머리를 강요한다. 아이들도 자기네와 친구가 되려면 어서 바가지 머리로 깎으라고 그에게 권한다. 그러나 그는 다른 마을로 이사를 갈지언정 그럴 생각이 전혀 없다. 오히려 헌법에 나온 두발 자유 조항까지 들먹이며 아이들을 설득한다. 점차 사카가미의 이야기에 귀를 기울이게 된 아이들은 그와 함께 각자의 개성을 찾기 위한 반란을 모의한다. 바가지 머리를 거부하고 이웃 마을의 미용실에서 다른 헤어스타일로 변신을 시도할 계획이다. 과연 그들의 반란은 성공할 수 있을까.

표면적으로 이 영화는 성장기 드라마이다. 외부로부터 고립된 작은 시골 마을 아이들은 바가지 머리가 상징하는 이미 습득된 기존의 보수적 관념을 당연히 받아들이면서 의심 없이 살고 있다. 하지만 사카가미의 극렬한 거부반응을 보며 바가지 머리가 촌스럽다는 세간의 평가에 놀란다. 그리고 비로소 자신들의 모습을 돌아보게 된다. 자기들끼리는 그게 당연하니 촌스러운지 어떤지도 몰랐지만 또 다른 시각과 만나게 되면서 객관화된 자아에 대한 눈이 트이기 시작한다.

그렇게만 본다면 기성세대가 만들어놓은 질서와 관습 등 사회적인 룰에 반항하는 사춘기 아이들의 성장드라마가 확실하다. 그러나 좀 더 심층적으로 파고들어 보면 이 작품은 맹목적인 전통에 대한 저항을 다룬 풍자영화이기도 하다. 무어든 전통적인 방식을 유별나게 지키는 일본에서는 상당히 공감 가는 주제일 것도 같다.

이런 스타일의 영화는 보는 이에게 많은 생각을 불러일으킨다. 영화에 몰입하다

보면 전통이나 사회를 이끄는 시스템에 대해 다시 한 번 생각하게 된다. 그것이 규약이나 법률처럼 합리적인 기반 위에 마련된 것이라면 별 문제 없지만 가공된 신화나 맹목적인 믿음에 의한 것일 때는 거부감이 일게 된다. 텐구에게 아이를 빼앗기지 않기 위해 바가지 머리를 해왔다는 영화 속 전통을 캐 들어가면 특별한 근거가 없다. 바가지 머리조차 동양적인 관습과는 거리가 멀다. 서양 음악인 할렐루야도 결코 전통이 될 수 없다. 전통을 지키는 데 앞장서 온 이발관의 이발사조차 그 유래에 대해서는 확신이 없다. 단지 대대로 그 일을 해왔기 때문에 고수할 뿐이다. 그럼에도 짬뽕처럼 뒤섞인 이 뿌리 없는 문화는 마을의 전통이라는 이름으로 아이들을 억제한다.

아이들의 반란이 성공했는지 아닌지는 스포일러가 될 수 있으니 언급하지 않기로 하자. 다만 분명한 것은 그들의 행동이 가져온 어른들의 반성과 깨달음이다. 사람이란 어떤 일에 오류가 있음을 깨치면 똑같은 잘못을 피하게 된다. 어쩔 수 없이 같은 일을 반복해야만 할지라도 깨달음 전과 후에 그 일을 대하는 태도는 명백히 달라진다. 아이들의 작은 반란이 암시하는 개혁이나 혁명의 의미는 그런 것인지 모른다. 한꺼번에 모든 것이 뒤집어질 수는 없다 해도 훗날 큰 물길을 바꾸는 작은 물꼬가 된다. 영화의 종반부에서 이발소 단골 노인의 말이 의미심장하다.

"하지만 그것이 시대의 흐름인 거야. 안타깝지만 세상은 변화하게 돼. 그리고 전통은 전설이 되지."

그는 전통에 순응하고 살던 마을사람의 의견을 대표한다고 볼 수 있다. 아이들의 작은 혁명은 좀처럼 바뀌지 않을 것 같던 기성세대의 생각을 그렇게 변화시켰다.

영화장수 루피형아의 영화 속 숨은 그림 찾기

"보이는 것이 전부가 아니다All is not as it seems."

영화 속에서 주제를 다루는 방법은 여러 가지가 있다. 이를테면 어떤 영화는 문제를 던지고 어떤 식으로든 해결책이나 대안을 던진다. 또 다른 영화에서는 결말을 오픈해서 관객에게 판단을 맡긴다. 이 영화의 방식은 돌려 말하기나 변죽 울리기 같은 것이라고 할까. 감독은 극의 재미를 위해 설정한 씬 스틸러를 통해 문제를 표출하거나 짚어주며 주제를 암시하고 있다. 언뜻 스쳐지나가는 것 같지만 실은 상당히 의미있는 씬의 삽입으로 핵심을 드러내기도 한다. 그러나 각각의 요소들은 한 편의 재미있는 스토리에 잘 녹아들어 생경하게 튀지 않는다. 직유가 아닌 은유의 인상을 준다. 그러면서도 감독이 하고픈 말을 정곡을 찌르듯 관객에게 던진다. 그런 면에서 이 영화는 잘 곰삭은, 혹은 알맞게 숙성된 풍자극이다. 혼네와 다테마에의 차이를 알아채듯 내용 속에 숨어 있는 은유를 잡아내는 것은 이 영화의 또 다른 감상 포인트이다. 그런 특징은 여러 부분에서 발견되지만 지면 관계상 그중 가장 대표적인 한 인물의 설정에 대해 살펴보자.

마을에는 장발에 일본 전통 옷인 나가기 차림으로 사랑니를 빼야 한다고 소리치며 다니는 의문의 등장인물 케케 아저씨가 있다. 아이들과 마을 사람들은 모두 그를 정신이 이상한 사람으로 여긴다. 오래된 마을이라면 하나쯤 있을 법한 양념 같은 인물 설정이기도 하다. 하지만 그는 정말 사람들이 생각하는 것처럼 비정상적이며 없어도 무방한 부수적인 존재에 지나지 않는 걸까.

그는 사랑니가 나는 고통을 호소하며 평온하게 돌아가는 작은 마을에 소요와 분란을 일으킨다. 그러면서도 사카가미와 부딪힌 후 그에게 우산 손잡이를 내밀어 일어나게 도와주면서 "바보 같은 어른들 얘기에 신경 쓰지 마. 알았냐.", "그러니까 빨리 사랑니를 빼야 돼. 너무 아파 죽겠어."라고 말한다. 혁명을 일으키고 있지만 마을의 강력한 반대에 부딪혀 의기소침해지려는 사카가미를 북돋는 역할을 하고 있다.

케케 아저씨의 사랑니와 아픔은 표면적으로 별 문제 없이 잘 돌아가는 듯싶지만 마을 안에 숨어 있는 불합리와 폐해의 상징 같은 것이다. 별일 없이 입안에 자리하고 있지만 문제를 일으키면 큰 고통으로 번지는 사랑니처럼 겉으로는 평온해 보여도 잘못된 전통으로 인해 쌓여가는 부조리와 폐단이 마을 곳곳에 감춰져 있다. 만약 사카가미가 아니었다면 그 통증은 영영 낫지 않았을 것이다. 아이들에 의한 혁명이 이루어지자 그는 시원하게 외친다. 사랑니를 뺐다고 말이다.

그는 일상 속에 숨어 있지만 가끔씩 딱 마주칠 때면 아이들과 사람들에게 일종의 공포감과 함께 일상의 평온을 깨뜨리는 불편한 느낌을 준다. 진리나 진실이란 것도 그런 속성이 있는 게 아닐까. 진실을 마주하기 위해 우리는 모래알 섞인 밥을 먹듯 껄끄러운 느낌을 감수해야 하는지 모른다. 그의 캐릭터 설정은 몹시 치밀한 구석이 있다. 그는 이상한 사람이 아니다. 오히려 비정상적인 상황을 살면서도 스스로 정상이라 여기는 사람들 사이에서 한 발 벗어나 현실의 불합리를 느끼고 문제를 제기할 수 있는, 그들보다 더 정상인 사람일 수 있다. 게다가 나타날 때마다 그가 무심하게 툭툭 한마디씩 던지는 말에는 의외의 진리가 담겨 있다. 가족에게조차 퇴직 사실을 알리지 못하고 고민하는 요시노의 남편에게 "당신은 돈이 없어도 행복하잖아."라며 알 듯 모를 듯한 말을 던지기도 한다. 그는 정상을 넘어 현자에 가까운 캐릭터인 것이다.

5. 공작 The Spy Gone North

2018. 한국. 드라마

마음과 마음의 교류가 만드는 진정하고 실질적인 화합의 가능성

"북에서 핵을 개발 중이오. 북핵을 저지하는 것만이 한반도를 구할 수 있는 유일한 길입니다. 나라를 지키기 위해 대북공작원이 되어 주시오."

3사 출신 군 정보장교였던 박석영은 어느 날 안기부로부터 놀라운 제안을 받는다. 애국심이 투철한 그는 공작원이 되기로 마음먹는다. 나라의 운명에 치명적인 해가 될 북핵의 위협을 제거하겠다는 사명감이 있었기 때문이다. 그에게는 흑금성이란 암호명이 주어진다. 북핵 개발의 실체를 알아내는 것이 그의 최종 임무이다. 대북사업가로 위장하고 중국에 넘어간 흑금성은 기회를 잡기 위한 치밀한 연기 끝에 드디어 북측 최고위층인 리명운 처장과 만나게 된다. 그는 김일성종합대학을 수석으로 졸업한 엘리트이다. 북한의 외화벌이 총책임자로 북한 내 영향력이 상상을 초월하며 김정일과 독대가 가능한 인물이기도 하다.

좀처럼 마음의 문을 열지 않는 리 처장의 경계심을 풀어낸 흑금성은 북한을 배경으로 한 광고 사업을 빌미로 마침내 평양에 방문해서 김정은과 만날 기회를 얻게 된다. 그들이 말하는 최고 존엄을 만나기 위한 검증 과정은 험난하기만 하다. 목숨을 놓고 벌이는 적지에서의 숨 가쁜 모험 앞에 그는 혹시라도 정체가 발각되면 쓰려고 했던 자결용 기구를 손에 바싹 쥐어 보기까지 한다.

그러나 그는 총선을 앞둔 시점 안기부가 벌인 모종의 공작 앞에서 스스로의 굳건한 믿음에 회의가 오기 시작한다. 그가 그처럼 위험천만한 일을 해내는 이유는 조국을 핵 위험에서 벗어나게 하고 북 정권의 몰락을 가속시키기 위함이다. 그에 비해 자신을 지휘하고 있는 윗선의 의도는 불분명하다. 때마침 자신의 신분을 의심하면서도 분단 이후 처음으로 찾아온 남북 간 화합의 기회를 날려 버리지 않기 위해 애쓰는 리명운의 진심을 대하게 되자 그는 점점 그의 뜻에 동조하게 된다.

대선을 앞둔 시점 또 다시 공작을 감행하려는 상부의 움직임을 감지한 흑금성은 권력 연장을 위해 적과의 거래도 서슴지 않는 정치권의 이율배반적인 행태에 분노한다. 그에게는 이제 북핵을 제거하고 북 정권을 무너뜨리겠다는 애초의 목적보다 남북 간 화해와 교류를 통한 공존이 더 중요해졌다. 공작이 성공해 관계가 경색되면 그러한 화해는 다시 요원한 일이 되고 만다. 그는 동지의식을 나누게 된 리명운과 함께 모종의 반란을 꾀하게 된다.

실화를 모티브로 만들어진 이 영화는 정치라는 것의 공작적 속성을 파헤치고 있다. 영화 속에서는 권력을 유지하거나 조직의 이익 등 필요를 위해 남북이 서로의 적대 관계를 이용해온 측면이 있음을 묘사한다. 그럼에도 불구하고 그 안에서 리 처장과 흑금성이란 사람과 사람 간의 공감과 교류가 생겨난다. 사상과 체제가 다른 두 사람 사이에 인간적인 연민과 끈끈한 우정이 싹트는 것이다.

그런 전개를 통해 감독은 남과 북이 통일을 이루기 위해서는 무엇보다 순수한 마음의 교류가 중요함을 강조한다. '공작'이란 단어로 상징되는 인위적 술수를 깰 수 있는 것은 조작이나 가식이 배제된 자연스러운 인간 본성으로의 회귀일 것이다. 감독은 그런 것이 있기에 오늘날 서로 이질적인 삶을 살아가게 된 남과 북 사이에 아직 통일의 희망이 자리하고 있음을 역설하고 있다.

이 영화는 일반적인 첩보물처럼 치열한 액션 신이 별로 없다. 대북 사업가로 위장한 흑금성도 007이나 〈미션 임파서블Mission: Impossible〉 시리즈 같은 첩보영화의 주인공이 보여 주는 민첩하고 강인한 스파이의 이미지와는 거리가 멀다. 돈에 눈 먼 속물의 겉모습을 지녔지만 속내는 오히려 순수하고 우직하다. 물론 일정 부분 작품 속에서 구현하고자 했던 인간적인 스파이 캐릭터의 설정 탓일 수도 있다.

그런데 그런 요소들이 없음에도 영화는 충분히 박진감 있다. 촌철살인 같은 대사들이 난무하며 긴장감을 형성하고 갈등을 증폭시키기 때문이다. 특히 클라이맥스 부분에서 흑금성이 상사에게 내뱉는 조직의 이율배반성에 대한 성토는 총 한 방 없이도 관객의 폐부를 찌른다. 북한의 피로연장에서 리명운이 흑금성의 옷깃을 와락 움켜쥐고 내뱉는 경고의 한마디 역시 총탄 세례라도 퍼붓는 듯 강렬하다. 그야말로 '구강 액션'이라고 할 수 있을 만큼 대사를 통한 치열한 액션과 갈등이 극 전반을 이끌어 가는 흥미로운 작품이다.

영화장수 루피형아의 영화 속 숨은 그림 찾기

"보이는 것이 전부가 아니다All is not as it seems."

엔딩이 꽤 인상적이다. 세월이 흘러 다시 만나게 된 리명운과 흑금성은 수 년 전 서로에게 선물한 시계와 넥타이핀을 착용하고 있다. 리명운이 팔목을 들어 내보이는 시계를 발견하고 그에 대한 화답으로 보여 주는 흑금성의 넥타이핀은 관객에게 가슴 뭉클한 감동을 준다. 사실 그 장면에서 좀 더 집중해 살펴봐야 할 것은 넥타이핀이 아닌 넥타이 무늬이다. 카메라에 클로즈업으로 잡힌 넥타이에는 물고기 무늬가 촘촘히 그려져 있다.

영화 속 복장은 결코 그날의 기분에 따라 배우나 코디가 마음대로 골라 입은 일상적인 것일 수 없다. 특정 캐릭터의 성향을 강조하거나 심지어 그의 내면을 상징하는 경우도 있다. 그렇다면 물고기 무늬는 무엇을 의미하는 것일까. 세상에 존재하는 수백

수만 가지의 넥타이들 중 그는 왜 굳이 그런 무늬의 넥타이를 매고 있었을까.

수어지교水魚之交라는 잘 알려진 한자 성어가 있다. 물과 물고기처럼 서로 떼려야 뗄 수 없는 친구 관계란 뜻이다. 깊고 돈독한 우정을 의미할 때 쓰이는 물고기 무늬가 소품으로 설정된 것이다. 물론 이것은 의도적인 설정이 아닐 수 있다. 아무런 의미 없는 코디였을 가능성도 배제할 수는 없다. 그러나 감독이 의도했든 아니든 그 장면은 우리에게 많은 것을 시사한다. 물고기가 살지 않는 물은 죽은 물이다. 반대로 물고기는 물이 없다면 생존이 불가능하다. 물과 물고기는 서로의 삶에 필요불가결한 존재이다. 남과 북 역시 마찬가지일 것이다. 같은 뿌리 같은 역사를 지닌 형제이다. 그럼에도 불구하고 가로막힌 분단의 현실을 살고 있다. 소품의 상징성에서 볼 수 있는 것처럼 서로가 물과 물고기처럼 뗄 수 없는 존재임을 자각하고 현실적 한계 속에서 동질성과 유대감을 이어가는 일은 남한과 북한이 함께 풀어야 할 숙제일 것이다.

6. 빅 Big

1989. 미국. 코미디

참된 어른의 자격을 묻는 어른들을 위한 우화

마음에 드는 친구 누나 앞에서 자신이 아직 청년용 놀이기구를 탈 수 없을 정도로 키 작은 어린이에 불과하다는 사실을 절감한 13세 남자 아이는 어떤 생각을 할까. 게다가 경쟁 상대는 벌써 운전도 할 수 있는 덩치 큰 형이다. 당연히 자신도 키 큰 어른이 되고 싶다는 마음이 간절할 것이다. 그런 그에게 마침 소원을 말하면 들어준다는 '졸타'란 이름의 점술 기계가 눈에 띈다면?

그런 상황에 처한 영화의 주인공 조쉬는 그 순간 간절하게 외친다.

"난 키 큰 어른이 되고 싶어!"

다음 날 아침, 눈을 비비며 일어난 그가 깜짝 놀란다. 거울을 보니 소원대로 서른 살의 어른이 되어 있다. 하지만 외형이 어른일 뿐, 그의 내면은 여전히 열세 살 소년이다. 조쉬는 그의 갑작스런 변신을 이해할 리 없는 부모에게 쫓겨난다. 그리고 우연찮게 장난감 회사에 입사하게 된다. 그는 아이다운 천진난만한 발상과 행동, 아이들만 지닐 수 있는 장난감에 대한 특유의 시선과 센스 덕에 어른인 사장의 마음을 사로잡는다. 주말 장난감 가게에서 만난 사장과 의기투합한 조쉬는 발로 치는 피아노 위에 올라가 젓가락 행진곡을 함께 연주하며 더욱 신망을 얻는다. 그 일을 계기로 파격적인 승진을 하게 되어 입사 일주일 만에 제품개발부 부사장 자리에 오른다.

영화는 빨리 어른이 되고 싶은 한 아이의 소원이 이루어져 벌어지는 해프닝을 다룬 전형적인 판타지다. 판타지의 배경은 보통 일상을 떠나 있기 마련이다. 시공을 초월한 관념 속의 공간이라든지, 역사의 행간 어딘가에 존재할 법한 가상의 시대를 다루는 경우 등이다. 그런 설정이라면 감독이나 작가가 오히려 수월하게 작품을 풀어 갈 수 있다. 만드는 이도 관객도 그것이 가상의 판타지임을 전제하고 그에 대해 문제 삼지 않기로 암묵적인 타협을 한 상태에서 극에 몰입하기 때문이다. 그저 작품 속에만 존재하는 새로운 세계관을 어떻게 구현할지에 대해 집중하는 게 관건이 될 것이다.

하지만 상상력이나 허구가 비집고 들어갈 틈이 없는 평범한 일상 속에서라면 이야기가 달라진다. 현실과 밀착된 일상의 삶에서 판타지를 형상화하려면 아무래도 상상력을 발휘할 수 있는 운신의 폭이 제한된다. 말도 안 되는 거짓말이라는 관객의 불신을 없앨 만큼 디테일한 공감을 이끌어 내야 한다. 그런데 이 영화는 그런 면에서 성공을 거두고 있다. 분명 일상과 동떨어진 이야기임에도 마치 이웃의 누군가에게 일어난 일 같은 착각을 준다.

그런 믿음을 관객에게 준 일등 공신은 주인공 톰 행크스이다. 그의 자연스런 연기력은 실감을 넘어 경탄을 자아낸다. 총소리와 고성이 난무하는 허름한 숙소에서 엄마 아빠 없이 혼자 밤을 지새워야 하는 어린 아이의 서러운 표정, 여성의 은밀한 눈길을 전혀 이해 못하는 순진무구한 눈빛 같은 것들은 몇 번을 보아도 웃음이 터져 나올 만큼 천연덕스럽다.

사실 이 영화는 머리 복잡한 사유나 성찰보다 오락성에 치중한 작품이다. 그럼에도 고전이 되어 오랜 세월 동안 사랑받는 이유는 그럴만한 의미와 가치를 지니고 있기 때문이다. 영화에 빠져 웃고 즐기다 보면 관객의 머릿속 한구석에서 슬그머니 '어른'이란 개념에 대해 의문이 생기기 시작한다. 과연 우리는 제대로 된 어른이기는 한 걸까. 무어든 혼자 해내고, 반대 의견에 당당히 답을 할 수 있으며, 사랑에도 책임이 따른다는 사실을 알고 있는 어른이 맞을까. 혹시 영화 속 조쉬처럼 막연히 어른의 세계를 동경하다가 아무런 준비 없이 갑자기 커 버린 건 아닐까.

동시에 어른이 되며 잃어버린 것들에 대해 한 번쯤 짚어볼 기회를 갖게 된다. 통찰력도 수완도 통계적인 분석도 분명 조쉬보다는 앞서 있는 어른들이 갖지 못한 것은 그의 아이다운 순수성이다. 다시는 돌아갈 수 없기에 더욱 더 보석처럼 영롱하게 빛나는 어린 날의 순수. 그보다 값진 것이 세상에 또 있을까.

어린 날이라는 소중한 시기와 맞바꿔 뉴욕의 멋진 맨션에 사는 완구회사 부사장이 되었지만 조쉬는 그 모든 것을 버리고 엄마, 아빠, 동생 그리고 친구와 함께 사는 평범한 일상을 택해 돌아간다. 그런 결말을 통해 영화는 인생에서 보다 중요한 것은 지위와 돈 같은 물질적인 게 아니라 유년이라는 금쪽같은 순수의 나날임을, 어른이 되면서 복잡한 계산과 세속적 욕망에 의해 잃어버리고 마는 아이의 순수한 마음임을 일깨워준다. 그런 점에서 이 작품은 가벼운 판타지의 외형을 지닌 오락물지만 그 안에 인생에서 가장 중요한 것이 무엇인지에 대한 풍자와 교훈이 담긴 어른들을 위한 일종의 우화 같은 영화이다.

영화장수 루피형아의 영화 속 숨은 그림 찾기

"보이는 것이 전부가 아니다All is not as it seems."

영화가 만들어진 지 30여 년 후인 2016년, 스티븐 콜베어가 진행하는 미국의 심야 토크쇼 〈레이트 쇼The Late Show〉에 등장한 톰 행크스는 기계 속 점쟁이 졸타와 다시 만나게 된다. 영화 속 기괴한 눈빛으로 신비감을 주던 졸타와 달리 그의 앞에 선 점쟁이는 스티븐 콜베어가 분장한 어리버리한 졸타이다. 척 보면 모든 걸 다 안다는 졸타는 영화 〈토이스토리Toy Story〉에서 함께 목소리 연기를 했던 팀 알렌과 톰 행크스를 헷갈린다.

젊은 조쉬를 연기했던 톰 행크스는 머리가 희끗한 중년이 되어 있다. 기계 앞에 선 그의 소원은 단 하나다. 다시 30살의 조쉬로 돌아가게 해달라는 것이다. 웃기는 상황을 만들기 위한 장면이지만 그것을 지켜보는 시청자들에겐 코끝이 찡하게 전해지는 바가 있었다. 인생에서 어린 날의 순수 못지않게 소중한 것은 젊은 날의 열정이란 사실이다. 영화 속 조쉬는 다시 어린 날로 돌아갈 수 있는 기회를 얻었지만 한 번 가 버린 톰 행크스의 리즈 시절은 안타깝게도 다시 오지 않으니 말이다.

어떤 작품이 공전의 히트를 낸다는 것은 그만큼 많은 사람들의 가슴속에 내재한 공감대를 자극해서일 것이다. 빨리 어른이 되어보고 싶던 아련한 어린 시절의 바람을 잡아낸 이 작품 역시 많은 사랑을 받았다. 그에 힘입어 개봉한지 30년이 흐른 지난 2018년 7월에는 미국 전국에서 30주년 기념 재개봉을 하기도 했다.

7. 일일시호일Every Day a Good Day

2019. 일본. 드라마

다도에 담긴 인생의 진실

주인공 노리코는 어린 시절 페데리코 펠리니 감독의 고전 영화 〈길La Strada〉을 이해하지 못했다. 아직 인생의 깊고 그윽한 맛을 짐작할 수 없는 나이였기 때문이다. 대학생이 된 그녀는 어느 날 사촌 미치코와 함께 우연히 다도를 배우게 된다. 다도 스승인 다케다 선생의 집에 처음 찾아간 날 노리코는 다실에 걸린 액자 속에서 '일일시호일日日是好日'이라 쓰인 글귀와 마주친다. '매일 매일이 좋은 날'이란 뜻이다. 누구에게든 간단하고 쉽게 풀이되는 말이지만 그 안에 숨은 심오한 참뜻은 쉽사리 다가오지 않았다. 그 글귀는 그녀에게 다도와 삶을 통해 일생 동안 풀어내야 할 화두가 된다.

매주 토요일마다 꾸준히 차를 대하게 되면서 다도는 의식하지 못하는 새 노리코의 삶에 스며들게 된다. 세월이 흐르자 그녀는 어릴 때 이해하지 못했던 〈길〉이 얼마나 굉장한 영화인지 알게 된다. 인생이 어떤 것인지에 대해 어렴풋이 눈을 뜬 것이다. 그와 함께 어렵기만 했던 다도의 참맛도 알아가기 시작한다.

다도는 노리코에게 많은 것을 가르쳐준다. 다도를 통해 그녀는 순간의 아름다움에 집중하는 법을 배운다. 매 계절마다 달라지는 섬세한 자연의 변화도 음미한다. 절기가 반복될수록 그녀의 다도 역시 깊숙하고 폭넓어진다. 그와 함께 삶을 대하는 태도가 바뀌며 인간적으로도 성숙해간다. 그녀는 때로 타고난 재질의 부족을 한탄하고 원하던 일과 사랑을 얻지 못한 좌절감에 괴로워한다. 또한 자신보다 적극적으로 삶을 개척 중인 사촌 미치코와 비교되는 자신의 처지에 비애를 느끼고 가까운 이의 죽음에 절망한다. 그럴 때마다 그녀는 차 속에서 위안과 깨달음을 얻고 세파를 헤쳐 나간다. 다도는 어느새 그녀와 삶의 고락을 함께 하는 든든한 삶의 동반자가 되었다.

그리고 그로부터 더 많은 세월이 흐른다. 이제 그녀는 삶의 희로애락을 모두 거친 원숙한 나이에 이르렀다. 그녀는 하루하루의 소중함과 아름다움에 눈을 뜬다. 그러자 비로소 처음 다케다 선생의 집에 방문했을 때 보았던 일일시호일, 즉 매일이 좋은 날이란 구절의 참 의미가 깨달아진다. 그녀는 매번의 찻자리가 단 한 번뿐인 것처럼 삶의 매날 매순간도 다시 돌아오지 않는 소중한 시간임을 알게 되었다. 그 결과 일상의 사소한 일 하나 하나에도 정성을 기울이게 된다. 일본 다도의 정신인 '일기일회一期一會', 즉 생애 단 한 번뿐인 만남의 가르침을 삶 속에서 깨닫고 실천하게 된 것이다.

이처럼 영화 속에는 다도를 통해 보는 삶의 철학이 함축되어 있다. 영화의 가장 큰 장점은 삶 속에서 느리게 걸으며 순간을 음미하는 방법을 알려준다는 것이다. 노리코와 다도 스승인 다케다 선생이 주요 등장인물이지만, 때로 벚꽃, 폭포, 소나기, 장맛비, 가을비, 눈 등 각각의 절기에 따른 자연의 변화도 빼놓을 수 없는 주인공이다. 러닝 타임 내내 관객은 맑게 흐르는 물소리와 물레방아 소리, 매미 소리, 풀잎에 떨어지는 빗방울과 장맛비 소리, 찻물이 찻잔 속으로 또르르 따라지는 소리 등을 들을 수 있다. 일상과 동떨어진 영화 속 화면에 푹 빠져 그런 소리들에 익숙해지다 보면 우리는 자신도 모르게 시간의 촉박함에서 벗어나 매 순간 벌어지고 있는 자연의 일들에 관심을 기울이게 된다.

그저 눈을 떠서 하루를 시작하고 적극적으로 살아낸다기보다 되는대로 시간을 때우고 있는지도 모를 우리에게 매순간이 혹은 매일 매일이 행복한 시간이라는 깨달음의 선물을 안겨주기도 한다. 나 역시 영화를 보며 자연스레 마음을 비우게 되었고 매일 하루를 다시 시작할 수 있음에 감사하게 되었다. 천천히 여유롭게 시간이 정지한 듯한 경험으로 일상에 지친 사람들의 마음을 치유해 주는 호젓한 여행 같은 작품이다.

영화장수 루피형아의 영화 속 숨은 그림 찾기

"보이는 것이 전부가 아니다All is not as it seems."

영화 속 이야기는 감정의 갈등과 기복이 심한 극의 구조를 따르기보다 잔잔한 한 편의 수필 같은 감성을 담고 있다. 아마도 원작의 영향이 클 것이다. 이 영화는 모리시타 노리코의 동명 에세이를 영화화한 작품이다. 작가는 스무 살에 다도를 시작해서 수십 년간 차와 함께 살아왔다. 실제의 경험이 녹아 있다 보니 작가가 차를 음미하며 느낀 소소한 일상 속 감성이 영화의 관객에게도 고스란히 전달된다.

영화를 색깔로 표현해보자면 단연 초록색을 꼽을 수 있다. 그만큼 자연친화적이기도 하고 무공해의 청정한 느낌으로 다가온다. 영화의 주인공을 맡은 두 배우는 그런 이미지를 더욱 강화해 준다. 주연인 쿠로키 하루는 고전적인 느낌을 주는 배우이다. 드라마 등에서도 주로 전통과 관련된 작품이나 시대물로 호평을 받았다. 에도시대 말기 여성으로 분한 TBS 드라마 〈천황의 요리사天皇の料理番〉의 토시코 역이나, 영화 〈작은 집小さいおうち〉에서 맡았던 근대의 하녀 타키 역을 보면 작품을 찍을 당시 20대였던 나이대보다 성숙하고 다양한 연기의 가능성을 보여 준다. 〈작은 집〉으로 그녀는 베를린 영화제 은곰상 중 최우수 여배우상을 수상하기도 했다.

다케다 선생 역할을 맡은 키키 키린은 일본의 국민 어머니라 불릴 정도로 오랜 연기력과 연륜을 지녔다. 고레에다 히로카즈 감독의 페르소나로 잘 알려져 있기도 하다. 안타깝게도 그녀는 이 작품에 출연한 후 얼마 지나지 않아 세상을 떠났다. 영화 속에서 제자들에게 주던 그녀의 말은 마치 아직 살아 있는 우리에게 남긴 그녀의 마지막 당부처럼 들린다.

"이것이 생의 한 번뿐인 만남이라 여기고 마음을 다해야 하죠. 같은 사람들이 여러 번 함께 차를 마신다 해도 똑같은 날은 다시 오지 않아요. 생에 단 한 번이다 여기고 임해 주세요."

8. 잭Jack

1996. 미국. 코미디

내면에 빛나는 별 하나를 지닌 사람과
그 별빛을 더욱 빛나게 해 준 사람들

주인공 잭은 임신 10주 만에 세상에 태어난다. 그런데 조산아가 아닌 정상적인 신생아다. 어떻게 이런 일이 가능할까. 그는 우리가 흔히 조로증이라 부르는 베르너증후군을 앓고 있다. 잭은 보통 사람들보다 세포분열 속도가 네 배나 빠르다. 나이 열 살이 된 지금은 마흔 살 중년의 외모를 갖고 있다. 그래도 마음만은 열 살 아이 그대로이다. 다른 아이들처럼 밖에서 마음껏 뛰어놀고 싶다. 학교도 가고 싶고 친구도 사귀고 싶다. 그런 그의 마음을 이해하는 가정교사는 아이가 상처 입을까봐 학교도 보내지 않는 그의 부모를 설득한다.

"남들보다 인생이 빠르게 지나간다고 해서 제대로 살아 보지도 못하고 그냥 흘려보낼 수는 없죠."

가정교사의 말에 마음을 고쳐먹은 그의 부모는 아이를 학교에 보내게 된다.

영화 속에는 잭이 학교에 가기 시작하면서 그토록 소망하던 평범한 아이로서의 삶에 진입하는 과정이 담겨 있다. 처음에 그는 아이들의 편견과 놀림에 주눅이 든다.

하지만 곧 어른의 외모를 가진 자신만의 특성을 활용하여 아이들과 친해진다. 농구를 잘해서 아이들의 히어로가 되고 가짜 교장선생님 노릇으로 곤경에 빠진 친구를 구해주기도 한다. 눈치 안 보고 성인잡지를 성큼 집어들 수 있다는 것은 또래 남자아이들의 마음을 사로잡는 남다른 그만의 장점이다.

빠른 노화로 겨우 몇 년 만에 노인이 되어가는 현실에 절망하지만 그에겐 삶의 멘토 같은 존재인 가정교사 우드러프와 친구들, 부모님의 도움이 함께한다. 그 속에서 그가 스스로 자기 앞의 삶을 인정하고 긍정적으로 받아들이게 되는 모습은 가슴 뭉클한 감동을 준다.

그처럼 몸은 어른이지만 마음은 열 살 어린이인 잭의 삶을 통해 영화는 어른이 되면 잃어버리기 쉬운 순수의 가치를 상기시켜 준다. 아이들은 처음엔 잭의 남다른 외모에 대해 편견을 갖고 그를 배타적을 대하지만 그의 장점을 발견하면서 곧 그와 친구가 된다. 한 번 친구가 된 후에는 잭이 어떤 상황에 빠지건 믿어주고 북돋아준다. 그들은 단순하고 순진하며 열린 가슴을 지니고 있다. 그런 모습은 일단 상대에 대해 부정적인 낙인을 찍으면 쉽사리 그 인식을 바꾸지 않으며 가까워졌다 해도 경계의 끈을 놓지 않는 어른들과 차이가 있다.

또한 어떤 외모나 특성을 지녔든 관계없이 세상에 단 하나뿐인 자기 자신이라는 존재의 소중함을 일깨워주기도 한다. 그는 비록 특이한 증세를 갖고 태어났지만 우드러프 선생의 말처럼 평범한 별 사이에서 빛나는 혜성 같은 존재일 수 있다. 몸은 늙어도 마음속에는 평생 소년과 청년 시절의 순수를 간직할 수 있기 때문이다. 혜성의 존재감은 그 찬란한 빛을 알아볼 수 있는 맑은 눈의 사람들이 있을 때 더욱 또렷해진다. 우드러프 선생이나 친구인 루이 등은 잭 안에 자리한 아름다운 빛을 끄집어내어 오롯이 빛나게 해 준다. 그들의 모습은 그렇지 못한 우리를 부드럽게 질타한다. 우리는 어떠한가. 조금 다르게 생겼다는 이유로 하나하나가 저마다 별처럼 소중한 사람들을 괴물 취급하거나 혐오하고 있지는 않은가. 상대방에 대해 전혀 알지 못하면서 그 외형만으로 그를 판단하고 있지는 않은가. 너무 익숙해진 편견에 사로잡혀 미처 알아챌 수조차 없었던 우리의 부끄러운 모습을 넌지시 돌아보게 하는 좋은 작품이다.

영화장수 루피형아의 영화 속 숨은 그림 찾기

“보이는 것이 전부가 아니다All is not as it seems.”

이 작품은 관객의 마음을 따뜻하게 만드는 마력이 있다. 그럼에도 불구하고 호평을 받지는 못했다. 여러 가지 원인이 있겠지만 그 중 하나는 아마도 영화를 만든 프란시스 포드 코폴라 감독의 스타일에 대한 관객의 기대감 때문일 수도 있다. 한 창작자가 반드시 비슷한 경향의 작품만을 만들어야 한다는 법은 없지만 〈대부The God Father〉 시리즈와 〈지옥의 묵시록Apocalypse Now〉에서 보여 주는 인간과 인생에 대한 심오하고 묵직한 묘사와 이 작품의 분위기는 확실히 차이가 있긴 하다. 하지만 그의 전작이 꼭 그런 류의 작품만 있었던 건 아니다. 그가 1986년에 만든 〈페기 수 결혼하다Peggy Sue Got Married〉의 경우를 살펴보면 이 영화를 만들기 10년 전에도 엇비슷한 성향에 관심을 두고 있었음을 알 수 있다.

〈페기 수 결혼하다〉는 캐서린 터너와 니콜라스 케이지가 주연을 맡았던 작품이다. 한때 우리나라에서 케서방으로 불렸던 니콜라스 케이지는 코폴라 감독의 친조카이다. 내용을 간단히 살펴보자. 고등학교 때 댄스파티의 퀸이었던 여주인공 페기는 킹으로 뽑힌 찰리와 결혼한다. 하지만 43세가 된 현재는 그의 바람기로 이혼 위기에 처해 있다. 어느 날 동창회에 참석했던 그녀는 다시 퀸으로 뽑히면서 정신을 잃게 된다. 그런데 깨어나 보니 17세 시절의 자신으로 돌아가 있다. 단 영혼만은 마흔 셋 중년 그대로이다. 재미있게도 이 작품은 〈잭〉과 반대되는 설정이다. 몸은 어리지만 마음은 어른인 것이다. 코폴라 감독은 어쩌면 어른의 내면에 살아 있는 어린 날의 순수, 혹은 어른의 마음으로 돌아보는 소년기라는 소재에 남다른 흥미가 있었던 것인지도 모르겠다. 〈체인지〉류의 영화에 관심 있는 독자라면 한 번쯤 감상해보기를 권한다.

9. 굿 윌 헌팅Good Will Hunting

1998. 미국. 드라마

남의 것이 아닌 진짜 내 인생을 사는 법

영화는 관객의 호기심을 끄는 강렬한 훅hook으로 시작된다. 쟁쟁한 천재들이 모이는 MIT 수학과의 첫 수업 시간, 권위 있는 수학 상에 빛나는 램보 교수가 학생들에게 난제를 하나 던진다. 문제를 풀어내면 공인된 수학천재로 등극하게 되는 게 과의 전통이다. 지금까지 문제를 푼 학생은 딱 두 사람. 그 중 한 명이 램보 교수 자신이다. 그런데 놀랍게도 제한된 날짜까지 누군가 그 문제를 풀어낸다. 수십 년 만에 나타난 천재의 등장에 모두들 경악한다. 하지만 그 천재는 학생이 아니다. 청소부로 일하는 보스턴 빈민가 출신 윌 헌팅이다.

윌은 천재적인 머리로 수학, 법학, 역사학 등 다양한 분야에 재능을 보인다. 그러나 어린 시절에 받은 상처로 인해 세상에 마음을 열지 못하는 불우한 반항아이다. 그의 타고난 재능을 알아본 램보 교수는 그런 그를 제도권으로 이끌어 그 천재성을 발휘하게 하고 싶다. 1년의 정신과 치료를 조건으로 교도소에서 윌을 데리고 나온 램보는 친구인 션 맥과이어 교수에게 그를 데려간다.

그는 션을 조롱하듯 대하며 자신을 길들이려 하는 듯한 시도에 반항한다. 션은 그가 실제적인 삶의 경험 없이 관념으로만 모든 것을 파악하는 단점을 지적한다. 한 번도 두뇌플레이에서 다른 사람에게 져본 적 없는 윌은 스스로의 맹점이 그에게 노출되자 비로소 누그러진 태도를 보인다. 션은 윌의 허세를 번번이 간파하며 관계의 주도권을 잡고 그의 내면에 다가선다.

좀처럼 무너지지 않는 윌의 마음의 벽을 허무는 것은 션의 진정성이다. 가정폭력이라는 공통의 상처를 지닌 션이 살아온 치열한 내적 삶에 대한 감화가 윌의 트라우마에 의한 마음의 상처를 치유하게 된다. 그런 과정을 통해 윌은 한 차원 성숙한 내면의 성장을 이룬다. 그리고 어린 시절의 상처를 극복한 한 사람의 당당한 성인으로 세상을 향해 뛰어들어 스스로의 앞날을 결정하고 살아갈 수 있는 자신감과 용기를 얻게 된다.

영화의 맨 끝이 인상적이다. 엔드 크레딧이 오르는 동안 카메라는 윌이 탄 자동차가 도로를 달려가는 모습을 롱 테이크로 잡는다. 이는 롱 테이크를 통한 담담한 감정표현을 좋아하는 거스 밴 센트 감독의 개성을 엿볼 수 있는 신이기도 하다. 차 앞에 펼쳐지는 길고 긴 캘리포니아 행 고속도로는 마치 윌의 미래를 상징하는 듯하다. 그러다 엔드 크레딧이 끝나면 윌이 탄 차가 모퉁이를 돌아가며 관객의 시야에서 사라진다.

프레임 밖으로 사라진 윌의 앞길이 궁금하긴 하지만 우리는 영화 속 주인공을 거기서 놓아주는 현명함을 배워야 한다. 영화가 끝나면 그의 사연을 더 이상 엿볼 수 없기 때문이다. 하지만 그가 눈에 보이지 않는다 해도 하나만은 분명히 알 수 있다. 자기 자신이 주도권을 지니게 된 인생은 어떤 길이 펼쳐지든 확실한 자기만의 의지와 개성을 지니게 될 것이란 걸. 그로 인해 이담에 그가 어떤 인생을 살건 자신의 삶을 되돌아볼 때 결코 한 점 후회가 없으리란 걸 말이다. 마치 윌의 멘토가 된 션이 성공의 길을 포기하고 아내를 선택해서 사랑했던 세월을 후회하지 않듯.

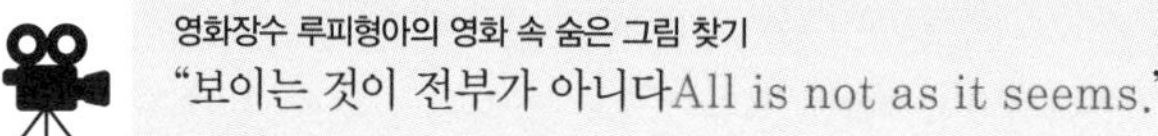

영화장수 루피형아의 영화 속 숨은 그림 찾기

"보이는 것이 전부가 아니다All is not as it seems."

극중 선은 윌에게 소울메이트가 있느냐고 묻는다. 윌은 잠시 머뭇거리다가 친구인 처키라고 대답한다. 처키는 늘 자신의 차로 윌을 픽업하러 와서 일터에 데려다주는 친구이다. 처키 역을 맡은 벤 애플렉과 윌 역의 맷 데이먼은 실제로 아주 어린 시절부터 친한 친구이다. 먼 사촌간이라고 알려져 있기도 하다. 두 사람은 이 영화의 각본을 함께 써서 아카데미 각본상을 수상하기도 했다. 본래 이 영화의 출발점은 맷 데이먼이 하버드 대학 재학 시절에 써놓은 극작 수업의 과제물이다. 그것을 기초로 후일 벤 애플렉과 공동 각본 작업을 통해 영화화까지 이른 것이다. 사정이 그렇다 보니 작품의 디테일 속에 헐리우드의 대표적 브로맨스로 불리는 두 사람의 관계나 실제 삶이 어느 정도 녹아 있다. 가령 극중 윌이 여자 친구와 데이트하느라 가지 못한 면접에 처키가 대신 가서 불량스러운 태도로 면접관들에게 돈을 뜯는 장면이 있다. 실제로도 두 사람은 상대의 인터뷰를 대신 해 주기도 한다. 본인들이 쌓아온 우정의 역사를 영화 속 설정으로 가져온 셈이다.

윌 헌팅의 모델이 된 사람이 실존한다는 주장도 있다. 영화가 미국에서 개봉된 다음해인 1998년 3월호 하버드 매거진은 윌 헌팅과 윌리엄 제임스 시디스란 실재 인물의 유사성을 다루었다. '하버드의 전설'로 불리는 신동 윌리엄 시디스의 애칭은 '빌리'였다. 아이큐가 무려 225에서 300을 넘나들었다. 언어, 수학, 논리학, 해부학, 천문학 등 다방면에 재능을 보였던 그는 여덟 살에 이미 9개 국어가 가능했고 하버드 수학과 교수의 이론적 오류를 고쳐줄 만큼 고차원 수학에 능통했다. 같은 나이에 하버드 입학시험에 통과했지만 아직 어리다는 이유로 11살에야 비로소 입학이 허가된다. 이 천재적인 아이는 곧 하버드 사람들을 깜짝 놀라게 만든다. 쟁쟁한 수학과 물리학 연구자들을 앞에 놓고 4차원에 대한 자신만의 이론을 강연했기 때문이다. 16세에 하버드 수학과를 우등 등급인 쿰 라우데Cum Laude로 졸업한 후에는 분야를 바꿔 하버드 로스쿨에 들어가기도 했다.

그러나 그런 천재성은 윌리엄 시디스라는 한 사람의 인생의 측면에서 보면 오히려 자발적인 삶을 해치는 방해물일 수 있었다. 그는 평생 세간의 시선에서 벗어나 지적 호기심을 만족시키는 홀가분한 삶을 꿈꾸었다. 윌 헌팅에 관한 스토리가 윌리엄 제임스 시디스의 삶을 반영했는지는 확신할 수 없다. 다만 제 아무리 평범한 인식을 뛰어넘는 천재적인 머리를 지니고 태어났다고 해도 주변에 의해 강요받는 삶이 아닌 자기 자신이 주도하는 삶을 살고 싶어 했다는 점에서는 윌과 빌리가 일치되는 면이 있다.

세월이 가면 아무리 세련되어 보였던 모습도 어딘가 촌스럽게 느껴지기 마련이다. 하지만 이 영화의 경우는 예외이다. 무려 20년도 더 지난 영화지만 오늘날의 시각으로 볼 때도 미장센이며 연출력 모두 어느 하나 흠잡을 구석이 없다. 맷 데이먼의 리즈 시절을 엿볼 수 있는 건 덤.

10. 컬러풀Colorful

2012. 일본. 애니메이션

사람에겐 누구나 자신만의 색깔이 있다

주인공인 '나'는 죽은 사람의 영혼이다. 이전 삶의 기억은 모두 지워졌다. 사후세계에 가서 영영 사라질 뻔 했지만 운 좋게 특별 추첨에 뽑혀 다시 한 번 삶을 살 기회를 얻게 된다. 죽기 전 그는 지상에서 큰 죄를 짓고 왔다. 6개월간 누군가의 몸에 깃들어 그의 삶을 대신 살면서 자신의 죄를 기억해내면 다시 사람이 될 수 있다.

안내를 맡은 천사 프라프라와 함께 지상에 내려온 '나'의 영혼은 고바야시 마코토라는 중학생의 몸에 들어간다. 마코토는 3일 전 자살을 시도했다. 좋아하는 후배와 엄마의 사생활이 담긴 충격적인 장면을 동시에 목격했기 때문이다. 게다가 그는 친구가 하나도 없는 외톨이에 학교에서 집단 따돌림을 당해왔다. 여러모로 위축된 삶은 마코토를 말없고 무기력한 아이로 만들었다. 그에 비해 그의 몸에 들어간 영혼은 과거사에 얽매이지 않으니 거리낄 것이 없다. 마코토의 일상에 뛰어들어 자기 멋대로 말하고 행동한다.

의기소침한 마코토의 삶을 기억하는 사람들은 씩씩해진 그의 갑작스런 변신에 놀란다. 그로 인해 그때까지의 마코토의 삶 자체도 조금씩 변화되기 시작한다. 더욱이 '나'의 영혼이 마코토의 삶에 그대로 적응하기보다 자기 방식대로 주어진 삶의 기회를 누리겠다고 마음먹으면서부터 그의 삶은 전과는 확연히 달라진다.

처음에 '나'의 영혼은 다시 생명을 얻는 이 절호의 기회를 사양했다. 이승의 기억을 다 잊어버렸지만 왜 그런지 딱히 세상에 대해 흥미가 없었다. 게다가 프라프라에게서 들은 자신의 이전 생에 대한 유일한 정보, 즉 큰 죄를 지었다는 이야기는 그 자신을 자포자기하게 만들었다. 그러나 마코토의 영혼이 되어 친구를 사귀고 미래에 대한 꿈을 함께 꾸는 동안 그에게도 변화가 인다. 그는 어느새 마코토의 삶에 동화되고 다시 살아가고 싶다는 희망을 갖게 된다. 무엇보다 마코토의 내면을 이해하고 그만이 가진 장점을 발견하면서 '나'의 영혼은 중요한 것을 깨닫는다. 사람은 누구나 자신만의 색깔이 있으며 다채로운 색들이 어우러져 존재하는 곳이 세상이라는 사실이다.

맨 끝의 반전이 경이로운 영화이다. 그럼에도 우리는 작품을 한 차원 깊게 만드는 그 반전에 대해 금세 수긍하게 된다. 인간이란 본인의 삶을 쉽사리 객관화 시켜서 바라볼 수 없는 존재이다. 한 걸음 물러서서, 혹은 또 다른 시각으로 바라보아야 자기 자신의 본 모습이 보인다. 하늘이 '나'의 영혼에게 베푼 특별추첨의 혜택이란 바로 그런 기회를 준 것이다.

작품이 강조하는 주제처럼 세상은 한 가지 색깔로 이루어진 곳이 아니다. 저마다 다른 다채로운 색깔이 어우러지며 복합적이고도 다면적인 세상을 구성한다. 여러 색깔이 각자 다른 존재감으로 세상을 채운다. 그중 어느 하나도 소중하지 않은 색깔은 없다. 바꾸어 말하면 그 누구의 삶도 중요하지 않은 삶은 없다. 우리는 모두 자기만의 독특한 색깔을 갖고 태어나며 가족과 사회 속에서 만난 여러 사람들과 섞여 아름다운 조화를 이루어낸다. 각각의 사람은 세상을 구성하는 빼놓을 수 없는 요소이며 자기 나름의 가치를 지닌다. 또한 자신의 삶을 바꿔가는 첫걸음은 스스로의 자존감과 존재감, 개성을 알아채고 그런 자신을 인정하는 것에서 시작된다.

영화를 보기 전엔 왜 제목이 컬러풀일까 싶었지만 보고난 후엔 그 한마디에 영화의 모든 것이 담겨 있음을 알게 되었다. 삶이 답답하고 절망적이어서 벗어날 방법이 없다고 느껴질 때 이 영화처럼 이전의 나와는 완전히 다른 사람의 시선으로 스스로의 삶을 바라보며 새 삶을 꿈꾸어보는 것도 좋은 해결책이 아닐까.

프라프라가 남긴 마지막 말은 오래도록 귓전에 맴돈다.

"앞으로 살아가면서 이것만은 잊지 마세요. 많은 사람이 당신을 지켜 주고 있다는 걸. 당신도 다른 사람의 버팀목이 되고 있단 걸. 당신은 이 세상에서 없어서는 안 될 존재랍니다."

영화장수 루피형아의 영화 속 숨은 그림 찾기

"보이는 것이 전부가 아니다All is not as it seems."

이 영화는 모리 에토의 동명 소설을 원작으로 한 작품이다. 원작은 출간된 이후 오랫동안 수많은 이들에게 사랑받고 있으며 초등학교와 중학교 교과서에서도 한 번쯤 읽어보기를 추천하는 도서이다. 막 사춘기가 시작될 무렵 스스로의 정체성과 자존감에 회의를 느껴본 적이 있는 사람이라면 누구든 공감할 수 있는 내용이 담겨 있어서일 것이다. 집단 따돌림이라는 사회적 문제를 기발한 발상으로 접근하여 그 본질을 짚어준 작가의 시선과 생각이 신선하게 다가온다.

연출을 맡은 하라 케이이치는 애니메이션계에서 제법 알아주는 감독이다. 〈짱구는 못 말려〉로 우리에게 더 잘 알려진 TV 시리즈와 영화판 〈크레용 신짱クレヨンしんちゃん〉을 여러 편 감독했다. 그는 천진난만한 아이들의 세계를 담고 있지만 현대 사회가 지닌 문제점을 예리한 시각으로 파헤친 의미심장한 작품을 만들어왔다. 연령대를 불문한 묵직한 감동과 함께 한 번쯤 곱씹어보게 되는 문제의식을 안겨주는 것은 그의 장점이다.

영화의 캐릭터 중 어리숙하면서도 착해 뵈는 인물이 하나 있다. 바로 마코토가 생전 처음 사귀게 된 친구 사오토메이다. 마코토를 괴롭히던 학급 아이들과 달리 그는 마코토를 믿어주고 미래에 대한 꿈을 심어준다. 또래 아이들처럼 친구와 공감대를 나누는 평범한 삶을 살고 싶던 마코토에게는 구원의 인물과도 같은 존재이다. 한 인터뷰에 따르면 감독인 하라 케이이치가 사오토메와 비슷한 성격이라고 한다. 본인은 쑥스러운 듯 아니라고 극구 부정했지만 그의 영화를 본 관객이라면 그가 사오토메처럼 우직하면서도 사람을 믿어줄 줄 아는 포용력 있는 성향의 사람임을 충분히 감지할 수 있다. 극중 인물들과 세상을 바라보는 시선이 따뜻하게 느껴지기 때문이다.

11. 집 이야기 I Am Home

2019. 한국. 드라마

해체된 아버지의 둥지에서 날갯짓하며 비상하는 한 젊은이의 초상

주인공 은서의 가족은 함께 살고 있지 않다. 이혼 후 재혼해 제주도에 신혼집을 마련한 엄마, 가족이 살던 집에 혼자 사는 아빠, 결혼한 언니는 지방에서 거주하며 은서 역시 독립해 살고 있다. 은서는 만기가 되기 전에 이사 갈 집을 알아보지만 그녀가 찾는 조건에 맞는 집은 없다. 결국 이사 시한을 넘긴 그녀는 본가로 돌아와 아빠와 서먹한 동거에 들어간다. 영화는 그로 인해서 펼쳐지는 이야기를 통해 '집'이라는 것이 지닌 속성과 의미에 대해 말하고 있다.

영화 속 주인공들에게 집은 어떤 의미일까. 꿈꿔왔던 해외여행을 떠나기 전, 은서의 단기 임대 오피스텔에 들른 엄마는 내부를 둘러본 후 사람이 살 만한 곳은 아니라고 말한다. 왜냐고 묻는 은서에게 돌아온 엄마의 대답은 이렇다.

"머물라고 있는 집이 아니라 얼른 떠나라고 있는 집 같잖아."

그녀의 말처럼 집은 머무는 것에 더 방점이 주어진 장소임에는 틀림없다. 하지만 조금 달리 생각해보면 세상 모든 집은 머물라고 있는 곳인 동시에 해체를 염두에 두고 있기도 하다. 동물의 둥지는 본래 새끼들이 다 성장할 때까지만 존재하는 임시의 집이다. 목적과 효용이 충족되면 버려진다. 은서의 가족처럼 특수한 경우가 아니라도 인간의 집 역시 결국은 세월과 함께 모두 사라져 버리는 것일지 모른다.

그런 사실을 감안하면 집을 만들고 가정을 이루는 일이 허무하게만 느껴질 수 있다. 그러나 정말로 그렇게 없어지면 끝인 걸까. 영화 속 은서아버지는 "사람이 떠날 뿐이지 집은 거기 있어."라고 말한다. 그의 말대로 가정이 해체되어 가족들이 떠난다 해도 집은 움직이지 않고 거기 있는 게 맞을 것이다. 아니 물리적인 집이 철거된다 해도 그 말은 유효하다. 외형은 보이지 않아도 마음에 남기 때문이다. 한 번 정서와 정신 속에 들어와 앉은 집은 살아 있는 한 어떤 형태로든 그 흔적을 이어간다. 성장의 토대에 녹아들어 한 인간이 세상을 살아가는 기초가 되며 어디로 떠나서든 잊지 못하는 평안한 마음의 위안이 된다.

전혀 새로운 삶을 살게 된 은서엄마 역시 마찬가지이다. 그녀는 전 남편인 은서아버지와 함께 꿈꾸었던 지구 반대편 여행이라는 소원을 새 가정을 이루며 실현시킨다. 이전에 살던 어두컴컴한 집과는 반대인 밝고 환한 집을 얻고 집 내부에 머물던 향기도 복숭아 향에서 귤 향으로 바꾼다. 그렇다 해도 그것은 어떤 의미에서는 이전에 살던 그 집의 연장선상일 뿐이다. 그녀는 여행을 꿈꾸던 지난번 가정에서의 소원뿐 아니라 과일향이 감도는 집이란 이전 집의 프레임에서 자유롭지 못하다. 한 번 틀었던 둥지는 그런 식으로 이후의 삶에 영향을 미친다.

영화에 묘사된 집은 한 가족이 깃드는 둥지의 의미를 넘어 내면의 자아 혹은 정체성을 상징하기도 한다. 사람이 변하지 않는 한 결코 벗어날 수 없는 완고한 에고의 틀이면서 동시에 거기서 벗어나고자 하는 간절한 바람이 담긴 이중적 의미를 내포한다. 은서의 아버지도 창이 없는 답답한 자신의 집에서 벗어나고 싶어 했다. 벽에 실제로 창을 내면 영영 벗어날 수 없을까 두려워 창 없는 방을 고수하는 그의 모습은 역설적으로 그 희망이 얼마나 절실한지 체감하게 한다. 그는 창을 내지 않음으로써 창이 생기면 그대로 안주해 버릴 것 같은 자신을 채찍질하며 다잡았다. 그 속내에는 현실의 고통을 인내함으로써 가족 모두가 꿈꾸는 집을 새로 마련하겠다는 가장으로서의 희생과 책임감도 엿보인다.

극의 마지막 부분에서 은서는 아버지가 영면에 든 나무 상자에 창을 내준다. 평생 그 자신의 범주를 벗어날 수 없던 아버지의 육신과 영혼을 자유롭게 만들어 주고 싶은 나름의 고육지책이다. 아내도 자식도 이미 다들 떠나 버렸지만 끝까지 혼자 남아 둥지를 지키고 있던 아버지, 가족을 위한 새 터전을 마련하려던 꿈에 대한 미련과 아쉬움에 평생이 묶여 버린 아버지의 지치고 무거운 어깨를 쉬게 해 주려는 애틋한 의도도 담겨 있다. 또 한편으로 그것은 그녀 자신을 얽매고 있던 집과 가족이라는 굴레의 완전한 해체를 의미하기도 한다. 아버지가 죽을 때까지 고수하고 있던 그 창 없는 둥지는 창이 생김으로써 존재 의의를 상실한다. 그로 인해 그녀도 없어진 둥지를 뒤로 하고 독립된 자아를 확립하여 저 넓은 세상 속으로 날갯짓하며 날아갈 수 있게 되었다.

사람들에게는 다들 저마다의 집이 있다. 아직 자신의 집을 정하지 못했던 은서는 이제 어떤 집을 짓고 살게 될까. 아마도 아버지가 평생 살던 열쇠가게의 안채가 그랬듯 그녀의 집 역시 자기 자신을 꼭 닮은 집이 아닐까. 더불어 관객인 우리는 각자 어떤 집에서 살며 또 어떤 집을 꿈꿀까.

영화장수 루피형아의 영화 속 숨은 그림 찾기

"보이는 것이 전부가 아니다All is not as it seems."

영화는 슬로우 무비처럼 엔딩까지 천천히 걷는다. 그리고 구구절절 늘어놓지 않는다. 절제된 대사와 신들은 의미 있는 상징들로 가득하다. 그야말로 심플함 속에 깊숙한 삶의 진실을 담아낸 미니멀리즘의 극치 같다. 영화 속에서 집이 품고 있는 여러 의미 중 가장 상징적인 것은 창과 식탁이다. 창이 없는 방은 외부와 소통을 닫아 버린 아버지를 비유하고 있다. 열쇠수리공이라는 직업상 일생 남의 집 문을 열어주던 그였지만 정작 굳게 닫혀 있던 자신의 마음과 가족의 마음만은 열지 못했다. 오래간만에 다시 만난 아버지와 딸이 서로 한마디도 나누지 않은 채 밥만 열심히 먹는 장면은 어딘가 희화적이면서도 슬픈 구석이 있다.

그에 비해 식탁은 은서와 아버지가 한자리에서 마주앉게 되는 유일한 공간이다. 영화 속 집이 한 가족의 정체성이 담긴 둥지요 자아를 의미한다면 식탁은 둘 사이에, 혹은 가족 간에 끊겼던 관계를 다시 이어주는 소통의 장을 상징한다. 소통은 서로 다름을 이해하고 인정하는 것에서 출발한다. 은서가 처음 집으로 들어와 함께 중화요리를 시켜먹는 장면은 아버지와 딸이 서로 다름을 알게 되는 중요한 신이다. 아버지는 기존의 방식대로 두 젓가락으로 짜장면을 비벼먹지만, 딸은 아버지가 듣도 보도 못한 색다른 방법으로 소스와 면을 섞는다. 탕수육 앞에서는 찍먹과 부먹의 전형적인 갈등이 오가기도 한다.

겉 표정으로 드러나지 않는 아버지의 딸에 대한 속 깊은 배려와 애정이 전달되는 곳도 식탁 위이다. 무뚝뚝하고 무관심해 보였지만 딸이 잠시나마 집으로 다시 들어온다고 하니 아버지의 손은 알게 모르게 바빠진다. 딸이 어릴 적 좋아하던 김치를 김장 분량만큼 담아 놓는 건 물론, 수건을 새로 사고, 딸이 쓰던 방을 깨끗이 청소한다. 아버지가 애써 담가 내놓은 식탁 위 복숭아김치에서 은서는 아버지의 사랑을 느낀다. 식탁 앞에 마주 앉는 기회가 많아질수록 두 사람은 서먹했던 관계에서 벗어나 친근감과 동질감을 회복하게 된다.

사실 필자는 영화를 다 보고 난 후에도 자리에서 금방 일어나지 못했다. 여러 가지 상념을 불러일으키는 이야기였기 때문이다. 많은 의미를 함축한 제목 자체도 쉽사리 지나칠 수 없었다. 머물 곳을 제때 마련하지 못해 한 번 떠난 둥지로 다시 찾아 들어가야 하는 은서의 현실 속에는 집 한 칸 없이 떠도는 이 시대 젊은이들의 고충과 서글픈 애환이 담겨 있기도 하다. 그럼에도 영화는 전체적으로 아련하고 따뜻한 느낌이었다. 금방 지어지고 철거되는 고층 아파트들만 빼곡히 쌓아올려지는 삭막한 시대, 추억이 깃든 잡동사니들을 모아둔 오래된 상자나 빛바랜 앨범을 꺼내 보는 듯한 기분이 들었다고 할까.

노여움

잊어서는 안 될 분노

자유를 향한 저항과 불의에 대한 분노,
그리고 진실이 살아 있는 역사를 위하여.

12. 굿타임Good Time

2018. 미국. 범죄

파멸을 향한 브레이크 없는 질주 속에 멀어져가는 허망한 꿈

세상에는 은행 강도를 소재로 한 수많은 범죄영화가 있다. 그러나 이 영화처럼 독특하게 풀어 간 작품도 드물 것이다. 주인공은 두 형제이다. 형인 코니는 지적장애를 지닌 동생 닉을 비정상으로 분류하고 가두려는 뉴욕이란 거대한 도시를 벗어나고 싶다. 그가 보기에 닉은 너무 섬세하고 순수해서 상처 입은 가여운 영혼이다. 코니와 닉은 도시 탈출의 자금을 마련하기 위해 은행을 턴다. 그 돈으로 코니가 자유롭게 살 수 있는 농장을 살 계획이다. 그러나 돈을 손에 쥔 그 순간부터 그들에겐 불운한 사건이 끊임없이 이어진다. 닉은 구치소에 들어가게 되고 코니는 모자라는 보석금을 마련하기 위해 애쓰며 직접 닉을 구하러 나선다.

영화를 남다르게 만든 요소는 색감과 속도감이다. 우선 하룻밤 사이에 벌어지는 꿈 같은 파멸을 암시하듯 영화는 시종 아날로그 시대의 화면처럼 몽롱한 색채로 이루어져 있다. 극의 초반 차 안 신에서 염료 팩이 터지며 형제는 붉은 가루를 뒤집어쓰게 된다. 그들의 머리와 옷 위에 흩뿌려진 그 주홍 글씨의 낙인 같은 붉은 빛은 뉴욕 밤거리의 네온사인처럼 선정적이며 위태롭다. 동시에 붉은 가루를 지우려 애쓰는 모습에서 우리는 그들을 옥죄는 뉴욕의 현실과 범죄의 증거로부터 벗어나려는 필사적인 심경을 느낄 수 있다. 이런 식의 강렬한 색채감은 러닝 타임 내내 주인공의 주변에 감돌며 주제를 강화하고 직관의 이미지로 전달한다.

색채가 주는 알 수 없는 불안감은 속도감에 의해 더욱 증폭된다. 자동차 추격 씬 등 빠르게 전개되는 화면은 물론이고 이 영화는 기본적으로 스토리 전개에 브레이크가 없다. 주인공은 거리낌 없이 저지르고 전혀 예상치 못한 장소들과 마주친다. 다른 인물들 역시 프레임 안으로 불쑥 뛰어들어 잘도 둘러대고 뜬금없이 자기 이야기를 쏟아 붓는다. 예상도 예단도 할 수 없는 절대 스피드의 폭주 속에서 관객은 미처 정신을 차릴 틈도 없이 오감만을 통해 즉각적으로 영화 속 상황을 느끼게 된다.

소설과 마찬가지로 영화는 개연성을 극대화시키기 위해 현실을 디테일하게 모방한다. 그러나 두 장르의 가장 큰 차이는 감각을 향한 접근법에 있다. 소설이 간접적 묘사인 것에 비해 영화는 보다 직접적으로 공감각에 호소한다. 그런 면에서 이 작품은 영화적 문법에 충실한 작품이라고 할 수 있다. 스토리를 설명하기보다 실제 현실에서 벌어질 법한 사건을 보는 이들의 오감을 향해 직접 던져주기 때문이다.

사건에 사건이 거듭되고 또 다른 사건에 휘말리면서 코니는 점점 절망적인 상황에 빠진다. 그 복잡하고도 순간순간 변해가는 상황 속에서 코니의 빠른 결정을 이끌어내는 것은 단 한 가지 목표다. 동생을 보석으로 석방시킬 돈 만 불을 마련하는 것이다. 하지만 범죄는 범죄를 낳고 거짓말은 또 새로운 거짓말을 요구한다. 불운하게도 동생인 줄 알고 빼내온 사람이 하필 마약범죄자이다. 은행 강도로 수배자가 된 코니는 사람을 폭행하고 마약을 거래하려는 시도를 하게 되면서 돌아올 수 없는 다리를 건넌다. 관객조차 가늠하기 힘들만큼 빠른 상황 전개와 정신없이 확장되어가는 사건 속에서 코니를 지탱하는 것은 동생과의 행복한 시간에 대한 꿈이다. 그러나 그것은 점점 멀어져가는 헛된 꿈일 뿐이다. 갈수록 꼬여가는 스텝과 눈덩이처럼 쌓여만 가는 범죄의 중첩에 그는 이제 동생을 구할 수도, 그들이 꿈꾸던 농장을 살 수도 없다. 파멸을 향해 질주해 가던 코니의 격렬한 몸짓은 아침이 오면서 사라져 버린 뉴욕 밤거리의 화려한 불빛처럼 허망하기 짝이 없다.

영화의 제목인 '굿 타임'이란 좋은 때이거나 기쁨을 누리는 순간을 말한다. 동시에 교도소 은어로 모범수에게 주어지는 감형의 기간을 뜻한다. 영화의 감독인 사프디 형제에 의하면 후자의 의미로 붙인 제목이라고 한다. 영화 속에서는 코니가 실수로 동생 대신 구한 레이가 전날 가석방 되었다는 내용이 나온다. 감독들은 한 인터뷰에서 코니 역시 레이처럼 교도소에서 감형을 받았고 그 좋은 시간을 영화 속 스토리처럼 불운하게 보내는 것이라고 밝히고 있다. 사실 영화 내용 중 그런 백 히스토리에 대한 언급이 없는 것은 살짝 아쉬운 감이 있다. 덕분에 관객은 코니의 일탈이 다소 뜬금없이 느껴졌고 그의 아슬아슬한 모험에 동승하면서도 어딘가 석연치 않은 구석이 있었다. 하지만 그조차도 어쩌면 우발적으로 벌어지는 주인공의 삶의 우연성에 동참시키기 위한 감독들의 의도적인 불친절이었을 수도 있다. '가석방된 모범수'라는 틀이 주어지면 주제는 명확해질지 몰라도 어디선가 한 번은 본 듯한 구성이 관객의 머릿속에 그려지기 때문이다.

사람들은 누구나 좋은 시절을 꿈꾼다. 그러나 그 실상은 겉보기에 화려한 것일 때가 많다. 화려한 네온사인으로 둘러싸였지만 뉴욕 밤거리의 속내는 쓰레기 소각장처럼 열악하고 지저분하다. 그 빛에 현혹되어 굿 타임을 꿈꾸거나 누리는 대가는 건전한 노력에 의한 것이 아닌 한 참혹하고 허무하기만 하다. 목숨 바쳐 마약에 탐닉하는 범죄자의 뒤끝처럼, 불꽃을 향해 뛰어드는 나방 떼처럼.

코니와 닉의 진정한 굿 타임은 언제였을까. 농장을 사서 닉이 속박 없이 마음껏 살 수 있게 하겠다는 꿈을 꾸던 그 시점은 아니었을까. 그들은 가난하고 할머니의 학대에 시달렸지만 끈끈한 형제애만으로 충분했다. 어쩌면 은행을 털어 돈 다발이 가득 든 가방을 들고 나왔던 그 짧디 짧은 순간이 그들의 굿 타임이었는지도 모른다. 꿈의 실현이 한 발자국 앞으로 다가왔다는 벅찬 성취감에 코니는 동생 닉을 칭찬하며 함께 잠깐의 기쁨을 나누었다. 우버 택시로 보이는 차의 뒷자리에 앉아 갑자기 쟁취한 행운이 스스로도 믿기지 않는 듯 홀로 웃음 짓던 코니를 클로즈업으로 잡은 신은 영화를 통틀어 그가 가장 행복해 뵈던 장면이다.

코니 자신이 생각했던 굿 타임은 아마도 끝내 얻지 못한 버지니아에서의 자유로운 삶을 의미했을 것이다. 하지만 그가 보낸 감형된 기간, 즉 굿 타임의 시간 동안 역설적으로 그는 굿 타임을 누릴 수 없었다. 뉴욕을 벗어나야만 얻을 수 있는 그 좋은 시절은 쉽사리 잡을 수 없는 먼 꿈과도 같았다. 행복하게 살겠다는 간절한 꿈을 이루기 위해 은행 강도가 되거나 범죄를 저질러야 큰돈을 만질 수 있던 그들의 부박한 도시의 삶에서 인간적인 비애가 느껴진다. 영화의 엔딩에 삽입된 펑크 락 뮤지션 이기 팝Iggy Pop의 주제곡 〈순수한 자와 저주받은 자The Pure and the Damned〉의 가사는 마치 뉴욕 밤거리의 불빛처럼 명멸해간 코니의 '굿 타임'에 대한 허망한 꿈을 대신 말해 주는 듯하다. 그러나 순수한 자의 표상인 닉과 저주받은 자로 표현된 코니에겐 사랑과 꿈이 있기에 살아 있는 한 구원의 여지가 있는 게 아닐까.

사랑이여
날 씻겨 주오
사랑이여
날 어루만지고 치유해 주오

순수한 자는
늘 사랑으로 행동하고
저주 받은 자도
사랑으로 행동하지

매일 생각해
나를 휘감은
얽히고설킨
이 끈들을

순수한 삶을 살고자
맑은 하늘을 올려다본다

닿지도 못하면서
하지만 기분 좋은 꿈이야
기분 좋은 꿈

죽음이여 날 담대하게 해 주오
죽음이여 발을 내딛게 해 주오

순수한 자는 늘 사랑으로 행동하고
저주받은 자도 사랑으로 행동하지
진실은 사랑의 실천

언젠가 우린 그곳으로 떠나리라
원하는 모든 걸 할 수 있고
악어를 기를 수 있는 곳으로
사랑이여

번역: 황석희

영화장수 루피형아의 영화 속 숨은 그림 찾기

"보이는 것이 전부가 아니다All is not as it seems."

조슈아 사프디와 벤자민 사프디 형제가 만든 이 영화는 저예산으로 제작되었음에도 불구하고 미국의 유명 영화 비평지인 《필름 코멘트Film Comment》가 선정한 2017 베스트 필름 20에 선정되며 세간을 놀라게 했다. 또한 권위 있는 영국과 프랑스의 영화 잡지인 《사이트 앤드 사운드Sight & Sound》와 《카이에 뒤 시네마Cahiers du Cinéma》에서도 〈굿타임〉을 그 해의 베스트 영화로 꼽았다. 칸 국제영화제 경쟁 부문에 초청되며 작품성을 인정받기도 했다. 한 평론가는 그들의 독창성이 '쇠퇴해가는 장르에 새 생명을 불어넣었다.'고 평했다. 그만큼 이 작품은 관객의 눈뿐 아니라 평단에도 일종의 충격으로 다가왔음을 짐작할 수 있다.

영화 자체가 스토리의 전달이라는 고전적 형식에서 벗어나 있기 때문에 관객에게 좀 더 설명이 필요한 부분들도 존재한다. 한 예로 차 안에서 터진 붉은 염료 팩에 관한 내용을 들 수 있다. 관객들 중 이 염료 팩이 왜 터졌는지 모르는 사람이라면 코니가 위급상황에 터뜨리려고 가방에 넣어놓은 연막탄 같은 것이 실수로 터진 것쯤으로 상상했을 수도 있다. 은행 강도 류의 영화를 좋아하는 이라면 이미 알겠지만 마치 붉은 연막탄처럼 보이는 이 염료 팩의 원래 이름은 다이팩dye pack이다. 다이팩은 은행 강도를 막기 위해 은행에서 설치해놓는 돈다발 모양의 폭발장치이다. 전자 칩이 내장된 이 장치는 돈이 은행 문에 달린 센서를 통과하여 은행을 벗어나게 되면 일정 시간 안에 폭발하며 붉은 최루성 연막을 발생시킨다. 다이팩이 터지면 돈이 붉게 착색되면서 못 쓰게 되거나 염료를 뒤집어쓴 사람이 범인이란 사실이 경찰에게 노출된다.

영화의 내용이나 평가 외에 촬영에 얽힌 뒷이야기도 튀는 내용이 많다. 예산상의 제약도 있었겠지만 보다 실감나는 장면을 찍기 위해 사프디 형제는 엑스트라로 채워진 촬영 현장이 아니라 실제 일반인이 오가는 장소를 택하곤 했다. 그리고 최대한 촬영하는 티를 내지 않으며 자연스러움을 확보하려 노력했다. 가령 지하철 안 씬 같은 경우는 주변 사람들 모두가 전철 승객들이다. 게다가 한창 북적이는 시간대였다. 코니로 분한 로버트 패틴슨은 같은 칸 안에 탄 제작진과 문자로 소통하며 연기를 했다. 또 다른 현장에서도 최대한 눈에 띄지 않게 촬영한 까닭에 사람들은 패틴슨이 영화 〈트와일라잇Twilight〉의 주인공으로 나온 그 유명한 꽃미남 뱀파이어 에드워드임에도 불구하고 아무도 그를 알아보지 못했다고 한다.

13. 개Dog-Eat-Dog

2015. 한국. 범죄

현실 속에서 실제로 벌어지고 있는 참혹한 동족상잔의 비극

독립영화는 상업영화와는 다르게 날것 그대로의 진실을 보여 주는 경우가 많다. 그만큼 더 충격을 안겨주곤 한다. 바로 이 영화가 그렇다. 영화는 필리핀 한인 납치사건이라는 실제 사건을 모티브로 만들어졌다. 예전 한 시사 프로그램이 방송한 관련 내용을 지켜본 시청자라면 잔혹한 그 사건의 윤곽을 어렴풋이나마 기억할 것이다. 필리핀에서 실종되었던 한국인은 주택이 지어진 땅 밑에서 시신으로 발견되었다. 납치범들이 살해해 땅속에 매장한 후 그 위에 집을 지었던 것이다. 그런데 그 납치범은 다름 아닌 한국인이었다.

영화 속 범인들 역시 한국인이다. 동족인 한국인을 납치해 살해했다. 한술 더 떠 필리핀에서 실종되어 돌아오지 못하는 가족을 기다리는 다른 가족들에게 접근한다. 그리고 돈을 요구한다. 시체라도 찾고 싶으면 돈을 더 보내라는 것이다. 영화는 한국인이 필리핀에 가면 가장 조심해야 할 사람이 바로 한국인이란 말이 나올 정도로 부끄러운 현실의 실체를 가감 없이 파헤친다. 불편한 현실을 다루는 만큼 끝까지 지켜보기가 힘든 작품이다.

영화의 영문 제목은 〈Dog-Eat-Dog〉이다. 우리말로 풀이하자면 개가 개를 먹는 동족상잔의 비극을 뜻한다. 한국인 공범들이 납치된 한인 피해자와 그 가족을 괴롭히고 범인들 사이에서도 서로가 서로를 먹고 먹히는 관계가 이어진다. 영화 속 상황이 제목 안에 고스란히 담겨 있다.

영화를 보는 이유는 무엇일까. 예술적 만족감을 얻기 위해 본다는 사람도 있을 것이다. 감정적 카타르시스가 필요해서일 수도 있다. 그러나 아마도 대부분의 사람은 재미를 위해 본다고 답할 것이다. 이 영화의 경우는 재미와는 전혀 관계가 없다. 한 신문사와의 인터뷰에서 영화를 만든 두 감독은 납치범들에게 고통 받는 피해자들의 모습을 통해 길고 고통스러운 현실의 한 단면과 상황에 따라 서로 먹고 먹히는 극단적 관계를 형성하는 가해자의 모습을 그리고 싶었다고 말한다.

결국 이 영화는 그런 끔찍한 사건이 다시는 일어나지 않도록 보다 많은 사람에게 전하고자 하는 메시지가 담겨 있는 작품이다. 피해자의 고통을 생생히 묘사하는 것만큼 관객의 공감대를 자극하는 게 또 있을까. 영화를 끝까지 지켜보고 나면 마치 피해자와 그 가족들의 트라우마에 동참하듯 그들의 고통이 몸서리쳐지는 현실적 체감으로 다가온다. 그런 면에서 이 영화는 소기의 목적을 충분히 달성하고 있다.

영화장수 루피형아의 영화 속 숨은 그림 찾기

"보이는 것이 전부가 아니다All is not as it seems."

그러나 이 영화를 단순한 목적성의 차원에서 벗어나 영화 예술로서 한 차원 더 끌어올리는 요소가 있다. 서로 먹고 먹히는 인간 내면의 숨겨진 본성을 묘사하려 했다는 점이다. 그런 면이야말로 보다 독립영화다운 시도가 아닐까 싶기도 하다. 물론 영화가 감독들이 원하던 그 지점을 성공적으로 구현했는지 아닌지는 별개의 차원일 것이다. 예술지향에 있어 인간 본성의 탐구만큼 매력적인 소재도 없을 것이다. 영화는 인간이 지닌 악마적 본성에 초점이 맞춰져 있다. 양심, 죄책감, 도덕 같은 것을 믿는 일반의 인식과는 거리가 있다. 그들은 동족끼리는 서로 해치지 않는다는 최소한의 금기마저 깬 비인간의 차원에 머문다.

인간으로서 지녀야 할 존엄성을 잃은 사람을 우리는 과연 사람이라 부를 수 있을까. 영화 속 납치범들은 인간의 탈을 썼지만 실은 악마와 다를 바 없다. 한 번 물면 절대로 놓지 않는 투견의 근성이 그들의 삶을 지배한다. 애견인 천만인 시대에 이미 가족의 반열에 오른 대다수 선의의 개들을 그에 비교하는 게 일견 부당해 뵈기도 한다. 하지만 전통적으로 본능에 충실한 개의 속성은 인간 자격 상실의 메타포로 사용되어 왔다. 납치범들은 개의 이빨로 피해자와 가족들을 끈질기게 물어뜯지만 그 자신들도 서로 물고 물리는 범주를 벗어나지 못한다. 개로 사는 한 그들은 영영 인간의 반열에 들 수 없을 것이다.

“아니 왜 당신들만 여기 있어요. 우리 영철이는요? 왜 안 데리고 왔어요!”라며 울부짖는 납치 피해자 어머니의 모습이 참 먹먹하게 다가온다.

14. 김복동My Name is Kim Bok-dong

2019. 한국. 다큐멘터리

결코 잊지 말아야 할 남이 아닌 바로 우리 할머니들의 이야기

절대 잊어서는 안 될 역사, 일본군 위안부 피해자 할머니들의 슬픔을 그린 다큐멘터리이다. 영화는 김복동 할머니의 외침을 담고 있다. 잘못된 역사에 희생되어 여성으로 누려야 할 삶을 모두 잃고 온몸으로 역사를 겪어낸 한 증인이며 한 사람의 인권 운동가로서 할머니의 발자취를 다루고 있다. 눈물 없이는 볼 수 없지만 그럴수록 더 더욱 봐야만 하는 작품이다.

김복동 할머니는 1992년부터 27년간 여성 인권 운동가로 또 일본군 위안부 피해자의 한 사람으로 역사의 산 증인이 되어 치열한 활동을 펼치다가 2019년 1월 세상을 떠나셨다. 할머니가 아픈 몸을 이끌며 일종의 사명감을 지니고 활동한 이유는 가해자인 일본 측의 공식적인 사과를 받아내기 위함이다. 또한 미래의 아이들에게 같은 역사가 되풀이되지 않도록 살아 있는 역사의 교훈을 주려 했다.

그럼에도 불구하고 할머니들의 상징과도 같은 소녀상에 낙서를 하고 훼손한 청년들이 있다. 그들은 유치원부터 초등학교 중학교, 고등학교 이상을 다닌 의무교육의 수혜자들이다. 주권을 지닌 국가에서 자유로운 의사표현과 선택이 가능하고 스스로의 인생을 설계해 나갈 수 있는 자유로운 권리를 지니고 살았다. 어쩌면 할머니들보다 역사적 성찰을 할 수 있는 기회가 더 많이 주어진 사람들이었는지도 모른다. 그에 비하면 할머니들은 한글 대신 일본어로 공부를 했다. 일상에서조차 일본말을 강요당했다. 대부분 공부와는 거리가 멀 수밖에 없었다. 그런데도 할머니들은 오히려 청년들을 감싸 안으며 용서했다는 뉴스가 들려왔다.

그런 관용은 어떻게 가능했던 것일까. 할머니들은 그것이 그들의 잘못이 아니라 우리 모두의 잘못이라고 말한다. 역사를 제대로 가르치지 못한 사회 전체의 잘못인 것이다. 의무교육까지 받은 그들보다 오히려 대승적인 차원에서 그들을 감싸 안은 할머니들의 역사에 대한 성숙한 자세와 포용 정신은 우리 모두의 마음을 숙연하게 한다. 마치 진정으로 손주를 위하는 우리네 할머니들의 따뜻한 속내가 느껴지는 듯하다.

역사란 무심하게 흘러가는 것이다. 하지만 그 흐름에 휩쓸린 한 개개인의 삶은 깊은 상처로 남는다. 살아 있는 긴 긴 세월 동안 그로 인한 고통을 감내해야만 한다. 손에 작은 상처만 나도 아픈 게 사람이다. 전 생애를 관통하는 치유되지 못할 몸과 마음의 상처라면 어떨까. 일제강점기라는 우리 근대사의 비극은 지나간 역사 속 한 구절이 아니다. 아직 우리 주변에 미제의 숙제로 남아 있다. 생생하게 살아 있는 통증으로 할머니들의 일상을 지배한다. 그래서 영화는 제대로 된 사과 없이 지금도 반성의 기미조차 보이지 않는 일본 정부를 향한 비난과 함께 관객 모두에게 김복동이 되어 달라고 부탁한다. 할머니들의 희생이 묻히지 않도록 잊지 말라고 당부한다. 더불어 그 상징인 평화의 소녀상을 지켜 달라고 간절히 호소한다.

위안부 피해자 할머니들은 저기 먼 나라에 살고 계신 누군가의 할머니가 아니다. 바로 우리의 할머니들이다. 꽃신 신고 진달래, 개나리 향기를 맡으며 봄바람에 설레야 했을 열일곱 소녀들은 봄이 무엇인지, 봄날의 세상이 어떤 것인지 느낄 수 있는 기회조차 빼앗긴 채 어느덧 한 세상을 다 흘려보낸 할머니가 되었다. 손이라도 꼭 붙잡아 주고 따뜻하게 안아드려야 하는 게 우리 후손들이 해야 할 몫이 아닐까. 그리고 무엇보다 할머니의 평소 당부처럼 같은 비극을 되풀이하지 않도록 기억하고 또 노력하는 일. 그것이야말로 우리 역사를 일군 보이지 않는 수천수만의 영령과 할머니들의 희생 위에 살아남은 우리 후손들의 의무가 아닐까 싶다.

영화장수 루피형아의 영화 속 숨은 그림 찾기
"보이는 것이 전부가 아니다All is not as it seems."

영화는 모든 것이 시민의 힘으로 완성되었다. 상영관도 상영 횟수도 적었지만 티켓 나눔 운동과 자발적인 단체 관람이 이어졌었다. 그리고 후일 국내 유일의 독립영화상인 들꽃영화상에서 심사위원특별언급상을 수상했다. 심사위원특별언급상은 본상이 아니다. 2019년에 만들어진 독립다큐멘터리로서 이 영화에 한해 한시적으로 만들어진 특별상이다. 뜻있는 이들에 의해 만들어진 의미 있는 영화가 그 의미를 알아봐준 의식 있는 이들에 의해 한층 빛을 발하게 된 것이다.

15. 가슴에 돋는 칼로 슬픔을 자르고

Sorrow, Like a Withdrawn Dagger, Left My Heart

1992. 한국. 드라마

시대의 태풍에 휘말린 현실이란
멍텅구리 배에서 한 소년에게 입힌 희망의 구명조끼

한쪽 다리에 장애를 가진 허름한 차림의 남자가 목포 바닷가를 배회한다. 일자리를 얻기 위해서이다. 그러나 그는 악덕소개업자에게 속아 현대판 노예선이라 불리는 새우잡이 배의 선원이 된다. 자체 동력이 없어 멍텅구리 배라 불리는 새우잡이 배는 그를 망망대해 한가운데에 꼼짝없이 갇힌 신세로 만든다. 김재호란 이름의 이 젊은 남자는 배에서 김 씨라 불리며 쉼 없이 새우를 잡는 중노동에 시달리게 된다.

배에는 사공이라 불리는 선장이 있다. 선주처럼 절대 권력을 지니지는 않았지만 선원들에게는 실질적인 억압자이며 권력의 대리인 같은 존재이다. 배에 갇힌 사람들은 모두 그의 감시를 받으며 고통스런 삶을 이어간다. 그들은 저마다의 성향과 살아온 배경에 따라 같은 환경에 대처하는 방식이 다르다. 그중 한 사람은 그렇게 쉽게 변할 상황이었다면 벌써 뒤집어졌을 거라며 자조적인 입장을 취한다. 그가 택한 방법은 유흥으로의 도피다. 바뀌지 않을 현실이라면 차라리 그것을 즐기며 살겠다는 입장이다. 또 다른 이는 적극적인 탈출을 꾀한다. 그러나 홀로 망망대해 위에 스스로를 내던진 그가 성공적으로 뭍에 도달할지는 알 수 없다. 현실에 순응하여 그저 목전의 일에 충실하며 사는 유형도 있다. 그는 도인처럼 달관하여 현실의 고통에서 벗어나 있다.

재호도 탈출해서 세상으로 나가고 싶다. 어설프게 탈출을 시도했다가 붙잡혀 죽도록 맞은 그는 잠시 목표를 바꾼다. 자신을 배신했다고 생각되는 동료에게 먼저 복수를 하겠다고 마음먹는다. 그는 우선 현실에 적응하며 힘을 기른다. 사공에게 충실한 앞잡이 노릇으로 신임을 얻은 후에는 그의 후임으로 사공의 자리에까지 오른다. 하지만 복수하려던 상대에 대한 증오심이 실은 자신의 오해에서 비롯되었음을 알게 된다. 그는 억압된 현실에서 억압자의 편에 서려 애썼던 그 자신의 행태에 회의를 느낀다. 그리고 혼자 헤어나려던 생각을 바꿔 선원들에게 모두 함께 탈출하자고 제안한다.

"내일 동력선이 오면 우리 모두 가고 싶은 곳으로 가는 거예요. 이제 난 사공도 형님도 아니오. 나는 찐따 김 씨요. 누군가 나처럼 혼자 빠져나가려고 사공 조끼를 훔쳐갔나 본데 같이 가는 거요. 우리 모두 함께 갑시다. 동력선을 뺏어 타고."

영화 속 새우잡이 배는 세상의 축소판이다. 영화는 권력의 힘에 의해 외부의 소식, 혹은 진실과 차단된 채 살아가는 사람들의 일상을 새우잡이 배에 갇힌 선원들의 삶에 빗대어 표현했다. 그들의 면면은 억압된 세상을 겪던 1980년대 사람들의 여러 가지 삶의 방식을 풍자적으로 비유하고 있다. 배에 갇힌 사람들이 그렇듯 폐쇄된 당시 사회에서 사람들은 각자의 방식으로 그에 대응해 살고 있었다. 그러나 그들은 한결같은 공통점이 있다. 자유를 빼앗긴 비인간적인 삶을 살고 있다는 점이다.

영화 속에서 라디오는 중요한 의미를 갖고 있다. 배 안에 갇힌 사람들을 외부와 연결하는 유일한 접점이며 권력이 시민을 길들이는 도구로 묘사된다. 간간이 사건을 전달하지만 그들의 목적은 순응을 강조하는 것에 있다. 현실 속에서 프로파간다의 도구로 쓰이던 미디어의 속성을 풍자하면서 관객에게 새우잡이 배의 현실이 그 당시 사회의 축소판임을 일깨워주기도 한다. 태풍에 대한 기상오보로 배 안 사람들을 위기에 빠뜨리는 역할도 바로 라디오의 몫이었다. 라디오를 통한 비유는 스스로의 주관과 판단 없이 미디어에만 의존하고 그에 의해 세뇌된 순응의 삶을 산다면 눈앞에 태풍 같은 큰 위기가 닥쳤을 때 제대로 대처하지 못할 거라는 경고를 담고 있다.

영화는 암담한 새우잡이 배의 현실을 결국 몰락으로 몰고 간다. 그러나 종국의 시선은 결코 어둡지만은 않다. 태풍에 휩쓸려 모두가 사라져가는 와중에도 한 가닥 희망의 끈을 놓지 않고 있기 때문이다. 재호가 배의 유일한 구명조끼를 소년에게 입혀주며 남긴 마지막 당부의 말 속에는 절망의 폐허 위에 돋아나는 새싹에 대한 기대처럼 더 나은 세상이 될 미래의 희망을 향한 절박하고 간절한 바람이 담겨 있다.

"내 말 잘 들어야 돼. 그래야지 넌 집에 갈 수 있어. 알았지. 명심해야 돼. 잠을 자서도 안 돼. 자 정신 똑바로 차려. 그래야지 넌 집에 갈 수 있어. 알았지."

영화장수 루피형아의 영화 속 숨은 그림 찾기

"보이는 것이 전부가 아니다All is not as it seems."

한국 독립영화 1세대 홍기선 감독의 데뷔작인 이 영화는《창작과 비평》1990년 가을호에 발표된 원명희 작가의 중편소설《먹이사슬》을 모티브로 해서 만든 작품이다. 원명희 작가는 극중 주인공인 재호처럼 다리에 장애를 지니고 있고 실제 멍텅구리 배에서 일한 경험이 있다고 한다.《먹이사슬》은 그의 자전적 소설인 셈이다. 철거민 출신으로 초등학교도 채 졸업하지 못해 철자법조차 몰랐던 이 작가는 뜻있는 누군가의 도움을 받아 자신의 경험을 소설로 써내게 되었다.

홍기선 감독은 그의 소설을 바탕으로 멍텅구리 배라는 폐쇄된 작은 공간을 설정하고 그 안에서 벌어지는 인간 군상의 이야기를 담았다. 그를 인터뷰한 한 기사에 따르면 영화의 클라이맥스인 폭풍우 관련 내용은 1987년 여름 우리나라를 덮쳤던 태풍 셀마의 피해상황에서 영감을 얻었다고 한다. 당시 기상청은 셀마가 우리나라를 피해갈 것이라고 예보했다. 그러나 예상과 달리 태풍은 강한 비바람과 함께 남해안 지방에 상륙했다. 이때 기상청 예보만 믿고 미처 피하지 못한 수많은 선박들이 큰 피해를 입었고 새우잡이용 멍텅구리 배 선원 80여 명이 목숨을 잃었다.

16. 죽여주는 여자The Bacchus Lady

2016. 한국. 드라마

"죽여준다."라는 말의 속내에 담긴 서글픈 의미

주인공 소영은 노인들의 사교장으로 유명한 종로 탑골 공원에서 피로회복제 음료를 팔며 생계를 유지하고 살아가는 65세의 중노년 여성이다. 겉으로는 음료 판매인이지만 실은 노인을 상대로 한 성매매가 본업이다. 그녀는 노인들 사이에서 이른바 '죽여주는 여자'로 소문이 나 있었다. 그런데 얼마 전부터 단골들이 보이지 않는다. 알고 보니 그중 한 노인은 뇌졸중으로 요양원에 들어갔다고 한다. 몸을 움직일 수 없어 목숨조차 자기 손으로 끊기 어려워진 그는 병문안 간 그녀에게 자신을 대신 죽여 달라고 부탁한다. 그녀는 그의 간절한 소원을 외면하지 못하고 그가 죽도록 도와준다. 이제 그녀는 말 그대로 죽여주는 여자가 되었다.

소영의 본명은 미숙이다. 그녀는 우연히 만난 코피노를 자신의 단칸방으로 데려와 따뜻하게 보살펴준다. 그런 그녀에겐 자신이 낳은 혼혈아를 미국으로 입양 보낸 아픈 과거와 가슴 깊이 묻어둔 자식에 대한 죄책감이 있다. 유일한 혈육과 떨어져 가족이 없는 그녀는 다세대 주택에 세 들어 있다. 그녀의 이웃에는 외국인 근로자와 다리 없는 청년도 함께 살고 있다. 집주인도 트렌스젠더이다. 영화는 미숙이라는 이 인정 많은 여인의 시선으로 그처럼 소외된 사람들을 따뜻하게 바라본다. 차가운 도시의 뒷골목에서 외로운 이들끼리 한 가족이 되어 사는 포용의 삶을 묘사한다. 그런 까닭에 스토리 자체의 비극성에도 불구하고 훈훈한 이미지로 다가온다. 특히나 정이 많고 인간에 대한 이해력을 지닌 미숙의 캐릭터는 관객의 가슴 한구석을 파고든다.

노년의 문제는 결국 사회로부터 소외된 고독을 어떤 방식으로 해결할 수 있는가와 인간으로서의 존엄성을 어떻게 지킬 수 있는가에 있다. 작품 속 노인들이 극단적 선택을 결심하는 이유도 어쩌면 소외에 대한 불안감과 고독, 그리고 인간다운 삶을 향한 최선의 몸부림이었을 것이다.

과거에는 자식들이 부모의 노후를 책임졌다. 그러나 핵가족화와 함께 부모 따로 자식 따로의 가족 형태로 변모하게 되면서 더 이상 자식이 부모를 부양한다는 걸 기대할 수 없는 사회가 되어가고 있다. 그럼에도 경제적으로 혹은 신체적으로도 스스로를 책임질 수 없다는 것은 치명적인 일이다. 노년의 빈곤과 소외는 모두가 관심을 기울여야 하는 심각한 사회문제가 되었다.

사회의 안전망이란 그럴 때 작동해야 마땅한 것이 아닐까 싶다. 노인 문제는 사실 '그들'의 문제가 아닌 바로 '우리'의 문제이다. 왜냐하면 우리는 모두 언젠가는 나이가 들기 때문이다. 또한 집집마다 부모님이 계시니 그분들의 노후에 대해 다들 한 번쯤은 심각한 고민이 필요하기 때문이다. 점점 인구의 적잖은 비율이 노령화되는 시점이기도 하니 더더욱 그것은 강 건너 불구경의 차원만은 아니다. 우리 사회가 소외된 이들을 외면한다면 언젠가는 사회 전체가 울적해지는 시기가 오지 않는다고 장담할 수 없다.

영화는 충격적인 범죄를 저질렀지만 결코 비난할 수 없는 미숙의 이야기를 통해 그런 문제에 대한 주의를 촉구하고 그 해결책을 간접적으로나마 제시하고 있다. 소외에 대한 구원은 관심을 갖고 포용하는 것이다. 그 출발점은 미숙처럼 인간에 대한 측은지심을 갖는 일일 것이다. 이 영화가 우리 주변의 소외된 이들에게 눈길을 돌려 그들을 따뜻하게 안아주는 계기가 되었으면 한다.

이 작품은 지루한 구호나 골치 아픈 주제의 표명 없이 밀도 있는 스토리 구성과 자연스러운 연출, 인간미 넘치는 연기로 노인의 소외 문제, 나아가 또 다른 소외층에 관한 문제까지도 온기 있는 시선으로 깊이 있게 다룬 수작이다. 제목만 보고 그저 자극적인 영화로만 생각했던 것에 대해 반성할 만큼 영화는 관객에게 깊은 울림을 준다.

특히 영화를 돋보이게 하는 것은 배우 윤여정의 자연스러운 연기이다. 극중 미숙은 부끄러워할 줄 알고 예의 바르며 매사 삼가는 만년 소녀 같은 캐릭터이다. 그렇게만 보면 철없고 세상 물정 모르는 인생을 살 것 같다. 그러나 막상 업계의 경쟁자 앞에 서면 한마디도 지지 않는 똑 부러진 성격도 갖고 있다. 반면 정이 많고 상대의 어려운 지점을 간파하여 감싸줄 수 있는 이해력을 지녔다. 그처럼 다면적인 미숙의 캐릭터는 푸근한 느낌과 함께 관객의 가슴속에 들꽃처럼 애잔하게 파고든다. 배우 윤여정이 아니었다면 섬세하고 깐깐하고 예리하면서도 그와 대척점에 있는 원만한 후덕함을 지닌 여성상을 그처럼 완벽하게 구현할 수 있었을까.

최근 그녀는 영화 〈미나리〉의 성공과 함께 영국인들을 에둘러 풍자하면서도 동시에 치켜세우는 센스 있는 인터뷰로 그들은 물론 전 세계 사람들의 마음을 사로잡았다. 그보다 몇 년 앞서 제작된 이 작품은 그녀가 제 93회 아카데미 시상식의 여우조연상을 거머쥐며 세계적 톱스타로 부상한 것이 결코 우연한 행운이 아님을 증명해 주는 필모그래피 중 한 편이다.

17. 트래쉬Trash

2015. 영국. 어드벤처

쓰레기 보다 더 쓰레기 같은 어른들의 세상을 청소한 하치장 아이들

제목 안에 영화의 모든 것이 다 들어 있다 해도 좋을 이 작품은 브라질 리우의 빈민가에서 살아가는 어린 소년들의 모험을 담고 있다. 14세 소년 라파엘, 가르도, 들쥐에게 하치장은 삶의 터전이자 생계를 잇게 해 주는 일터이다. 그들은 쓰레기장 안의 판잣집에 살고 있으며 그중 한 아이는 하수도 밑 시궁창이 집이다.

어느 날 라파엘은 쓰레기더미를 뒤지다 지갑 하나를 발견한다. 그런데 그게 왠지 심상치 않다. 동원된 경찰들은 평소와 달리 쓰레기장 안을 샅샅이 뒤지며 지갑을 찾는 데 혈안이 돼 있다. 그 모습을 목격한 라파엘과 친구들은 지갑에 무언가 흑막이 도사리고 있다는 사실을 눈치 챈다. 그들은 쓰레기장 일을 잠시 중단하고 지갑에 얽힌 비밀을 풀기 위해 직접 나서기로 한다. 그들의 의문을 풀어 줄 첫 단서는 지갑 안에 있던 열쇠이다. 그 열쇠로 지하철역 사물함에서 편지를 발견한 아이들은 편지 속 인터넷 주소를 검색하면서 비밀의 실체에 한 걸음 더 다가선다.

경찰은 갑자기 종적이 사라진 라파엘을 의심하며 그를 잡아간다. 라파엘은 고문을 당한 끝에 죽음의 위기에 처한다. 그들에게 더럽고 악취 나는 하치장의 한 아이란 죽여도 아무렇지 않은 하찮은 존재일 뿐이다. 누군가의 호의로 운 좋게 살아난 라파엘은 친구들과 함께 경찰에 쫓기면서 지갑에 담긴 거대한 악의 커넥션을 밝혀내기 시작한다.

아이들은 경찰의 총에 대적할 무기도 자신들을 방어할 조직의 도움도 없다. 그저 기발한 꾀와 야생 들쥐처럼 재빠른 몸놀림만으로 경찰을 따돌린다. 그 와중에 비밀을 척척 풀어 가는 아슬아슬한 모험 속에는 한순간도 눈을 뗄 수 없게 하는 긴장감과 박진감이 넘친다.

아이들의 동선과 감정선에 푹 빠져 영화에 몰입하다 보면 쓰레기라는 영화의 제목이 암시하는 이중적 의미가 곱씹어진다. 몸은 비참한 곳에 살고 있지만 아이들의 영혼은 맑고 순수하며 정의감이 넘친다. 그에 비해 어른들의 세상은 깨끗하고 번듯해 보일지 몰라도 그 속내는 위선과 부정으로 얼룩져 있다. 부정부패를 일삼고 사람의 목숨을 대수롭지 않게 여기는 정치인들과 그들의 하수인인 비리 경찰들, 부정 공무원의 행태는 지켜보면 볼수록 점입가경이다. 악의 우두머리인 시장은 가난한 이들에겐 생명줄과도 같은 쓰레기장을 모두 불태우라고 명령한다. 교도관은 양심수에게 반입할 물품의 대가로 뒷돈을 요구하고 임무를 수행하는가 싶던 형사는 막판에 돈을 빼돌리기 위해 조직을 배신한다. 쓰레기 더미가 가득한 진짜 쓰레기장은 아이들이 살고 있던 하치장이 아니라 부정과 비리가 판을 치는 어른들의 세상이다.

그렇다면 아이들은 왜 목숨을 건 위험한 일에 뛰어들어 비밀을 캐내려 했을까. "왜 이런 일을 하니?"라고 묻는 올리비아 선생의 말에 그들은 한 점 망설임 없이 답한다.

"옳은 일이니까요."

세파에 찌들어 옳고 그름에 대한 감각마저 마비되어 버린 어른들에게는 경종을 울리는 한마디가 아닐 수 없다. 아이들은 자신들이 권력의 칼날에 희생될 수도 있다는 최악의 상황마저 상정하며 비디오로 세상을 향한 당부를 남기기도 한다.

"모든 사람은 평등해야 해요."

"그렇지 않으면 브라질은 붕괴될 거예요."

아이들이 전하는 비장한 말을 들으면 가슴속에 뜨거운 무언가가 느껴진다. 돈만 있으면 모든 게 해결된다고 믿는 어른들과 달리 가난하고 힘없는 그 아이들은 진심을 다해 나라를 걱정하고 구하려 애쓰고 있지 않은가. 스릴 넘치는 극적 재미 속에서 아이들의 투명한 정직성과 순수성이 그 무엇보다 통렬하게 어른들의 뼈를 때리는 좋은 작품이다.

영화장수 루피형아의 영화 속 숨은 그림 찾기

"보이는 것이 전부가 아니다All is not as it seems."

한 편의 모험담 속에 긴장감과 사회성, 의미 있는 삶의 교훈을 적절히 녹여낸 이렇게 괜찮은 작품을 왜 이제야 알게 되었을까 싶었던 영화이다. 그러나 그조차 영화의 사전정보를 무심히 보고 넘긴 탓인지도 모른다. 명불허전이란 말을 증명이라도 하듯 연출을 맡은 사람은 바로 〈더 리더The Reader: 책 읽어주는 남자〉와 〈디 아워스The Hours〉 그리고 수많은 사람이 인생영화로 꼽는 〈빌리 엘리어트Billy Elliot〉의 명장 스티븐 달드리 감독이기 때문이다.

그는 청소년 시절 배우 수업을 받은 후 연극을 연출했다. 그러다 메가폰을 잡으며 영화감독이 되었다. 연극 연출에서 쌓은 탄탄한 드라마 구성 능력을 바탕으로 영화를 밀도 있고 완성도 높게 만든다는 평가를 받고 있다. 그의 필모를 살펴보면 삶과 사회에 대한 무게감 있는 성찰을 다룬 문학작품을 영상화한 경우가 적지 않다. 〈트래쉬〉 역시 앤디 멀리건이 지은 동명의 세계적 베스트셀러를 영화화한 작품이다.

원작 소설 속 배경은 본래 브라질이 아니라 가상의 제3세계 쓰레기마을인 베할라라는 곳이다. 영화로 만들어지면서 브라질이라는 특정 국가를 무대로 삼게 되었다.

브라질 리우 외곽에는 세계에서 제일 큰 쓰레기 매립지인 자르딤 그라마초가 있었다. 아마도 베할라를 영상으로 재현하기에 가장 적합한 장소였을 것이다. 그러나 정작 촬영은 거대한 쓰레기장 세트에서 이루어졌다. 매립지의 환경이 너무나 열악하고 위험 요소가 많아 촬영에 적합하지 않은 탓이었다. 참고로 다큐멘터리 영화 〈웨이스트 랜드Waste Land〉 역시 자르딤 그라마초를 배경으로 하고 있다. 극중 라파엘이나 가르도, 들쥐처럼 쓰레기를 뒤져 생계를 해결하는 사람들을 현지어로는 카타도르라 부른다.

사회 문제에 관심이 많은 스티븐 달드리는 〈빌리 엘리어트〉에서 탄광촌 아이의 성장 스토리를 통해 대처 시절 영국의 노동 문제를 다룬 것처럼 이 작품에서는 빈민가 아이들의 신나는 모험담 속에서 빈부격차가 심한 브라질, 혹은 제3세계 사회의 모순과 정계의 부조리를 묘사했다. 이 영화는 무엇보다 아이들이 이끌어 가는 스토리임에도 불구하고 첩보 영화 못지않게 흥미진진하며 스피디한 전개가 장점이다. 기회가 된다면 꼭 한 번 보시기를 추천한다.

18. 가버나움Capernaum

2019. 레바논 · 프랑스. 드라마

잿더미 같은 절망의 삶에서 일군 희망의 불씨로 세상의 히어로가 된 소년

"부모님을 고소하고 싶어요. 저를 세상에 태어나게 했으니까요."

소년 교도소 안에서 우연찮게 생방송 탐사보도 프로그램을 본 열 몇 살짜리 남자아이가 방송국에 전화를 걸어 세상을 향해 외친다. 그의 소원대로 부모는 피고가 되어 법정에 선다. 아이와 부모 사이에는 불꽃 튀는 공방전이 벌어진다. 어찌 보면 막장드라마 같은 이 스토리는 향후 어떻게 전개될까. 그리고 대체 이 가정엔 무슨 일이 있었던 것일까.

이야기의 주인공은 자인이란 이름을 지닌 소년이다. 그는 언제 쫓겨날지 모르는 레바논 빈민가의 한 허름한 집에서 가족과 함께 살고 있다. 출생기록조차 없는 그는 열두 살인지 열 세 살인지조차 불분명하다. 스스로도 자신의 나이가 대략 그쯤이라고 추정하고 있다. 자인과 동생들은 거리에 나가 일을 하며 제 스스로 성장해야 했다. 그들은 가겟집에서 배달일도 하고 주스를 팔기도 한다. 부모는 그저 낳아만 줬을 뿐이다. 본래 아이들을 학교에 보낼 생각도 없었지만 어느 날 갑자기 태도를 바꾸었다. 이웃집 아이가 학교에서 먹을 것을 잔뜩 얻어왔기 때문이다.

그런 자인에게 청천벽력 같은 소식이 들린다. 부모가 아직 어린 여동생 사하르를 강제로 결혼 시키려 한다는 것이다. 한 입이라도 덜어내기 위해서였다. 그는 사하르와 함께 도망치려 하지만 결국 실패하고 만다. 부모의 행태에 실망해 홀로 집을 나온 자인은 일자리를 찾아 낯선 곳을 떠돌다 소년 교도소에 들어간다. 그리고 사하르의 죽음과 어머니의 임신 사실을 알게 된다. 자인은 동생을 지켜 주지 못했다는 자책감과 또 다시 자신들과 같은 처지의 동생을 하나 더 낳으려는 부모의 무책임에 분노하며 그들을 법정에 세우기로 결심한다.

영화 〈가버나움〉은 픽션이 아닌 실제 인물들의 삶에 기반하고 있다. 가감 없는 현실을 전달하기 위해 러닝 타임 126분 동안 있는 그대로의 모습을 담담한 시선으로 보여 준다. 영화 안에 담긴 내용은 실로 충격적이다. 열 살 정도밖에 안 되어 보이는 아이들이 버젓이 담배를 피운다. 먹을 것도 놀 거리도 없이 아이들은 언제 어디서든 위험하고 아슬아슬한 가시밭 같은 환경에 노출되어 있다. 부모의 보호라든지 사회의 일원이 되기 위한 규범이나 규칙 익히기 같은 사회적 안전망의 사각지대에 놓여 있는 것이다. 그맘때 아이들이라면 어떻게 하루를 재미있게 보낼까가 유일한 고민거리여야 마땅할 것이다. 실컷 뛰어놀며 미래에 대한 꿈을 키워가는 게 정상이다. 하지만 자인과 또래 친구들의 일상에 미래란 존재하지 않는 개념인지 모른다. 그들에겐 그날 하루하루를 어떻게 버티며 넘기는가가 삶의 관건이다.

그처럼 열악한 환경 속에서 자인이 겪어내는 일들은 마치 제 몸의 몇 배나 되는 무거운 짐을 지고 날카로운 유리조각이 깔린 길을 맨발로 걸어가는 것처럼 위험천만하고 가혹하다. 판사 앞에 선 자인은 그런 삶을 자신에게 안겨준 부모와 세상에 대해 억울함과 분노를 표출한다. "사는 게 내 신발보다 더 지저분하고 더러워요!"라고 외치는 자인의 절규는 관객의 가슴에 비수를 꽂듯 아프게 다가온다. 오죽하면 그런 말을 다 했을까.

자신의 삶을 오욕이라 느끼는 아이에게 또 다른 생명의 탄생은 축복이 아닌 생지옥 같은 일일 수밖에 없다. 아끼던 여동생이 너무 이른 임신으로 죽어간 후 또 다른 동생이 태어나 자신들처럼 혹독한 삶의 길을 걸어가야 한다는 상상은 자인에게 그 무엇보다 견디기 힘든 고통이었을 것이다. 그래서 그는 그의 부모가 더 이상 죄를 짓지 않기를 바란다. 아이를 낳아 그 아이에게 가시밭길 같은 고행의 삶을 겪게 하는 것은 명백한 죄이기 때문이다.

"자라서 좋은 사람이 되고 싶었어요. 존중받고 사랑받고 싶었어요. 하지만 신은 그걸 바라지 않아요. 우리가 바닥에서 짓밟히길 바라죠. 뱃속의 아기도 나처럼 될 거예요. 애를 그만 낳게 해 주세요."

이 가슴 절절한 소년의 호소에 대한 부모의 항변은 궁색해 보이기만 한다. 결혼하면 적어도 좋은 침대에서 잘 수 있지 않을까 싶어 딸을 시집보냈으며 등골이 휘도록 고생만 해온 자신들도 가정을 꾸린 게 후회스럽다고 말한다. 극 초반부터 자인의 시선으로 이야기를 따라온 관객은 그 순간 노여움의 불길에 휩싸인다. 부모로서 아이를 제대로 챙기기는커녕 변명으로 일관하는 부모가 무책임하게만 보인다. 그러나 극 속에서 그렇게 묘사되었다 해도 우리는 과연 그들을 일방적으로 나무랄 수 있을까. 선입견을 내려놓고 부모의 입장에서 상황을 바라보면 그 역시 안타깝고 마음이 아프기는 매한가지다. 돈이 없어 어린 딸을 시집보내야 하는 부모의 심정을 판사님이 아느냐, 돈이 없어보긴 했느냐는 그들의 질문은 관객과 세상을 향한 읍소일 것이다. 그들의 상황은 그 누구의 잘못도 아니다. 그들이 그렇게 살 수밖에 없는 구조적인 사회 환경의 문제이다. 그리고 그 문제는 우리 모두가 함께 해결해야 할 숙제일 것이다. 영화를 만든 이가 꿈꾸었던 것도 영화를 보고 난 후 우리 내부의 공감에서부터 비롯될 실질적인 변화가 아닐까. 관객 하나하나의 공감과 깨달음이 모여 결국 세상을 바꾸는 큰 변화의 물결을 이룰 테니 말이다.

개인적으로 지인들에게 꼭 한 번 감상해 보라고 추천하는 작품 중 하나이다. 영화가 진정성 있게 다가오는 것은 픽션이 아닌 실제 이야기에 토대를 두고 있기 때문일 것이다. 영화를 연출한 나딘 라바키 감독은 영화 속 현실을 믿게 하기 위해 억지로 강요하거나 과장하고 싶지 않았다고 밝히고 있다. 그런 까닭에 화면에 보이는 모든 것은 설정이 아니라 사실적인 모습 그 자체이다. 영화 속 인물들 역시 말 그대로 감독의 길거리 캐스팅을 통해 배역이 정해졌다. 물론 영화의 내용이 배우 자신들의 인생 역정을 그대로 묘사한 것은 아니지만 그들의 실제 삶도 영화 속에서 맡은 역할과 크게 다르지는 않다. 자인 역을 연기한 자인 알 라피아는 시리아 난민이며, 그 외의 출연자들도 불법 체류자 신분이거나 레바논 빈민가의 아이들이다.

가버나움이란 카파르나움Capharnaüm과 같은 말이다. 카파르나움은 본래 이스라엘 갈릴리 호숫가에 자리한 성경 속의 지명이다. 나사렛에서 태어난 예수는 당시 상업과 교역의 중심지였던 카파르나움으로 옮겨 가 베드로나 요한 같은 제자들을 만나고 병자를 낫게 해 주는 등 수많은 기적을 행했다. 하지만 그곳에 살던 타락한 사람들은 그런 기적들을 보았음에도 회개하지 않았다. 예수는 그 도시가 지옥까지 떨어질 것이라 예언했고 크게 번성하던 도시는 결국 멸망의 길을 걷게 된다. 그런 사연과 역사를 지닌 땅인 탓에 카파르나움은 "신이 버린 곳", "카오스 혹은 혼돈의 장소"란 비유적인 의미로 쓰이고 있다. 영화 속에서 신조차 외면한 절대 빈곤의 환경에서 태어난 아이들은 아직 부모의 보호가 필요한 나이임에도 너무나도 일찍 비정한 현실의 거리로 내몰린다. 아이들이 살던 곳은 인간이 지녀야 할 최소한의 존엄성조차 보장받을 수 없는, 그래서 신의 자비와 조화로움이 빗겨간 혼돈과 절망의 땅이다.

그러나 역설적으로 기적은 천상의 땅이 아닌 가장 낮은 곳, 신의 손길이 닿지 않는 혼돈의 고장에서 일어나기 마련이다. 영화는 자인이 살던 암담한 현실을 묘사하고 있지만 그 안에서 피어나는 기적과도 같은 희망을 말하고 싶었는지 모른다. 실제로도 감독은 한 인터뷰를 통해 자신이 배역에 딱 맞는 자인이란 소년을 발견한 것부터 하나의 기적이라 이야기한 적이 있다.

영화의 종반부를 보면 소년교도소에서 생활하는 자인의 모습을 볼 수 있다. 그 장면에서 내 눈길을 끈 건 자인이 입고 있던 바지이다. 바지에는 캡틴 아메리카의 방패가 그려져 있었다. 아마도 그는 세상에 태어나 살아온 10여 년의 세월 동안 토르나 스파이더 맨, 아이언 맨의 존재조차 몰랐을지 모른다. 자신의 바지에 새겨진 그림이 캡틴 아메리카의 방패란 사실도 알지 못했을 확률이 크다. 그러나 자인이 알고 있든 혹은 그렇지 않든 그는 그 방패가 상징하는 것처럼 실제로 세상의 히어로가 되었다.

이 세상엔 수많은 자인이 살고 있다. 아마 우리나라에도 적잖은 자인이 있을 것이다. 영화 속 자인은 그 아이들의 염원을 대표하듯 가버나움과 같은 혹독한 환경을 딛고 일어나 온 세상 사람들에게 작지만 쉽사리 꺼지지 않는 희망의 불씨를 심어주었다. 보통 사람은 상상도 못할 그곳의 현실을 알려주고 난민 문제와 그들의 인간적인 삶에 대한 심정적인 공감을 불러일으켰다. 그로써 세상을 변화시키는 첫걸음을 떼었다. 그는 꼭 싸움을 잘하거나 힘이 센 존재만이 히어로가 아님을 깨닫게 해 준 진정한 작은 영웅이다.

19. 미쓰백 Miss Baek

2018. 한국. 드라마

같은 상처를 지닌 두 사람의 심정적 연대를 통한 가정폭력의 극복과 트라우마의 치유

세차장이나 마사지업소 알바 같은 거친 일을 하며 살아가는 미쓰백은 독거노인으로 살다가 죽은 어머니의 시신을 보고도 특별한 감흥이 없다. 오히려 냉소적인 태도를 보인다. 어린 시절 어머니는 남편과 사별한 후 우울증에 걸려 그녀를 모질게 학대했다. 보육원에서 자라게 된 그녀는 스스로를 지키려다 전과자가 되었다. 그리고 그런 기억들로 인해 세상에 대한 배타적인 시선을 지닌 채 살아가고 있다.

어느 추운 날 그녀는 거리에서 맨발로 떨고 있던 지은이란 아이를 발견한다. 지은은 게임중독자인 아빠와 겉과 속이 다른 아빠의 동거녀에게 가정폭력을 당하며 살고 있다. 딱히 타인의 일에 관여하고 싶지 않은 미쓰백은 남 일 같지 않은 아이의 모습을 보고 우발적으로 아이를 포장마차에 데려가 먹을 것을 사준다. 그러면서도 괜한 일을 하고 있다는 귀찮은 생각이 든다. 대체 몇 끼를 못 먹었던 건지 아이는 그 많은 음식들을 게걸스럽게 먹기 시작한다. 때마침 집에 돌아오다 아이를 발견한 동거녀가 아이를 데려가려 한다. 또 다시 공포의 공간인 집으로 끌려갈 생각에 절박해진 아이는 미쓰백의 두 손가락을 몰래 잡는다. 그녀를 향한 이 미약하지만 강렬한 구조신호는 마치 굳게 닫아걸었던 빗장을 여는 스위치처럼 미쓰백의 마음을 움직인다. 그 후 그녀는 어린 시절의 자신을 꼭 닮은 지은의 불행 속으로 함께 뛰어든다.

아이의 일상에 끼어들면서 미쓰백은 엄마의 폭력과 위압에 시달리던 어린 시절의 상처와 정면으로 마주하게 된다. 너무도 감당하기 힘들어 외면했던 상처이다. 어머니란 다른 모두가 자신을 괴롭힌다 해도 무한대의 사랑과 넓은 포용으로 감싸주고 용기를 주어야 할 존재이다. 세상의 마지막 구원처 같은 그 엄마가 남보다 더 잔인한 모습으로 폭력을 가할 때 그녀 안의 아이 백상아는 더 물러설 곳도 피할 곳도 없이 절망의 극까지 내몰렸다. 치유되지 못하고 가슴의 응어리로 남아 세상과의 타협을 거부하게 했던 그 기억 속으로 다시 뛰어드는 건 쉽지 않은 일이다. 그럼에도 그녀는 지은을 옥죄는 폭력의 환경을 벗어나게 만들어주기 위해 적극적으로 노력하기 시작한다. 두 사람은 함께 놀이공원을 가고 바다를 보면서 점점 끈끈한 동질감을 느끼게 된다.

영화에서 미쓰백은 지은을 폭력으로부터 구해 주는 역할로 등장한다. 그러나 그녀 안에 자리하며 폐쇄된 기억의 공간 속에 갇혀 버린 상아라는 아이 역시 반드시 구원되어야 할 대상이다. 지은을 향한 감정이입, 혹은 스스로와 동일시하는 감정은 그녀 자신의 상처를 치유하기 위한 첫걸음을 내딛는 것과 같았다. 그리고 지은을 구하는 것은 어린 시절의 자신을 구하는 것과 동일한 의미였다. 지은이 따뜻한 치유력을 지닌 캐릭터인 이유도 거기 있다.

지은은 모진 고통을 겪어내며 살고 있어 그런지 아이치고는 잔망스러울 만큼 성숙한 구석이 있다. 오히려 미쓰백보다 더 이해력 있어 보이기까지 한다. 아이는 어린 날의 자기 자신을 불러내 애써 극복하려는 미쓰백의 손을 가만히 잡아주고 격려해 준다. 고통스러운 기억을 떠올리며 몸서리치는 그녀의 머리를 쓰다듬어 주기도 한다. 지은은 어린 시절에 생긴 미쓰백의 트라우마를 어루만져 치유해 주는 존재이다.

“나는 무식해서 너한테 가르쳐줄 것도 없고 뭐 가진 것도 없어서 줄 것도 없어. 대신 니 옆에 있을게. 지켜 줄게.”라는 미쓰백의 약속에 대해 “나도 지켜 줄게.” 하며 답하는 아이의 모습에서 미쓰백은 아마도 오랜 상처에 대한 구원의 가능성을 엿보았을 것이다. 같은 상처를 지닌 이들끼리의 연대는 혼자보다 굳건하다. 그들은 서로가 서로를 구하는 동지 같은 관계이기에 결코 외롭지 않은 짝이 될 수 있었다.

영화장수 루피형아의 영화 속 숨은 그림 찾기

"보이는 것이 전부가 아니다All is not as it seems."

영화 속에는 감독의 실제 경험이 녹아 있다. 제작발표회에서 밝힌 것처럼 그녀는 아동 학대를 당하던 이웃집 아이와 아파트 복도에서 눈길이 마주친 적이 있다. 그런데 무언의 도움을 청하는 듯 느껴졌던 아이의 눈빛을 외면할 수밖에 없었다고 한다. 사람들은 누구나 저마다의 사정이 있기 마련이다. 그녀 역시 준비하던 작품을 크랭크인 할 수 없게 되어 한창 힘이 들던 때였다. 아이의 눈빛이 내내 마음 한구석에 남아 있었지만 도와줄 틈도 없이 아이가 이사를 가 버렸다.

그때의 미안함을 표면으로 이끌어 낸 건 어느 날 9시 뉴스에 나온 아동학대 관련 기사였다. 강한 분노가 느껴졌고 그길로 시나리오를 쓰기 시작해서 한 달 만에 완성을 했다. 영화는 뒤늦게 그 아이에게 내미는 사과의 손길 같은 것이라고 한다.

아마도 그것은 영화를 만든 감독만의 특별한 경험은 아닐 것이다. 우리 모두가 어쩌면 한두 번쯤은 이웃 아이의 고통에 마주친 적이 있을 것이다. 영화 속 미쓰백이 처음에 머뭇거렸던 것처럼 다른 가정의 사생활에 무턱대고 뛰어들기란 쉽지 않은 일이다. 낯선 아이의 고통에 관여할 만큼의 시간과 정신적 여유가 없기도 할 것이다. 하지만 영화가 주는 메시지대로 학대 받는 아이들의 고통은 우리의 외면 속에서 더욱 더 치명적인 양상을 띨 수밖에 없다. 아동학대를 가정 내 문제로만 보는 우리 사회의 안일한 대처도 그 위험성을 가중시키고 있다. 내게는 작은 관심일지라도 한 아이의 삶을 고통 속에서 구원하는 계기가 될 수 있다는 사실을 상기해 보아야 한다.

영화의 후반 쯤, 다리 밑에 서 있던 미쓰백과 지은의 대화 장면이 참 인상적이다. 그녀는 아이에게 "가까이 오면 다시는 너를 지켜 주지 않을 거야."라고 말한다. 그녀의 말을 들은 아이는 그 자리에서 한 발자국도 움직이지 못한다. 언뜻 의아하게 느껴질 수도 있는 이 장면에는 어떤 의미가 깃들어 있는 것일까. 화면을 잘 보면 그녀가 서 있던 곳은 다리 밑 그늘이다. 아이는 그 바깥 쪽 햇빛이 잘 드는 곳에 서 있다. 이미 상처받고 본의 아니게 전과까지 있는 그녀의 인생이 음지의 삶이었다면 아이가 서 있는 햇볕 밝은 곳은 양지의 삶을 뜻한다. 우리는 그 장면에서 아이가 자신처럼 어두운 삶을 살지 않기를 바라는 미쓰백의 진심을 엿볼 수 있다. 그녀는 아직 무한한 미래의 가능성이 있는 지은이란 한 아이가 밝게 살아가는 모습을 통해 어둠으로 점철되어 버린 자신의 어린 시절이 상쇄될 수 있다고 믿었을 것이다. 바로 이런 동병상련, 혹은 측은지심이 깃든 진정성 어린 마음이야말로 아무런 도움의 손길 없이 홀로 고통과 공포에 떠는 아이들 하나하나를 폭력의 속박에서 벗어나게 해 주는 출발점이 아닐까.

20. 경성학교:사라진 소녀들The Silenced

2015. 한국. 미스터리

일제의 만행과 친일의 민낯 그리고 희생이 집약된 상징적 공간, 경성학교

일제 강점기인 1938년, 몸이 약한 소녀들이 수용된 경성 외곽의 한 기숙학교가 영화의 배경이다. 어느 날 그 학교에 주인공 주란이 들어온다. 시즈코란 일본 이름으로도 불리는 주란은 폐병에 걸려 있다. 전염될까 두려운 새엄마에 의해 버려지듯 학교에 보내졌다. 그런데 새로 만난 친구들 앞에서 이름이 소개되는 순간 어쩐 일인지 아이들 사이에서는 작은 소요가 인다. 의아했던 주란은 이전에 자신의 이름과 같은 시즈코라는 아이가 있었다는 이야기를 전해 듣는다. 그 아이는 몸이 약해져 집으로 돌아갔다고 한다. 주란에게 적대적인 아이들과 달리 반장인 연덕은 그녀에게 호의적이다. 두 사람은 곧 친한 친구가 된다.

학생들에게는 매일 정체 모를 약이 지급된다. 교장의 이야기로는 면역성을 높여주고 신진대사를 안정적으로 유지시켜주는 약이다. 학교는 아픈 아이들의 체력을 튼튼하게 만든 다음 그중 우수한 학생 두 명을 선발해서 도쿄로 유학을 보낸다는 표면적 목표를 내세운다. 그러나 여러 모로 석연치 않은 비밀이 숨겨져 있다. 건강해져야 할 학생들이 하나둘 이상 증세를 보이다 흔적도 없이 사라져 버리곤 한다. 주란은 사라졌다는 아이가 참혹한 모습으로 어둠 속에 숨어 있는 것을 목격한다. 그런 사실에 대해 지도교사와 교장에게 말해 보지만 아무도 그녀의 말을 믿어주지 않는다.

날마다 주사를 맞으며 놀랍게 체력이 좋아진 주란은 연덕과 함께 도쿄유학생에 선발되는 꿈을 갖게 된다. 하지만 튼튼해질수록 이상한 증세도 덩달아 몸에 나타난다. 주란의 상태를 알게 된 연덕은 소스라치게 놀라며 과거의 기억을 떠올린다. 사라진 시즈코 역시 주란과 똑같은 증상과 고통을 자신에게 호소했었다. 주란에겐 대체 무슨 일이 일어나고 있는 것일까.

영화는 폐쇄된 공간에서 벌어지는 생체 실험이라는 소재를 사춘기 소녀들의 우정에 얽힌 비밀스러운 심리와 자연스럽게 엮어내고 있다. 이 영화의 가장 큰 장점은 인간의 공포감에 대한 우회적이고 심리적인 접근이다. 심리적 공포란 폐쇄적일 때, 비밀스러울 때, 감각적인 이미지로 각인될 때, 그리고 조용히 점진적으로 옥죄어올 때보다 극대화되기 마련이다. 감독은 배경 설정부터 캐릭터, 극의 전개까지 거의 완벽에 가까울 만큼 치밀하게 심리적 공포감을 조성한다.

우선 도시의 외곽에 자리한 한 기숙학교라는 배경은 일상의 공간과 단절되는 데서 오는 폐쇄공포를 자극한다. 인트로 부분에서 깊고 깊은 숲속의 한적한 오솔길로 한참 동안 들어가는 자동차에 시선을 두고 따라가다 보면 관객은 심리적으로 일상과 분리된 특별한 장소에 갇히게 된다. 또한 영화 속에는 몇 개의 비밀 공간이 있다. 소녀들의 아지트로 쓰이는 버려진 방, 바다로 불리는 작은 호수 등이다. 그런 공간들은 자기들만의 비밀 세계를 구축하기 좋아하는 사춘기 소녀들의 내면이라는 은밀함 속으로 관객을 이끈다. 그 안에서 벌어지는 소녀들의 디테일한 심리적 움직임에는 안개 속을 헤매는 것처럼 모호한 미스터리가 깃들어 있다.

선홍과 흰색, 혹은 무채색의 대비는 감독이 영화 전반에서 의도적으로 강조하고 있는 시각적 이미지이다. 흰 손수건 위에 선명하게 흩뿌려진 선혈이라든지 하얀 쌀밥 안에서 젓가락에 의해 톡 터지는 선홍빛 우메보시, 유리잔 안 뜨거운 물속에서 도발적으로 되살아나는 빨간 꽃 차, 암록의 숲 여기저기에 피어 있는 생경한 붉은 꽃 등을 예로 들 수 있다. 그런 배치는 희생양이라는 소녀들의 비극적 이미지를 관객에게 감각적으로 각인시키며 다가올 파국을 향한 공포감을 증폭시키고 있다.

이 영화 속의 공포는 단정한 음성으로 다가오기에 더 섬뜩하다. 교장 역을 맡은 엄지원의 연기는 기이할 정도로 차분하고 안정적이다. 조용하고 상냥하게 읊조리는 그녀의 대사는 잔인하거나 추하고 호들갑스러운 1차원적인 공포보다 훨씬 정제된 심리적 공포감을 내포하고 있다. 그리고 그 모든 요소들이 어우러져 영화는 상당히 인상적인 아우라를 형성하며 관객의 공감각을 자극한다.

하지만 극의 후반부는 그때까지 복선으로 깔렸던 수많은 이야기들이 전면으로 부상하고 학교의 마각이 드러나며 초중반과는 사뭇 기조가 달라진다. 극의 전개상 클라이맥스 부분을 강조하기 위해 필요한 변화이긴 하지만 다소 갑작스러운 감은 있다.

영화장수 루피형아의 영화 속 숨은 그림 찾기

"보이는 것이 전부가 아니다All is not as it seems."

영화는 개봉 당시 35만 명이라는 적은 관객 수에 그쳐 흥행에는 성공하지 못했다. 그러나 필자는 두 가지 측면에서 이 영화가 재평가 되어야만 할 의미 있는 공포 영화라 생각한다. 첫 번째로 영화가 지닌 사회적 메시지에 주목해 볼 수 있다. 영화는 심리추리공포물의 외형을 띠고 있지만 감독의 의도와 메시지를 뚜렷하게 읽을 수 있는 사회성이 깃든 역사 추리극이다. 기숙학교라는 작은 공간 속에서 벌어지는 미스터리한 사건을 통해 일제 강점기에 우리 백성들에게 가해진 전 방위적인 폭력과 위압을 상징적으로 보여 주고 있다.

영화의 배경이 되는 1938년은 이른바 내선일체를 내세우며 천황제의 당위성을 주입시키고 학생들마저 전시에 동원하기 위한 교육령이 발표된 시기이다. 영화 속 조선의 소녀들이 매일 받아먹던 약의 정체는 생체실험을 위한 것이었다. 그에 의한 부작용을 감추기 위해 소녀들은 실패한 실험대상이 폐기되듯 갑자기 사라진다. 그럼에도 그런 진실을 모르는 아이들은 우리 지도를 사쿠라 무늬 수로 정성껏 채운다. 세뇌된 의식 속에서 학교가 유학을 보내준다고 약속한 예쁜 사쿠라가 가득한 도쿄는 선망의 공간이다. 그런 장면은 식민 지배 교육에 길들여져 잘못된 꿈을 꾸던 당시 아이들의 가엾은 현실을 엿볼 수 있게 한다. 진실을 알면서도 모른 척하며 자신들의 영달을 위해 소녀들을 사지로 내몬 교장과 지도교사의 행태는 다름 아닌 친일의 두 얼굴이다.

두 번째는 심리추리 공포극으로서의 완성도이다. 영화는 관동군 731부대의 생체실험 현장을 연상케 하는 설정 속에서 마루타가 된 사춘기 소녀들의 섬세한 감성을 파고드는 보이지 않는 공포를 긴박감 있게 묘사하고 있다. 사쿠라로 뒤덮인 우리나라 지도가 상징하는 것처럼 일제라는 절대적 폭압이 지배하는 세상이다. 인간성 말살의 그 어떤 행위라 해도 군국주의적 목적에 의해 암암리에 자행될 수 있었다. 학교가 지닌 본래의 목적을 알 길이 없는 소녀들은 자기 신체에 가해지는 해악에 대해 인간이 갖는 기본적인 방어 본능마저 빼앗긴 채 실험대상이 되어야 한다. 영화는 식민지 백성이 지녔던 그런 절대적 무기력을 병약한 소녀들이 모인 기숙학교라는 특수한 설정을 통해 체화된 현실로 보여 준다. 그리고 그러한 현실은 각 역할을 맡은 연기자들의 뛰어난 연기력과 압축된 연출력으로 관객에게 손끝에 만져지는 감각이 되어 다가온다. 그 결과 관객은 역사 속 한 구절로만 대하던 마루타의 진실을 영화를 통해 간접적으로나마 체감하며 결코 잊어서는 안 될 역사에 대한 경각심을 일깨울 수 있는 것이다.

21. 개 같은 날의 오후 A Hot Roof

1995. 한국. 코미디

사회 속 여성문제를 다각적으로 짚어준 시대를 앞서간 풍자극

1995년에 개봉한 이 작품은 사회적 메시지를 담은 전형적인 풍자코미디이다. 무더위가 기승을 부리던 어느 여름날, 변두리에 자리한 5층짜리 서민아파트인 장미아파트 주민들은 찜통 같은 집안을 벗어나 마당에서 수박을 나눠 먹으며 더위를 식히고 있다. 그때 남편의 상습적인 폭력에 시달리던 정희가 마당으로 도망쳐 나온다. 그녀를 뒤따라 나온 남편 성구는 아내를 낚아채며 폭력을 휘두른다. 이에 격분한 여자들은 일제히 모여들어 성구를 때리기 시작한다. 아내들을 뜯어말리던 남편들까지 가정폭력을 방관하거나 동조한다는 이유로 몰매를 맞으면서 아파트 마당은 아수라장이 된다.

그런 와중에 예상치 못한 사태가 발생하고 사건은 심각한 국면으로 번진다. 구급차에 실려 가던 성구가 사망한 것이다. 평범한 아내요 엄마인 장미아파트 여자들은 졸지에 범죄자가 된다. 밀려드는 경찰 기동대에 쫓겨 옥상으로 도망친 그녀들은 바리케이드를 치고 경찰과 대치하기까지에 이른다.

지루한 대치상황이 이어지는 가운데 옥상이란 공간은 마치 폐쇄된 연극무대와도 같은 캐릭터들의 각축장으로 변한다. 남편에게 맞아온 정희, 동네에서 손가락질 당하고 남자들에게 받는 모멸을 감수하며 돈을 벌어온 술집 여자 윤희, 남편의 외도에 분개하는 전업주부 본처 영희엄마와 그녀에게 항변하는 불륜녀 기순, 사태를 이성적으로 해결하고 싶은 부녀회장 은주엄마, 게으른 남편 대신 팔을 걷어붙이고 음식배달을 나선 여걸 공주댁, 알고 보니 정희처럼 남편에게 매 맞던 여성인 소설가 경숙, 알 수 없는 분위기를 풍기는 밤무대 가수 유미, 그리고 옥상 위에 합류하지는 않았지만 자식에 대한 희생의 대가로 얹혀살며 아들 며느리에게 구박받는 할머니도 거기 포함된다. 같은 아파트에 살고 있지만 그녀들은 모두 저마다의 사연을 지니고 있다. 그 하나하나의 사연은 당시 우리나라 여성들이 처해 있던 다양한 현실을 대표한다.

그들은 각자 자신의 입장에서 여성이 억압받고 소외되던 당시 사회를 비판하고 성토한다. 처음엔 서로 갈등관계에 있던 각각의 캐릭터들은 점차 여성으로서의 동질감을 회복하며 화해하고 동지가 된다. 그들을 취재하러 들어왔던 여기자조차 나중엔 같은 여성으로서 그녀들에게 심정적으로 합류하게 된다. 그녀는 유리천장의 폐해에 시달리는 사회 속의 또 다른 억압된 여성이다.

영화는 평이한 시선으로 바라보면 에어컨 가진 집이 선망의 대상인 한 서민 동네에서 벌어지는 좌충우돌의 코믹한 해프닝일 뿐이다. 그러나 좀 더 심층적으로 살펴보면 상당히 파격적인 이야기임을 알 수 있다. 우선 평범한 여성들이 가정 폭력을 휘두르는 한 남자를 집단적으로 응징하여 죽음에 이르게 한다. 우발적인 행동이지만 경찰에 신고하는 합법적 해결이 아닌 일종의 사적인 린치라고 볼 수 있다. 그럼에도 영화는 그녀들의 정당성에 더 무게를 두고 있다. 물론 사람의 생명 하나가 희생되었으니 법적으로든 도의적으로든 결코 가볍게 넘길 수 없는 사안이다. 하지만 옳고 그름을 떠나 그 당시로서는 놀라운 전개가 아닐 수 없다.

영화의 재미요소이기도 한 여러 캐릭터 중 유미 역이 눈길을 끈다. 그는 진정으로 여성이 되고 싶은 남장여자이다. 내용상 아직 성전환을 하지는 않은 것으로 추측되나 심정적으로 이미 트랜스젠더이다. 경찰은 일종의 이간책으로 그가 남자임을 공개적으로 밝히지만 그의 진심을 전해들은 여성들은 유미를 같은 여성으로 인정한다. 영화가 만들어진 그 시절에는 우리 사회에서 요즘처럼 성소수자 문제가 공론화되지 않았다. 그런 문제를 입 밖에 내는 것조차 금기시되었을 수도 있다. 그럼에도 불구하고 옥상 위 여성들은 이해와 포용으로 성소수자에 대한 사회적 편견을 감싸 안는다. 이 역시 시대를 앞서간 또 하나의 파격이었다.

영화장수 루피형아의 영화 속 숨은 그림 찾기

"보이는 것이 전부가 아니다All is not as it seems."

한 시대의 사회상을 가늠하려면 당시 유행한 드라마나 가요를 살펴보는 것도 도움이 된다. 영화가 개봉된 1995년에 가장 인기 있었던 드라마는 〈모래시계〉이다. 〈젊은이의 양지〉라든지 〈제4공화국〉, 〈종합병원〉도 시청자의 사랑을 받았다. 가요계에서는 룰라와 박진영, 김건모 등이 대세였고 서태지와 아이들의 후광이 지속될 때다. 드라마에서는 80년대를 회고하는 중이었고 가요는 몇 년 전 문화적 충격으로 다가왔던 힙합문화가 이제 막 자리잡아가던 시기였다. 오늘날과 같은 팬덤 문화를 본격적으로 이끈 HOT가 데뷔하기 직전이니 그 시대를 지나온 사람이라면 대략 분위기를 알 수 있을 것이다. 그 시절 우리 사회는 아직 가부장적 분위기가 지배하고 있었다.

이 영화는 그런 시대의 작품치고는 상당히 진보적인 메시지를 담고 있다. 그래서 더 대단해 보이기도 한다. 대중적 인기를 목표로 하는 상업영화에서 대중의 의식보다 많이 앞서가는 주제를 다루는 건 모험에 가깝다. 잘못하면 외면되기 십상일 것이다. 그런데 이 영화는 흥행에서도 어느 정도 성공을 거두었다. 대다수 여성들의 가슴속에 잠재한 사회적 불만을 끄집어내어 익살이 담긴 코미디로 흥미롭게 풀어냈기 때문일 것이다. 요컨대 재미와 공감을 함께 잡는 데 성공한 작품인 것이다.

내용도 내용이지만 영화를 더 돋보이게 하는 것은 당시 유명세를 떨치던 연예인이 총출동된 캐스팅이다. 누가 주연이고 조연인지조차 불분명할 만큼 그들은 저마다 주연급의 화려한 이력을 자랑한다. 극중 카메오로 출연한 인물들의 면면도 재미있다. 그중에서도 특히 궁금증을 자아내는 인물이 하나 있다. 극중 철가방을 들고 배달 왔다가 여성들의 반란 대열에 합류한 음식점 안주인 공주댁이다. 그 역할을 맡은 사람은 바로 소울 가수 임희숙이다. 〈진정 난 몰랐네〉 등의 노래로 70년대 가요계의 디바로 군림했던 그녀는 요즘으로 치면 백지영이나 박정현 등과 비견된다.

최근 한 아침 방송 프로그램에 나와 밝힌 바에 의하면 그녀는 이 영화를 연출한 이민용 감독과 아버지는 다르고 어머니가 같은 이부동복 남매간이다. 임희숙의 아버지가 6.25 때 납북된 후 어머니가 다섯 살인 그녀를 데리고 재가해서 이민용 감독을 낳았다고 한다. 이민용 감독이 오랜 무명생활 끝에 이 작품으로 입봉을 하게 되자 그녀는 동생의 영화 촬영을 적극 도왔고 영화 주제가를 불렀으며 출연까지 불사했다. 이력을 살펴보니 그녀 역시 연극영화학을 전공했다. 아마도 영화는 남매의 공통 관심사였던가 보다. 이민용 감독은 이 영화로 그해의 〈청룡영화상〉과 〈춘사영화제〉의 신인감독상을 수상했고 이듬해 치러진 〈백상예술대상〉에서도 영화부문 신인감독상을 수상하는 기염을 토했다.

22. 체르노빌Chernobyl

2019. 미국. 드라마

권력이 행한 거짓의 빚을 갚기 위해
숱한 사람이 치러야 했던 희생과 고통의 대가

총 5부작인 드라마의 첫 회는 주인공 발레리 레가소프 교수의 자살로 시작된다. 그는 체르노빌 원전사고가 발생하자 그로 인한 피해를 최소화하고 사고현장의 방사성 원소로 인한 더 큰 사고를 막기 위해 동분서주했던 과학자이다. 그가 죽기 전 남긴 녹음 기록에는 그 자신이 사건을 수습하는 과정에서 실체를 파악할 수 있게 된 체르노빌 사고에 관한 놀라운 진실이 담겨 있다.

그가 죽기 2년 전인 1986년 4월26일 구소련 우크라이나 프리피야트에 살던 사람들은 발전소가 폭발하는 광경을 목격한다. 폭발의 정체를 모르는 사람들은 철교 위에 서서 그 여파로 발생한 아름다운 푸른 불빛을 구경한다. 소방관들도 발전소 화재를 진압하기 위해 열심히 물을 뿌리고 바닥에 떨어져 나온 검은 덩어리인 흑연을 옮긴다. 그러나 그것은 끔찍한 재앙의 시작이었다. 그들 중 누구도 그것이 핵폭발이었음을 알지 못한 채 무방비하게 방사능에 피폭된 것이다.

그때 먼 곳에서 사태의 심각성을 알아챈 사람이 있다. 핵물리학자인 울라나 호뮤크이다. 체르노빌로부터 무려 400킬로미터 밖 연구소에서 일하던 그녀는 대기 중 방사능 수치가 비정상적으로 높다는 사실을 알게 된다. 그리고 그 정도 거리에서 그런 숫자가 나오려면 원자로의 노심이 밖으로 드러나지 않으면 불가능하다는 판단 하에 직접 체르노빌로 달려간다.

정부의 대책회의에 참석하게 된 레가소프는 폭발로 인해 노심과 관련된 물질인 흑연이 조각난 채 흩어져 있었다는 보고를 대한다. 노심은 원자로에서 핵분열 반응이 일어나는 부분이며 핵연료와 감속재, 냉각재로 구성되어 있다. 감속재로 쓰인 흑연은 노심이 파괴되어야만 노출되는 물질이다. 그는 별일 아니라고 둘러대는 발전소 책임자들에 맞서 노심 폭발 가능성을 언급한다. 그리고 그런 사실을 확인하기 위해 정부 고위 책임자인 보리스 셰르비나와 함께 헬기를 타고 직접 현장 인근까지 간다. 현장을 눈으로 확인한 그들은 그제야 사태의 심각성을 깨닫게 된다.

체르노빌 원전 사고는 국제원자력사고등급 중 최고 단계인 7등급에 속하는 인류 최악의 원전폭발사고이다. 이 사고로 대기에 누출되어 주변을 오염시킨 방사성 원소가 상당 부분 감소하려면 무려 900년의 시간이 흘러야 한다. 그렇다면 이 처참한 사고는 어떻게 발생하게 된 것일까. 그런 의문점에서 출발한 드라마는 당시 사고와 관련된 실존인물들의 행적과 기록을 토대로 사건을 재구성하고 그 원인과 추이, 피해 상황과 대처 등의 과정을 되짚으며 사건의 전모를 밝히고 있다.

사건이 일어나게 된 직접적 원인은 연구 책임자 댜틀로프 등이 성과를 내기 위해 무리한 실험을 강행한 실책과 투입된 지 얼마 안 된 신참 직원의 어설픈 조작에 있었다. 그러나 그 이면엔 소련의 핵 발전 방식 자체가 안고 있는 치명적 오류인 폭발가능성이 있다. 소련 정부는 그런 사실을 감추기 위해 주민들의 안전은 뒷전이었다. 최대한 빨리 주민들을 소개시켜야 하지만 오히려 도시를 봉쇄하고 통신선을 끊는 등 숨기기에만 급급했다. 그러다 거듭된 레가소프의 요청으로 사건 발생 후 36시간이 지나서야 소개령이 내려진다. 그 사이 대피의 골든타임을 놓친 많은 사람들이 피폭된다.

사건 수습에 본격적으로 뛰어들게 된 레가소프 박사 등은 울라나의 조언을 참고하며 방사능 오염과 피해를 최소화하고 혹시 발생할지 모르는 더 큰 위험을 막기 위해 대책을 세워본다. 그러나 그것은 누군가의 목숨과 바꿔야 하는 일일 수 있다. 결국 발전소 엔지니어들이 증기로 인한 폭발을 막으려 자원해서 지하의 오염수 속으로 들어간다. 광부들은 핵연료의 지하수 유입으로 인한 광범위한 식수원 오염을 막기 위해 맨몸으로 땅굴을 파는 작업에 참여한다. 과도한 방사능으로 인해 기계조차 작동을 못하는 상태에서 여러 위험요소들을 제거할 수 있는 것은 기계 로봇이 아닌 이른바 '바이오 로봇', 즉 살아 있는 사람의 손밖에 없다. 청년들은 생명을 담보로 한 90초란 시간 동안 40~50킬로그램의 무거운 흑연조각을 제거한 후 재빨리 돌아 나오는 작업에 투입된다. 방사능에 오염된 흑연에 2분 이상 노출되면 생명이 위험해지기 때문이다.

그런 과정에서 수많은 사람들의 고통과 희생이 뒤따른다. 처음 화재 현장에 투입된 소방관은 방사능 피해로 온몸의 세포가 녹아내리며 죽음에 이르고 임신 중이던 그의 아내는 그런 남편 곁을 지켰다가 뱃속에서 피폭된 아이를 출산 직후에 잃는다. 폭발 현장에 모래와 붕소를 투하하던 헬기가 추락하고 방사능으로 오염된 동물들이 사살된다. 제염 작업에 참여한 군인들은 동물을 죽이는 고통에 시달리며 주민들은 평생 살아온 터전에서 강제로 이사를 가야 했다. 그리고 드라마에 등장하지 않은 더 많은 수의 사람들이 고통 속에 죽어가고 오늘날까지도 피폭의 후유증에 시달리고 있다.

드라마는 방사능 처리를 위한 수많은 사람들의 희생과 평범한 이들의 삶에 덮친 방사능의 폐해에 관한 묘사를 통해 소수의 그릇된 욕망과 국가라는 권력에 의해 감춰진 진실이 얼마나 참혹한 결과를 초래했는지에 대해 매섭게 질타하고 있다. 그리고 진실을 밝히기 위해 위험천만한 모험을 강행한 과학자 울라나와 일과 삶을 잃고 가택연금을 당한 후 자살한 레가소프의 행적을 통해 진실이란 목숨을 걸고라도 지켜 내야 할 소중한 가치임을 역설한다. 드라마 속에서 레가소프 박사가 마지막으로 남긴 말은 우리에게 다시 한 번 묵직한 질문을 던진다.

"진실이 불쾌할 때 진실의 존재를 잊을 때까지 거짓말을 반복하지만 그 진실은 여전히 존재한다. 우리의 모든 거짓말은 진실에게 빚을 지고 언젠가 그 빚을 갚게 된다."

영화장수 루피형아의 영화 속 숨은 그림 찾기

"보이는 것이 전부가 아니다All is not as it seems."

이 드라마는 2019년 HBO에서 방영된 이후 전 세계 시청자의 폭발적인 호응을 얻었고 대중의 호불호를 가늠해볼 수 있는 IMDB 평점에서 TV쇼 중 최고 점수를 받는 등 대중성을 확보한 작품이다. 에미상과 골든글로브 등 각종 시상식에서 TV드라마 부문 주요 상을 휩쓸며 작품성도 인정받았다. 우리나라에서도 왓챠 플레이에 독점 공개되어 그해의 가장 많은 시청자 별점을 받았다. 그만큼 이 드라마는 극적 완성도가 뛰어나며 동시에 시종 눈길을 뗄 수 없을 만큼 몰입하게 만드는 치밀한 연출력과 연기력이 돋보인 수작이다.

주인공 레가소프 박사를 비롯해서 극중 주요 인물들은 대부분 실존인물이다. 그러나 핵물리학자 역으로 등장한 울라나 호뮤크는 진실을 밝히려는 레가소프의 의지를 북돋는 가상의 인물이다. 현실에서 벌어진 사건을 다룬 만큼 고증에 특별히 신경을 기울인 흔적이 여실히 드러나며 실제 인물들과 드라마 속 배우들의 싱크로율을 맞춰보는 것도 이 드라마의 숨은 재미 중 하나이다.

드라마의 구성 역시 독특하다. 보통 드라마에서는 초반부에 주인공이 죽는 장면을 잘 쓰지 않는다. 이미 죽은 인물의 과거 이야기로 시청자를 흥미진진하게 몰입시키기는 쉽지 않은 일이다. 캐릭터의 동선과 감정이 부딪히고 갈등을 일으키면서 생생한 현재적 공감을 주지 못한 채 죽어 있는 이야기를 그저 서술한다는 느낌을 줄 수 있기 때문이다.

그럼에도 불구하고 이 작품은 오프닝에서 과감하게 레가소프의 죽음을 보여 주며 충격을 던진다. 제작진이 밝힌 것처럼 인터넷만 찾아봐도 인물들의 생사를 알 수 있을 만큼 잘 알려진 역사적 사실을 다루었기에 가능한 구성법일 것이다. 대부분의 드라마가 시도하지 않는 그런 방식이 여기서는 오히려 진실을 파헤쳐가는 강한 모티브로 작용한다. 게다가 워낙 극적 완성도가 뛰어나다 보니 역순으로 이야기를 구성하는 편이 현실에 더 가까울 수도 있겠다는 생각마저 든다. 현실 속에서도 사건은 항상 먼저 발생한다. 그리고 그 실체와 진실을 파악하려면 뒤에서부터 시간을 거슬러 올라가지 않으면 안 된다.

드라마의 마지막 부분에 소개된 것처럼 극 속에 등장한 실제 인물들은 방사능으로 인한 치명적인 피해를 입었다. 개인적인 공명심과 안이한 대처로 폭발의 원인을 제공한 아나톨리 댜틀로프 역시 64세였던 1995년 방사능 질환으로 숨을 거둔다. 체르노빌 원전 폭발은 우크라이나와 벨라루스의 암 발생률을 급격히 증가시켰으며 특히 어린 아이들에게서 피해가 컸다고 한다. 체르노빌 주변뿐 아니라 유럽 전역과 동남아까지도 방사능 오염을 확산시켰다. 드라마를 본 사람이라면 누구든 원전 사고에 대한 경각심이 들었을 것이다.

그로부터 25년이 흐른 지난 2011년, 후쿠시마 원전 사고를 통해 우리는 다시 한 번 그 위험성에 대해 절감했다. 그럼 우리나라는 얼마나 안전할까. 우리나라의 경우 2021년 기준 24기가 가동 중이고 현재 4기의 원전이 더 지어지고 있다. 문제는 원전의 위치가 인구가 많은 대도시와 인접해 있다는 점이다. 만약 체르노빌 원전이나 후쿠시마 원전 같은 사고가 발생한다면 그 혼란스러움에 대해 상상조차 하기 힘들다. 그리고 어느 나라에서 발생하든 원전사고는 그 지역을 넘어 지구 전체의 재앙이 아닐 수 없다. 이런 드라마를 계기로 원전 안전에 대한 인식이 전 세계적으로 확산되기를 바란다.

슬픔

희망의 불꽃

상실과 단절, 소외가 주는 상처의
슬픔과 치유에 관한 탐구들

23. 굿바이 마마子宮に沈める

2013. 일본. 드라마

세상에서 가장 슬픈 단절, 그리고 세상에서 가장 비참하고 안쓰러운 죽음

세상에서 가장 슬픈 일이라면 사람들은 어떤 것을 꼽을까. 아마도 가족이나 연인 등 사랑하는 사람과의 이별을 제일 먼저 떠올릴 것이다. 그런데 그 대상이 아기의 엄마라면 어떨까. 영유아기의 아이에게 엄마는 생명을 유지시키는 가장 원초적이며 절대적인 존재이다. 세상에 적응하고 살아나갈 방법을 일러주는 최초의 선생님이며 세상으로 향하는 통로이기도 하다. 바꾸어 말하면 세상의 전부와도 같다. 그런 엄마와의 이별과 그로 인한 단절은 세상을 모두 잃는 것만큼이나 치명적인 일이다. 한술 더 떠 엄마가 아이를 향한 모성의 마음 자체를 거두어 간다면 그보다 더 슬프고 절망적인 일은 없을 것이다. 안타깝게도 현실 속에선 종종 그런 일이 벌어진다. 이 영화 역시 엄마에게 버림받은 아이들에 관한 이야기이다.

영화 속 유키코는 큰딸 사치와 둘째인 아들 소라를 둔 평범한 가정주부였다. 여느 엄마들처럼 아이들을 위해 정성껏 요리를 만들곤 했다. 테루테루보즈 인형을 매달며 함께 비가 그치기를 기원하고 실뜨기 놀이도 해 주는 다정한 엄마였다. 그러나 남편이 집을 나간 후 생활고에 시달리던 그녀는 돈을 벌기 위해 유흥업소에 취직한다. 그때부터 아직 유아기 아이인 사치와 소라에겐 고통스러운 기다림의 시간이 시작된다.

어떤 날은 새벽까지 기다려도 엄마는 좀처럼 오지 않는다. 집에 남자손님을 데려오는 날도 있다. 그녀는 점점 변해간다. 엄마로서 아이들에게 챙겨줘야 하는 최소한의 일들조차 손에서 놓아 버린다. 집안은 황폐하게 버려지고 아이들은 쓰레기더미 같은 환경에 방치된다.

어느 날 그녀는 오므라이스를 먹고 싶다는 사치에게, 대신 접시 가득 볶음밥을 만들어 놓아준다. 아이들이 있음에도 담배를 피우며 바라보는 유키코의 행동 속에 이제 엄마의 모습은 찾아볼 수 없다. 테이프로 문을 막고 집을 나간 그녀는 돌아오지 않는다. 집 안에 갇힌 사치는 동생 소라를 돌보며 점차 지쳐간다. 몇 날이 지났는지 알 수 없는 상황에서 이제는 볶음밥도 소라의 분유도 다 떨어졌다. 동생 소라는 먼저 아사해 미동이 없다. 배가 고픈 사치는 화분의 화초 잎을 뜯어먹고 놀이용 칼라찰흙까지 먹으며 목숨을 이어간다.

영화는 주관을 배제한 채 밀폐된 집 안에서 벌어진 사건의 추이를 담담하게 관찰하는 듯한 시각으로 그려내고 있다. 대사도 거의 없다. 카메라가 배우들의 표정과 행동을 무심히 잡고 있을 뿐이다. 마치 그들 가정의 비극에 대한 사회적 무관심을 상징하는 것도 같다. 구성 또한 독특하다. 기승전결 같은 고전적인 스토리텔링을 따르지 않고 시간의 흐름에 따라 발생하는 사건들을 툭툭 던지듯 나열한다. 그로써 영화는 관객에게 스스로 생각할 수 있는 여지를 준다. 그와 같은 특징은 사건의 실체에 대한 타카오미 오가타 감독의 지론에서 비롯된 것이다. 그는 일본 내 한 웹 매거진과의 인터뷰에서 대략 이렇게 밝히고 있다.

“현실은 하나로 이어진 매끄러운 이야기가 아니라 단편적인 사실들이 축적된 것이지요. 만약 이해하기 쉬운 이야기로 정리해 전달하면 사람들은 그것이 현실이라고 생각하게 됩니다. 그래서 저는 ‘이야기’를 버리고 사실과 사실 사이에 무엇이 있는지 관객이 상상할 수 있는 영화를 만들죠.”

영화가 다루는 내용의 참혹성으로 인해 거기서 우러나는 생각들은 참담하고 씁쓸할 수밖에 없다. 그럼에도 불구하고 그가 만든 이 영화를 보기로 선택한 이상 관객은 감독이 이쪽으로 던져준 판단의 공을 이어받아 싫든 좋든 불편한 진실을 홀로 마주해야 한다.

영화의 끝은 상당히 충격적이다. 그러나 시종 인물의 동선만을 따르고 있던 건조한 내용 전개 방식에 일말의 변화가 감지된다. 어쩌면 객관적 태도를 견지하던 감독의 생각이 유일하게 개입된 부분일 수도 있다. 결말 속 유키코의 행동은 아이들을 방치했던 엄마 유키코에 대한 질책처럼 느껴진다. 그런데 그 질책은 사회적 시선에 의한 객관적 비난이나 법적 단죄가 아닌 일종의 자책이다. 감독은 모성이라는 본능적인 행태를 저버린 이에 대한 가장 큰 형벌은 타인의 비난이 아니라 그 자신에 대한 자책감이라 보고 있는 것이다.

영화장수 루피형아의 영화 속 숨은 그림 찾기

"보이는 것이 전부가 아니다All is not as it seems."

2010년 오사카에서 실제로 일어났던 두 아이 아사 사건을 다룬 작품이다. 당시 상황을 적은 신문기사에 의하면 엄마인 시모무라 사나에는 6월 초 어린 두 아이만 남겨놓은 채 집을 나갔다. 악취가 난다는 이웃 주민의 신고로 아이들의 사체가 발견된 것은 7월 말의 일이다.

원룸 맨션인 그들의 집은 방에서 현관으로 통하는 문을 열고 나가야 주방과 화장실이 있는 구조이다. 시모무라는 아이들이 바깥으로 나오지 못하도록 그 문을 테이프로 막아 버렸다. 영화 속 사치가 집안을 뒤져 이것저것 찾아 먹었던 내용과는 달리 현실 속에선 물조차 마실 형편이 못 되었던 것이다. 발견된 뒤 위장에선 음식물의 흔적을 전혀 찾을 수가 없었다고 한다. 유난히 무더웠다던 그 여름, 이제 겨우 세 살, 한 살밖에 안 된 아이들은 꽁꽁 닫힌 집 안에서 숨 막히는 더위와 굶주림의 고통 속에서 생을 마감한 것이다. 매정한 이 엄마는 아이들이 경찰에 발견되기 전날 집에 돌아왔지만 죽은 아이들을 보고도 그대로 두고 다시 집을 나왔다.

아이가 밤마다 인터폰을 들고 엄마를 부르며 운다는 신고가 들어갔지만 아동보호기관에서도 몇 차례 형식적인 방문에 그쳤다고 한다. 아이들이 죽어간 것은 일차적으로 엄마의 모성 부재와 무책임이 원인이지만, 개인주의가 만연한 우리 사회의 소통 단절도 그 한 원인인 것이다. 영화는 현실과는 다르게 각색되었다. 현실 속의 시모무라 사나에가 아이들에 대한 애정 자체가 없는 사이코패스적 경향을 띠는 것에 비해 영화 속에서는 유키코의 모성에 대한 일말의 기대감이 깃들어 있다고 할지.

24. 속닥속닥The Whispering

2018. 한국. 공포

입시현실을 빼닮은 공포의 폐놀이공원에서 탈출하려는 아이들의 슬픈 사투

열아홉 살의 마지막 겨울은 누구에게나 소중한 때이다. 특히 오랜 세월 동안 가슴을 옥죄던 수능 스트레스에서 벗어난 청소년들이라면 여행 등을 통해 자유로운 시간을 만끽하고 싶을 것이다. 이 영화에 등장하는 여섯 아이들도 마찬가지이다. 이제 막 수능을 마쳤다. 그리고 그들만의 여행을 떠난다.

우연찮게 폐놀이공원에 들르게 된 아이들은 섬뜩한 소문이 있는 귀신의 집에 들어갔다가 이상한 일을 겪는다. 그 안에서 죽음의 속삭임을 들은 아이들이 한 명씩 차례로 사라지게 된다. 영화는 그들이 탈출을 시도하는 과정에서 벌어지는 공포스러운 사건을 다루고 있다.

영화의 설정 자체는 어디선가 한 번쯤 본 듯한 기시감이 있다. 그런데 이 영화는 기존의 작품들과는 다른 면모가 엿보인다. 일반적인 공포영화에서 등장인물들은 초인간적인 현상 앞에 인간으로서의 존엄을 잃고 헤매는 본능적인 존재일 뿐이다. 극도의 두려움에서 벗어나기 위해 발버둥치는 나약한 모습으로 묘사된다. 하지만 이 영화 속 아이들이 보여 주는 모습은 의연하고 놀랍다. 나 하나만 살겠다는 이기심과 분열의 양상을 띠기보다 하나가 되어 움직이며 서로 도우려 애쓴다. 생사가 갈리는 위기 속에서도 각자가 지닌 꿈과 희망을 잃지 않고 함께 근심과 고통을 나눈다.

여섯 명의 아이들은 모두 꿈이 있고 누구나 그렇듯 걱정도 있다. 공무원이 꿈인 아이, 크리에이터를 꿈꾸는 아이, 아이돌이 되고 싶은 아이, 그리고 그들 중 하나는 1등만을 바라는 엄마 때문에 하루하루가 힘겹기만 하다. 아이들이 들르게 된 폐놀이공원과 귀신의 집은 그들이 처한 입시 현실을 상징한다고도 볼 수 있다. 그런 가정 하에 각각의 설정이 지닌 의미에 좀 더 자세히 주목해 볼 필요가 있다.

놀이공원은 아이들의 순수한 동심이 깃든 곳이다. 그러나 폐허가 되었다. 어른들로부터 강요된 미래를 위해 그들은 어린 날의 아름답고 천진한 꿈을 빼앗기고 심리적 압박과 공포의 공간인 귀신의 집, 곧 입시전쟁으로 내몰리고 말았다. 수능 직후 그들이 진정 떠나고 싶었던 여행은 그 답답하고 암울한 현실로부터의 탈출이었을 것이다. 이는 귀신의 집에서 벗어나기 위한 필사적인 노력으로 형상화 되어 있다. 그리고 그 안에서 들려오는 공포의 속삭임은 항상 1등만을 기억하고 인정하는 우리 사회의 강박적인 윽박지름과 재촉을 연상케 한다. 그 속삭임을 듣고 아이들이 사라지는 설정은 자율성과 꿈을 말살하는 우리 사회의 교육 현실을 그대로 따르기만 한다면 결국은 아이들의 미래가 없다는 의미일 것이다.

영화의 엔딩은 많은 것을 생각하게 만든다. 언제나 1등만을 하던 주인공 은하는 친구들과 여행 한 번 제대로 가본 적이 없다. 틈만 나면 벨이 울리는 엄마의 전화가 아이에겐 지옥과도 같았다. 전화 너머 들리는 엄마의 강요어린 음성은 귀신의 집에서 속닥속닥 들리는 속삭임보다 한층 더 아이의 온몸을 바싹 조이는 공포의 대상이었을 것이다. 탈출을 앞둔 은하가 눈물을 흘리며 친구를 바라보는 모습 속에는 그러한 현실에 대한 복잡한 회한이 담겨 있다. 현실 속에서는 단 한 번도 행복한 적이 없었던 우등생 은하는 끝내 안타까운 선택을 한다. 탈출할 수 있음에도 걸음을 옮기지 않고 죽음의 길을 택한 것이다.

그러나 아이의 입장에서 생각해 보면 그것을 비극적이라고 단언할 수만은 없다. 아이의 선택 자체는 비극이지만 아이 자신에게는 살아서 누릴 수 없는 자유를 향한 의지일 수 있기 때문이다. 그로써 아이는 놀이동산을 동경하는 동심을 빼앗아간 입시라는 감옥에서 진정으로 탈출하게 되었다. 아이가 그런 선택을 할 수밖에 없도록 만든 우리 사회의 입시 현실이 슬플 뿐이다.

영화장수 루피형아의 영화 속 숨은 그림 찾기

"보이는 것이 전부가 아니다All is not as it seems."

공포라는 장르만 놓고 본다면 이 영화는 이렇다 할 특징이 있는 작품은 아니다. 평소 공포영화를 즐기는 사람이라면 보기 전 기대를 중간쯤으로 잡는 편이 낫다. 반면 공포영화 초보자에게는 입문용으로 상당히 괜찮은 작품이라고 생각한다. 영화 중간중간 깜짝 놀랄 만한 장면도 꽤 있어서 미리 마음의 준비를 하고 관람하는 게 좋을 것이다.

이 작품은 〈곤지암〉이나 〈장산범〉처럼 시각적인 공포보다 주로 청각적인 공포에 치중하고 있다. 하지만 〈곤지암〉이 아예 청각 위주의 공포물이었다면 이 영화는 〈장산범〉과 마찬가지로 양쪽을 적절하게 절충하고 있다. 개인적으로 〈곤지암〉을 지루하게 느꼈던 것에 비해 기대 이상의 것을 보여 준 작품이다. 공포영화 마니아이긴 하지만 내 경우는 특수효과 등 시각적 충격을 써서 작위적으로 놀라게 만드는 방식을 선호하지 않는다. 극적 긴장감과 함께 자연스럽게 도출되는 공포감이 더 흥미롭다. 이 영화 역시 공포물로서 갖추고 있는 여러 장치들보다는 전체적인 분위기가 마음을 끌었다. 이 작품의 진가는 공포물이라는 장르적 특성에 있다기보다 그 안에 담긴 상징적 의미에서 발견된다.

사실 이 작품은 개봉 후 혹평 세례를 받았다. 하지만 영화를 보는 시선과 해석, 생각은 저마다 다르다. 영화를 좀 더 깊숙이 들여다보면 그 이면에서 작품이 말하고자 하는 바를 엿볼 수 있다. 앞에 적은 것처럼 이 영화는 단순한 공포영화를 넘어 우리 교육의 현실을 비판하고 있다. 영화 속 아이들이 개인적인 여행임에도 사복이 아닌 교복을 입은 이유, 혹은 그 외 여러 측면에서 틴에이저 공포물임을 굳이 부각시키려 한 이유도 그런 의미를 강조하기 위한 것으로 보인다.

1993. 홍콩. 드라마

현실의 삶을 버리고 극중 인물에 완벽히 동화되어 버린 한 경극배우의 탐미적 인생

누구에게나 평생 기억에 남는 인생영화가 한두 편쯤 있다. 이 책 속에 모아놓은 영화들 모두가 필자의 인생영화이긴 하지만 그 중에서도 하나를 선택하라면 아마 이 작품이 아닐까 싶다. 어릴 때부터 하도 많이 돌려 봐서 비디오테이프가 늘어질 정도였고 지금도 내 방 책상 위에 소중한 재산 목록 중 하나로 놓여 있다. 떠올리면 슬퍼져서 잊고 싶지만 결코 잊을 수 없는 영화, 그럼에도 불구하고 두고두고 꺼내보고 싶은 영화라고 할까.

영화는 나이 든 두 경극배우 청데이와 단샬루가 연습을 위해 무대 위에 다시 서게 되는 장면으로 시작된다. 무대 조명이 켜지면서 화면은 그로부터 오십여 년 전인 1924년으로 거슬러 올라간다. 도즈란 이름으로 불리던 어린 데이는 홍등가 여인의 아들로 남들과 달리 여섯 손가락을 지니고 태어났다. 어머니의 손에 이끌려 들어간 극단에선 아동학대에 가까운 혹독한 연기수업을 받는다. 연습이 힘들어 도망쳤던 그는 우연히 경극 패왕별희를 보며 마음속에 큰 감동을 받는다.

그는 여자처럼 예쁜 외모 때문에 어릴 때부터 극 속의 여자아이가 되기를 강요받는다. 그도 모자라 후원자인 장내관이 데이를 맘에 들어 하자 원치 않는 동성애의 대상이 되어 고통 받는다. 그런 그에게는 어릴 적부터 마음에 둔 단 한 사람이 있다. 극단의 리더 역할을 하던 샬루이다. 두 사람은 서로를 위하면서 힘겨운 배우 수련의 날들을 함께 이겨낸다. 성장한 데이와 샬루는 경극 〈패왕별희〉의 주인공인 우희와 패왕 역할을 맡으며 인생의 황금기를 맞게 된다.

그러나 샬루에게 사랑하는 여인 주샨이 나타난다. 질투의 고통에 시달리게 된 데이는 주샨이 있는 한 결코 행복하지 않다. 갈등에 빠진 세 사람은 중일전쟁과 국공내전, 국민당의 패퇴와 공산당의 정권 장악에 이르는 격동의 시대를 함께 헤쳐 나가며 아슬아슬한 공존의 세월을 보낸다. 그 사이 데이는 현실적 필요에 의해 동성 스폰서의 애인이 되기도 한다. 마음에 없는 그런 일과 질곡의 시대에 의한 개인적인 시련은 아편에 탐닉하게 할 만큼 데이의 정신을 황폐하게 만든다. 힘겹게 경극의 명맥을 이어가던 데이와 샬루는 공산당의 집권과 함께 데이가 역할을 빼앗기면서 서로 결별하게 된다.

세월이 흘러 문화혁명이라는 역사의 소용돌이에 휘말리며 다시 만나게 된 그들은 인민재판에 끌려가 수모를 당한다. 서로가 서로를 비판하지 않으면 목숨을 잃을 수도 있는 절체절명의 순간, 데이가 평생 믿어온 샬로는 인간적으로 해서는 안 될 일을 저지른다. 살기등등한 홍위병들의 위력 앞에서 살아남기 위해 데이의 치명적인 비밀을 발설한 것이다.

그로부터 10년 후 마오쩌둥이 죽고 4인방이 몰락하면서 문화혁명의 광풍도 수그러든다. 문화혁명 피해자들의 복권이 이루어지자 데이와 샬루는 다시금 만나 경극무대에 오른다. 함께 공연을 하게 된 것은 무려 22년만의 일이다. 그러나 우희가 패왕의 칼로 자결하는 극의 클라이맥스 이르자 데이는 그 칼로 극단적인 선택을 한다.

그토록 원했던 무대에 다시 서게 된 감격스러운 순간 그는 왜 그런 행동을 해야만 했을까. 현실 속 데이의 삶은 어린 시절부터 줄곧 불우했다. 그가 사람들의 주목과 사랑을 받는 가장 행복한 순간은 경극 무대에서 우희로 분장하고 연기를 할 때뿐이다. 극 속의 우희와 자신을 지나치게 동일시한 데이는 종종 현실과 극을 혼동한다.

샤루는 엄마에게 버림받고 의지할 곳 없는 데이가 유일하게 믿을 수 있던 형이다. 동시에 그의 안에 깃든 우희가 흠모하고 있는 단 하나의 사랑, 패왕이다. 하지만 극중 대사가 말해 주듯 데이와 샤루는 엇갈린 생각을 갖고 있다. "평생을 함께해야 해. 일 분일초가 모자라도 한평생이 아니잖아."라는 데이의 말에 샤루는 "너 정말 경극에 푹 빠졌구나. 경극 속에서는 함께이지만 현실에선 그게 아니야."라고 답한다. 샤루가 결혼을 하고 현실에 적응해 살아가는 반면 데이는 여전히 그를 끈끈한 의형제면서 동시에 숙명의 연인으로 여긴다.

현실 속 데이의 삶은 어린 시절과 다르지 않게 늘 불운과 불행에 휩싸인다. 그나마 현실을 버틸 수 있는 큰 힘이 되었던 샤루는 주샨과 만나면서 그에게 실망감을 안겨준다. 어쩌면 현실 속 데이의 삶은 인민재판의 시점에서 비극적인 파경을 맞은 것일 수도 있다. 세상에서 가장 믿었던 의형제이며 단 하나의 사랑인 샤루의 배신은 데이를 충격에 빠뜨렸다. 현실 속에서 그를 붙들어주던 든든하고 유일한 끈이 끊어져 버린 것이다. 이제 샤루라는 애정의 대상은 더 이상 그의 삶 속에 존재하지 않는 사람이 되어 버렸다.

그에 비해 경극 〈패왕별희〉 속의 패왕은 아직 거기 그대로 살아 있다. 극이 끝나지 않는 한 패왕과 우희의 사랑은 계속될 것이다. 돌이켜보면 데이가 살아 숨 쉬던 날 중 가장 행복한 때는 우희로 분장하고 패왕의 사랑을 받을 때였다. 아마도 데이는 완벽하게 극 속의 여인 우희가 되기로 마음먹었을 것이다. 그는 결국 자결 장면에 쓰이는 칼로 스스로 무대 위에서 목숨을 끊는다. 이제 여성이 아님에도 여성이 되기를 강요받던 불우한 아이 도즈는 없다. 자기 안의 여성에 눈을 뜨고 여성으로 사랑받고 싶던 데이도 없다. 영원히 사랑받는 여성 우희만 남아 있을 뿐이다. 그리고 아직 막이 내리지 않았으니 극 역시 끝이 날 일은 없다. 우희가 된 데이는 패왕이 된 샤루와 함께 극 속에서 영영 살아 있는 존재가 되었다.

영화장수 루피형아의 영화 속 숨은 그림 찾기

"보이는 것이 전부가 아니다All is not as it seems."

장이머우 감독과 함께 중국 제5세대 영화를 이끈 첸카이거 감독의 명작 〈패왕별희〉는 1993년 칸영화제에서 황금종려상을 수상했다. 그는 중국 근현대사를 뒤흔든 큰 사건에 휘말려 파란만장한 삶을 사는 사람들의 이야기를 즐겨 그렸다. 이 극의 주요 변곡점을 이루는 배경이 된 사건은 마오쩌둥 시절의 문화대혁명이다. 자전적인 책에서 밝힌 바에 의하면 감독 자신도 문화혁명 때 홍위병이었다. 인민재판에서 영화감독인 아버지를 비판한 경험이 있고 농촌으로 하방 되기도 했다. 역사의 물결에 휩쓸렸던 실질적 체험은 그의 창작에 밑거름이 되었을 것이다.

한편 이 작품은 짧은 삶을 살다간 장국영이라는 한 출중한 배우가 그를 사랑하는 관객들에게 선물로 주고 간 '장국영 연기'의 정수가 담긴 대표작이라고 해도 과언이 아닐 것이다. 극중 데이와 장국영은 배역과 연기자라는 괴리감이 전혀 없다. 마치 하나의 인물인 듯 우리에게 다가온다. 하지만 그래서 더 애처롭고 울적하게 느껴지는지도 모르겠다. 경극 속 배역에 몰입한 나머지 현실의 자신을 포기함으로써 우희가 되어 버린 데이의 마지막 모습에선 관객에게 가장 사랑받던 그야말로 '화양연화'의 시절, 속절없는 낙화처럼 져 버린 장국영의 삶이 겹쳐 보인다. 배우 장국영을 좋아하는 만큼 아마도 이 영화는 앞으로도 내내 내 가슴속에 살아 있을 것이다.

26. 아비정전 Days of Being Wild

1990. 홍콩. 드라마

지상에 뿌리박지 못한 채 발 없는 새처럼 떠도는 청춘의 나날

영화의 주인공 아비는 아기 때 입양된 사실을 성장한 후에 알게 된다. 그 충격으로 삶의 방향성을 잃고 무위도식과 여성 편력의 방황하는 삶을 살고 있다. 축구장 매표원 수리진과 사랑에 빠지지만 결혼과 안주를 생각하는 그녀가 부담스러워지자 그녀 곁을 떠난다. 연이어 루루와 사귀게 된 아비는 또 다시 그녀를 버리고 친어머니를 찾아 필리핀으로 간다. 그러나 친모는 끝내 그를 만나주지 않는다. 재회를 거절당한 절망 속에서 포기하듯 몸을 내던지며 지내던 그는 암흑세계의 사람을 죽이게 된다. 그리고 그 보복으로 기차 안에서 총을 맞고 서서히 죽어간다.

스토리만으로 본다면 이 영화는 비교적 간단한 내용이다. 그러나 그 안에 담긴 의미와 상징은 왕가위 감독의 다른 영화들이 그렇듯 그리 만만치 않다. 왕가위 감독은 늘 시간과 시한에 천착함으로써 순간과 영원을 대비시킨다. 그의 작품 속에서 추억을 만들었던 순간은 잠깐 사이에 지나가지만 기억 속에 오래도록 남는다. 이 영화 역시 마찬가지다. "난 순간이란 정말 짧은 시간인 줄 알았는데 때로는 오랜 시간이 될 수도 있더군요."라는 여주인공 수리진의 대사에서도 순간은 기억이라는 영원과 밀접하게 맞닿아 있다. 아비가 기차 속에서 숨을 거둔 순간 이후에도 기차는 길게 이어지며 여정을 계속하고 차창 밖 필리핀의 열대림은 영원처럼 무한히 펼쳐진다. 사랑하던 순간의 비밀이 봉인된 〈화양연화〉의 앙코르와트 사원 전경이 마치 영원을 상징하듯 끝도 없이 계속되는 것처럼 말이다.

혹자는 영화를 만들 당시 반환을 앞두었던 홍콩의 상황이 영화 속 캐릭터와 이야기에 맞물려 있다고 말한다. 루쉰의 소설 《아큐정전》과 엇비슷한 제목은 심지 없이 떠도는 동시대적 인간상이 시니컬한 시각으로 묘사되어 있다는 공통점에서 그런 의견을 뒷받침한다. 친모와 떨어져 입양되어 자란 아비의 현실, 시한에 대한 집착, 혹은 정체성의 혼란으로 방황하는 청춘의 모습 등도 홍콩의 시대상과 무관하진 않아 뵈는 설정이긴 하다. 중국인이면서 영국의 영향 하에 자랐고 때가 되면 다시 중국에 속하게 되지만 이미 성장과정 속에 배어 버린 생활방식으로 인해 불안과 혼란에 빠져 있는 홍콩인들의 고민이 깃들어 있었다고 할까.

그러나 영화를 관통하는 그보다 더 본질적인 주제는 젊음의 방황, 그리고 그 근원에 관한 문제일 것이다. 영화 속 아비는 스스로의 삶을 발 없는 새에 비유하곤 했다.

"발 없는 새가 있다. 그 새는 날고 또 날기만 한다. 날다 지치면 바람 속에서 잠이 든다. 땅에 내려앉는 것은 평생 단 한 번, 바로 그 새가 죽을 때이다."

아비의 평생을 아우르는 화두였던 이 '발 없는 새'에 관한 의문은 그가 죽음을 맞는 순간 답을 얻는다. 그는 살아 있던 그 순간에도 실은 이미 죽어 있었던 것이다. 어머니에게 버림받아 삶의 근본을 잃은 그는 애초에 지상을 딛고 서서 그 속에 당당하게 뿌리박고 살 수 있는 '발'을 갖지 못했다. 그리고 그것은 입양아라는 아비의 특수성을 넘어 세상의 모든 청춘들에게 해당되는 이야기이기도 하다. 아비의 주변을 스쳐지나간 수리진과 루루, 경관과 어릴 적 친구 같은 쓸쓸한 영혼들 역시 예외는 아니다. 젊은 시절은 어디서 왔는지, 왜 사는지 알 수 없는 인생에 대해 가장 진지한 고민을 하는 때이다. 이전까지는 부모의 그늘 아래서 살아왔으나 이후부터는 스스로의 삶을 알아서 개척해야 한다. 그럴 때 인간의 근원, 혹은 스스로의 정체성에 대한 정립이 이루어지지 않는다면 삶에 제대로 뿌리내릴 수 없다. 살아 있긴 하되 그저 의미 없이 반복되는 인생을 살게 될 것이다. 그것은 아비가 얻은 화두의 답처럼 죽어 있는 삶과도 같다.

만약 아비가 자신의 태생적 현실을 뛰어넘어 스스로 뿌리를 내릴 수 있었다면 그는 고독한 방황에 종지부를 찍었을지도 모른다. 그러나 그는 '발 없는 새'의 은유에서 영영 자유롭지 못한 길을 택했다. 청춘의 방황이라는 어두운 그늘 속에 그 자신을 매몰시킨 것이다. 그래서 그의 모습은 우리 가슴속에 한층 더 애달프게 다가온다. 아마도 그는 이후로도 오랫동안 젊은 날의 한 슬픈 초상이며 비상을 꿈꾸다 날개가 녹아내린 이카루스 같은 좌절의 표상이 되어 관객들의 가슴속에 살아 있을 것이다.

영화장수 루피형아의 영화 속 숨은 그림 찾기

"보이는 것이 전부가 아니다All is not as it seems."

〈아비정전〉은 왕가위 감독이나 배우 장국영을 좋아하는 이들에게는 필수적으로 섭렵해야 할 청춘의 고전과도 같은 영화이다. 특히 이 영화 이후 '발 없는 새'에 관한 비유는 영화팬들 사이에 '뫼비우스의 띠'나 '병 속의 새'처럼 쉽사리 풀 수 없는 젊은 날의 화두로 자리 잡게 되었다.

국내에 처음 개봉할 때는 시큰둥한 반응이었으나 입소문을 통해 그 존재감이 알려지면서 한때는 이 영화의 비디오테이프를 소장하는 게 팬으로서의 예의요 미덕인 때도 있었다. 더불어 국내 영화나 드라마계의 시나리오와 극본은 이 영화의 스타일을 따라 독백조의 1인칭 내레이션으로 구성되는 게 대유행일 정도로 그 파급력이 컸다.

사실 이 영화는 그 후 만들어진 왕가위 감독 작품들의 모티브를 안고 있다는 점에서 이른바 왕가위 스타일의 본격적인 출발점이라고도 할 수 있다. 데뷔작 〈열혈남아〉를 통해 자신만이 지닌 색채의 가능성을 발견한 그는 두 번째 작품인 이 영화 안에 후일의 영화들로 뻗어나가는 아이디어의 단초들을 곳곳에 심어 놓는다. 이 작품을 보지 않고는 〈중경삼림〉, 〈동사서독〉, 〈타락천사〉, 〈해피 투게더〉, 〈화양연화〉, 〈2046〉, 〈마이 블루베리 나이츠〉 등 그의 후속 작들에 대한 완벽한 이해가 불가능할 수도 있다.

장국영의 필모그래피에도 이 영화는 대표작 중 하나라고 불릴 수 있을 만큼 중요한 비중을 차지한다. 극중 아비는 발 없는 새처럼 평생 한 곳에 머물지 못한 채 날아다녀야 한다. 존재의 근원에 대한 확신, 즉 '발'이 없으니 죽기 전까지는 어디도 내려앉을 수 없다. 사랑조차 어느 한 여자에게 정착하지 못하고 끝없이 떠나야만 한다.

그런 아비의 모습은 그 역을 맡은 장국영의 삶과도 오버랩 된다. 그가 연기한 몇몇 비극영화들처럼 이 영화 역시 엔딩까지 아비의 모습을 다 지켜보고 나면 마음 깊은 곳 어딘가가 쓰라리고 시리다. 공교롭게도 그가 맡은 역할이 유독 인상적으로 뇌리에 남은 작품은 극중에서 스스로 목숨을 끊거나 죽음을 맞는 영화들이다. 이를테면 〈영웅본색2〉의 아걸은 공중전화로 갓 태어난 딸아이의 이름만 간신히 지어준 채 세상을 떠났다. 〈패왕별희〉의 데이 역시 탐미적인 자살로 생을 마감한다. 극 속 역할과 실제의 삶은 전혀 별개의 것이다. 하지만 그의 경우는 비극적인 역할에 잘 어울렸던 이유가 혹시 그 자신의 삶의 반영은 아니었던가 싶어 안타까운 감이 있다.

27. 수잔 브링크의 아리랑Susan Brink's Arirang

1991. 한국. 드라마

실화를 바탕으로 해외입양아의 비극과 인간적인 슬픔을 공감가게 묘사한 수작

전쟁의 아픔이 채 아물기 전인 1960년대 배고픔을 물려주고 싶지 않았던 엄마는 막내딸 유숙이를 저 멀리 스웨덴으로 입양 보낸다. 유숙은 수잔 브링크라는 이름으로 자라나게 된다. 양아버지와 달리 양어머니와 남동생은 수잔에게 호의적이지 않다. 양어머니는 걸핏하면 트집을 잡아 야단을 치거나 폭력을 휘둘렀다. 수잔은 학대받는 자신의 처지를 비관하며 자살을 시도하기까지에 이른다. 그러나 불행 중 다행으로 살아나게 된다.

가족으로부터 사랑받지 못한 수잔은 남자에게서도 진정한 사랑을 얻지 못한다. 첫 번째 만났던 남자는 그녀가 임신을 하자 서둘러 떠나 버린다. 미혼모가 되어 만난 두 번째 남자 역시 수잔의 친구와 바람이 나서 그녀를 배신한다. 한꺼번에 가장 친한 친구와 사랑을 잃은 충격으로 두 번째 자살을 시도했던 그녀는 다시금 살아나 모진 목숨을 이어가게 된다. 그러던 어느 날 그녀에게 뜻하지 않은 연락이 온다. 한국의 TV방송국에서 입양아특집 프로그램 제작을 위해 그녀를 취재하고 싶다는 것이다.

그녀의 사연이 방송을 통해 알려진 후 수잔은 꿈에 그리던 친엄마를 만나게 된다.

우연히 방송을 본 엄마가 자신이 간직했던 어릴 적 유숙의 사진과 방송 속 수잔의 사진을 대조해본 후 방송국에 연락을 해왔다. 수잔이 내내 친엄마를 보고 싶어 했듯 어머니 역시 평생 입양 보낸 일을 후회하며 막내딸을 그리워해왔다. 공항에서 이십여 년 만에 만난 모녀는 단번에 서로를 알아본다. 수잔은 친어머니를 "어머니"라 부른다. 이제는 한국말을 전혀 하지 못하지만 본능적인 그 핏줄의 끌림이 그녀의 무의식에 잠들어 있던 그 한마디를 끄집어낸 것이다.

이 영화는 지금은 세상에 없는 고 신유숙 씨의 실제 입양기를 영화화한 작품이다. 영화가 만들어진 1991년 당시에도 장안의 화제가 되었고 수많은 관객의 심금을 울렸다. 신유숙 씨는 1남4녀 중 막내딸이었다. 아버지가 세상을 떠나자 생활고에 시달리던 그녀의 어머니는 막내딸 하나라도 잘 먹이고 좋은 환경에서 성장시키기 위해 입양을 결정하게 된다. 눈에 넣어도 아프지 않다는 막내딸을 먼 타국으로 입양 보낼 수밖에 없던 어머니의 심경은 얼마나 참담했을까. 배고픔을 물려주지 않겠다는 일념으로 모질게 아이를 떼어 타국으로 보낸 사정도, 그런 후 어쩔 수 없는 그리움과 죄책감에 죽지 못해 살아왔을 그 마음도 우리는 충분히 이해할 수 있다. 반대로 어머니의 존재감이 절대적인 유아기에 세상의 전부나 마찬가지인 엄마에서 떼어져 멀디먼 곳으로 혼자 보내진 아이는 또 얼마나 절망적이었을까. 그러나 자신도 딸을 낳고 보니 수잔 역시 그런 엄마의 처지와 마음을 이해하게 된다. 아무리 건조한 눈으로 본다고 해도 어느새 자신도 모르게 눈물을 흘리고야 말 슬픈 영화이다.

영화의 후반 유숙의 어머니가 지켜보던 TV 다큐멘터리 속 내레이션이 충격적이다. "한국은 아기를 만드는 공장이 있는 것 같다."고 했다. 우리는 지난 65년 동안 세계에서 가장 많은 아이들을 해외로 입양시킨 나라 중 하나이다. 한국전쟁 이후에 해외로 입양된 한국의 아이들은 무려 25만 명이나 된다. 전 세계 해외 입양 아동의 40%가 우리나라 출신이다. 외국의 논문에선 입양에 관한 내용을 다룰 때마다 우리나라의 입양 사례가 마치 단골처럼 쓰인다고도 한다.

게다가 한국은 잘사는 나라가 되었지만 여전히 한쪽에선 수많은 아이들을 해외로 내보내고 있다. 그중 적지 않은 아이들이 머나먼 이국에서 방치되거나 학대당하고 그런 상황을 견디지 못해 자살하는 경우도 있다. 말만 입양일 뿐 사실상 어린 아이를 혼자 낯선 땅에 데려다 놓고 방치하는 것과 똑같다는 게 수많은 입양아들의 증언이다. 이 얼마나 부끄러운 현실인가. 어린 시절은 한 인간의 생애에서 기초적인 정서가 형성되는 중요한 시기다. 부모에게 사랑받았다는 기억, 가족과 행복하게 지낸 시간들은 일생 그의 힘겨운 날들을 지탱해 주는 가장 든든한 지지대가 된다. 그 시기를 잃은 대다수 입양아들의 비극은 누구 한 사람의 잘못이라기보다 우리 사회가 적극 나서서 책임져야 할 문제일 것이다.

영화장수 루피형아의 영화 속 숨은 그림 찾기

"보이는 것이 전부가 아니다 All is not as it seems."

실존인물인 신유숙 씨는 친어머니를 다시 만난 후 어떤 삶을 살게 되었을까. 뿌리는 찾았지만 그녀는 스웨덴으로 돌아갔다. 말도 통하지 않고 생활의 기반도 없는 이곳에 살 수 없었기 때문이다. 그리고 지난 2009년 겨우 46세라는 나이에 암으로 세상을 떠났다.

수잔의 이야기만 놓고 봐도 가슴 아픈데 수잔 역을 연기한 최진실 배우의 비극적인 죽음을 떠올리게 해서 더 먹먹하게 다가오는 영화이다. 영화 속에서 괴롭힘과 모욕을 당하던 수잔과 인터넷 상의 악성댓글로 고통 받다 세상을 버린 그녀의 모습이 어딘가 닮아 있어서이다.

한 사람이 살아낸 삶만큼 감동을 주는 게 또 있을까. 매초마다 웃음을 유발하거나 심장이 쫄깃해질 정도로 스릴 있는 영화만 재미있는 건 아니다. 사람의 마음 깊숙이 파고들어 인간으로서의 비애에 대한 깊은 공감을 이끌어 내는 작품도 볼만한 가치와 의미가 있다. 또한 세계적 명성을 지닌 화려한 배우와 제작진에 세련된 영상으로 포장된 헐리우드 영화만 명작은 아닐 것이다. 조금만 관심을 갖고 살펴보면 우리나라의 8~90년대 영화들 중에서도 꽤 괜찮은 작품들이 적지 않다. 특히 이 영화는 평소 내가 '죽기 전에 꼭 봐야할 한국영화 100편' 중 한 편으로 꼽을 만큼 명작이라 여기는 작품이다.

28. 빠삐용Papillon

1974. 미국. 어드벤처

자유를 향한 인간의 본능적 갈구와 집요한 실천 의지가 주는 감동

수많은 작품들이 명멸해 가지만 그중에서도 시간과 공간을 초월한 공감으로 다가오는 영화가 있다. 우리는 그것을 고전영화라 부른다. 고전이란 말은 아무 영화에나 붙일 수 있는 게 아닐 것이다. 작품적 완성도와 함께 삶과 인간에 대한 의미 있는 성찰, 두고두고 가슴에 남는 감동 등을 두루 갖춘 영화일 때 그런 이름을 지닐 자격이 있다. 이 영화는 많은 영화팬들에게 고전 중의 고전으로 꼽힌다. 자유를 향한 인간의 본능적 갈구와 의지를 이 영화처럼 절실하게 표현하고 관객의 전폭적인 호응을 얻은 작품도 드물다.

주인공 앙리 샤리에르는 가슴에 있는 나비 문신 때문에 '나비'란 뜻의 빠삐용으로 불린다. 빠삐용은 살인누명을 쓰고 법정에서 종신형을 선고받는다. 죄가 없다는 자신의 주장이 받아들여지지 않자 그는 탈옥을 결심하고 탈출자금을 마련하기 위해 위조지폐범 드가에게 접근한다. 드가는 빠삐용과 달리 뒷돈이 넉넉해서 누구든 매수할 수 있는 능력이 있었다. 바깥의 아내와 변호사가 탄원으로 자신을 구해 줄 거라고 믿고 있기 때문에 빠삐용처럼 탈옥을 꿈꿀 이유가 없다. 그 대신 돈을 노리는 다른 죄수들의 공격을 막아내지 않으면 목숨을 부지하기 어려웠다. 두 사람은 일종의 협상을 한다. 빠삐용이 드가를 그들로부터 보호해 주는 대신 드가는 그에게 탈옥에 드는 돈을 대주기로 한다.

두 사람은 한 번 들어가면 살아나오기 어렵다는 기아나의 수용소에 수감된다. 수용소의 규칙은 살벌하기 짝이 없다. 한 번 탈옥했다 잡히면 2년간 독방 신세를 져야 하고 두 번째는 5년, 세 번째는 무시무시한 기요틴으로 즉결 처형된다. 생사가 오가는 혹독한 노역장에 배속된 빠삐용과 드가는 일단 그곳을 벗어나려 계획한다. 그러나 드가가 교도관에게 구타를 당하는 사고가 발생한다. 빠삐용은 드가 편을 들어주다가 본의 아니게 혼자 탈옥하게 된다. 빠삐용이 잡혀와 독방에 들어가게 되자 드가는 자신 때문에 갇힌 그가 안쓰러워 몰래 코코넛을 넣어준다.

그런데 그 코코넛이 소장에게 들키면서 빠삐용은 그로 인한 고역을 치르게 된다. 누가 넣어줬는지 밝히라며 소장이 캐물어도 그는 끝내 드가의 이름을 말하지 않는다. 그 대신 6개월간 빛이 차단된 독방에서 공포와 싸워야 했다. 그런 사건으로 한층 더 사이가 돈독해진 빠삐용과 드가는 끈끈한 동지애를 키워간다. 빠삐용은 단념하지 않고 다시 탈옥을 시도하고 또 끌려와 외딴섬에 갇히면서도 자유에 대한 강한 집념을 키워간다. 그리고 결국 거친 파도 위를 헤쳐나간 끝에 탈출에 성공한다.

지하의 감옥 안에서 먹을 것이 부족해 바퀴벌레를 잡아먹고 높이를 헤아리기조차 힘들 만큼 까마득한 절벽 위에서 뛰어내리는 그의 모습은 인간에게 자유라는 것이 얼마나 절실하고 소중한 가치인지 실감하게 한다. 또한 영화를 다 보고 나면 그 못지않게 관객의 가슴에 파고드는 명장면이 하나 있다. 바로 웃는 듯 우는 듯 슬픔과 회한, 쓸쓸함이 묻어나는 표정으로 파도와 함께 멀어져가는 빠삐용을 바라보다 홀로 돌아서는 드가의 원샷 신이다.

두 번째 탈출의 대가로 독방에서 5년을 보낸 빠삐용이 보내진 곳은 악마의 섬이라 불리는 절해고도이다. 깎아지른 절벽 밑에는 거친 파도가 넘실거리고 상어 떼가 우글

거린다. 탈출을 해도 살아남기 힘든 환경이다 보니 아예 간수조차 없다. 그런데 어쩐 일인지 드가가 거기 와 있다. 알고 보니 그의 유일한 희망이던 아내와 변호사가 바람이 난 것이다. 이제는 돌아간다 해도 돈 한 푼 없게 된 그는 모든 것을 포기한 채 그곳에서 농사도 짓고 가축도 키우며 그 생활에 적응해 살고 있었다.

탈출에 대한 의지로 가득한 빠삐용은 바다를 오래도록 관찰한 끝에 파도가 한참 동안 밖으로 흐르는 때를 알아낸다. 그는 빈 코코넛 열매를 엮어 배를 만들어 다시 탈출을 꾀한다. 그러나 탈출을 앞둔 마지막 순간 드가는 모험을 강행하는 빠삐용과 반대로 섬에 홀로 남는 평온한 삶의 길을 택한다. 같은 상황에 놓인 두 인간의 심리적 엇갈림이라고 할까.

자유로운 삶을 향한 절호의 기회가 왔음에도 그 앞에서 머뭇거리는 드가의 모습에서는 복잡한 내면의 갈등이 읽힌다. 이전에 그는 바깥세상에서의 삶이 정상이고 수형생활은 돌아가기 위한 임시의 삶이라 여겼을 것이다. 하지만 사람이란 익숙해진 환경을 벗어나기 힘든 존재이다. 인생의 많은 시간을 갇혀 지내다보니 그에게는 이제 그쪽이 오히려 삶의 중심이 되어 버렸다. 그곳에선 평온한 노년을 보낼 수 있을 만큼 자급자족이 가능하고 소일거리도 있다.

아마도 그는 얽매여 있던 처지에서 벗어나 통제 되지 않는 자유를 다시 움켜쥐는 게 버거웠을 것이다. 익숙하고 편안해진 일상을 버리고 또 다시 세상으로 나간 뒤 새로운 삶을 마주할 용기가 없었는지도 모른다. 탈주에 성공해 자유를 만끽한다 해도 세상은 어떻게 변해 있을지 알 수 없다. 그런 사회에서 오래전 화석이 되어 버린 스스로의 자유의지를 이끌어 내어 매사 스스로 선택하고 부딪혀 개척해나갈 여력이 남아있지 않았던 것이다. 이 영화가 고전으로서 더욱 가치 있게 빛나는 이유 중 하나는 바로 그런 미묘한 인간심리를 깊숙이 파고들었다는 점이다. 거친 자유와 평온한 고립이라는 경계선에 선 두 사람의 서로 다른 심리와 내면적 갈등. 만약 그런 경우에 놓인다면 나는 어떤 길을 선택하게 될까.

"보이는 것이 전부가 아니다All is not as it seems."

빠삐용이 절벽에서 뛰어내려 탈출하는 씬은 오랜 세월이 흐른 지금까지도 영화 역사상 최고의 명장면 중 하나로 꼽힌다. 사나운 파도가 넘실거리는 깎아지른 해안 절벽 꼭대기에서 뛰어내려 먼저 던져 놓은 코코넛 뗏목을 향해 힘차게 수영해 나가는 그의 모습은 가슴이 벅찰 정도로 감동을 준다.

하와이 마우이 절벽에서 촬영된 이 장면은 대역 인형을 떨어뜨린다거나 그래픽으로 처리한 것이 아니다. 실제 사람이 뛰어내렸다. 그 역할을 해낸 사람은 헐리우드의 전설적인 스턴트맨인 다 로빈슨Dar Robinson이다. 그는 캐나다 토론토의 상징인 CN타워에서 낙하한 이력이 있을 정도로 높은 곳에서 뛰어내리는 게 주특기였다. 스턴트맨들은 워낙 험한 연기를 해내는 직업이니 부상의 위험도 큰 편이다. 그럼에도 그는 19년간 스턴트맨으로 일하면서 단 한 번도 골절상을 당한 적이 없다고 한다. 그만큼 자신만의 기술적인 노하우가 뛰어났다는 의미일 것이다. 좀 더 실감나는 영상을 얻을 수 있으면서도 스턴트맨의 안전을 보장하는 낙하장비를 스스로 고안해 내기도 했다.

안타깝게도 그는 영화 촬영 중 세상을 떠났다. 모터사이클 추격 씬에서 고속 회전을 하다가 제어력을 잃고 바위에 부딪히는 사고가 난 것이다. 39세의 짧은 삶이었지만 할리우드 스턴트 연기의 기준을 세웠다고 평가받고 있다. 명작은 그냥 만들어지는 게 아니다. 표면에 드러나지 않은 수많은 보이지 않는 손들이 밑거름이 되는 법이다.

29. 테스 Tess

1981. 프랑스 · 영국. 로맨스

19세기 사회의 인습이라는 제단 앞에 희생양이 된 한 순결한 여인의 일생

우리나라 여성들이 삼종지도나 칠거지악에 시달리던 시절처럼 19세기 빅토리아 시대의 영국 여성들도 자유라는 권리를 부정당한 채 종속적으로 살아야 했다. 영화 〈테스〉는 그 시절의 여성상을 대표하는 테스란 이름을 지닌 한 여인의 기구한 일생을 다룬 작품이다.

테스는 가난한 집에 태어난 순진하고 아름다운 소녀이다. 말을 이용해 근근이 먹고 살던 그녀의 아버지는 어느 날 자신들이 명문인 더버빌가의 후손이라는 이야기를 듣게 된다. 말이 죽어 생계가 곤란해진 그는 혹시 친척이라는 핑계로 경제적 도움을 받을 수 있지 않을까 싶어 테스를 더버빌가에 보낸다.

더버빌가 저택에 도착한 테스는 그 집 아들인 알렉을 만난다. 테스의 아름다움에 흑심을 품게 된 알렉은 그녀를 강제로 범한다. 테스는 그 일로 원치 않는 임신을 한 채 집으로 돌아간다. 그러나 아이는 목사의 세례조차 받지 못한 채 숨을 거둔다. 고향을 떠나 젖소를 키우는 농장에 가게 된 테스는 성직자의 아들인 에인절을 만난다.

두 사람은 서로 사랑하게 된다. 에인절은 테스에게 결혼하자고 말하지만 그녀는 과거의 일이 마음에 걸려 그의 구애를 선선히 받아들일 수 없다. 그럼에도 어쩔 수 없이 깊어진 사랑에 의해 두 사람은 결혼에까지 이른다. 첫날밤 에인절의 과거 고백에 용기를 낸 테스는 알렉과 있었던 일을 그에게 말해 준다. 그러나 테스가 자신이 상상해 온 순진한 처녀가 아니란 사실을 알게 된 에인절은 그녀를 버려둔 채 브라질로 떠나 버린다.

세월이 흘러 에인절은 다시 테스를 찾아온다. 하지만 그녀는 가족들에 대한 알렉의 경제적 뒷받침과 적극적인 구애에 못 이겨 다시금 그와 결합해 살고 있다. "너무 늦었다."고 말하며 에인절을 돌려보낸 테스는 밀려드는 회한과 원망으로 알렉을 죽이고 만다. 경찰을 피해 도망친 테스와 에인절은 비로소 둘의 사랑을 확인하지만 그들의 앞길엔 불행의 그림자가 짙게 드리워 있다.

테스가 살던 19세기는 남성 중심의 가부장적 사회였다. 에인절은 자신 역시 결혼 전 부적절한 관계가 있었음에도 불구하고 테스의 과거만을 문제 삼는다. 남자는 버젓이 자신의 과거를 발설해도 되고 여자는 천형이라도 받은 양 그 사실을 말할 수 없어 전전긍긍해 한다. 그리고 그는 그녀를 사랑한다면서도 본인의 의사와 관계없이 벌어진 일조차 그녀의 행실이 좋지 않았다는 식으로 몰아간다.

돈으로 가문을 사들인 알렉이 정신적으로 부패한 부유층이며 당시 주류 사회의 속물근성을 상징하는 존재라면 에인절은 기존의 권위와 사회에 대한 비판 의식을 지닌 깨인 지식인의 전형으로 볼 수 있다. 그러나 사회의 모순을 공격하고 거기 편입되는 것을 거부하며 앞서가는 듯 보였던 그조차 여성에 대한 시선만큼은 기존 관념에서 크게 벗어나지 못한다. 여성의 순결과 정조를 강요하는 당시의 인습은 그만큼 절대적이었다. 그녀를 둘러싼 남자들, 혹은 그처럼 경직된 사회는 자신들의 잣대에서 벗어난 테스를 파멸시킨다. 그녀의 불행을 감싸 안고 구원해줘야 할 종교 역시 사랑과 용서, 포용의 역할을 해내지 못한 채 윤리적 복종만을 강요할 뿐이다.

영화의 마지막은 스톤헨지가 배경이다. 스톤헨지는 거대한 기둥과 덮개돌로 이루어진 유적이다. 텅 빈 들판 위에 덩그마니 세워진 이 유적은 도대체 누가 세웠는지, 어떤 용도로 쓰인 것인지조차 알려져 있지 않다. 일반적으로 고대의 태양신 숭배신앙과 관련 있으며 신에게 제사를 드리는 공간이었다고 추정된다. 그런데 왜 하필 스톤헨지가 극의 마지막에 등장한 것일까. 이 수수께끼의 유적은 그 모호한 정체성 때문에 작품 속에서도 보기에 따라 여러 가지 의미를 띨 수 있다.

우선 그것은 이 작품에서 테스를 옥죄는 절대적인 환경을 연상케 한다. 스톤헨지는 부당한 고정관념과 인습이 지배한 19세기 사회라는 폭압적 권위의 상징일 수 있다. 원시의 신이란 자연의 위력에 대한 인간의 두려움과 경외감이 만들어낸 허상이다. 그러나 그 허상은 생명마저 앗아가는 절대적 권위로 인간을 지배한다. 아무런 근거도 없이 그저 관념과 터부에 의해 만들어진 허상 같은 인습이 인간의 삶과 죽음을 좌우하던 당시의 사회 현실과 동일한 구조인 것이다. 그녀는 경찰에 체포되기 직전 제물을 바치던 제단 모양의 평평하고 긴 돌 위에 붉은 옷차림으로 누워 있다. 이는 그녀가 사회적 편견과 그릇된 인습 앞에 희생양이 되어 버렸다는 사실을 강조한다고 볼 수 있다.

또 다른 시각으로 보면 스톤헨지는 한층 원초적인 의미로 다가오기도 한다. 영화에서는 스톤헨지를 이교도의 신전이라 부른다. 사회 제도나 윤리가 생겨나기 이전, 본능이 지배하던 태초의 신과도 같은 이미지다. 그 거대한 본능의 세계 안에서 그녀는 종교적 윤리와 사회적 편견이 낙인찍은 한 부정한 여성이 아니라 자연 그대로의 순수성을 간직한 순결한 존재이다. 사랑 하나만을 위해 목숨까지 바칠 수 있는 순수한 영혼을 지닌 사람이었기 때문이다. 그러나 이율배반적이게도 그녀는 그런 순결함으로 인해 순탄한 삶을 살 수 없었다. 원시의 신은 반드시 희생양을 필요로 하고 오로지 순결한 자만이 희생양이 될 자격이 있었다. 그녀는 19세기라는 탁류 같은 세상에서 홀로 순결했기에 그런 길을 걸었던 것인지 모른다.

잘 알려진 것처럼 이 작품은 영국 작가 토마스 하디의 고전 명작《더버빌가의 테스Tess of the D'Urbervilles》를 영화화한 것이다. 문학작품을 영화로 옮긴다는 것은 감독에게 몹시 부담스러운 일일 것이다. 원작이 잘 알려지지 않은 작품이라면 몰라도 세계적인 고전문학이라면 더더욱 영화화가 쉽지 않다. 이미 많은 관객이 내용을 알고 있는 상황에서 영화적인 상상력을 가미할 여지가 많지 않기 때문이다. 고전의 내용에 대한 자신들의 기존 관념이 각색에 의해 달라지는 부분을 호의적으로 받아들일 관객은 아마 많지 않을 것이다. 가령 '착실해서 부자가 된 개미 놀부'나 '게으르게 놀기만 해서 가난해진 베짱이 홍부'처럼 고전을 완전히 뒤틀어 풍자적으로 재해석하지 않는 한 말이다.

로만 폴란스키 감독은 영화창작자가 마주하게 되는 그런 고민을 정공법으로 풀어냈다. 그는 이 영화에서 고전을 비틀기보다 고전에 충실한 쪽을 택하고 있다. 그리고 작품을 이루는 정서와 숨은 의미를 상징적 이미지와 영상으로 형상화하는데 성공함으로써 관객들에게 소설《더버빌가의 테스》가 아닌 영화 〈테스〉의 정체성을 확실히 각인시켰다. 그 비결로는 치밀한 고증으로 완벽에 가깝게 19세기의 시대상을 재현해 낸 디테일의 미학과 감독의 서정적인 심미안이 엿보이는 영상의 완성도, 적절한 상징과 대비를 통해 주제의식을 잘 드러낸 뛰어난 미장센 등을 들 수 있을 것이다. 스토리의 추이와 주인공의 내면적 심리 변화에 따른 장면 하나하나의 설정은 어느 신이든 따로 떼어낸다 해도 낭만파나 인상파의 그림을 보는 것처럼 예술적인 아름다움과 깊이가 있다.

우리나라에 개봉된 것은 1981년의 일이지만 영화는 본래 1979년 작이다. 지금으로부터 무려 40여 년 전에 만들어진 영화인 셈이다. 가끔 채널을 돌리다 보면 케이블방송 같은 곳에서 예전 드라마나 영화들과 마주치곤 한다. 그럴 때마다 화면에 등장하는 배경이나 옷차림 등을 보면 어딘가 어색하고 촌스러운 느낌이 든다. 그것이 만들어진 당시에는 분명 최신의 경향이 반영되었겠지만 세월의 흐름이 그 모든 것을 낡아 보이게 만든 것이다.

하지만 이 영화는 수십 년 전 영화라고 생각할 수 없을 만큼 세련된 인상을 준다. 분장이나 의상, 조명은 물론이고 화면을 이루는 분위기와 색조, 자연경관 등에서 시대 차이를 느낄 수 없게 하는 압도적 완결미가 느껴진다. 시간과 공간을 초월하여 언제 어디서든 낡지 않은 느낌을 준다는 것은 그 작품이 이미 고전의 반열에 들었음을 의미한다. 드라마와 영화를 비롯해서 수많은 다른 버전의 〈테스〉가 있지만 이 영화가 가장 많이 알려진 것도 아마 그런 이유에서일 것이다.

30. 수성못 Duck Town

2018. 한국. 드라마

절망의 끝으로 내몰린 정해진 현실 속에서 그들이 유일하게 선택할 수 있는 것

수성못 유원지에서 오리배 매표소 알바를 하며 편입을 준비 중인 여주인공 희정은 악바리처럼 살고 있는 열혈 젊은이다. 어느 비 오는 날 졸던 그녀는 오리배를 끌고 나가는 한 남자를 보지 못한다. 남자의 자살 소식이 매스컴에 알려지면서 난감해진 희정은 밤에 몰래 안전조끼를 연못에 던져 넣는다. 오리배 탑승객에게 안전조끼를 지급하지 못한 실책이 발각될까 두려웠기 때문이다. 그러나 그 장면을 목격한 사람이 있다. 낮에 휴대폰 매장 알바를 하며 길 가는 희정을 붙잡았다가 입에 담지 못할 욕설을 들었던 영목이다.

그는 동반자살 카페의 주인장이다. 자살 장소 섭외를 위해 비디오를 찍고 있다가 본의 아니게 희정의 조끼 투하 장면까지 화면에 담게 되었다. 영목은 안전규칙위반죄로 경찰에 신고하겠다며 희정을 윽박지른다. 그의 협박에 못 이겨 자살예방센터에서 만난 사람들의 인터뷰 동영상 녹취록을 작성하게 된 희정은 그런 과정에서 영묵의 과거를 알게 된다. 그는 예전에 자살 카페에서 만난 사람들과 번개탄을 피워놓고 동반자살을 시도했다. 현재는 그 일로 자살방지센터에서 사회봉사명령을 수행 중이다.

자살을 향한 그의 생각은 아직 변하지 않았다. 영목은 자살 카페 회원 가입 승인을 위해 승인 대기자들을 일일이 만난다. 그리고 동반자살을 위한 준비를 차곡차곡 진행해간다. 본의 아니게 그의 일에 얽힌 희정은 삶의 의욕이 넘치는 자신과 정반대인 영목이 이해가 가지 않는다. 책 읽는 일밖에는 흥미도 의욕도 없는 동생 희준 역시 그녀에겐 목표 없이 떠도는 한심한 젊음일 뿐이다. 희정이 편입시험을 보기 위해 서울로 떠난 날 영목 카페의 일원이 된 희준은 동반자살에 참여하기 위해 새벽차를 탄다.

영화는 이 시대 젊은이들의 절망적인 현실을 그리고 있다. 여친에게 전염되어 동반자살 카페를 만들고 어떡하든 죽기 위해 여러 차례 자살 시도를 하는 영목이나 그 외 카페 회원들, 그리고 사회 속에 잘 못 어울리는 성격인데도 남자라는 이유로 받는 집안의 기대어린 시선이 부담스러운 희준 역시 이 시대 젊음의 한 전형과도 같다. 그가 자살에 실패하고 길거리에서 만나 빠지게 되는 '도를 아십니까'도 젊은이들의 일상에 스며 있는 독버섯 같은 현실이다.

그에 비해 희정은 처음에는 그들과 사뭇 다른 모습을 보여 준다. 넉넉지 않은 가정에서 태어났지만 알바를 해서 어떡하든 돈을 모으고, 지방대에서 벗어나 서울의 대학에 편입하려는 목표가 확실하다. 하지만 삶을 열심히 살던 이의 추락은 더 절망적이다. 답답한 현실에서 벗어나려 안간힘 쓰던 희정은 집에서도 이해받지 못하고 알바마저 잘린다. 한술 더 떠 많은 것을 경험하고 싶다던 서울에서 멀쩡한 대낮에 지갑을 털리고 폭행까지 당한다. 그리고도 그녀에게 남은 건 편입시험에 떨어진 냉정한 현실이다. 따지고 보면 한때 의욕적으로 보였던 그녀의 현실도 그리 믿음직한 건 아니었다. 임시직인 알바는 언제 해고될지 알 수 없었고 편입은 바늘구멍을 통과하는 것처럼 쉽지 않은 목표였다.

희정은 수성못 벤치에서 죽음의 그림자들과 만난다. 영화의 결말 부분인 그 시퀀스는 암시와 상징으로 이루어져 있어 실제로 어떤 사건이 벌어진 건지 모호하다. 죽음의 상징으로 등장한 박 씨나 수성못 전설 속의 기타맨은 실제 죽은 사람들일 수도 있고 아닐 수도 있다. 박 씨는 호텔 창밖으로 떨어져 생사에 대한 언급이 없었고 기타맨 역시 누군가 그가 물에 빠지는 것을 보았다는 이야기만 전해지기 때문이다.

그러나 중요한 건 그토록 삶을 지키려던 희정이 죽음의 언저리에 머무는 그들과 함께하게 되었다는 점이다. 극중 희정은 세상에 선택할 수 있는 게 하나도 없다면서 자신이 스스로의 일을 선택하는 삶을 살아 봤으면 좋겠다고 말한다. 그러자 영목은 "왜 없어? 있어."라며 그 답으로 자살을 제시한다. 모든 것이 이미 기울어진 운동장처럼 정해져 버린 현실에서 유일하게 자발적으로 선택할 수 있는 게 자살뿐이란 건 참 슬픈 이야기다. 엄밀히 말한다면 그 역시 자발적인 선택이라고는 할 수 없다. 그것은 막다른 골목에 내몰린 끝에 도달한 최후의 선택지일 뿐이다. 처음부터 영목이나 희준처럼 무기력에 빠졌건 희정처럼 의욕적으로 살고 싶었건 결과는 매한가지가 되어 버렸다. 그만큼 이 시대 젊음들의 현실은 암울하기만 하다.

영화장수 루피형아의 영화 속 숨은 그림 찾기

"보이는 것이 전부가 아니다All is not as it seems."

개인적으로 영화를 보다 보면 평이하게 스쳐지나가는 설정이나 장면에서 의외의 진실을 포착하곤 한다. 그것은 감독이 의식적으로 숨겨 놓았을 수도 있고 무의식중에 외형으로 드러난 경우일 수도 있다. 이 영화 속에도 그런 부분이 있다.

이 작품은 2017년에 만들어진 독립영화이다. 영화 속에는 카페 장면이 유난히 많다. 영목이 사람들을 만나 면담을 하게 되는 장소가 주로 카페였다. 그런데 그중 특이한 점이 눈에 띄었다. 테이블 위에 놓인 각 인물들의 컵이 한결같이 일회용 컵이 아닌 머그컵이다. 지금은 법이 바뀌어서 달라졌지만 내 기억으로 당시 대부분의 카페는 특별히 말을 하지 않는 이상 일회용 테이크아웃 컵에 음료를 담아 주었다. 그러니 머그컵은 그 시절로서는 통상적이지 않은 소품인 셈이다. 문득 그런 풍경이 특별한 의미를 담은 의도적 설정은 아닐까 싶은 생각이 스쳤다.

사실 카페에서 머그컵은 다음을 기약한다든지 여러 번 재사용 된다는 의미가 있다. 요즘은 개인용 머그컵을 가지고 다니는 손님도 적지 않다. 그에 비해 테이크아웃 컵은 한 번 쓰고 버려지는 일회성이다. 제 효용을 다한 후엔 잊히는 속성이 있다. 카페에 앉아 영목과 면담을 하는 사람들은 모두 삶에 대한 미련이 없다. 다음번에 또 쓰기 위해 자신의 컵을 가져왔을 리 없을 것이다. 굳이 카페 직원에게 머그컵을 달라고 할 만큼의 의욕도 있을 것 같지 않다.

그럼에도 그들 앞에 머그컵이 놓여 있는 이유는 무엇일까. 그것은 어쩌면 삶에 대한 그들의 간절한 소망을 의미하는 건 아닐까. 그들이 삶을 포기하려는 이유는 저마다 다르지만 한 가지 공통적인 것은 삶의 환경이 그들을 죽음의 길로 내몰고 있기 때문이다. 살고 싶지만 삶을 향한 실낱같은 희망마저 허락되지 않는다고 할까. 비록 삶을 버리는 길을 택할 수밖에 없다 해도 그들의 마음속 깊은 곳에는 머그컵의 속성과도 같은 재생의 희망이 숨어 있을지도 모른다. 일회성의 삶에 그치기보다 어떡하든 다시 한 번 더 기회를 갖고 잘살아 내고 싶은 절실한 바람이 자리하고 있는 것이다.

여담이지만 당시 영화를 연출한 유지영 감독님과 이야기를 나눌 기회가 있어 그에 대해 한 번 여쭤본 적이 있다. 그러자 카페에 가면 늘 머그컵을 달라고 하는 본인의 개인적인 습관과 취향이 반영되었을 뿐이라는 감독님의 답변이 돌아왔다. 내 예상과 달리 거기엔 특별한 의미가 감춰져 있진 않았던 것이다. 그런데 감독님이 내게 왜 그런 질문을 했느냐며 역으로 물어보셨다. 그때 나는 이런 답을 했던 것 같다.

"자살이 소재인데도 모두들 머그컵을 사용한 건 우리 모두가 일회용 컵처럼 한 번 쓰고 버려질 존재가 아니라 머그컵처럼 다시 누군가를 위해 사용될 수 있는 존재라는 뜻이 아닐까요?"

순간 감독님의 열정적인 박수를 받았던 기억이 난다.

31. 죄 많은 소녀After My Death

2018. 한국. 드라마

상황이 만든 죄의 굴레에 갇힌 한 소녀가 벌이는 고독한 사투

까마귀 날자 배 떨어진다는 속담이 있다. 어떤 행동이 다른 일과 공교롭게도 같은 시기에 일어나 서로 밀접한 관계가 있는 것처럼 의심받는 경우에 쓰인다. 살다 보면 크든 작든 그런 억울한 상황에 빠질 때가 있다. 그럴 때는 변명하려 애쓰면 애쓸수록 더 깊은 의심의 수렁에 빠질 확률이 크다. 사람들은 각자의 필요나 사정에 의해서, 혹은 무관심이나 평소 쌓인 감정 등에 의해 그런 상황에 빠진 이의 변명을 믿으려 하지 않는 경향이 있다. 후에 사실이 밝혀진다 해도 일종의 확증 편향처럼 자신이 한 번 그렇다고 믿어 버린 것에 걸맞은 정보만 받아들일 뿐 정작 진실에는 귀를 닫아 버리곤 한다. 그러나 불신 받고 있는 당사자의 고통은 상상을 초월할 수 있다. 오해를 사고 있는 상황이 사람이 살고 죽는 일과 관련된 것이라면 더더욱 그럴 것이다. 이 영화는 그런 경우에 빠진 주인공과 주변사람들의 심리적 움직임을 예리하게 묘사하고 있다.

어느 날 경민이란 이름의 한 여고생이 자살을 한다. 마지막까지 함께 있던 친구 영희는 주변 모든 사람들에게 경민을 죽게 만든 당사자라고 의심 받게 된다. 참고인 조사에서 형사는 영희가 경민을 죽인 범인이라도 되는 양 몰아붙인다. 경민 엄마는 경민이 죽은 원인이 영희에게 있을 거라 여긴다. 담임교사와 아이들 역시 비난의 눈으로 영희를 본다. 그리고 어쩐 일인지 절친 한솔마저 그날 같이 있었음에도 불구하고 적극적으로 영희를 변호해 주지 않는다. 모두가 자신을 의심하는 상황에서 영희는 자살로 결백을 증명하려 하지만 실패하고 만다.

영화 속에는 학교를 비롯한 어른들의 사회가 지니는 편견과 모순이 고스란히 담겨있다. 속으론 아이를 용의자로 특정하고 있으면서 아무도 널 의심하지 않는다는 형사의 말이나 별일 아닌 듯 말하지만 아이에 대한 의심을 끝내 거두지 않은 채 겉으로만 친절한 담임교사의 태도는 참 이중적이다. 심지어 학교에 다시 돌아온 영희에게 그는 이런 말을 하며 위로한다.

"사람은 누구나 살면서 잘못을 저지를 수 있어. 우린 불완전한 존재니까. 그럼에도 불구하고 앞으로 잘 살아가야만 해. 그러기 위해선 어떻게 해야 될까. 얼른 잊어버려야 돼. 요럴 땐 좀 뻔뻔해질 필요도 있어."

위로인 듯 보이지만 영희가 잘못을 저지른 아이란 사실을 기정사실화 하고 있다. 죽기 위한 영희의 치명적인 시도조차 담임교사를 비롯한 어른들의 머리에 한 번 입력된 낙인을 지울 수는 없었다.

영화는 한 아이의 자살에 관련된 가까운 이들의 죄책감과, 반대로 그 죄책감에서 벗어나기 위해 다른 사람에게 죽음의 원인이 있길 바라는 인간의 양가감정을 다루고 있기도 하다. 경민 엄마의 경우 아이의 죽음은 일에만 열중하느라 아이에게 좀 더 관심을 쏟지 못했고 아이에 대해 잘 몰랐던 자신의 탓이란 죄책감이 내면에 도사리고 있다. 영화 초반 스스로의 뺨을 때리고, 후반 레스토랑 신에서 식사용 나이프로 자신의 가슴을 여러 차례 찌르던 행동은 그런 자책의 심경을 보여 준다. 반면 그녀는 집요하게 아이의 죽음의 원인을 자신의 탓이 아닌 다른 곳에서 찾으려 시도한다. 영희에게 원인이 있을 거라는 심증을 굳히고 어떡하든 증거를 밝혀내려고도 한다. 심지어 집에서 경민의 유서가 발견됨으로써 죽기 전날 영희의 권유에 의해 우발적으로 이루어진 자살이 아니라 경민 스스로 계획한 자살임이 드러났어도 영희에 대한 의심을 거두지 않는다. 한솔과 다른 아이들도 정도의 차이만 있을 뿐, 비슷한 행태를 보이고 있다. 결국 영희는 그 많은 이들이 스스로를 가책에서 구하기 위해 가장 손쉽게 찾은 희생양이었다.

첫 번째 자살의 실패를 만회하기 위해 한강 굴다리를 걸어가는 영희의 마지막 선택 역시 상반되는 두 가지 의미로 바라볼 수 있다. 하나는 경민의 죽음을 충분히 예상하면서도 그것을 방조했다는 사실에 대한 죄책감, 또 하나는 말리지 못한 도의적 죄만 있을 뿐 직접적 죽음의 원인은 자신이 아니라는 것을 증명하기 위한 결행이다.

혹자는 자살이라는 행위를 통해 다른 이들을 자신이 겪었던 것과 똑같은 경우에 밀어 넣는 영희의 마지막 선택을 복수라고 보기도 한다. 인간이란 본인이 직접 겪어보기 전에는 타인의 고통을 완벽히 이해할 수 없는 존재이기 때문이다. 영희가 매도당했던 것처럼 주변 사람들 모두는 다시금 또 다른 가해자가 되어 죄책감과 의심의 눈초리에 시달릴 것이다. 그러나 복수라기보다는 당신들도 내 입장이 되어보면 알 거라는 최후의 항변이란 말이 더 어울릴 듯싶다. 그것이야말로 다른 사람의 마음속에 깃든 의심을 잠재우는 최선의 선택이라 생각했을 것이다. 죽음을 향한 영희의 결단은 주변 사람들이 만들어낸 악의 구렁텅이에서 빠져나오려는 한 사춘기 아이의 필사적인 몸부림이었다. 영희가 죽기 전 자신을 간접살인용의자로 여겨온 경민 엄마에게 남긴 대사는 그런 면에서 관객의 가슴을 파고든다.

"내일이면 내가 왜 죽었는지 사람들이 물어볼 거예요. 그 이유나 잘 대답해 주세요."

영화장수 루피형아의 영화 속 숨은 그림 찾기
"보이는 것이 전부가 아니다All is not as it seems."

탁월한 극적 구조와 심리 묘사, 군더더기 없는 세련된 연출, 각 인물들의 혼이 깃든 연기력 등 여러 가지 면에서 그동안 봐왔던 독립영화 중 몇 손가락 안에 꼽고 있는 작품이다. 특히 처음부터 끝까지 극의 추이가 궁금해 잠시라도 긴장의 끈을 놓을 수 없게 만드는 탄탄한 구성과 연출의 힘이 강하게 느껴진다. 김의석 감독 자신의 자전적 이야기여서인지 특정 상황을 마주할 때 드러나는 인간 군상의 심리적 움직임을 눈앞에 벌어진 듯 절절하게 실감할 수 있었다.

아직 어려 세상의 전모를 바라보기 힘든 한 사춘기 아이가 결백을 증명하기 위해 택한 죽음이란 결말은 가슴을 쓰리게 만든다. 이기적인 사람들과 무심한 사회가 아이를 그리로 밀어 넣은 것이나 마찬가지이기 때문이다. 극 속에 등장하는 경찰, 학교는 사회를 이루는 여러 분야 중에서도 가장 정의롭고 공정해야 할 상징적인 공간이다. 그럼에도 편견과 매도, 위선과 편의주의, 그릇된 권위로 가득 차 있다.

마지막 장면은 여러 가지 의미를 함축하고 있다. 주인공 영희는 경민이 죽기 전 걸었던 그 길을 따라 죽음의 길로 향하고 있다. 그러나 사실 관객은 짐작만 할 뿐 아이가 실제로 죽었는지는 알 수 없다. 감독은 끝을 보여 주지 않음으로써 관객에게 생각할 여지를 주고 있다.

내게는 그 장면이 관객을 향한 아이 내면의 소리 없는 외침처럼 보였다. 걷다가 멈칫 카메라를 반쯤 뒤돌아보던 아이의 옆모습, 소매 속에 감춰져 잡을 수 있을 것 같기도 하고 없을 것 같기도 한 아이의 손. 그것은 어쩌면 아무도 믿어주지 않는 세상 속에서 아이가 홀로 느꼈을 외로움과 고독을 외면한 우리의 선택에 대해 묻고 있었던 건 아닐까. 누구든 좀 더 관심을 기울여 그 손을 잡고 아이의 죽음을 말린다면 아이는 희망을 볼 수도 있을 것이다. 하지만 외면하고 만다면 결국 아이는 '죄 많은 소녀'로 세상에 낙인찍힌 채 그대로 사라질 수밖에 없을 것이다.

32. 내가 사는 세상 Back from the Beat

2019. 한국. 드라마

열정 페이에 지친 청춘의 출구 없는 현실 속에서 쏘아 올린 작은 희망의 불꽃

누구든 원치 않는 재능 기부를 강요당한 경험이 있을 것이다. 시간과 노력을 들이는 한 정당한 대가를 받아야 하는 게 당연한데도 친분 때문에 혹은 돈을 요구하는 게 야박한 일이라는 사회적 통념 때문에 거절 못하는 경우가 있다. 그런데 그것이 일회성이 아니라 갑과 을이라는 불평등한 관계에서 습관적으로 벌어지는 일이라면 어떨까. 누군가 을의 입장에 있는 한 사람이 그런 상황에 빠져있고 혹 그게 매스컴에 오르기라도 한다면 그 경우의 갑은 거의 매장될 만큼 여론의 몰매를 맞게 될 것이다. 그만큼 우리 사회의 갑을 문제는 서로 간 감정의 골이 깊고 쉽사리 해결되지 않는 고질적인 병폐이다.

더 심각한 건 그런 식으로 수면 위에 드러나는 것이 빙산의 일각에 지나지 않는다는 점이다. 우리 사회에는 보이지 않는 곳에서 혹사당하는 다양한 형태의 수많은 을이 존재한다. 열정 페이에 시달리는 젊은 층은 그중에서도 대표적인 예이다. 그들은 일에 대한 전문성과 경력 쌓기를 미끼로 부당한 노동착취를 당하고 있다.

각자가 처한 입장 차이나 구조적인 문제에 기인하는 면도 있지만 이는 주로 타인의 노동력으로 이득을 보면서도 정당한 대가를 지불하지 않으려는 이기적 생각에서 비롯된다. 이 영화 속 주인공들도 그런 이기심에 희생되는 노동 약자이다. 그들은 대구라는 지역에 사는 평범한 젊은이들이지만 이 시대 젊은이들이 겪고 있는 열정 페이의 현실을 극명하게 보여 주고 있다.

주인공 민규는 낮에는 퀵서비스 알바로 생계를 해결하고 저녁엔 DJ몽구스란 이름으로 클럽에서 디제잉을 하며 뮤지션을 꿈꾸는 젊은이다. 여친 시은은 미술학원 강사로 일하며 좋은 작품에 대한 꿈을 잃지 않는다. 그들은 가난하지만 상대가 사다준 따뜻한 호빵 하나에도 마냥 행복해지는 소박한 연인이다. 그러나 두 사람을 둘러싼 사회는 꿈을 위해 열심히 노력하며 사는 그들의 노동력을 교묘하게 착취하고 있다.

미술학원 주인인 지영은 시은에게 본래의 업무에서 벗어난 학원용 샘플 작품을 끊임없이 그리라고 시킨다. 그림은 그림대로 그리면서 아이들을 가르쳐야 하는 시은의 손에 들어오는 것은 쥐꼬리만 한 월급이다. 과외 업무에 대한 정당한 페이를 요구해 보지만 관행이 그렇다는 이유로 오히려 핀잔이나 들을 뿐이다.

민규 역시 사정은 마찬가지다. 퀵서비스 콜 수보다 월급이 적게 들어오고 있다. 실장에게 따져보니 보험료를 뗐네 어쩌네 하며 이리 저리 둘러댄다. 알고 보니 그는 배달원들의 월급 일부를 빼돌려 자신이 착복하고 있었다. 친구 용삼과 거리에서 노동상담을 받은 민규는 실장에게 근로계약서를 써달라고 한다. 그로 인해 실장과 크게 말다툼을 벌인 두 사람은 홧김에 회사를 그만둔다.

어떡하든 참고 살아 보려던 두 사람은 점점 궁지에 내몰린다. 학원장 지영은 일에 치여 불만을 토로했던 시은에게 괘씸죄를 적용하여 시은의 자리에 서울권 강사를 앉힌다. 민규도 그의 앞길을 막아가며 자신의 이익만 챙기려는 사장 지홍에게 참다못해 근로계약서를 내밀지만 그것 때문에 쫓겨나고 만다.

사실 이들은 친한 사이라는 이유로 갑질을 감수하고 있는 전형적인 예이다. 선배인 지영과 지홍은 어찌 보면 생판 남인 경우보다 더 나쁜 갑이라고도 볼 수 있다. 남보다 더 후배의 사정을 잘 알고 있을 그들은 친분을 빌미로 "우리 사이를 어떻게 돈으로 계산하느냐"는 식의 위선적인 행태를 보인다. 하지만 막상 민규와 시은이 용기를 내어 정당한 보수를 요구하자 안면을 몰수하며 그들과의 관계를 끊는 마각을 드러냈다. 본인들의 말처럼 워낙 허물없는 사이라 괜찮을 줄 알고 잘 몰라서 그랬던 게 아니라 속으로 자신의 이득을 철저히 챙기고 있었던 것이다.

영화는 부당한 착취 속에 점차 허물어져 가는 젊음의 삶과 꿈을 그리고 있다. 그들이 사는 출구 없는 세상은 혹독하고 막막하다. 그리고 그 세상을 묘사한 영화 속 장면들은 살갗에 와닿을 듯 실제와 똑같아 더욱 암담하게 느껴진다. 그럼에도 불구하고 그들은 잠시 시간을 내어 불꽃을 쏘아 올린다. 도심의 화려한 불빛과 대조되는 하천변의 어두운 하늘 위로 휘잉 올라가 터지는 불꽃은 뜻대로 되어가지 않는 현실 속에서 피워 올린 작은 희망의 불씨를 상징한다. 우리는 그 속에서 미래에 대한 간절한 소망을 볼 수 있다. 그처럼 숨 쉴 틈 없이 사방에서 조여 오는 삶 속에서도 그들은 아직 꿈과 희망이 있기에 건재하다.

영화장수 루피형아의 영화 속 숨은 그림 찾기

"보이는 것이 전부가 아니다All is not as it seems."

대구를 무대로 그곳에 사는 젊은이들의 일자리에 얽힌 애환을 묘사한 이 영화는 대구에서 꾸준히 독립영화 작업을 이어온 대구 독립영화계의 대표적 인물 최창환 감독의 작품이다. 영화 제작비를 벌기 위해 건설현장의 일용직에도 종사했던 그는 우리 사회의 노동 약자 문제를 다룬 영화를 주로 만들어왔다. 이 영화 역시 매년 대구에서 열리는 〈전태일노동영화제〉의 지원으로 제작되어 2018년 전주국제영화제에서 창작 지원상을 수상하기도 했다.

영화는 독특하게 칼라가 아닌 흑백이다. 감독의 전작인 〈호명인생〉 또한 흑백 영화이다. 거듭된 작업을 통해 흑백이 체화된 영상을 보여 주기 때문인지 이 작품은 평소 우리 눈에 익숙한 칼라 화면이 아님에도 불편한 느낌 없이 자연스럽게 다가온다. 영화 기법상 흑백화면은 주로 리얼리티를 표현하거나 과거의 회상, 혹은 특정 의도나 분위기 등을 묘사하기 위해 쓰인다. 그가 흑백으로 영화를 찍는 이유는 현실적인 것을 표현하기에 적합하기 때문이라고 한다. 채색된 화면이 감성과 판타지가 가미될 여지가 다분하다면 흑백은 환상이 제거된 채 처절하게 체감되어 오는 날것의 현실 같은 느낌이 있긴 하다. 그리고 노동 현장에서 갑질을 당하는 젊은이들의 암담한 현실은 확실히 영화처럼 무채색의 세상일 것이다. 영화 〈내가 사는 세상〉은 색채의 과장이 제거된 담담한 흑백의 현실 묘사와 일상 그대로의 연기, 군더더기 없는 대사와 연출로 남 얘기 같지 않은 생활 밀착적 공감을 준다. 또한 그로 인해 단도직입적으로 주제에만 집중할 수 있는 것은 이 영화의 큰 장점이다.

33. 눈꺼풀Eyelids

2018. 한국. 드라마

"낙엽 떨구는 건 사뿐한데 꽃잎 떨구는 건 왜 이리 요란할꼬"

검고 푸른 바다. 낚시꾼이 탔던 배가 보이더니 풍랑이 몰아친 후 파도 위에 위태롭게 떠 있는 무심한 빈 보트로 남아 있다. 또 하나의 생명이 수장되었음을 암시한다. 영화의 첫 대사는 선문답 속의 조용하고 의미심장한 한마디 화두로 시작된다.

"오래 전 달마라는 고승이 어두운 동굴의 벽 앞에 앉아 참선을 할 때 견디기 힘들 만큼 졸음이 쏟아졌다고 한다. 결국 달마는 눈꺼풀을 잘라내 버리고는 다시 벽 앞에 앉아 참선을 계속하였다. 눈꺼풀을 도려 내며까지 그는 무엇을 보고자 했던 것인가."

화면 속 벽에는 달마가 그려진 달력이 걸려 있다. 2014년 4월이란 달과 날짜가 보인다. 미륵도란 섬에 손님이 하나 찾아온다. 섬에 사는 노인은 그를 위해 떡을 만들기 시작한다. 노인이 불을 때고 우물물을 긷는 동안 섬 어딘가에서 진혼굿이 열린다. 쌀을 절구에 빻고 체에 쳐서 남은 가루는 개미며 파리 같은 미물들에게 보시로 돌아간다. 노인이 떡을 해서 놓으니 그것을 먹은 한 남자가 스르르 사라진다.

처음엔 그저 한 섬에 사는 외로운 노인의 이야긴가 싶었던 관객은 어렴풋이 그가 저승으로 가는 길목에서 수장된 영혼들에게 떡을 만들어주는 사람임을 알게 된다. 생명을 소중히 여기는 노인은 달팽이며 뱀 같은 미물들에게도 애정을 준다. 그런 그에게 인간이라는 한 생명이 먼 저승길을 가기 전 마지막으로 먹을 떡을 만드는 것은 혼신의 힘을 기울여야 할 정성스러운 일이다. 그는 영혼의 허기를 채워주기도 하지만 제 명을 못다 하고 물에 빠져 갑작스럽게 삶을 마감해야 하는 그들의 여한을 달래주기도 한다.

누군가 물에 빠져 삶의 끈을 놓을 때면 노인의 집에서는 그런 사실을 알려주는 전화벨이 울리곤 한다. 그런데 어느 날 벨소리와 함께 세월호가 침몰했다는 라디오 뉴스가 흘러나온다. 그날은 쌀이 두 가마니나 필요하다. 그만큼 많은 생명이 스러졌다는 의미이다. 참담한 노인은 많은 떡을 만들어야 한다. 하지만 그날따라 쥐 한 마리가 집안을 누비며 말썽을 피우고 종국엔 절굿공이와 돌절구마저 깨트린다. 노인은 쥐라는 방해꾼으로 인해 죽은 아이들이 도착했음에도 떡을 대접하지 못한다. 그는 어떡하든 떡을 만들기 위해 온갖 방법을 써보지만 끝내 좌절하고 만다. 아이들의 원혼을 위로할 수단을 잃은 노인은 떡 대신 두 동강난 무거운 돌절구에 비원을 담아 바다로 보낸다. 노인의 분노와 한탄, 안타까움이 담긴 돌절구는 바다 속에 통째로 빠진 후 끝없이 밑으로 가라앉는다. 그리고 마침내 바다 밑바닥의 세월호에 가 닿는다.

영화의 끝 장면은 참선 중 나태해졌을 때 한 대 얻어맞은 죽비의 아픔처럼 우리의 의식을 질타한다. 그리고 영화가 끝난 다음에도 내내 묵직한 상념을 안겨준다. 달마가 눈꺼풀을 도려내면서까지 보려 했던 그것은 무엇이었을까. 우리에게도 끝까지 놓지 말아야 할 화두가 되어 버린 그날의 진실은 무엇일까. 그리고 그날의 아픔과 진실은 우리 역사에 어떤 의미로 남게 될까.

영화장수 루피형아의 영화 속 숨은 그림 찾기

"보이는 것이 전부가 아니다All is not as it seems."

이 작품은 세월호 희생자를 추모하는 독립영화이다. 〈지슬〉로 명성을 얻은 제주 독립영화의 거목 오멸 감독의 작품답게 개인적으로 세월호와 관련된 여러 추모작 중 가장 기억에 남는 영화이기도 하다. 안타깝게 스러져간 아까운 생명들을 추모하고자 하는 의미와 깊이가 엿보인다. 무엇보다 영화에는 정치적인 색깔이나 구호가 등장하지 않는다. 그저 의미와 상징이 담긴 소품들로 이것이 무엇에 대한 이야기인지 암시할 뿐이다. 섬에 들른 망자를 위한 떡을 만들던 노인은 몇 마디 안 되는 대사를 선문답처럼 툭툭 던진다. 그리고 마치 달마가 면벽하여 한 가지 주제에 집중하듯 그 역시 궁극적인 본질에 파고든다.

동시에 영화는 곳곳에 미물이라 불리는 생명체들을 담는다. 뱀이며 흑염소, 지네, 풍뎅이, 달팽이, 개미, 파리처럼 소리 없이 온순하게 살고 있던 생명들에 눈길을 줌으로써 그 하나하나의 생명의 소중함을 일깨운다. 그리고 그를 통해 갈 때가 아님에도 안타깝게 삶을 잃어버린 죄 없는 아이들의 원혼을 달래려는 진혼곡 같은 이야기를 하고 있다. 떡이라도 정성스레 대접하고 싶지만 그조차 마음대로 되지 않는 안타까움과 기막힌 현실에 대해 말하고 싶어 한다. 미래에 대한 염원이 담긴 미륵불로 쌀을 빻아서라도, 그게 안 되면 무겁디무거운 돌절구를 밧줄로 묶어 끌고라도, 다시 굴리고 굴려 그 마음이 아이들의 마지막 순간에 가닿을 수 있도록 아이들을 위한 마음을 다하고 싶은 것이다.

섬에 들른 망자를 위해 떡을 만들던 노인은 떨어지는 잎사귀를 보며 마치 곧이어 다가올 아이들의 비극을 예견하기라도 하듯 이런 대사를 읊는다.

"낙엽 떨구는 건 사뿐한데 꽃잎 떨구는 건 왜 이리 요란할꼬"

한창 시절에 지는 꽃잎에는 못다 한 세월이 얹혀 있으니 쉽게 지지 않는 게 당연할 것이다. 마치 졸음이 오면 눈꺼풀이 내려와 덮이듯 시간이 가면 모든 것이 망각된다. 그러나 달마가 화두의 끝을 놓지 않은 것처럼 영영 잊지 말아야 할 것이 있다. 한창 피어날 시절, 흉포한 바람에 져버린 그 꽃잎 같은 아이들의 사연과 아픔이다. 눈을 똑바로 뜨고 바라보다 눈이 떠지지 않을 정도로 눈꺼풀이 무겁게 내려앉아 감기고 또 감기면 그 눈꺼풀을 베어 내서라도 바라보고 또 기억해야 할 것이다. 다시는 똑같은 비극이 되풀이되지 않도록 말이다.

즐거움

삶의 풍성함

삶을 풍성하게 만드는
가장 큰 즐거움은 '자유'이다.

34. 마차 타고 고래고래 Blue Busking

2017. 한국. 드라마

어릴 적 꿈을 향한 늦깎이 청춘들의 무모하지만 값진 도전

영화란 종종 현실에서 쉽사리 이룰 수 없는 것에 대한 대리만족의 기쁨을 선사한다. 이 영화도 그런 효용이 있다. 어른이 되어 어릴 때 꾸었던 꿈을 실현하는 사람이 몇이나 될까. 대부분은 눈앞의 현실에 치여 그 꿈을 가슴속 깊은 곳에 묻어 두고 가끔씩 추억으로나 되살리며 살아가게 된다. 그런데 서른이 훌쩍 넘은 어른들 넷이 작당하여 사춘기 시절의 꿈을 현실 속에서 이뤄 보겠다고 나선다. 그것도 짱아란 이름의 당나귀 한 마리가 끄는 마차를 타고 말이다. 하필 당나귀라니, 어딘가 낯익다. 풍차를 향해 돌진하던 돈키호테의 이야기에도 당나귀를 탄 산초가 등장하지 않는가. 다소 무모해 뵈는 모험과 당나귀는 일맥상통하는 데가 있다.

영화의 네 주인공인 민우와 영민, 병태와 호빈은 고교 시절 '1번국도'라는 밴드에서 함께 음악 활동을 했었다. 그로부터 16년이 지난 어느 날 다시 의기투합한 네 사람은 일상에서 벗어나 한 달 동안 도보 버스킹 여행을 계획한다. 출발점은 국도 1호선의 기점인 목포, 목적지는 가평 자라섬에서 열리는 뮤직 페스티발이다. 결혼과 함께 현실에 안착하기 위해 음악에 대한 마지막 열정을 불태우고 싶은 민우, 첫사랑의 상처로 실어증에 걸린 영민, 10년 무명배우의 설움에서 벗어나 대중의 주목을 받고 싶은 호빈, 그런 형을 도와주고 싶은 호빈의 친동생 병태가 지닌 각각의 현실적 사정과 열망이 어우러진 이 여정은 시작부터 만만치 않은 불안감을 안고 있다. 그런 그들에게 동반이 있다. 동물농장이란 프로그램의 피디 혜경이다. 그녀는 CP의 강권으로 마지못해 그들의 여정을 방송에 담아내야 한다.

성향이 다른 네 사람의 성인이 한 달을 같이 하는 건 쉬운 일이 아니다. 아무리 친한 친구들이라 해도 한두 번 이상은 싸우게 된다. 그럼에도 불구하고 그들을 묶어 주는 건 음악에 대한 열정과 사랑이다. 같은 취향으로 뭉쳤고 같은 목표가 있기에 그들의 우정과 관계의 끈은 시간이 갈수록 더 단단해진다. 처음에는 그들의 행보를 시니컬하게 바라보던 혜경도 그들과 함께 부대끼고 그 사연들에 젖어들면서 점차 그들의 꿈의 여정에 동화되어 간다. 하지만 네 사람은 예기치 못한 사건에 부딪히며 목표했던 일정에서 벗어날 위기에 처한다. 과연 그들은 자라섬 뮤직 페스티발에 참가해서 그들의 기량을 마음껏 펼칠 수 있을까. 아직 영화를 보지 못한 사람을 위해 더 이상의 언급은 삼가고 궁금증으로 남기는 게 예의일 것 같다.

스토리의 결말과 관계없이 그들이 그 여행을 통해 무엇을 얻었는지는 헤아려볼 수 있다. 한 달 간의 여정은 그들을 한층 성숙하게 만든 인생의 축소판 같은 여행이었다. 그들은 자신들의 여정에서 보다 중요한 것은 목적지에 도착하는 게 아니라 함께 겪어 냈던 과정 자체임을 깨닫는다. 그리고 인생도 마찬가지임을 알게 된다. 세상은 반드시 목표한 대로 이루어지는 곳은 아니다. 목표란 밤하늘을 지키는 북극성처럼 삶의 길을 걷는 이에게 희망의 길잡이가 되어 줄 뿐이다. 목표를 향해 나아가는 그 과정이 실질적인 삶의 세부를 이룬다.

영화 속 주인공들은 한 달 간 도보로 여행하며 버스킹을 하고 숱한 갈등상황에 마주친다. 그런 모습을 바라보면서 문득 까맣게 잊고 있던 내 군대 시절의 행군을 떠올렸다. 행군할 때면 수십 킬로가 넘는 군장을 메고 뙤약볕 아래든 비 내리는 진흙탕 속이든 10시간가량을 꼬박 걸어야 했다. 체력 소모가 워낙 커서 군인이라면 다들 힘들어하는 악명 높은 시간이다. 그런데 나는 희한하게도 행군을 좋아했다. 걷는 동안은 머릿속 잡념이 말끔히 사라졌기 때문이다. 아침 기상부터 잠들 때까지 빈틈없이 짜인 군 생활 중 내게 자유와 해방감을 느끼게 해 준 돌파구 같은 시간이기도 했다. 그 시간만큼은 생각의 자유를 오롯이 누릴 수 있었다. 가끔은 멍 때리며 흘려보냈고 반대로 한 가지 주제에 깊이 집중하는 때도 있었다. 전역 후 어떻게 살아야겠다는 인생 계획을 세워 보기도 했다.

걷기란 세상을 향한 행보이면서 동시에 자기 자신을 되돌아보게 하는 열중의 시간이다. 단조로운 일상에서 벗어나 정말로 좋아하는 노래에 심취하거나 인생의 길을 찾고 삶의 의미를 깨닫는 기쁨이 내재해 있다. 그들이 굳이 한 달간의 걷는 여정을 통해 버스킹을 해 나간 것도 번잡한 현실의 삶을 떠나 스스로의 발로 세상을 답파하면서 인생을 넓은 시야로 바라보고 진정 좋아하는 음악에 몰입하고 싶어서였을 것이다. 그런 면에서 그들의 걷기 여행은 내게 깊은 공감으로 다가왔다. 영화 속 주인공들의 행보가 마치 평행 이론 속의 또 다른 자아를 보는 것처럼 남 얘기 같지 않게 느껴졌다.

영화장수 루피형아의 영화 속 숨은 그림 찾기

"보이는 것이 전부가 아니다All is not as it seems."

영화의 가장 큰 매력은 주요 기착지마다 벌이는 거리의 버스킹이다. 본격 뮤지컬 영화나 음악 영화 못지않은 노래 실력과 OST는 영화 감상을 더 즐겁게 만들어준다. 물론 스토리 구성이 치밀하지 못하다는 평가가 있기는 하다. 첫사랑에 실패하고 그 연인의 죽음으로 인해 실어증에 걸릴 정도로 과거의 상처에서 벗어나지 못한다는 영민의 설정은 20대라면 몰라도 현실의 한가운데 서 있는 30대의 이야기라기엔 다소 현실감이 부족해 뵌다. 그럼에도 불구하고 영화를 보고 난 후 촉촉한 감동을 느낄 수 있는 이유는 음악에 대한 순수한 열정과 좋은 노래, 그 노래에 감성을 부여하고 구현하는 주인공들의 노래 실력 덕분이다. 음악애호가들이 좋아하는 영화 〈원스Once〉나 〈비긴 어게인Begin Again〉에 비견되기도 하는 이 영화는 2010년 작인 이탈리아 영화, 〈이탈리아 횡단 밴드Basilicata Coast to Coast〉를 리메이크했다. 또한 먼저 공연이 이루어진 뮤지컬 〈고래고래〉와 동시 기획되었다. 호빈 역의 조한선을 제외하면 세 사람 모두 동 뮤지컬에 출연했던 오리지널 캐스트들이다. 탄탄한 노래 실력의 기본기가 받쳐주는 이유이다.

영화에 등장하는 음악은 대부분 실력파 모던 락 밴드 '몽니'의 보컬이며 뮤지컬 배우인 김신의가 만들었다. 그는 극중 영민 역할을 맡았고 이 영화의 음악감독이기도 하다. 사실 영화의 초반엔 전면에 나서지 않지만 후반으로 갈수록 그는 영화에 묵직한 중심을 부여하는 끌림 있는 캐릭터이다. 자기만의 고독한 내면과 상처, 음악세계가 있고 그것을 노래로 승화시키는 모습이 그들의 버스킹에 음악적 깊이와 완성도를 더한다. 영민과 썸을 타게 되는 혜경이 말없이 빙그레 웃기만 하며 듣고 있는 그를 향해 던진 대사가 인상적이다.

"음악을 만드는 건 기억을 담는 일 같아요. 보관함처럼. 스쳐 지나갈 수도 있고 잊어버릴 수도 있는 그때 그 시절의 시간들, 공간, 심지어 향기까지."

35. 파밍 보이즈 Farming Boys

2017. 한국. 다큐멘터리

고생스럽지만 유쾌한 세 청춘의 치열한 진로 찾기 여행

젊은 농부를 꿈꾸는 대한민국의 청년 세 명이 무일푼으로 세계여행을 떠난다. 그들이 가진 것은 맨몸 하나와 열정뿐이다. 첫 행선지로 택한 곳은 호주. 여행에 드는 최소한의 비용을 마련하기 위해 워킹 홀리데이를 갔다. 새벽부터 늦은 밤까지 쓰리 잡의 혹독한 노동 중에도 그들은 전 세계 농장주들에게 무작정 메일을 보낸다. 자신들을 소개하고 유기농 농장에서 일하며 숙식을 제공받는 우핑이 가능한지 타진하는 내용이다. 그들의 농장 일을 거들면서 그 나라의 농사법과 가치관을 배워오는 것이 목적이었다.

하지만 처음부터 호락호락하지는 않았다. 수십 통의 메일을 보내봤지만 답장은 번번이 "Sorry"로 시작됐다. 그러던 어느 날 기적처럼 그들을 받아 주겠다는 농장주가 나타난다. 그렇게 첫발을 내딛은 세 청년은 각국 농부들을 만나 그들의 경험담과 조언 등을 들으며 농사에 대한 철학과 지향점을 완성해 간다. 그들은 우선 농사를 짓는다는 것이 흔히 생각하는 것처럼 도시에서 일자리를 찾는 데 실패한 뒤 귀촌이나 귀농을 하는 게 아니라 뚜렷한 목적의식과 각오를 지니지 않으면 안 되는 일임을 깨닫는다. 농사는 사회적으로 그리 인기 있는 일은 아닐지 몰라도 인간의 생명 유지를 책임지고 자연과 환경을 돌보는 가장 기본적이고도 필수적인 일임을 체감하기도 한다.

농사를 짓기 위해서는 땅에 대해 겸손한 자세를 갖고 땅을 위하며 땅과 공존하려는 자세를 지녀야 한다는 사실도 체득한다. 또한 그들은 알프스 산중에서 만난 귀농 5년차 레미론종의 체험적 깨달음처럼 농사는 단순히 직업이 아니라 삶 그 자체라는 걸 알게 된다.

여행이 거듭되면서 세 청년은 농장에서 만난 이들과 공감과 소통, 감정의 교류를 나눈다. 인생의 고락을 맛보며 삶을 대하는 시각과 자세도 점점 깊고 넓어진다. 그들에게 그 여행은 처음에 목표했던 진로 탐구여행을 넘어 삶을 탐색하고 인간관계에 대한 자세를 정립하며 보다 나은 미래의 삶을 향한 여정으로 의미가 확장된다. 일생 다시 오지 않는 젊은 날의 귀중한 몇 년을 쏟아 부은 대신 그들은 평생의 기초가 될 만한 삶의 방향성을 얻었다. 그리고 무엇보다 값진 것은 그러한 경험이 그들의 실제 삶을 바꿔 놓았다는 점이다. 말로만 외치는 구호가 아니라 진정 자연친화적인 삶을 체득한 것이다.

스스로 부딪혀 보고 내 자신이 어떤 일에 적합한 사람인지, 자신이 진정으로 무얼 하고 싶은지 알아내는 것이야말로 삶의 기초를 다지는 무엇보다 중요한 과정이다. 우리나라 청년들은 입시에 치여 정작 자신의 진로에 대해서는 대충 넘어가고 마는 경우가 많다. 기초공사가 안 된 허망한 모래의 성 같은 삶의 건축물을 짓고 있는 것이다. 언젠가 그 공사가 어느 정도 진행되었을 때 문득 뒤돌아보며 회의하는 순간, 그 집은 우르르 무너져 원점으로 돌아갈 수 있다. 그런 점에서 세 사람의 진로 여행은 인생의 초석을 놓는 꼭 필요하면서도 의미 있는 경험이었다.

농업이라는 주제를 표방하고 있지만 이 작품은 각자 방향성 있는 인생의 길로 접어들어야 하는 젊은이들의 진지한 진로탐구여행이며 올바른 삶을 향한 탐색여행이 담긴 로드 무비 형식의 성장 영화이다. 영화 속 세 젊은이의 좌충우돌 세계 여행에는 몸으로 겪고 사색하며 얻어낸 치열한 고민의 흔적이 담겨 있다. 무모하지만 값진 도전, 그것이야말로 젊음의 특권이 아닐까.

영화장수 루피형아의 영화 속 숨은 그림 찾기

"보이는 것이 전부가 아니다All is not as it seems."

이 영화는 가감 없이 있는 그대로를 보여 주는 다큐멘터리 장르이다. 제목에서 풍기는 이미지처럼 인위적인 조미료나 화학약제가 첨가되지 않는 친환경 음식 같은 작품이라고도 할 수 있다. 영화를 지켜보는 내내 우리는 마음의 치유를 받게 된다. 그리고 극 속 주인공들의 고생스런 상황에 대한 심정적 공감과 함께 그들에게 완벽히 동화되어 자연의 소중함을 느끼고, 나아가 자연과 더불어 살아가는 공존의 필요성과 당위성을 배우게 된다.

영화는 가장 자연친화적인 분야일 농업이라는 소재를 담고 있는 탓에 땅과 자연에 대한 성찰의 기회를 준다. 그리고 그것은 영화의 주인공들처럼 농업을 직업으로 삼겠다고 생각하지 않는 이들에게도 깊숙한 울림을 준다. 예를 들어 지독한 가뭄으로 비가 내리지 않는 땅에서 그들이 맞은 빗줄기의 절실함은 관객에게도 그대로 전달되었다. 누구든 그 장면에서 생명활동에 필수적인 물의 존재감을 새삼 절감했을 것이다. 그처럼 생명을 가능케 하는 자연의 절대적인 역할 앞에서 인간이란 그저 작디작은 한 존재로서 자세를 낮춰 자연의 가치를 그대로 받아들일 수밖에 없다. 한살림의 대부 무위당 장일순 선생의 철학 속 '일속자一粟子', 즉 한 알의 좁쌀처럼 겸허한 존재가 되는 것이다.

우리를 둘러싼 자연이나 환경의 고마움을 평소에는 잊고 산다. 그러다 이런 식의 계기가 주어지면 비로소 그 중요성에 대해 다시 한 번 생각해 보게 된다. 내게도 이 영화는 그런 의미로 다가왔다. 작품을 통해 자연의 가치와 소중함, 인간 외의 다른 식물이나 동물과의 공존에 대해 한층 더 깊이 새겨볼 수 있었다. 인간이 자연을 정복한다는 것은 참으로 오만한 발상일 것이다. 북아메리카 인디언의 자연관처럼 인간은 땅이나 물을 소유할 수 없다. 자연이 인간에게 잠시 빌려준 것이기 때문이다. 본래 자연에서 온 것이니 깨끗하게 사용하고 잘 보존해서 원 상태대로 돌려주는 게 옳다. 세 청년의 인생탐구라는 주제 외에도 그것이 이 영화가 주는 보다 심원한 숨은 메시지일 것이다. 자연의 존재감을 체득하고 또 다른 생명들과 공존해야 한다는 사실을 깨달을 때, 우리는 한미하지만 동시에 그 안에 생명과 우주의 원리를 모두 담고 있는 작은 좁쌀 한 알처럼 자연 속의 당당한 한 구성원으로 거듭나게 될 것이다.

36. 낮술Daytime Drinking

2009. 한국. 드라마

청춘의 웃픈 페이소스가 담긴 숨은 보석 같은 코미디

남자라면 누구든 술, 도박, 여자를 조심하라는 말을 듣곤 한다. 하지만 왜 남자뿐이랴. 인간이라면 대부분 술과 사행심, 이성의 유혹에서 자유로울 수 없다. 특히나 술은 일상 가까이에 있으면서 많은 문제를 일으킨다. 술중에서도 가장 위험한 술은 낮술이다. 술은 신진대사가 활발할수록 더욱 빨리 취하는 경향이 있다고 한다. 혈기 왕성한 젊은 사람들이라면 낮술을 한층 더 조심해야 한다. 그래선지 "낮술은 제 부모도 못 알아본다."는 옛말이 있다. 이 영화가 딱 그런 식이다. 극중 낮술은 주인공의 판단력을 마비시킨다. 그로 인해 이성과 얽힌 파란만장한 사건의 구렁텅이에 빠지게 하는 주범이다.

이야기는 한 술집에서 시작된다. 주인공 혁진은 여자 친구에게 차이고 울적한 기분에 빠져 있다. 친구들은 그를 위로해 준다며 즉흥적으로 강원도 정선 여행을 제안한다. 혁진은 영 내키지 않지만 친구들의 적극적인 설득으로 마음을 돌린다. 그러나 다음날 아침 정선역 앞엔 아무도 나와 있지 않다. 친구들은 밤새 마신 술로 인사불성이고 딱히 떠날 생각이 없던 혁진 혼자만 정선 여행을 오게 된 것이다. 그때부터 그에겐 웃지 못할 사건들이 하나둘씩 일어난다. 사건의 전환점이자 이야기의 모티브가 되는 낮술로 인해 주인공은 온갖 위기에 빠진다. 그럴 때마다 관객은 주인공의 심경이 되어 조마조마한 상황을 맞게 된다.

이 영화의 미덕은 어디로 튈지 모르는 의외의 전개와 허를 찌르는 반전의 연속, 대사나 상황의 썰렁함이 주는 넌센스 같은 웃음의 미학에 있다. 관객은 스토리 전개를 어느 정도 짐작할 수 있다가도 어느 순간 무슨 일이 생길지 몰라 궁금해진다. 끊임없이 이어지는 소소하고 재치 있는 반전은 극을 끌어가는 추진력으로 작용한다. 내용 속에 엿보이는 약간의 병맛과 치기조차 영화의 코믹성을 높이는 효과적인 양념 역할을 한다. 조연급 인물들의 캐릭터 역시 어느 하나 평이하게 배치된 법이 없다. 다들 웃음의 코드를 안고 있다.

또한 반복적인 사건 패턴과 점증을 통해 주제를 향한 집요한 일관성을 관철함으로써 관객에게 청춘의 속성을 극명하게 체감할 수 있게 한다. 그 정점을 찍는 이야기의 결말은 그야말로 화룡점정이다. 낮술을 사달라는 처음 본 아가씨에게 혹해서 호되게 당한 것도 모자라 번번이 당하고 또 다시 당하는 남자의 모습은 그야말로 '웃픈', 웃기면서도 슬픈 청춘의 단면이라고 할까.

영화장수 루피형아의 영화 속 숨은 그림 찾기

"보이는 것이 전부가 아니다All is not as it seems."

다행히 필자는 낮술을 전혀 좋아하지 않는다. 하지만 그것을 소재로 한 이 영화만은 예외다. 영화는 어지간한 코미디 프로그램보다 훨씬 더 재미있다. 각본도 탄탄하고 무엇보다 센스 있는 연출이 돋보인다. 오래간만에 재미있고 유쾌한 보석 같은 코미디물을 만난 느낌이었다. 낮술만큼이나 느슨하고 위태로우며 알 수 없는 유혹의 기미를 내포한 이 영화, 아직 안 본 분이 있다면 무조건 강추다.

영화를 다 감상한 후 엔드 크레딧을 유심히 살펴보면 우리는 노영석이라는 재능 많은 감독에 대해 경이로움에 빠지게 된다. 각본은 물론 촬영, 음악, 편집, 미술이 모두 직접 그의 손을 거쳤기 때문이다. 독립영화의 경우 제한된 제작비 등으로 인해 제작진이 1인 몇 역을 해내야 하는 경우도 적지 않다. 하지만 혼자 힘으로 이런 정도의 완성도를 얻기 위해서는 타고난 멀티 플레이어 기질이 없으면 안 될 것 같다.

끝으로 하나 더. 엔드 크레딧에는 허를 찌르는 소소한 재미가 숨어 있다. 어디서 저렇게 리얼하고 재미있는 캐릭터의 인물을 캐스팅했을까 싶은 궁금증이 들던 극중 인물들의 정체를 알 수 있기 때문이다. 스포일러가 될 터이므로 더 자세한 사항은 노코멘트. 독자가 직접 확인하시길.

37. 북클럽Book Club

2019. 미국. 코미디

인생의 끝자락에서도 사랑은 아직 유효하다

사랑은 적령기가 있는 걸까. 성적인 요소는 사랑에 있어 어떤 의미일까. 노년이라기엔 어딘가 젊어 뵈고 중년이라기엔 연륜이 좀 더 있어 뵈는 네 명의 여자 친구가 이 영화의 주인공들이다. 네 친구의 이름은 비비안, 섀론, 캐롤, 다이앤이다. 영화는 다이앤의 내레이션으로 시작된다.

비비안은 호텔을 소유한 성공한 사업가이다. 그녀는 자신의 호텔 로비에서 아서를 다시 만난다. 두 사람은 젊은 시절 사랑하는 사이였다. 비비안이 아서의 청혼을 거절하면서 헤어졌지만 40년 만에 재회했다. 섀론은 로스쿨을 나와 연방법원 판사가 됐다. 그녀는 자신을 웃게 만든 유일한 남자인 톰과 결혼했지만 돈키호테의 스펠링을 모르는 그의 무식함에 실망해 이혼했다. 남편은 지금 한창 연하의 어린 여자와 하와이에서 살림을 차렸다.

요리학교를 나온 캐롤은 젊은 시절 두 가지 목표가 있었다. 하나는 자신의 레스토랑을 갖는 일이고 또 하나는 사랑하는 남자 브루스와의 결혼이었다. 그녀는 결국 두 가지를 다 이루었지만 요사이 잠자리조차 함께 하지 않으려는 남편이 불만이다. 화자인 다이앤은 너무 어린 나이에 회계사인 남편 해리와 결혼해 전업주부가 되었다. 딸들은 남편이 죽고 홀로된 다이앤을 자신들이 사는 애리조나 주로 데려가려 한다. 하지만 그녀는 친구들과 자신의 오랜 터전이 있는 집을 떠나기 싫다.

그들은 지적 자극을 위해 젊은 시절부터 무려 40년간이나 매달 독서클럽을 유지해 왔다. 어느 날 북클럽 모임에 온 비비안은 야하기로 소문난 소설《그레이의 50가지 그림자》를 그달의 책으로 친구들에게 추천한다. 세 친구는 들고 다니기도 민망하다며 손사래를 치지만 마지못해 읽기로 한다. 그 책은 그들의 정체된 일상에 예상보다 큰 파문을 불러일으킨다. 소설에 자극받은 네 친구는 오랜 시간 잊고 있던 성에 관한 관심을 상기하며 사랑과 인생에 대해 다시금 진지하게 고민하기 시작한다. 그리고 그 일을 계기로 그들에겐 새로운 일들이 벌어진다.

독신의 삶을 즐겨온 비비안은 적극적으로 다가오는 아서로 인해 혼란스럽다. 비행공포증이 있는 다이앤은 애리조나로 가는 비행기 안에서 하필 비행기 운전이 직업인 파일럿 미첼과 처음 만난다. 그녀는 자신을 경비행기에 태우고 하늘의 아름다움을 보여 준 미첼과 사랑에 빠지면서 아내와 엄마로 살며 잊고 있던 자기 자신을 되찾는다. 캐롤은 어떡하든 남편과 잠자리를 시도해 보지만 남편은 오토바이에만 신경 쓸 뿐 그녀에게 영 관심이 없다. 섀론은 헤어진 남편 톰의 여자 친구에 대해 구글링 했다가 그가 데이팅 앱 범블에 올라있는 것을 보자 자신도 가입하여 조지란 이름의 남자를 만나게 된다.

영화는 그야말로 톡톡 튀는 대사와 유머러스한 상황으로 시종일관 관객에게 웃음을 준다. 예를 들어 비행기 안에서 만난 미첼이 무슨 책을 그렇게 재미있게 읽었느냐고 묻자《그레이의 50가지 그림자》를 읽던 게 민망했던 다이앤은《모비 딕》을 읽었다고 둘러댄다. 그러자 미첼은 허를 찌르는 대사로 받아친다.

"그레이가 별명이 있었군요."

근엄한 판사 셰릴은 남자 비서에게 마무리할 일이 있다며 회의를 다음 주로 미루자고 말한다. 그런데 말이 끝나자마자 노트북에서 그녀가 방금 전까지 열중하고 있던 데이팅 앱 범블의 음성 광고가 흘러나온다. 그녀가 바쁜 척하며 근무 중 일이 아닌 딴짓을 한 사실이 그 자리에서 바로 들통이 나 버린 것이다.

영화에 빠져들어 내내 웃다 보면 마음 한구석에 깨달아지는 게 있다. 사람들은 나이가 들면서 인간관계에서든 사랑에서든 점점 몸을 사리게 된다. 더 이상 상처 입는 게 싫거나 스스로 한창 때가 다 지난 끝물이라 생각해서일 수도 있다. 사회적인 시선을 염두에 두고 '이 나이에 무슨' 하며 극 속 주인공들처럼 어렵게 찾아온 사랑의 기회를 놓아 버리려 하는 경우가 대부분일 것이다.

그러나 인간은 누구든 살아 있는 한 사랑하고 사랑받고 싶은 존재이다. 사랑이라는 말을 관심과 존중, 진정한 소통으로 바꿔볼 수도 있을 것이다. 영화 속 아서가 말한 것처럼 나이가 들면 수많은 익명의 사람들에게 유명해지는 일보다 사랑하는 한 사람과 진정으로 소통하는 것이 더 소중하다는 걸 알게 된다. 또한 사람이란 인위적으로 그 특성을 바꾸기보다 있는 그대로 봐줄 때 빛나는 존재란 것도 깨닫는다. 삶에서 보다 중요한 것이 무엇인지 알게 되는 인간적 성장을 이루었으니 인생의 진리를 알지 못해 헤매던 젊은 날의 사랑보다 훨씬 성숙한 사랑을 할 수도 있는 것이다.

영화의 마지막 부분에서 새로운 사랑을 찾아가는 엄마 다이앤이 두 딸에게 해 준 말은 큰 울림으로 다가온다.

"너희들이 생각하는 것처럼 엄마 인생이 다 끝난 건 아냐. 난 더 탐험하고 싶고 그럴 자격이 있다고 생각해. 나도 늙고 있다는 거 알아. 하지만 아직 배우고 있어. 내가 배운 중요한 교훈은 행복해지길 두려워하지 말라는 거야."

영화장수 루피형아의 영화 속 숨은 그림 찾기

"보이는 것이 전부가 아니다All is not as it seems."

이 영화는 시사회에서 본 후 극장에서 다시 한 번 보게 된, 흔히 말하는 N차 관람을 했을 정도로 기억에 남는 작품이다. 그만큼 유쾌하고 재미있다. 네 여자 주인공들이 서로 사랑하는 짝을 만나게 되면서 영화는 유머러스하고 경쾌한 장면들이 계속 이어진다. 특히 이중적 의미가 포함된 재치 있는 대사들이 관객의 언어감각을 자극하며 은근한 재미를 준다.

그 중 숨은 사연을 알고 보면 더 의미심장한 대사들도 적지 않다. 이를테면 사랑에 빠지는 게 두려워 사랑을 멀리하는 호텔 CEO 비비안과 아서의 대화 중에는 흥미로운 내용이 나온다. 비비안이 호텔 옥상의 자신만의 공간에 아서를 초대했을 때 불빛 찬란한 야경을 보고 그는 사랑이나 결혼 대신 일을 택한 그녀의 현재 성공한 삶에 대해 이런 말을 해 준다.

"당신은 그 시詩처럼 남들이 가지 않는 길을 갔고 삶이 달라졌네."

그러자 비비안이 이렇게 답한다.

"그 시 그런 뜻이 아니야. 우리가 자신의 인생을 돌아보고 이야기할 때 영웅적이고 용감하고 싶어 하지만 어느 쪽 길이든 마찬가지였다는 거지."

여기서 그 시란 어떤 시를 말한 것일까. 영화 속에는 구체적인 언급이 없지만 바로 교과서에 실릴 정도로 유명한 로버트 프로스트의 〈가지 않은 길The Road Not Taken〉에 관한 내용이다. 일반적으로 사람들은 그 시에 대해 아서와 같은 식으로 파악하고 있다. 남들이 가지 않는 길을 선택해서 결국 성공에 이르렀다는 자기계발적인 의미이다.

그러나 시의 내용을 잘 살펴보면 비비안이 말한 쪽이 맞다는 걸 알 수 있다. 프로스트가 말하고자 한 의미는 어떤 길을 택해서 성공했다는 영웅적인 찬사가 아니다. 어느 길이든 두 갈래 길에서 한 길을 선택하면 다른 길에 대한 미련이 생긴다는 인생의 속성을 말하고 있다. 이 논쟁은 2015년 미국의 평론가 데이비드 오어David Orr가 촉발해서 눈길을 끌었다. 2018년에 만들어진 이 영화의 대본에도 영향을 주었으리라 추측된다.

어쨌든 이 영화는 일에 지쳐 번아웃 되거나 삶의 기력이 소진되어 달콤한 사랑의 당분을 보충하고 싶을 때, 혹은 나이 들어간다는 무기력한 자각 속에서 인생의 터닝포인트가 필요할 때 보면 좋은 작품이 아닐까 싶다. 잘 알려졌다시피 다이앤 키튼은 우디 앨런 감독의 〈애니홀Annie Hall〉에서 주연을 맡았고 섀론은 〈바람과 라이언The Wind and the Lion〉의 매력적인 여주인공이며 지적인 이미지의 대표적 배우였던 캔디스 버겐이다. 또한 비비안은 온 집안이 배우로 성공한 헨리 폰다의 딸 제인 폰다이다. 영화 속에도 스틸 컷으로 등장하지만 20세기 중후반 헐리우드 대표 미녀 배우들의 리즈 시절과 노년 모습을 비교해보면 그야말로 세월의 흐름이 절감된다.

38. 시애틀의 잠 못 이루는 밤 Sleepless In Seattle

1993. 미국. 로맨스

천생연분 두 남녀의 파란만장 상봉기

중국 고대 설화집 〈태평광기〉에는 '정혼점'이라는 제목의 글이 있다. 남녀의 인연에 관한 이야기이다. 당나라 때 위고라는 사람은 어려서 고아가 되어 얼른 아내를 얻고 싶었다. 하지만 어쩐 일인지 쉽게 인연을 만날 수 없었다. 여행 중이던 위고는 달이 아직 기울지 않은 이른 새벽 한 노인과 우연히 마주친다. 그는 세상 남녀의 혼인을 주관하는 저승의 관리이다. 궁금한 마음에 자신의 배필은 어디 있느냐고 물었던 위고는 크게 낙망한다. 인근 시장의 노점에서 채소를 파는 외눈박이 노파의 세 살배기 딸이었기 때문이다. 천한 출신의 인연과 맺어지기 싫었던 그는 사람을 시켜 아이를 없애려 하지만 아기의 양 미간에 상처만 낸 채 실패한다.

그로부터 세월이 흘러 위고는 지체 높은 이의 딸을 아내로 맞는다. 그녀는 몹시 아름답다. 그런데 이상하게도 늘 꽃으로 이마를 가리고 다녔다. 위고가 연유를 묻자 아내가 가볍게 한숨을 쉬며 사연을 말해 준다. 그녀는 본래 유복한 집 자손이었으나 부모를 일찍 여의었다. 외눈박이인 유모가 그녀를 거둬 시장에서 채소를 팔아 키웠다. 그러다 그를 측은하게 여긴 숙부의 수양딸이 된 것이다. 이마의 상처는 어느 날 지나가던 이가 뜬금없이 칼로 찌른 것이라 했다. 위고는 오래 전 자신의 배필을 가르쳐주던 노인을 떠올린다. 그녀는 그가 오래전 시장판에서 보았던 그 어린아이인 것이다.

동양에서는 이처럼 배필은 하늘이 정해 주는 것이라 믿어 왔다. 위고가 만난 노인을 흔히 월하노인이라고 한다. 그는 서로 짝이라 정해진 남자아이와 여자아이의 발을 붉은 실로 묶어 놓는 일을 한다. 그렇게 한 번 묶이면 상대가 위나라와 촉나라 사이처럼 먼 곳에 떨어져 살고 있다고 해도 반드시 부부로 맺어지게 된다. 참고로 위나라는 중국의 동쪽 끝, 촉나라는 서쪽 끝에 자리하고 있었다.

이런 생각은 동양 사람들만 하는 것일까. 놀랍게도 천생연분의 개념은 서양에도 있다. 바로 이 영화에서 우리는 그런 의식을 엿볼 수 있다. 이 영화의 키워드는 주인공인 애니의 대사 속에 등장하는 MFEO이다. MFEO는 "Made for Each Other"이란 말에서 앞 글자만 딴 애크로님Acronym이다. 우리말로 하면 천생연분이란 뜻이다. 영화 속 두 남녀는 마치 위나라와 촉나라처럼 멀리 떨어진 시애틀과 볼티모어에 산다. 그렇게 먼 곳에 있던 두 사람은 어떻게 만나고 어떻게 사랑에 빠지게 되는 걸까.

서부 끝 시애틀에 사는 남자주인공 샘은 아내를 잃고 어린 아들인 조나와 단 둘이 살고 있다. 죽은 아내를 못 잊는 그는 아내의 흔적이 없는 고장으로 이사를 결심한다. 하지만 여전히 불면의 밤에 시달린다. 그런 아빠를 보다 못한 조나는 방송국에 사연을 보낸다. 프로그램 담당 상담자와 전화 연결이 된 샘은 졸지에 방송이 울려 퍼지는 전국 방방곡곡마다 공개적으로 새 아내를 구하는 광고를 한 남자가 된다.

동부 끝 볼티모어에 사는 여주인공 애니는 첫눈에 사랑이 시작되는 하늘이 맺어준 인연이 있을까에 대해 반신반의하는 입장이다. 모든 조건이 완벽하고 그런대로 자신과 잘 맞는 약혼자를 보면 결혼이란 그저 두 남녀가 의기투합하여 함께 살아가는 일상적인 삶인 게 맞다. 상대를 보자마자 한눈에 운명의 짝이란 생각을 갖게 되는 것은 대부분의 여자들이 열광하는 케리 그랜트와 데보라 카 주연의 최루성 영화 〈러브 어페어An Affair to Remember〉 속의 환상일 뿐이다. 그렇게 생각하고 예정대로 결혼을 감행하려 하지만 그녀는 그야말로 2퍼센트의 부족감을 느낀다. 어쩌면 그 2퍼센트가 전체 결혼생활을 좌우하는 결정적인 것일 수 있다는 불안한 예감도 든다. 극과 극인 장소에 살고 있어 불가능할 것 같던 샘과 애니의 인연은 그녀가 운전 중 라디오 방송을 들으며 시작된다.

이 영화의 생명은 반짝이는 아이디어이다. 쿨한 뉴요커 노라 에프론Nora Ephron 감독의 깔끔하고 세련된 연출, 현실과 로맨틱한 상상을 적절히 배합할 줄 아는 메그 라이언과 톰 행크스의 천연덕스러운 연기는 물론 영화의 완성도를 높인 요소들이다. 그러나 관객이 영화에 빠지게 된 결정적인 한 방은 독특한 발상이 주는 힘일 것이다. 아주 멀리 떨어져 살던 생면부지의 두 남녀가 어떻게 세상에서 가장 가까운 연인사이가 될 수 있을까 하는 관객의 궁금증은 이 영화를 지켜볼 수 있게 하는 가장 강력한 동인이다. 그리고 그 궁금증은 영화의 끝에 이르러서야 충족된다.

최근 90년대 풍의 레트로 문화가 대중문화의 대세이다. 그때라면 필자의 어린 시절과 사춘기를 관통하는 시기이다. 한창 세상에 대해 감을 잡고 꿈을 키워가던 때이다. 내 감성과 정서, 의식 속에도 당시 문화가 아련한 향수로 드리워져 있다. 그런 영향 탓인지 그 시절의 대표적 로맨스 영화라 불리는 이 작품에 대해서도 〈해리가 샐리를 만났을 때〉와 함께 90년대는 물론 전체 로맨스 물을 통틀어 최고의 영화라고 생각하고 있다. 메그 라이언과 톰 행크스의 리즈 시절을 보고 있으면 그 당시로 돌아가는 타임머신을 탄 것 같기도 하고 〈토요명화〉나 〈주말의 명화〉를 떠올릴 때와 같은 정겨운 느낌이 든다. 괜스레 세월이 야속한 감상적인 기분이 들며 눈가에 눈물이 맺히기도 한다. 영화 속 메그 라이언과 톰 행크스가 지금과는 비교가 안 될 정도로 젊어 보이기 때문이다.

영화장수 루피형아의 영화 속 숨은 그림 찾기

"보이는 것이 전부가 아니다All is not as it seems."

각본의 원안을 쓴 작가는 제프 아치이다. 그는 안 팔리는 원고에 울며 비평가의 혹평을 듣던 이른바 '못 나가는' 작가였다. 작품이 있긴 했으나 영화화되지 못했다. 비

상업적인 연극을 주로 올리는 오프브로드웨이에 진출한 작품은 평론가들에게 형편없이 깨졌다. 30대 초반에 그는 그 모든 것을 때려치워야 했다. 그리고 고등학교에서 아이들에게 영어를 가르치며 태권도장을 운영했다. 하지만 그가 다시 각본을 쓰기 시작한 것은 그로부터 몇 년 후 아이가 태어났을 때이다. 그는 무엇보다 자신의 아이들에게 꿈을 꾸고 그것을 이루기 위해 노력하라고 말을 하면서 그 자신은 그것을 포기한다는 게 말이 안 된다고 여겼다. 아이들에게 말뿐인 사기꾼 취급을 받기 싫었다. 그렇게 시작된 그의 재기 작 〈시애틀의 잠 못 이루는 밤〉은 제작자의 마음을 사로잡았고 전 세계 관객을 감동시키기에 이른다. 그는 이 작품이 팔리자마자 당대 유명한 감독들의 러브콜을 받는 등 헐리우드의 가장 잘나가는 작가 중 하나로 변신하게 된다.

점점 사다리가 없어지는 시대가 되어 가고 있다. 그러나 영화계가 매력적인 이유 중 한 가지는 제 아무리 든든한 자본과 인맥, 백을 지녔다 해도 그것이 반드시 성공을 보장하지는 못한다는 점이다. 성공의 열쇠는 결국 좋은 작품이다. 삶의 단면에서 포착한 날카로운 진실과 대중의 가슴속에 잠들어 있는 폭넓은 공감대의 접점을 발견할 줄 아는 이는 대부분 성공 가도를 달리게 된다. 그것은 타고나는 경우도 있지만 오랜 관찰과 노력, 체험적 진실에서 비롯되는 경우가 더 많다. 아이디어의 기발함 혹은 스토리의 힘을 지닌 작품, 그것이 곧 실력이요 권력이다.

39. 사운드 오브 뮤직The Sound of Music

1969. 미국. 뮤지컬드라마

가슴속 별이 되어 남은 오래된 연인 같은 영화

연애도 오래 되면 상대와 익숙하고 친해지는 대신 그의 장점과 개성, 나를 사로잡았던 그만의 독특한 매력에 무뎌지기 마련이다. 가까이 있는 친구일수록 그가 얼마나 감사한 존재인지 느끼지 못한다. 그러다 그들의 부재를 느끼는 순간, 그 소중함을 뼈저리게 느끼게 된다. 아마도 이 영화가 그런 케이스일 것이다.

학교 단체 관람이든, 고전영화 컬렉션 프로그램에서든 이 영화는 어린 시절부터 누구나 한 번쯤은 보고 지나쳤을 것이다. 필자 역시 초등학생 때 같은 동네 누나들과 함께 보았다. 이후 TV채널을 돌리다가 몇 번쯤 다시 마주치곤 했다. 그러나 영화 자체보다 우리 귀에 더 익숙한 건 영화에 나온 쉽고 아름다운 멜로디의 뮤지컬 곡들이다. 〈도레미송Do-Re-Mi〉, 〈에델바이스Edelweiss〉를 비롯해서 주제곡인 〈사운드오브뮤직The Sound of Music〉 등은 전 세계인에게 사랑받는 뮤지컬 넘버의 고전이 되었다.

단지 쉽게 접할 수 있다는 이유로 우리는 이 영화를 흔하고 평범한 영화라고 생각해 왔는지도 모르겠다. 하지만 영화를 세세히 살펴보면 우리가 미처 깨닫지 못하는 장점이 무궁무진하게 숨어 있다. 1965년 미국에서 처음 상영된 이후 세계 각국에서 수십 년간이나 사랑받아 온 이유를 알 수 있다. 흔하지만 흔치않은 명작인 것이다.

무엇보다 미장센은 가히 최고라고 생각한다. 오스트리아의 아름다운 전경을 배경으로 그 속에 녹아들어 하나가 된 등장인물들의 동선과 배치, 구도는 그들이 부르는 노래가 지닌 작품 안에서의 역할과 의미를 최고조로 끌어올린다. 노래가 표현해 내는 감정들은 프레임 안에 자리한 여러 요소들과 자연스럽게 어우러져 원작 뮤지컬에서는 제한될 수밖에 없었던 영화만의 공감각적 완성도를 높였다.

특히 알프스의 광활한 산맥 전경이 펼쳐지며 여주인공 마리아역을 맡은 줄리 앤드류스가 주제곡 〈사운드 오브 뮤직〉을 부르는 영화의 오프닝 시퀀스는 초반부터 관객을 한눈에 사로잡은 명장면이다. 드넓은 대자연 가운데 작디작은 한 점으로 시작된 마리아의 모습은 노래의 인트로 부분인 "산들은 살아 있다The hills are alive."란 구절과 함께 클로즈업되며 화면 속의 산들을 두 팔 벌려 마음껏 호흡하는 한 자유로운 영혼의 상징으로 부각된다.

또한 〈섬싱 굿Something Good〉이 흐르는 러브신은 몽환적인 정원 풍경 앞에 마리아와 폰 트랩 대령의 모습을 실루엣으로 처리했다. 극의 전반적인 기조에서 벗어나 다소 튀는 감도 있지만 사랑에 빠진 두 사람의 꿈결 같은 심정을 잘 대변한다. 어쩌면 그것은 전형적인 극영화라기보다 무대예술에 뿌리를 둔 뮤지컬 영화이기에 가능한 파격이라고 보아야 할 것이다.

결혼식 장면 도입부에서는 치밀한 연출의 면모를 엿볼 수 있다. 견습 수녀였던 마리아를 떠나보내는 검은 옷의 수녀들은 쇠창살의 문을 사이에 두고 희디흰 드레스를 입은 아름다운 마리아를 바라보고 있다. 그 문을 넘어 온 마리아는 잠시 뒤돌아 자신에게 용기를 주었던 원장수녀를 바라보며 이별의 회한과 새 길에 대한 설렘의 눈빛을 나눈다. 언뜻 스쳐 지나가는 신일 수도 있지만 성聖과 속俗의 경계에서 그 경계를 넘어 이제 막 한 남자의 아내가 되는 마리아의 심경과 상황을 그 한 장면으로 압축해 낸 감독의 솜씨가 놀랍게만 느껴진다. 쇠창살 저 너머의 세계와 수녀들이 입은 검은 옷이 성의 상징이라면 결혼식이 열리는 예배당 안에 들어와 서 있는 그녀가 입은 웨딩드레스와 흰색은 속을 의미한다. 두 요소의 극명한 대조 속에 그녀를 바라보는 수녀들과 마리아의 표정은 관객에게 복잡하고도 많은 것을 느끼게 한다. 한 작품으로서의 영화에 깊이를 더하는 것은 바로 요소요소에 숨어 있는 이런 식의 디테일한 배치가 아닐까 싶다.

개인적으로는 너무나 어릴 적에 만났던 작품이다. 요들송이 무엇인지 내게 처음 가르쳐 주기도 했다. 세상에 대해 아무 것도 모르던 그 시절의 내게 평화라는 추상적 개념을 음악을 통해 형상화할 수 있게 해 주었고, 사랑과 포용이 어떤 것인지에 대해서도 체감하게 해 주었다. 시간이 된다면 다시 한 번 꼼꼼히 살펴보겠다고 맘먹으면서도 나는 아끼는 간식을 감춰 둔 아이처럼 이 영화를 자꾸만 뒤로 미루며 망설이고 있었다. 아마 어릴 적 처음 보았던 때의 순수한 느낌이 사라질까 두려워서였는지도 모르겠다. 어른이 된 지금 다시 보게 되면 어떤 느낌이 들까. 차라리 어릴 적 그 느낌 그대로를 간직하는 게 나을까. 아니면 어른스러운 감정으로 새롭게 느껴볼까. 그런 소소한 고민에 빠지기도 했다.

하지만 글을 쓰기 위해 어쩔 수 없이 다시 한 번 작품을 감상한 나는 그런 망설임이 기우였다는 것을 알게 되었다. 특정한 삶의 계기에 의해 불과 몇 개월 전의 나도 현재의 나와는 다른 생각 다른 느낌을 지닐 수 있다. 어린 시절에 본 것은 그때의 감성과 인지능력, 환경과 상황에 의해 지금과는 다를 수밖에 없다. 사랑도 마찬가지다. 누군가를 오래도록 사랑한다면 처음 만난 그 순간과 달라졌다고 슬퍼할 필요가 없는 건지 모른다. 세상 만물은 시시각각 변화하는 게 당연한 것이기 때문이다. 살아 있는 것은 살아 있는 대로 성장과 퇴보가 있다. 돌이나 콘크리트 같은 무생물조차 세월의 흔적이 쌓인다. 그때는 그때대로 아름다웠고 지금은 지금만의 변화된 아름다움이 있는 것이다. 끝없이 변화해 가는 중에도 다행인 것은 기억이 남아 있다는 점이다. 어린 시절에 보았던 한 편의 아름다운 영화는 어딘가로 사라진 게 아니다. 가슴속 깊은 곳에 순수의 별로 내내 간직된다. 현재의 감상은 그때의 느낌과는 별개의 것이다. 화질은 낡고 당시의 기술적 제약들이 눈에 띄는 어른의 시선이 되었지만 그럼에도 불구하고 이 영화는 여전히 아름답고 설레는 감정을 준다.

영화장수 루피형아의 영화 속 숨은 그림 찾기

"보이는 것이 전부가 아니다All is not as it seems."

워낙 유명세가 있는 영화인만큼 비하인드 스토리도 많다. 각종 TV프로그램들과 신문, 잡지의 기사들은 영화에 얽힌 뒷이야기를 경쟁하듯 취재했다. 그중 가장 유명한 에피소드 한 가지를 소개해본다. 영국 데일리메일에서 다룬 영화의 비하인드 스토리 기사에 따르면 작품의 인트로에서 사용된 첫 넘버인 〈사운드 오브 뮤직〉을 찍기 위해 영화의 히로인 줄리 앤드류스는 무진 고생을 해야 했다.

앞서 언급한 것처럼 알프스의 산맥 사이에 자리한 초원에 오른 마리아가 두 팔을 벌려 몸을 한 바퀴 돌리며 자연의 푸른 생명력을 만끽하는 처음 장면이다. 그녀는 그 동작 직후에 "산들은 음악소리로 살아 움직이네The hills are alive with the sound of music."라는 영화의 첫 대사를 노래로 표현해야 한다. 그런 그녀를 부감으로 촬영하기 위해 헬기가 동원되었다. 오늘날 같으면 드론으로 간단하게 해결될 일이지만 그 당시만 해도 항공촬영을 하려면 헬기가 필수였다. 그러나 헬기가 줌인을 위해 인물에게 다가갈 때는 큰 문제점이 있었다. 바로 헬기가 하강하며 일으키는 공기의 센 흐름이다.

헬기가 선회해 가까워질 때마다 그녀는 감당하기 힘든 바람 때문에 번번이 풀밭에 나가떨어져 널브러져 있곤 했다. 그러다 다시 일어나면 머리카락과 의상 속에 박힌 풀을 털어 내고 얼굴 분장을 고친 후 똑같은 장면을 연기해야 했다. 평소 이성적이고 차분한 성격이었지만 수차례 같은 일을 겪으며 그녀는 결국 화가 났다. 그리고는 제발 그만하라고 소리치며 헬기에게 손짓을 했다. 하지만 시끄럽고 요란한 헬기 소리는 그녀의 절박한 외침조차 조종사에게 제대로 전달되지 못하게 막았다. 조종사는 그만두라는 그녀의 동작을 '엄지 척'의 칭찬과 함께 한 번 더 가자는 의미로 알아들었다고 한다.

40. 아메리칸 셰프Chef

2015. 미국. 코미디

요리영화의 계보를 잇는 따뜻한 가족 힐링 푸드 무비

음식과 요리 행위를 소재로 삶의 애환을 풀어낸 영화는 그간 끊임없이 만들어져 왔다. 이를테면 〈심야식당深夜食堂〉이라든지, 〈카모메식당かもめ食堂〉, 〈음식남녀飮食男女〉, 〈라따뚜이Ratatouille〉, 〈빅 나이트Big Night〉, 〈줄리 & 줄리아Julie & Julia〉 등, 열거하자면 끝이 없을 정도이다. 국내에서는 상대적으로 적은 편이긴 하지만 김의석 감독의 〈북경반점〉, 허영만 화백 원작의 인기에 힘입어 만들어졌던 〈식객〉, 일본 원작 만화를 영화화 한 임순례 감독의 〈리틀 포레스트〉 등이 그 명맥을 이어왔다.

음식은 참 묘한 것이다. 단순히 식욕을 채운다는 본능적 차원을 넘어 정서가 깃들어 있다. 그런 이유로 음식을 다루는 영화들은 한결같이 관객의 마음에 소울 푸드 같은 위안을 준다. 〈심야식당〉이 고달픈 일상에 지친 도시 뒷골목 사람들의 빈 마음을 채워주는 반면 〈카모메 식당〉은 타인과의 동거를 통한 삶의 동질감을 전해 준다. 프랑스 요리의 까탈스러움이 엿보이는 〈라따뚜이〉와 이탈리아 요리를 제대로 보여 주는 〈빅 나이트〉에서도 요리는 꿈을 이루기 위한 지난한 노력의 과정과 형제애처럼 심금을 울리는 감정을 담고 있다. 영화 속 요리라는 행위 안에는 삶의 여러 가지 갈등과 해소의 과정이 녹아 있다.

이 영화도 그런 영화들과 마찬가지로 요리를 매개로 한 화해와 힐링을 다룬다. 일류 레스토랑 셰프이던 주인공이 푸드 트럭을 끌고 아들과 함께 미국 전역을 질주하며 벌어지는 일을 그려낸 가슴 따뜻한 작품이다. 이혼 후 따로 떨어져 살던 아들과 함께 요리하며 여행하는 과정에서 부자지간의 동질감과 친밀감을 회복하는 가족애가 담겨 있기도 하다. 이안 감독의 〈음식남녀〉가 동양인 가족의 갈등과 해체, 극복을 묘사하고 있다면 이 영화 〈아메리칸 셰프〉에는 서양의 가족이 고스란히 투영되어 있다. 서로 맞지 않아 이혼한 엄마와 아빠는 흔히 우리나라에서 그런 것처럼 상대를 원수지간으로 여기거나 평생 안 보고 사는 남이 된 것이 아니다. 여전히 든든한 친구이며 아이의 엄마와 아빠로 서로를 의지하고 돕는다. 심지어 이제 이혼으로 전 남편이 된 아빠는 엄마의 전 전 남편과도 친구로 잘 지낸다. 우리에게는 다소 낯선 풍경이다. 아이에게도 엄마와 아빠는 더 이상 같은 집에서 부대끼며 한솥밥을 먹는 사이는 아니다. 아이 역시 엄마와 아빠의 재결합을 언뜻 꿈꾸어 보기도 하지만 쿨하게 그 상황을 수긍한다.

그러나 영화 속 인물들은 다들 어딘가 허전한 모습이 엿보인다. 같이 사는 가족이라는 전통적 개념에서 완전히 자유로워 뵈지는 않는다. 아이는 자주 볼 수 없는 아빠와 약속한 것들을 거절당할 때마다 의기소침해지고, 아빠는 아이와 충분히 놀고 공감하지 못하는 부실한 아빠 노릇이 늘 미안하다. 엄마 또한 일에 바빠 아이를 돌 볼 수 없다는 일말의 죄책감이 있다. 아빠의 부재를 메우고 싶어 기회가 될 때마다 둘 사이를 엮으려 애쓴다. 극 속에서 그런 마음들을 다독이며 그 빈자리를 채우는 것이 바로 요리다. 요리는 아이와 아빠의 동질성을 확인시킨다. 그 아버지에 그 아들이라는 말을 증명하듯 둘 다 요리를 좋아하며 맛을 감별할 줄 아는 공통점이 있다. 아빠가 아이에게 인생에서 일을 대하는 진정한 자세가 어떤 것인지와 같은 삶의 지혜를 알려 주는 교육의 장이기도 하다. 일시적이나마 엄마와 아빠, 아이 세 식구가 푸드 트럭이라는 좁은 공간에서 함께 힘을 합쳐 일을 하게 만든 가족 회복의 매개체 노릇도 한다.

또한 다른 대부분의 음식영화처럼 이 영화에서도 요리는 갈등을 녹이고 해체시켜 서로 잘 융합하게 만드는 결정적 역할을 한다. 각각의 특성과 맛을 지닌 여러 재료들이 썰고 양념하고 가열되는 과정을 통해 서로 어우러진 또 다른 맛으로 승화되듯 사람 사이의 관계도 잘 만들어진 요리처럼 화합되고 더욱 돈독해진다. 영화를 다 보고 나면 단절된 가족 간의 사랑과 유대가 점차 회복되어 갈 것이라는 훈훈한 기대감마저 가질 수 있다. 극중 적대관계였던 사이조차 맛있는 요리 덕분에 서로 반목했던 상태에서 벗어나 화해하고 동지가 된다. 평론가와의 갑작스런 화해가 살짝 작위적이긴 하지만 어쨌든 적에서 동지가 되는 두 사람의 마음 따뜻한 결말이 관객도 싫지는 않다.

한편 트위터에 쓴 평론가의 혹평은 이 영화의 스토리를 이끌어 가고 반전과 결말을 가져오는 극적 장치다. 겨우 140자의 짧은 평가가 한 사람이 쌓아 올린 세월과 명성을 일순간에 무너뜨리고 있다. 한 개체로서의 존엄성을 지닌 생명이, 혹은 인간이 외형과 내면의 상처를 입고 피 흘리며 쓰러지는데 팔로워들은 마치 투우장의 관객처럼 흥미롭게 그 상황을 즐긴다.

사실 요즘 우리 사회는 모든 것이 너무 극단에서 극단으로 치닫는 느낌이다. 사회적 관계망인 SNS는 사회적인 네트워크와 관계의 증진을 위한 매체이지만 그 안에선 오히려 비방과 반목이 난무한다. 명예 훼손과 사생활 침해, 또는 고소와 고발이 비일비재하다. 우리는 평론가에 의한 음식평이 한 셰프나 레스토랑을 어떻게 띄우거나 몰락시키는지에 대해 주변에서 경험으로 알고 있다. 이 영화의 스토리에 빠져드는 이유 중 하나도 현실에서 얼마든지 일어날 수 있는 그런 상황에 공감하기 때문이다. 그러한 개연성이 이 영화를 관객 체감형으로 만들어 극 속에 한층 더 몰입하게 만든다. 그런데 재미있게도 트위터로 망한 칼 캐스퍼가 아들 퍼시의 실시간 SNS 홍보로 가는 곳마다 폭발적인 반응을 불러일으킨다. "SNS로 망한 자, SNS로 흥한다."란 표현을 문득 떠올려 본다.

"보이는 것이 전부가 아니다All is not as it seems."

음식영화를 좋아하는 사람이라면 보지는 않았어도 한 번쯤은 들어봤을 법한 영화일 것이다. 캐스팅의 면면을 살펴보면 그야말로 초호화 출연진이다. 특히 수수한 중년 아저씨 같은 주인공 셰프 칼 캐스퍼는 헐리우드의 금손 감독이자 시나리오 작가이며 연기까지 일품인 배우 존 파브로이다. 이름을 들으면 낯설지 모른다. 그러나 얼굴을 자세히 보면 어딘가 낯익은 모습에 '아, 저 사람!' 하는 생각이 들 것이다. 그는 바로 〈아이언 맨Iron Man〉 시리즈 속의 해피 호건이다. 동시에 그는 〈아이언 맨〉 1편과 2편, 〈정글북The Jungle Book〉, 〈라이온 킹The Lion King〉 등 만화나 애니의 실사 영화 감독으로 유명하다. 이 영화에서도 그는 주연을 맡아 아빠 연기를 천연덕스럽게 잘해냈을 뿐 아니라 영화의 감독으로 뛰어난 연출 솜씨를 발휘했다. 실제 요리 실력도 뛰어나다고 하니 '다재다능'이나 '팔방미인' 같은 수사는 아마도 이런 사람에게 딱 어울리는 표현일 것이다.

대부분의 음식영화가 그렇듯 이 영화 역시 공복 시 시청을 주의해야 한다. 거기에 감동과 웃음까지 잡아낸 수작이다. 영화를 보고 나면 가족을 뒤로 하고 바깥일에만 열중했던 자기 자신에 대해서도 한 번쯤 되돌아보게 된다. 영화가 끝난 뒤 쿠바 샌드위치가 절실히 당기는 건 안 비밀.

41. 키드 캅 Kid Cop

1993. 한국. 코미디

웬만한 헐리우드 액션극 뺨치는 아이들의 통쾌한 악당 소탕 작전

우연치 않은 기회에 어떤 영화를 다시 보게 될 때면 처음 영화를 보았던 그때 그 시절로 잠시나마 돌아간 느낌을 받곤 한다. 이 영화는 내 어린 날에 대한 향수를 자극한다. 아니, 필자뿐 아니라 80년대에 태어난 사람이라면 아마도 대부분 이 영화를 기억할 것이다. 어른들에게는 유치한 아이들 영화쯤으로 보였을지 몰라도 초등학생이던 우리는 또래 아이들의 신나는 모험담에 감정이 이입되어 꽤 진지하게 몰입했던 작품이다. 내용은 아이들 영화답게 비현실적인 측면이 있다. 마치 동화책을 실사로 풀어낸 것 같다고 할까.

어린 시절에는 누구든 한 번쯤 아무도 없는 백화점 장난감 코너에 앉아 신기한 장난감들을 마음껏 갖고 노는 상상을 해 보았을 것이다. 영화의 배경은 그런 상상이 현실이 될 수도 있는 폐점 시간이 지난 한 백화점이다. 주인공인 초등학생 준호와 은수, 그리고 다른 세 명의 친구들은 인기 가수의 팬 사인회에 갔다가 문 닫힌 백화점에 갇힌다. 그런데 하필 그곳에 몰래 도둑이 숨어들고 아이들은 금고를 털어 돈을 훔쳐가려는 그들의 음모를 눈치 채게 된다. 영화는 어른들의 도움 없이 아이들의 꾀와 용기 있는 대처만으로 도둑을 퇴치하는 흥미진진한 과정을 그리고 있다.

영화 속에는 아이들 수준에서 상상할 수 있는 모든 것이 담겨 있다. 이를테면 아이들은 비눗방울 물총, 잠자리채, 야구방망이 등 장난감을 무기로 삼아 도둑들을 물리친다. 홈패션 매장에서 긴 끈을 매어 도둑들의 발을 걸어 넘어뜨리고, 리모콘으로 작동되는 자동차와 비디오카메라에 찍힌 수많은 모니터 속 얼굴로 그들을 놀라게 하며, 자동인형과 싱크로 된 장난감 마이크로 혼을 쏙 빼놓는다.

백화점 안이라는 한정된 공간에서 벌어지는 사건임에도 매장 곳곳을 활용하여 헐리우드 영화를 방불케 하는 화려한 액션이 펼쳐지기도 한다. 천장 배기구를 통해 금고를 여는 방을 엿보는 신은 여느 첩보영화 못지않다. 남성복 매장에서 준호와 도둑 두목이 술래잡기처럼 쫓고 쫓기는 모습에는 조마조마한 긴장감마저 감돈다. 도둑에게 붙잡힌 아이들의 공포와 위기감을 극대화시킨 헬스클럽과 소극장에 이어 최후의 결전이 벌어진 지하주차장의 자동차 추격 신도 빼놓을 수 없는 명장면이다.

도둑 일당 중 하나를 엘리베이터 내부로 밀어 추락시키거나 머리를 내려치는 등 아이들이 연기하거나 관람하기에는 다소 무리한 폭력 장면이 비판의 여지를 안고 있긴 하다. 아이들이 처음 보는 백화점 내부의 모든 기계 시설을 전문가 뺨치게 척척 잘 다룬다는 설정도 현실과 동떨어진 묘사라고 할 수 있다. 그러나 이 작품을 영화적 액션과 일탈을 가미한 일종의 동화적인 모험영화라는 관점에서 보면 그리 불가능한 설정은 아니다.

평소 일상 속에서 어른들의 제재를 받으며 억압되어 있던 아이들이 드넓은 매장을 마음껏 뛰어다니며 느끼는 해방감을 이런 식의 영화가 아니면 어디서 맛볼 수 있을까. 고난을 헤치고 끈질기게 도둑을 물고 늘어진 끝에 좋아하는 여자아이에게 도둑을 잡은 씩씩한 영웅의 면모를 보여 준다는 결말에서는 대리만족의 성취감마저 느껴진다고 할까. 당시 유행을 이끌던 그룹 잼의 모습과 노래도 그리운 그 시절을 떠올리게 만든다.

영화장수 루피형아의 영화 속 숨은 그림 찾기

"보이는 것이 전부가 아니다All is not as it seems."

잘 알려진 것처럼 이 영화는 〈황산벌〉, 〈왕의 남자〉, 〈라디오스타〉, 〈자산어보〉 등 굵직한 영화들을 성공시킨 이준익 감독의 데뷔작이다. 이 작품을 연출하기 전까지 그는 그야말로 영화를 찍는다는 것에 대한 사전 지식이 전혀 없었다고 한다. 미대 출신으로 아르바이트 삼아 디자인 작업을 했고 그 인연으로 서울극장의 선전부 일을 맡아보았던 게 영화 경력의 전부였다. 하지만 영화를 하고 싶은 마음만은 지극했던 그에게 드디어 꿈을 이룰 수 있는 기회가 왔다. 제작사와 헐리우드 영화 〈나 홀로 집에Home Alone〉처럼 어린이의 활약을 다룬 콘셉트의 영화를 만들자고 뜻을 모은 것이 바로 이 작품이다. 그런데 습작 하나 없이 만든 첫 작품치고는 박진감 넘치고 세련된 연출 감각을 엿볼 수 있다. 오늘날 대작들을 끊임없이 만들어 낼 수 있는 저력이 이미 그 시절부터 싹트고 있었던가 보다. 물론 흥행에는 성공하지 못했고 그 실패로 인해 꽤 오랜 기간 동안 그는 영화를 만들 수 없었다. 그렇다 해도 나를 비롯한 수많은 아이들의 가슴에 평생 가는 추억을 심어 주었으니 그 사실만으로도 인생영화로 꼽힐 만한 걸작이라 평할 수 있다.

영화의 촬영장소가 서초동 모 백화점이라는 설도 있지만 실은 노원구에 자리한 건영옴니백화점에서 촬영되었다. 현재도 분홍색 건물 그대로 여전히 그 자리를 지키고 있다. 극중 도둑 두목인 독고영재와 준호 역의 이재석, 은수 역의 김민정이 무대 위에서 사투를 벌이던 극장은 지금 CGV가 되었다. 아역배우 출신인 이재석, 김민정, 정태우, 고규필 등의 어린 시절 모습을 감상할 수 있다는 점도 관전 포인트이다. 참고로 주인공 준호 역을 맡은 이재석은 성장하면서 활동을 중단했다가 드라마 〈주몽〉에서 소서노의 큰 아들인 비류 역을 맡으며 연기를 재개했다. 고규필은 현재 각종 영화와 드라마에서 신 스틸러로 맹활약 중이다. 그러고 보면 이 작품에 출연했던 아역배우들 거의 모두가 오늘날 안방극장과 스크린을 누비는 스타가 된 셈이다.

42. 인생을 애니메이션처럼 Life, Animated

2017. 미국. 다큐멘터리

디즈니 애니메이션을 통해 배우고 바라보고 소통하는 세상

어릴 때는 만화 속 세상을 현실과 혼동한다. 어른이 되어 가면서 점차 그것이 현실과 어떻게 다른지 알게 된다. 대신 우리는 서글프게도 어린 날 가졌던 환상과 꿈을 잃는다. 그래서 어른이 되면 사람들은 어린 날의 순수를 그리워하는지도 모른다. 피터팬처럼 영영 나이 들지 않는 네버랜드에 사는 것을 꿈꾸기도 한다.

그러나 일생을 애니메이션처럼 살고 있는 이가 있다면 어떨까. 앞에 적은 시각에서 본다면 평생 동심을 잃지 않는 그의 인생이야말로 진정 행복한 삶이 아닐까. 우리는 어떤 특정한 삶을 표준적이라거나 옳은 삶이라고 정의할 수 없다. 세상에는 저마다 다른 사연을 지닌 수많은 삶이 존재하고 개개의 삶은 나름의 정당성과 당위를 갖추고 있다. 그 안에 자기 자신의 정체성과 의지만 깃들어 있다면 어떤 삶이든 충분히 가능할 수 있다. 이 영화는 우리에게 그런 삶 중 한 실례를 보여 준다. 현실을 부정한 채 동심의 세계로 도피한 경우라면 문제가 있겠지만 영화 속 주인공은 애니메이션을 매개로 오히려 현실을 직시하고 삶과 당당하게 마주하고 있다.

영화의 주인공 오웬 서스카인드는 자폐증을 가진 23세 청년이다. 자폐증은 아이가 사회와 상호작용이나 소통을 하지 못하고 자신만의 세계로 침잠하는 신경발달장애이다. 그는 세 살 때 말문을 닫으면서 세상과 통하는 창을 잃었다. 부모는 오웬이 자폐증이란 창살 없는 감옥에 갇혀 버렸다고 여긴다.

그런 아이를 도와줄 수 없어 안타깝던 그들에게 어느 날 기적 같은 일이 일어난다. 갑작스레 아이의 말문이 터진 것이다. 오웬이 유일하게 좋아하는 건 형 월트와 함께 디즈니 애니메이션을 보는 일이었다. 어느 날 〈인어공주〉를 반복해 보던 어린 오웬이 "주서보우스"라는 말을 입 밖으로 냈다. 너무나 오래간만의 말소리였다. 무슨 뜻인지 알 수 없었지만 엄마는 어림짐작으로 아이에게 주스를 가져다준다. 하지만 오웬은 그게 아니라며 밀쳐 버린다. 화면을 살펴 본 부모는 그제야 아이가 하려던 말이 "저스트 유어 보이스Just your voice."란 사실을 알게 된다. 그 일로 1년 만에 다시 아이와 눈을 마주친 부모는 아이를 혼자만의 감옥에서 구해 내겠다고 굳게 마음먹게 된다.

어린 오웬은 디즈니 애니메이션 여러 편의 대사를 통째로 다 외우고 그 대사를 이용해서 가족과 대화를 하기 시작한다. 심지어 영화의 크레딧 자막을 통해 글 읽는 법을 익히기도 했다. 그는 자신의 감정들을 애니메이션 속의 상황과 장면을 이용해 표현하며 점차 사회를 향해 한 걸음씩 나아간다. 그리고 스스로를 애니메이션 속 '들러리들의 수호자'라 여기는 자기 정체성을 확립한다. 디즈니 애니메이션은 그에게 세상을 이해하는 유용한 매개체이며 소통의 방법을 가르쳐 준 진정한 인생의 스승이 되었다.

그러나 인생은 디즈니 애니메이션의 이야기처럼 해피엔딩이거나 공정하지만은 않다. 오히려 그 반대인 경우가 더 많다. 오웬에게 현실의 일들은 하나하나 차근차근 배워 나갈 수밖에 없는 어렵고 험난한 길이다. 그가 맞은 첫 번째 인생의 시련은 학교라는 사회였다. 주변 아이들의 괴롭힘을 참아 내야만 했다. 또한 실연의 아픔을 견뎌 내야 한다든지 바로 다음 달에 독립하면 자기 힘으로 홀로 서야 하는 큰 숙제가 남아 있다. 영화의 스토리를 이루는 큰 줄기 역시 오웬이 학교를 졸업한 후 부모나 헬퍼의 도움 없이 어떻게 혼자 살아나갈까에 대한 준비 과정을 담고 있다. 그 누구도 오웬의 미래를 장담할 수 없다. 그는 과연 애니메이션과 다른 현실에 제대로 적응해 나갈 수 있을까.

오웬 자신에게 어른이 된다는 것은 이제껏 머물던 디즈니 만화영화 속 피터 팬의 세계에서 퇴출되거나 오래된 소중한 걸 잃어버릴 것 같은 두려운 경험이다. 디즈니 애니메이션에 대한 의존에서 벗어나 자신만의 언어로 세상과 소통하고 헤쳐 나가는 것을 의미하기도 한다. 다행히 그는 실연을 이겨내고 극장에서 일자리를 얻게 되면서 어른이 된다는 것이 생각만큼 공포스러운 일만은 아니란 걸 차츰 깨닫게 된다. 무엇보다 자신의 어린 시절이 이제 끝났다는 것을 인정하고 그래도 괜찮다고 받아들인다. 그가 디즈니 식으로 세상을 인식하는 방법이야 변함이 없겠지만 그것을 넘어서는 그만의 삶을 시도하기 시작한 것이다.

어쩌면 그가 세상에 적응할 수 있을까 하는 생각조차 기우일 수 있다. 인간이란 우리가 상상하는 것보다 훨씬 더 불굴의 존재이다. 불가능이 없다고 믿고 노력하는 한 무엇이든 이룰 수 있다. 오웬의 부모는 스스로의 벽 속에 갇힌 그를 밖으로 이끌어 낼 수 있다고 믿었다. 희망의 한끝을 절대로 놓지 않은 채 아이와 함께 혼신의 힘을 기울였다. 그 결과 오웬은 불치의 병이라 여겨지던 자폐증을 딛고 일어서서 세상 속의 한 존재로 당당하게 살아가게 되었다. 오웬의 성공담은 같은 어려움에 빠진 이들에게 이겨낼 수 있다는 큰 희망과 용기를 준다.

사실 사람들은 누구든 종류나 정도의 차이만 있을 뿐 살면서 끊임없이 예상치 못한 갈등상황을 만나게 된다. 그럴 때마다 몸과 마음으로 겪어 내면서 새롭게 배우고 경험을 쌓아가는 게 인생이다. 그 누구도 나와 같은 상황, 같은 조건일 수 없기에 똑같은 유형의 시련이 닥친다 해도 진정한 의미의 도움을 받기는 힘들다. 오로지 혼자서 헤쳐 나가야 한다. 오웬도 마찬가지일 것이다. 상대적으로 속도가 느리며 세상을 이해하고 소통하는 도구와 방식에 차이가 있을 뿐이다.

또한 인간이란 본래 어린 시절 마치 오웬이 애니메이션 속의 대화를 모방하듯 세상의 모습을 모방하면서 배워 간다. 그리고 그맘때 형성된 인식의 틀로 세상을 본다. 우리가 사회에서 이루고자 하는 성취들도 그 근원은 애니메이션 속 영웅이나 들러리들의 수호신이 되고 싶은 오웬의 꿈과 다를 바 없는지 모른다. 그런 면에서 이 영화는 비단 자폐증을 지닌 사람이나 그 가족들뿐 아니라 그 외의 모든 사람들에게도 한 인간이 인생을 헤쳐 나가는 본보기를 보여 주고 간접적인 삶의 깨달음을 얻게 해 준다.

영화장수 루피형아의 영화 속 숨은 그림 찾기

"보이는 것이 전부가 아니다All is not as it seems."

자폐증을 다룬 영화들은 이전에도 꽤 여러 편이 있었다. 그런 영화들 중 대부분은 여러 가지 극적 상황과 장치들을 설정하여 관객에게 공감과 감동을 안겨 준 허구의 이야기들이다. 그에 비해 이 작품은 오웬의 실제 일상과 본인 및 가족의 인터뷰 등을 통해 현실을 재구성한 다큐멘터리이다. 물론 다큐라 해도 감동을 극대화시키기 위한 이야기의 선택과 배치 등 인위적인 구성이 가미되긴 한다. 그러나 이 작품의 경우는 오웬의 어린 시절이나 내면세계 등을 보여 주기 위해 애니메이션을 사용한 독특한 형식을 제외하고는 그의 일상 그대로를 최대한 가감 없이 보여 주고 있다. 주인공의 미래에 대한 긍정적인 희망을 제시하려 하지도 않는다.

그래서일까. 한 사람의 진솔한 삶이 담긴 기록은 그 어떤 드라마나 영화보다 진한 감동을 준다는 걸 실감할 수 있었다. 보는 내내 순수하고 아름다운 느낌으로 가득 차 있었던 것 같다. 동화 속 세계를 바라보던 맑은 눈으로 살아왔기에 세상의 탁함에 물들지 않을 그의 절대 순수가 부럽기도 했다. 아이가 외롭지 않게 다른 사람들과 어울리며 살았으면 하는 가족의 절실한 바람과 노력, 직접적 소통이 여의치 않지만 어쨌건 모방이라는 언어습득의 기초적 능력을 자기 안에서 무의식적으로 이끌어 낸 오웬의 간절한 사회화의 본능도 가슴 뭉클한 울림을 주었다.

43. 체인지 Change

1997. 한국. 코미디

바뀌어 버린 두 영혼이 되돌아오며 함께 바로잡힌 것

누구든 특정한 노래를 듣거나 영화를 보면 그 시절, 그 나이대의 자신이 생각날 때가 있다. 내게는 〈엽기적인 그녀〉와 〈체인지〉가 특별히 더 그렇다. 길을 걷다가 또는 매스컴에서 우연히 그 이름을 대하면 감상적인 상념이 밀려오면서 코끝이 시큰해지곤 한다. 한 번 보며 실컷 웃고 마는 것으로 충분한 오락성 작품일 수도 있는 이 영화를 내 인생 영화 중 하나로 꼽은 이유도 거기에 있다.

이 영화를 떠올리면 어릴 적 그날의 냄새라고 할까. 영화를 보던 그날 그 순간 내 주변을 둘러싸고 있던 향취 같은 것이 선명하게 되살아난다. 수없이 빌려 봤던 비디오테이프의 냄새가 나는 것도 같고 영화를 보던 순간 세상과 단절된 행복한 몰입과 정적의 향기가 감도는 것도 같다. 지금 보면 흐릿한 필름이지만 그때는 나를 매료시키기에 충분했던 화질과 색감. 어쩌면 이 영화는 이미 내 어린 시절의 일부가 되어 있는지도 모르겠다.

'어느 날 사춘기의 남자와 여자가 번개를 맞아 서로 영혼이 바뀌며 벌어지는 황당한 사건들'이라는 설정이 이 작품의 로그라인이다. 영화는 말썽꾸러기 낙제생인 남자주인공 강대호와 조신한 모범생인 여자주인공 고은비가 번개를 맞은 충격으로 몸은 그대로지만 영혼만 체인지 되며 벌어지는 해프닝을 그렸다. 한창 이성에 관한 호기심이 싹터갈 무렵, 상대의 신체적 생리에 대한 궁금증은 어떤 식으로 묘사할 건지, 하나는 모범생, 다른 하나는 낙제생인 두 주인공이 하필 시험을 앞두고 있는 난관은 어떻게 헤쳐 나갈 것인지에 대해 관객은 극 속 주인공들처럼 조마조마한 마음으로 지켜볼 수밖에 없다.

영화는 대박은 아니었지만 흥행에는 어느 정도 선전했다. 주 관객층인 청소년들의 삶을 리얼하게 묘사해 속 깊은 공감을 얻었기 때문이다. 영화 개봉 당시 사춘기를 보낸 30대 중후반 이후 층에서는 아직도 이 영화를 추억 속의 명작이라 기억하는 사람이 적지 않다. 이 영화가 진정한 공감을 얻은 이유는 단지 청소년들의 생태를 사실적으로 반영했기 때문만은 아닐 것이다. 그 안에는 학교라는 사회와 교실이라는 벗어날 수 없는 굴레 속에 억압되어 있던 아이들의 울분이 담겨 있다.

영화 속 학교는 인격은 실종되고 성적만으로 평가되는 사회이다. 인성이 형편없는 재우 같은 아이들은 공부를 잘한다는 이유만으로 교사들의 호응을 얻고 학교의 이른바 잘나가는 그룹에 속해 있다. 그에 비해 학교에 지각하기 직전인 상황임에도 길 가는 할머니의 무거운 짐을 들어 줄 정도로 인정 많은 주인공 대호는 학주 미친개에게 이유 없이 얻어터지거나 스승으로서 학생에게 한 약속을 믿었다가 배신당하기까지 한다. 엄연한 한 사람의 인격임에도 거기 걸맞은 대우를 받지 못하는 것이다.

당시 아이들은 영화를 보며 내심 그처럼 부조리한 학교의 현실이 변화되길 진심으로 원했을 것이다. 스포일러지만 극의 종반에서는 바뀌었던 대호와 은비의 영혼이 다시 제자리로 돌아온다. 그리고 그 대신 학생 주임이 미술교사와 영혼이 바뀌는 낭패에 빠지게 된다. 그런 결말은 학생 주임으로 대표되는 억압적이고 권위적인 학교 현실에 대한 아이들의 통쾌한 반란을 상징한다. 거기서 오는 카타르시스는 아마도 입시에 지친 대한민국 모든 아이들에게 재미있는 한 편의 영화 이상의 큰 힐링을 선사했을 것이다.

영화를 만들 당시 방송 피디였던 이진석 감독은 초대형 히트작으로 이른바 '드라마왕국' 시절의 M본부를 이끌던 흥행의 주축이었다. 90년대를 휩쓴 트렌디 드라마 열풍의 한 주역이기도 하다. 그가 만든 드라마의 면면을 보면 그의 위상이 보인다. 장동건, 전도연을 스타로 만든 〈우리들의 천국〉, 차인표 신드롬을 불러일으킨 〈사랑을 그대 품 안에〉, 안재욱을 한류스타로 만든 〈별은 내 가슴에〉 등이 그의 작품이다.

그런 저런 이유로 영화 속에는 이진석 감독의 TV드라마적인 재치와 반전, 캐릭터 플레이의 재미가 십분 녹아 있다. 또한 그의 인맥이 총동원 되었다. 안타깝게도 엔드 크레딧에만 이름이 보이는 주차관리요원 박광정이라든지 권해효, 이승연, 조형기, 이정섭 등 이진석 사단이라 불릴 만한 연기자들이 모두 등장하고 오래도록 호흡을 맞춰 온 이선미 작가가 일본 원작을 토대로 각본을 썼다.

그 외에 감독과 인연이 있는 유명 배우들의 카메오 출연은 이 영화를 한층 맛깔나게 만드는 양념이다. 지하철 안에서 대호의 성추행 의혹 상대 여성으로 등장하는 젊은 날의 김혜수, 눈치라고는 일 푼어치도 없는 약사 변우민, 학생들에게 뽕짝의 진수를 보여 주겠다며 특유의 허당 춤을 추는 전기 수리 기사 박중훈 등이 극의 재미를 더한다. 그리고 일반인에게는 잘 알려지지 않은 한 사람의 카메오가 더 있다. 바로 유명 드라마 작가 김기호이다. 그는 시나리오를 쓴 이선미 작가의 실제 남편이다. 극중 대호와 은비가 함께 들어갔던 화장실에 들어와 거기가 남자화장실인지 여자화장실인지 헷갈려하는 술 취한 남자 역을 맡았다. 그는 이진석 감독의 전작 드라마에서도 연기자로 출연했던 전력이 있다. 이 감독의 히트작 중 하나이며 이선미 작가와 공동 집필한 본인의 작품인 〈사랑을 그대 품 안에〉에서 그는 여주인공 이진주의 불량한 오빠 역할로 등장한다. 참고로 그는 극단 연우무대 출신의 연기파 연극배우였다.

44. 해리가 샐리를 만났을 때 When Harry Met Sally...

1989. 미국. 코미디

평생 평행선일 것 같던 해리와 샐리는 어떻게 서로 사랑하게 되었을까

평생의 사랑을 만나기 위해서는 어떤 자세가 필요할까. 사랑을 얻는 성공적인 비법이 있긴 한 것일까. 영화 속 남녀 주인공의 행보를 잘 살펴보면 그에 대한 해답을 얻을 수 있을지도 모른다. 사랑을 다룬 모든 영화에는 각기 나름의 해법이 담겨 있기 때문이다. 도회적 감성의 뉴요커 출신으로 로맨틱 코미디의 여왕이라 불리는 이 영화의 작가 노라 에프론이 제시하는 사랑법은 무엇일까.

영화의 주인공은 해리와 샐리다. 그들의 첫 만남은 1977년 시카고 대학 앞에서 시작된다. 뉴욕에 가려는 해리가 행선지가 같은 샐리의 차를 얻어 탔다. 그들은 첫 대화부터 의견이 갈린다. 그 엇갈림은 쉽사리 간극이 좁혀질 것 같지 않다. 해리는 남자와 여자는 잠자리 문제가 방해가 되어 서로 친구가 될 수 없다고 말한다. 그에 비해 샐리는 자신도 남자친구가 많지만 성적으로 전혀 관심이 없다고 답한다.

개인차가 있긴 하겠지만 수많은 남성들이 해리처럼 생각한다. 반면 대부분의 여성들은 샐리처럼 남녀 간의 우정이 가능하다고 믿는다. 오랜 세월 동안 인구에 회자되어 온 남녀 간의 우정과 사랑에 대한 고전적 명제가 대화의 주제로 오른 것이다. 한때 유행하던 화성 남자, 금성 여자를 연상케 할 만큼 접점이 보이지 않는 상황이다. 대화

끝에 서로 전혀 맞지 않는다고 생각하게 된 두 사람은 뉴욕에 도착하자마자 각자 갈 길을 간다.

그로부터 5년이 흐른 1982년 두 사람은 공항에서 다시 만나 같은 비행기를 타게 된다. 바뀔 것 같지 않던 해리의 생각에는 약간의 변화가 생겼다. 그는 이제 여자인 샐리와도 친구가 될 수 있다고 여기게 됐다. 그렇게 된 이유는 둘 다 애인이 생겨서이다. 그는 이렇게 말한다.

"전에 그 법칙이 약간 수정됐어요. 둘 다 애인이 있을 땐 성적 긴장이 완전히 사라지거든요."

그리고 또 다시 5년 후인 1987년 샐리는 남친과 헤어지고 싱글이 되었다. 해리는 부인이 다른 남자를 사귄 탓에 실의에 빠져 있다. 둘은 실연으로 인한 마음의 상처를 달래며 친한 친구 사이가 된다. 보통은 커플끼리 참가하는 새해 파티를 함께 즐기기도 한다. 마음이 뒤숭숭해지는 순간을 맞기도 하지만 아무 일도 아닌 듯 애써 그런 감정을 부정한다. 그러던 어느 날 샐리는 옛 애인이 결혼한다는 소식을 듣는다. 그녀는 그동안 간신히 수습했던 감정이 허물어지며 이성을 잃을 지경이 된다. 해리는 샐리를 위로해 준다. 그런 와중에 얼떨결에 하룻밤을 같이 보내게 된 두 사람은 심정적인 혼란에 빠진다.

이처럼 영화는 서로 아무런 관계없이 각자의 삶을 살 것 같던 한 남자와 여자가 오랜 세월 동안 만남과 헤어짐을 반복하다 연인으로 발전하는 불가사의에 가까운 과정을 그리고 있다. 그들은 결국 첫 만남 이후 긴긴 인생의 뒤안길을 돌아 비로소 상대가 필생의 짝임을 알아차리게 된다.

그렇다면 그들을 하나로 만든 요인은 무엇일까. 그들의 어떤 자세가 진정한 사랑을 찾을 수 있게 했을까. 제일 먼저 꼽을 수 있는 것은 자기 자신에게 솔직했다는 점일 것이다. 그들은 이전에 고집했던 의견이 달랐다 해도 지금 생각에 변화가 일었다면 쿨하게 그것을 인정한다. 또한 자신의 내면을 똑바로 바라보고 마음이 시키는 것이 아니면 행하지 않았다. 반대로 어느 시점엔가 안으로부터의 절실한 부름이 있다면 제때 용기 있게 행했다.

그 다음으로는 내면의 인간적인 성장에 의한 생각과 행동의 변화를 들 수 있다. 젊은 날 아집처럼 지니고 있던 생각은 다른 사람과 연애를 하고 실연을 경험하며 조금씩 수정되어 간다. 그 많은 세월을 겪고도 성장과 변화가 없었다면 그들은 영영 평행선처럼 만나지 못한 채 각자의 길을 갔을 것이다.

스스로에게 솔직할 것, 마음이 시키는 대로 결정하고 행동할 것, 세월과 함께 내면의 성장을 이루며 상대를 포용할 것. 이 영화 속에서 두 사람이 평생의 사랑을 얻을 수 있었던 비결은 아마 그것이 아니었을까.

영화장수 루피형아의 영화 속 숨은 그림 찾기

"보이는 것이 전부가 아니다All is not as it seems."

'80년대 로맨스 영화' 하면 가장 먼저 떠오르는 명작 중 하나이다. 평소 레트로 감성을 좋아하는 편이라 언제 봐도 가슴 뛰는 작품이기도 하다. 영화가 처음 개봉했을 때 나는 너무나도 어린 꼬마아이였다. 그럼에도 왠지 모르게 그 당시 느낌 그대로를 전달받는다고 할까. 이런 영화는 스토리도 좋지만 소품이나 배우들의 패션, 또는 영화 속 배경이 되는 길거리와 건물들을 구경하는 재미도 쏠쏠하다. 그중에서도 특히 눈길을 끄는 것은 로코의 여왕 메그 라이언의 헤어스타일이다. 사자머리가 이렇게 잘 어울리는 사람이 있을까 새삼 감탄하면서 그녀의 리즈시절을 넋 놓고 바라보게 된다.

수많은 사람들이 이 영화를 역대 최고의 로코로 꼽고 있다. 대체 그 이유가 무엇일까. 그에 대한 영화평론가 니콜라스 바버Nicholas Barber의 의견이 눈길을 끈다. 보통의 영화는 초반 시퀀스에서 주인공과 그 주변 인물들의 히스토리를 밝히기 마련이다. 인물을 이해하기 위한 소개인 셈이다. 하지만 그가 지적한 바에 의하면 우리는 영화를 다 보고 나서도 해리와 샐리의 가족 관계가 어떤지, 학창시절이 어땠는지, 혹은 그들 각자가 꾸는 미래의 꿈이 무언지, 정치적 현안에 대한 스탠스가 어떤지 같은 시시콜콜한 개인사를 하나도 모른다. 단지 그들의 음식 취향이나 그것을 주문할 때 얼마나 까다로운지 같은 감각적이고 즉각적인 정보만 알게 되었을 뿐이다. 영화는 잡다한 방해 요소를 모두 제거한 채 두 남녀의 생각을 꾸밈없이 솔직하게 밝힌다. 그 결과 관객은 한 남자와 여자가 만나 벌이는 로맨스와 사랑의 본질에만 집중할 수 있다는 것이다.

그의 의견은 이 영화의 성공 비결에 상당히 근접해 있다고 생각한다. 사실 남녀가 만나 사랑에 빠지는 것은 출신이나 신분, 학교, 직업 등의 요소와는 전혀 관계가 없는 것임을 우리는 역사 속에서 그리고 현실 속에서 숱하게 보아 왔다. 중요한 것은 서로를 향한 끌림이고 거기엔 아무런 논리적 이유가 없다. 이 영화가 차용하고 있는 방식처럼 그저 한 남자와 한 여자가 만나 솔직한 내면과 내면이 부딪히며 만들어 내는 현재적 감정의 움직임, 그리고 세월을 겪으며 인간적인 성숙에 의해 상대의 소중함과 필요성을 깨닫는 일 같은 것이야말로 연애의 실체에 보다 가까울 것이다. 이 영화 속에는 그처럼 시대와 공간을 초월하는 연애의 핵심이 들어있다. 그것이 바로 어느 때 그 누가 이 영화를 본다 해도 전적으로 공감할 수밖에 없는 이유라고 할 수 있다. 앞으로도 이 영화는 내내 로코의 고전 중 고전의 자리를 지키게 될 것이다.

사랑

위대한 사랑

모든 희생과 경계를 뛰어넘는 초월은
지극한 사랑에서 비롯된다.

45. 러빙Loving

2017. 영국 · 미국. 드라마

사랑하는 이와 결혼할 수 있는 평범한 권리를 얻기 위한 한 부부의 숨은 투쟁

사랑하는 이와 결혼해서 아이를 낳고 사는 것은 지극히 평범한 일이다. 그러나 어떤 사람들에게는 그것이 간절히 누리고 싶은 특권처럼 여겨지기도 한다. 이 영화는 그런 사람들의 실화를 다룬 이야기다. 백인인 남자 리차드 러빙과 흑인인 여자 밀드레드는 서로 사랑하는 사이다. 그러나 그들은 결혼해서 함께 살 수 없다. 그들이 살던 1950년대의 버지니아 주 법은 타 인종 간의 결혼을 허락하지 않았다.

부부가 되어 함께 사는 게 꿈이었던 그들은 백인과 흑인의 결혼이 허락되는 워싱턴DC에 가서 결혼식을 올린다. 문제는 그들의 고향이며 가족들이 모두 살고 있는 버지니아에 돌아가 살 수 없다는 점이다. 불법을 저질렀으니 버지니아 주에 발을 들이는 순간 범죄자 신분이 되어 버리기 때문이다.

체포되어 법정에 선 그들은 "전능하신 신은 여러 피부색의 인종들을 창조하여 각각의 대륙에 살게 하셨다. 다른 인종 간의 결혼은 신의 뜻을 거스르는 것이다. 신은 인종끼리 서로 섞이는 걸 원치 않으셨다."라는 잘못된 선입견에 의한 판결을 받고 형 집행이 유예된 채 워싱턴DC로 쫓겨난다. 결혼을 취소하지 않으면 25년간 버지니아 주를 떠나 있어야 한다는 조건이었다.

부부는 어쩔 수 없이 낯선 워싱턴 땅에 둥지를 틀고 세 아이를 낳아 기르며 살게 된다. 아이들을 메마른 도시보다 정겨운 고향에서 키우고 싶은 밀드레드는 생각 끝에 당시 법무장관인 로버트 케네디에게 탄원서를 쓴다. 그녀는 그의 소개로 만난 한 인권변호사와 함께 버지니아 주의 판결을 뒤집기 위한 법정투쟁을 벌이게 된다. 그들 부부는 버지니아 주 법원에서 패소를 당하고 신변의 안전이 위협받기도 한다. 그럼에도 포기하지 않고 그들의 사안을 연방대법원까지 끌고 간다.

1967년 6월 12일 러빙 부부는 길고 험난한 법적 투쟁 끝에 연방대법원에서 승소 판결을 받는다. 이제 그들은 법적으로 인정받는 떳떳한 부부로 고향 땅을 밟을 수 있게 되었다. 그러나 그것으로 끝이 아니다. 그들의 승소는 흑인 인권 역사상 큰 의미를 지닌 전환점이 되었다. 연방대법원이 인종 간 결혼을 금지하는 것은 위헌이며 누구든 인종에 관계없이 결혼이 가능해졌다는 사실을 공식 판결로 인정했기 때문이다. 서로 사랑하고 그래서 합법적인 부부로 함께 살고 싶은 소망을 이루려던 러빙 부부의 법적 투쟁은 같은 상황에 놓여 있던, 혹은 앞으로 그런 상황을 맞을지 모를 수많은 이들에게 그들이 마땅히 누려야 할 천부의 권리를 찾게 해 준 초석이 되었다.

이 영화는 '인권 투쟁'이란 단어가 무색할 정도로 평온하게 전개된다. 흑백 인종 간 최초의 결혼을 인정받는 당사자들의 이야기라기엔 그다지 혁명적이지도, 강렬한 극적 장면도 없다. 단지 전편에 걸쳐 힘없는 보통 사람으로 보이는 리차드와 밀드레드의 일상과 그 안에 면면히 흐르는 부부애와 가족애가 느껴질 뿐이다. 어떡하든 아내를 지키려는 리처드의 과묵한 사랑과 함께 가정과 남편, 아이들을 걱정하는 밀드레드의 조바심 어린 소망이 주로 묘사되어 있다. 감독은 고향을 쫓겨나 살아야 하는 그들의 비극을 호들갑스럽게 강조하기보다 그들의 일상을 침범해 오는 갑작스런 체포, 잘못된 법집행 앞에서 생활의 근거를 잃고 타지로 가야 하는 소시민의 무기력한 불편감 같은 것을 담담하게 그려냈다. 그 때문에 극적 재미를 원하는 관객이라면 홍미진진하게 느껴질 영화는 아니다.

어쩌면 한 인간의 삶에 영향을 주는 법이나 인권이란 것의 속성 자체가 그런 것인지도 모른다. 그들이 법정 싸움을 벌였던 애초의 이유는 미국 헌법을 고치겠다는 사명감 같은 것이 아니었다. 그저 사랑하는 사람을 지키고 고향에 돌아가 아이들을 자유롭게 키우고 싶은 소박한 소망 때문이었다. 가족과 함께 일상을 평온하게 살고 싶은 그들의 절실한 바람과 그것을 얻으려는 법적 싸움이 다른 이들에게도 바른 선례가 되어 길이 영향을 끼치게 되었다. 사랑의 힘은 인종 간의 차별이나 사회적 인습조차 바꿀 수 있을 만큼 강했지만 그 실체는 드라마틱한 그 무엇이 아닌 일상 속에서의 평범한 순간들에 깃들어 있는 것이다.

그 때문에 이 영화는 사랑을 바탕으로 살아가는 평범한 사람들의 평이한 일상의 소중함을 깨닫게 한다. 영화의 마지막 부분에서 아내의 무릎 위에 누워 함께 티비를 보며 웃는 리차드의 모습엔 잔잔한 행복감이 깃들어 있다. 오랜 법정 투쟁을 통해 그들은 드디어 인간으로서 당연히 누려야 할 일상의 기쁨을 되찾았다.

지금은 영화 속 상황이 말도 안 된다고 여겨지는 시대이다. 우리가 당연한 것으로 생각하며 누리고 있는 여러 가지 권리들은 러빙 부부와 같은 사람들의 용기 있는 투쟁의 결과인 것들이 많다. 또 다른 이들은 천부의 자유와 권리를 얻기 위해 목숨을 걸기도 했다. 개인적으로도 이 영화를 감상한 것은 그들의 그런 노력과 희생에 대해 주의를 환기하고 새삼 감사한 마음을 갖게 된 좋은 기회였다.

영화장수 루피형아의 영화 속 숨은 그림 찾기
"보이는 것이 전부가 아니다All is not as it seems."

미국에서는 러빙 부부가 연방대법원의 승소판결을 받은 6월 12일을 러빙데이라 부르며 기리기도 한다. 그들의 결혼을 방해한 버지니아 주의 타 인종 간 결혼 반대법의 원래 이름은 인종순결법Racial Integrity Law이다. 말뜻으로 보면 인종의 완전무결한 순수성, 즉 백인 순종 혈통을 지키겠다는 취지이다. 사실 우리는 러빙 부부가 살던 시대에 대한 구체적인 실감은 없다. 아직 인종 차별이 존재하던 그야말로 오래 전 이야기라는 막연한 추측을 할 뿐이다. 그러나 그들이 한창 버지니아 주와 법정 싸움을 벌이던 때는 무려 1950년대 말부터 60년대 초중반까지의 시절이다. 그때라면 예술 사조 쪽에서는 오늘날의 시각으로 봐도 파격적인 전위예술운동이 한창이었다. 백남준을 비롯한 플럭서스 예술가들이 무대에서 피아노를 부수고 비디오 같은 첨단 매체를 예술의 일원으로 끌어들일 즈음이다. 그렇게 비교해보면 약간의 혼란이 오기도 한다.

반면 같은 시기에 만들어진 영화 〈초대받지 않은 손님Guess Who's Coming to Dinner〉을 보면 당시 미국사회의 인식을 엿볼 수 있다. 흑인배우로는 아카데미 최초로 남우주연상을 수상한 시드니 포이티어가 주연을 맡은 이 영화는 흑인 남자와 결혼하려는 백인 여자로 인해 양 집안 간에 벌어지는 갈등을 다루고 있다. 딸이 데려온 흑인 사윗감에 대해 당황한 기색이 역력한 백인 부모의 모습 속에는 그 시절 인종 간 결혼에 대한 미국 주류사회의 의식이 고스란히 담겨 있다. 게다가 이 영화는 1967년 러빙 부부가 버지니아 주에 승소하여 〈인종순결법〉을 위헌으로 만든 지 바로 몇 달 후 개봉된 작품이다. 버지니아를 포함해서 17개 주가 그런 법안으로 인종 간 결혼을 반대했었다니 그야말로 그 시절 분위기가 고스란히 느껴지는 영화이다. 법에 있어 인권 개념은 우리가 생각하는 것보다 비교적 더디게 반영되어 왔음을 알 수 있다.

46. 빅 식 The Big Sick

2018. 미국. 로맨스

사랑을 이루기 위해 넘어야 할 최후의 장벽은?

진정한 사랑을 이루기 위해 두 사람이 넘어야 할 장벽은 어떤 것이 있을까. 예전에는 신분이나 경제력의 차이 같은 것이 대표적인 장애물이었다. 그런데 아무런 경계가 없어진 것 같은 현대에도 또 다른 장벽이 남아 있다. 바로 문화의 차이이다. 이 영화는 각기 다른 문화적 배경을 지닌 두 사람이 사랑을 이루기 위해 겪어 내야 했던 시련과 그 극복 과정을 담고 있다.

주인공 쿠마일은 미국에 거주하는 파키스탄 이민자 출신의 스탠드업 코미디언이다. 코미디언으로 성공을 꿈꾸는 그는 생계를 위해 우버 택시 기사로 일하고 있다. 어느 날 코미디 무대에 섰던 쿠마일은 백인 여성 에밀리와 만나 사랑에 빠지게 된다. 그러나 사랑이 깊어갈수록 고민도 커져간다. 그의 부모는 미국에 와 살고 있지만 파키스탄의 전통을 고수하며 살고 있다. 그들에게는 오래된 문화 자체가 자기 정체성의 일부이다. 그것을 바꾼다는 건 상상할 수 없는 일이다. 결혼에 있어서도 마찬가지이다. 그들은 백인과의 결혼을 용납하지 못한다. 그래서 혼기가 찬 아들이 집에 올 때마다 어떡하든 파키스탄 여자와 선볼 자리를 마련한다. 그동안 받아온 파키스탄 여자들의 사진이 쿠마일의 방 상자 안에 가득 쌓일 정도이다.

어느 날 그 사진들을 발견한 에밀리는 쿠마일과 크게 말다툼을 벌인다. 정상적인 상황이라면 서로의 부모를 소개시켜 줄 시기가 넘었지만 쿠마일은 그럴 생각이 없어 뵌다. 그는 자신과 결혼할 마음이 없는 것인지도 모른다. 아마도 몰래 저 사진 속의 여자들과 선을 보고 있을 것이다. 부모가 강요했다지만 서양의 가치관 속에서 그건 핑계에 지나지 않는다. 본인의 의지가 없다면 선도 보지 않을 것이다. 그렇게 생각할 수밖에 없는 에밀리에게 쿠마일은 미래에 대한 고려도 없이 연애만 즐기는 무책임한 남자로 비쳐진다.

그에 비해 쿠마일은 백인이며 이미 결혼한 경험이 있는 에밀리를 보수적인 가치관으로 무장한 완고한 부모에게 며느리 감으로 납득시키기가 힘들다. 그건 거의 불가능에 가까운 일이다. 에밀리를 택한 후 가족과 단절될 것이 두려운 쿠마일과 자신보다 가족을 더 소중히 여기는 것처럼 보이는 그에게 실망한 에밀리는 결국 서로 헤어지게 된다. 그들은 문화 차이라는 장벽을 넘지 못했다.

하지만 곧 충격적인 소식이 들려온다. 에밀리가 원인 모를 갑작스런 병으로 혼수상태에 빠졌다는 것이다. 그녀는 감염이 심장까지 번져 잘못하면 죽을 수도 있다. 보호자 대신 그녀를 간호하게 된 쿠마일은 큰 슬픔에 빠진다. 상대는 삶과 죽음의 경계 상태에 놓여 있다. 이제는 문화 차이보다 훨씬 두텁고 높은 죽음이라는 장벽이 그와 에밀리 사이에 가로놓이게 되었다. 에밀리를 잃을 수도 있다는 절박감은 쿠마일에게 그녀에 대한 깊은 사랑을 깨닫게 해 준다. 그는 둘 사이를 가로막고 있던 그 어떤 장벽이라 해도 상대를 영영 잃는 것만큼 치명적이지는 않다는 걸 알게 된다.

그의 진심어린 간호 덕분에 그녀는 다시 깨어난다. 그런데 어쩐 일인지 그녀는 돌아온 그를 받아줄 수 없다. 무엇이 잘못된 것일까. 죽음이라는 절대적인 장벽마저 뛰어넘은 그들에게 더 이상 어떤 것이 문제가 되는 것일까. 그대로 끝났다면 고전 소설적 클리셰에 빠질 뻔 했던 이 영화의 스토리는 가장 의미심장한 사랑의 장벽 하나를 더 설정함으로써 사랑과 삶이 결코 단선의 것이 아님을 보여 준다. 그들이 사랑을 이루기 위해 넘어야 했던 최후의 장벽은 어떤 것일까.

사랑하는 두 사람 사이에 놓인 그 어떤 장벽도 서로의 진실된 소통을 가로막고 있는 오해의 벽보다 높을 수 없다는 것이 이 영화의 핵심이다. 진정한 사랑이란 두 사람이 하나로 일치되는 기적 같은 일이다. 그것은 순정한 마음과 마음이 만날 때 가능해진다. 상대를 믿지 못하고 각자의 진심이 전달되지 못하는 상황에서는 이루어질 수 없다. 두 사람이 어떤 방식으로 오해의 장벽을 넘어 서로의 마음을 확인했는지는 영화의 마지막 부분에 담겨 있다. 그들만의 아기자기한 사랑의 디테일이 궁금하다면 필히 관람해 보실 것을 권한다.

영화장수 루피형아의 영화 속 숨은 그림 찾기

"보이는 것이 전부가 아니다All is not as it seems."

이 영화는 주인공으로 직접 출연한 배우이자 코미디언인 쿠마일 난지아니의 실제 사랑 이야기를 영화화한 작품이다. 그와 아내 에밀리 고든은 자신들의 스토리를 영화로 만들기 위해 오랫동안 공들여 각본을 썼다고 한다. 에밀리는 쿠마일과 사귄지 8개월 만에 갑자기 혼수상태에 빠졌다.

병에 대해 잘 모른다면 관객들은 좀 뜬금없는 전개라고 느꼈을 수도 있다. 멀쩡하던 사람이 갑자기 생명이 위독한 지경에 이르렀기 때문이다. 영화가 실화에 기반한 것이 아니라면 마치 안이한 전개를 위한 막장성 설정으로 오해받을 수도 있다. 바로 그런 기막힌 우연이 쿠마일 부부가 자신들의 이야기를 영화로 만들게 된 동기가 되었겠지만 말이다. 어지간해서는 일어나기 힘든 그런 일을 겪은 당사자들은 사랑의 깊이를 미처 깨닫지 못한 자신들에게 신이 준 절호의 기회라고 생각했을 것이다.

당시 의사들은 그녀의 병명이 성인형 스틸병일 거라 추정했다. 성인형 스틸병이란 본래 어린이에게 나타나는 자가면역질환성의 류머티스 관절염과 유사한 증상이 성인에게 발병하는 질환이다. 특정 바이러스에 감염되면서 면역계에 이상이 오는 것으로 알려져 있으며 증상이 다양해서 다른 병으로 오인하는 경우가 많다. 초기에 제대로 된 치료를 받으면 증상이 좋아지고 꾸준한 약물 치료를 통해 재발을 막을 수 있다. 하지만 제때 치료받지 못할 경우 합병증으로 인해 사망에까지 이를 수 있는 심각한 질환이기도 하다. 에밀리 고든은 영화 성공과 함께 명성을 얻게 되자 이 질환을 앓는 사람들의 쾌유를 위한 여러 가지 활발한 대외 활동을 벌이고 있다.

47. 성월동화 Moonlight Express

1999. 홍콩 · 일본. 로맨스

죽은 애인의 환상에서 벗어난 성숙한 홀로서기 후에 비로소 받아들이는 새 사랑

사별은 이혼보다 상대를 더 잊기 어렵다는 말이 있다. 지상에 없다는 단절감은 상대에 대한 그리움을 무한대로 확장시킨다. 그가 남긴 말, 함께 나눴던 일들 모두가 강한 환상이 되어 일상을 지배할 수도 있다. 사별 후 재혼한 경우는 새롭게 결혼한 상대가 죽은 사람의 이미지와 끊임없는 비교 대상이 되기도 한다. 후처로 들어간 이가 집안 곳곳에 배인 전처의 자취와 흔적을 없애지 않으려는 남편과 갈등을 일으키는 내용은 문학 작품에서도 다루어질 만큼 흥미로운 소재이다. 남편뿐 아니다. 여 집사가 죽은 전 여주인의 권위와 후광을 지키기 위해 새로 들어온 여주인을 핍박하는 알프레드 히치콕 감독의 심리 스릴러 〈레베카Rebecca〉는 그 분야의 명작 중 명작이다.

애인과 사별한 경우도 마찬가지일 것이다. 사랑하는 이가 죽은 후 홀로 남겨진 사람은 죽은 이에 대한 환상에서 자유롭지 못하다. 그러나 삶이란 죽음에 이르기 전까지는 지루할 정도로 계속되는 것이다. 아무리 절실한 사랑이었다 해도 거기 얽매여 있을 수만은 없다. 언젠가는 망각과 함께 훌훌 털고 일어나 자신 앞에 주어진 생에 충실해야만 한다. 상대 없이도 홀로 숨 쉬고 걸어가야 하며 또 다른 사랑을 시작하는 것이 건강한 삶이다. 이 작품은 히토미라는 한 여성이 죽은 애인과 꼭 닮은 사람을 만나게 되면서 떠난 이에 대한 안타까움과 슬픔, 홀로 남겨진 고통을 치유하는 과정을 그리고 있다. 그녀는 그런 과정을 통해 홀로서기를 이룬 후 비로소 새로운 사랑을 시작하게 된다.

여주인공 히토미는 결혼식 전날 교통사고로 약혼자 타츠야를 잃는다. 그가 머물던 홍콩에 방문한 그녀는 타츠야와 꼭 닮은 가보와 우연히 만나게 된다. 그리고 총소리와 폭력이 난무하는 가보의 위험천만하고 아슬아슬한 삶에 엮이게 된다. 그녀는 가보에게 하루만 타츠야가 되어 달라고 부탁한다. 타츠야가 못다 한 계획을 실현해보고 싶어서이다. 타츠야의 방에서 그녀는 그의 수첩을 발견했었다. 그 속에는 청혼을 위해 타츠야가 계획한 서프라이징 스케줄이 적혀 있다.

히토미는 가보와 함께 타츠야가 그림으로 남긴 스케줄대로 그 발자취를 따라간다. 타츠야의 단골 레스토랑 직원들의 호의로 결혼케이크를 자르고 꽃다발을 받으며 이루지 못한 결혼에 대한 아쉬움을 달랜다. 그 과정 속에서 두 사람 사이에는 애틋한 감정이 싹튼다. 묵묵히 그녀의 부탁대로 따라가던 가보는 타츠야의 스케줄을 모두 끝마친 후 그 사람 못지않게 멋진 야경을 보여 주겠다면서 그 자신의 스케줄로 그녀를 안내한다.

히토미는 천천히 스며들 듯 가보의 세상에 빠져든다. 그는 모습은 타츠야와 똑같지만 성격만은 판이하게 다르다. 피도 눈물도 없을 것처럼 거칠고 냉정해 뵈는 그에게서 그녀는 감추어진 고독한 속내를 엿본다. 그리고 그 역시 자신처럼 아픈 과거의 기억을 갖고 있다는 사실을 알게 된다. 가장 소중한 사람을 잃었다는 공통점과 서로에 대한 인간적 호감으로 두 사람은 점점 가까워진다.

그러나 사랑이란 몹시 까다로운 것이다. 누군가의 환영에 사로잡힌 상태에서 또 다른 사람을 진정으로 사랑하긴 힘들다. 그들 사이에는 타츠야라는 쉽게 건널 수 없는 큰 강이 놓여 있다. 가보와 인연이 된 이유도 그가 타츠야와 닮았기 때문이다. 가보에게 씌워진 타츠야의 그림자가 여전히 살아 있는 한 히토미는 다른 사람을 사랑하기 힘들다는 것을 잘 알고 있다. 그를 잊을 수 없다면 타츠야의 분신으로 여겼던 가보와는 이별해야 하는 것이 순리인지도 모른다.

영화는 히토미와 가보라는 특수한 상황 속의 개인들을 다루지만 누군가를 사랑한다는 것의 전제 조건에 대해 말하고 있다. 사랑은 미묘한 끌림과 호감에 의해 시작되지만 진정한 사랑으로 발전하기 위해서는 상대에게 당당한 한 사람의 영혼으로 먼저 홀로 서지 않으면 안 된다. 이전에 어떤 사랑이 있었든 어떤 삶을 살아왔건 사랑 앞에서 사람은 스스로의 감정과 의지로 오롯이 상대와 마주설 수 있는 자기 자신을 먼저 확립해야 하는 것이다.

완성도가 있다고 일컬어지는 모든 작품은 주인공 내면의 깨달음과 성장을 담고 있다. 죽은 사람을 산 사람의 삶에 대입하거나 그 영향력을 거두지 않는 건 건강한 삶이라고 할 수 없다. 히치콕 감독의 스릴러 속 캐릭터 같은 이상 심리에 가깝다. 히토미 역시 결국은 타츠야를 아름다운 추억으로 간직한 채 현실의 삶으로 돌아온다. 추억과 환상에 의존한 삶에서 벗어나 현실을 바로 보는 성숙한 홀로서기를 이룬 후 비로소 가보 앞에 마주선다. 극 초반의 집착과도 같은 허상의 사랑에서 현실에 뿌리박은 새로운 사랑과 삶을 향해 한 걸음 앞으로 나아가게 된 것이다.

영화장수 루피형아의 영화 속 숨은 그림 찾기

"보이는 것이 전부가 아니다All is not as it seems."

필자는 장르나 국가에 관계없이 모든 영화를 좋아한다. 홍콩영화 역시 상당히 좋아하는 편이다. 그럼에도 장국영이란 배우에 대해서는 특별히 관심을 갖진 않았었다. 그가 내 눈길을 끈 것은 2003년 4월 1일 만우절이었다. 지금도 기억이 선명하다. 그때 나는 교복을 입고 등교하던 중이었다. 길을 따라 걷다 보니 가판대에 놓인 스포츠신문 1면에 그의 사진이 크게 실려 있었다. 그와 함께 헤드라인으로 뽑은 '홍콩 배우 장국영 자살'이란 문구가 보였다. 아직은 젊은 한 인기 배우의 요절은 사춘기의 내 감성에 충격처럼 다가왔다.

그때부터 나는 그가 궁금해졌다. 그날 이후 장국영의 모든 영화를 비디오가게에서 빌려 봤다. 나이가 어리니 청소년관람불가 작품은 후일에 본 것이지만 〈영웅본색A Better Tomorrow〉, 〈천녀유혼倩女幽魂〉, 〈종횡사해縱橫四海〉, 〈아비정전Days Of Being Wild〉, 〈우연偶然〉, 〈금지옥엽金枝玉葉〉, 〈패왕별희覇王別姬〉, 〈동사서독東邪西毒〉, 〈금옥만당金玉滿堂〉, 〈해피투게더春光乍洩〉처럼 잘 알려진 작품들 외에도 〈인지구〉로 국내에 알려졌던 〈연지구胭脂扣〉, 〈살지연Fatal Love〉등을 비롯해서 그의 초기작인 〈충격21衝激21〉, 주제곡이 유명한 〈위니종정為你鍾情〉, 〈성탄쾌락聖誕快樂〉, 그리고 〈총애寵愛〉와 고별 콘서트 앨범 등등 그가 나오는 영화나 공연실황영상이라면 아무리 시시한 것이라도 샅샅이 훑어볼 정도로 그에게 빠져들었다.

그의 로맨스 영화 중 이 작품을 선택한 이유는 그의 연기적, 혹은 인간적 완숙미가 고스란히 담긴 작품이기 때문이다. 누명을 쓰고 졸지에 쫓기는 신세가 된 고독한 절망, 믿었던 친구의 배신에 대한 분노와 연민, 예상치 않았던 새 사랑의 시작, 사랑하게 된 여인에 대한 티 없는 애틋함, 처음부터 내 것이 아니었기에 사랑하면서도 떠나는 연인을 잡지 못하는 절절한 무기력 같은 다양한 감정들을 그 표정과 몸짓에 완벽하게 담을 줄 아는 배우는 드물다. 타고난 배우 장국영, 그였기에 가능한 것이다.

팬의 입장에서 그를 잃게 된 것은 너무나 슬픈 일이다. 하지만 그의 작품을 볼 때면 항상 생각되는 게 있다. 세월과 함께 현실 속의 나는 나이를 먹고 있지만 그는 언제든 리즈시절의 빛나는 모습으로 영화 속에 머물러 있다. 영원히 늙지 않은 채 가장 아름다운 모습으로 말이다.

48. 온리 더 브레이브Only the Brave

2018. 미국. 드라마

생명의 불길로 맞불을 놓아 마을과 나라를 구한 위대한 영웅들

이 영화는 사랑하는 사람들과 삶의 터전을 지키기 위해 불과 맞서 싸우는 산불 진화 소방관들의 실제 이야기를 그리고 있다. 그들은 미국 최초의 시 소속 소방관들인 그래닛 마운튼 핫샷팀이다. 일반인은 살면서 한 번쯤 마주칠까 싶은 재난이 그들에겐 일상이다. 그리고 자청해서 재난 속으로 뛰어 드는 게 그들의 일이다. 팀장인 에릭을 비롯해서 스무 명의 팀원들은 유명한 라틴어 문구인 '허울보다 내실이 중요하다Esse quam videri.'를 신조로 화재 진압에 임하고 있다.

본래 그들은 핫샷팀을 후방에서 돕는 후발팀이었다. 에릭은 큰 산불이 났을 때 맞불을 놓아 큰 불을 제압해야 한다는 과감한 방식을 제안한다. 맞불 방식이란 큰 불을 가두기 위해 일정 지점에 경계를 긋고 나무를 베어낸 후 그 주변에 선제적으로 불을 지르는 진압법이다. 그러나 후발팀 팀장이라는 불리한 위상 때문에 의견이 묵살 당하면서 마을이 다 타버린다. 에릭과 팀원들은 보다 큰 화재를 효율적으로 막기 위해 핫샷팀으로 승격되고 싶다는 간절한 소망을 갖게 된다.

어느 날 그들에게 절호의 기회가 온다. 시장에게서 시험 화재 진압에 성공하면 핫샷팀이 될 수 있다는 제안을 받게 된 것이다. 에릭은 시험관의 반대에도 불구하고 맞불 작전을 실행한다. 결과는 대성공이다. 문제는 시험관의 비위를 맞추지 못했다는 점이다. 그는 40년 경력의 대선배이다. 에릭보다 화재 진압 경험이 많을 수밖에 없다. 그런 그의 의견을 무시했으니 좋은 결과를 바라는 건 무리였다. 기다리던 전화가 오지 않자 에릭은 화가 나고 팀원들도 절망에 빠진다. 그때 산불 진화단 단장이 직접 찾아온다. 그는 시험관이 에릭과 팀원들의 실력을 높이 샀고 드디어 그들도 핫샷팀에 선발되었다는 기쁜 소식을 전한다. 그들의 신화는 거기서부터 본격적으로 시작된다.

에릭과 팀원들은 제각기 복잡한 개인사를 안고 있음에도 위험상황조차 즐길 줄 아는 멋진 사나이들이었다. 그런 그들 앞에 크나큰 재난이 닥쳐온다. 미국 소방방재사상 초대형 참사로 기록된 야넬 힐 화재이다. 목숨이 경각에 달린 위험 상황에서도 있는 힘을 다해 산불을 막아 내는 그들의 모습에는 영화의 인상적인 프롤로그 부분이 겹쳐진다. 마치 그들의 운명을 암시하는 듯 했던 내용이기 때문이다.

영화의 첫 장면은 불꽃의 기세에서 시작된다. 산이 화염에 휩싸여 있다. 숲의 모든 것들은 광폭한 불의 기세에 눌려 그저 숨죽이고 불꽃의 일원이 된다. 문득 그 사이로 온몸에 불이 활활 붙은 채 달려가는 한 마리 곰이 보인다. 이미 형체만 남아있을 뿐, 온통 불꽃에 점령당한 그 곰은 혼신의 힘을 다해 마지막 생명을 발하고 있다. 거대한 자연의 힘 앞에서는 한 무기력한 존재이지만 숨이 끊어지는 그 순간까지도 생명 됨이라는 그 자신의 소명을 다하고 있는 것이다.

주인공 에릭의 기억 속에 자리하고 있는 그 불붙은 곰의 최후는 아름답지만 처연한 이미지로 관객의 뇌리에 각인된다. 그리고 영화가 다 끝나갈 때쯤이면 불가사의에 가까웠던 그 광경이 결국은 극의 주제를 담고 있음을 깨닫게 한다. 불에 맞서서 싸우는 사람들은 극한의 위기 속에서도 소중한 사람들의 생명과 재산을 지키기 위해 끝까지 달리는 그 곰처럼 사투를 벌인다. 한 조각 방염 천에 자신의 생명을 담보한 채 처절하고 외로운 불과의 전쟁을 벌인다. 영웅이란 바로 그런 사람들을 일컫는 말이 아닐까. 다 보고 나면 가슴 가득 감동이 밀려오는 이 영화의 엔딩에는 이런 자막이 쓰여 있다.

"그래닛 마운튼 핫샷팀은 유일한 시 소속 소방관들로 선발, 핫샷팀이라는 중추적인 역할을 해냈다. 2008년 팀을 이룬 후 수백만 평의 국유림을 보호했고 수많은 주택을 지켜 냈으며 전국적으로 많은 이들의 목숨을 살렸다. 야넬 힐 화재는 9.11 테러 이후 미국 내 가장 많은 소방관들의 목숨을 앗아갔다."

영화장수 루피형아의 영화 속 숨은 그림 찾기

"보이는 것이 전부가 아니다All is not as it seems."

영화는 그래닛 마운튼 팀이 겪은 실제 사건을 기반으로 만들어졌다. 〈어벤저스 Avengers: Endgame〉의 타노스 역할을 맡은 조슈 브롤린이 에릭 마쉬 역을 맡아 열연했다. 허구가 아닌 실화이기 때문인지 시종 실감 나는 상황들이 이어졌고 클라이맥스에서는 손에 땀을 쥐며 지켜봤던 기억이 난다. 충격적인 엔딩 역시 너무나 가슴이 아팠다. 최근 세계적으로 화제가 되었던 호주의 대형 산불에 관한 뉴스도 오버랩 되면서 거대한 자연의 위력 앞에 한없이 작은 인간의 모습을 깨닫게 했다.

2013년 7월1일자 연합뉴스에는 '미국 애리조나 산불로 진압 소방관 19명 사망'이란 기사가 실렸다. 기사에 따르면 낙뢰로 인해 야산에 불이 옮겨 붙으며 시작된 것으로 추정된 산불은 며칠 간 축구장 1천 100여 개 크기에 걸친 면적을 불태웠고 특수훈련을 받은 핫샷 소방관 19명이 사망했으며 두 명의 대원은 심한 화상을 입고 병원으로 이송돼 치료를 받고 있다고 했다. 그 사건은 미국에서 발생한 산불 중 80년 만에 가장 많은 소방관의 생명을 앗아갔으며 9.11 테러 이후 최악의 소방인력 손실이었다. 새삼스럽지만 이 시간에도 사명감과 함께 땀 흘려 화재 현장을 진압하고 계실 소방관들에게 존경과 감사의 마음을 전하고 싶다.

49. 그들이 진심으로 엮을 때

彼らが本気で編むときは、

2017. 일본. 드라마

뜨개질처럼 서로를 가족으로 엮어가는 한 소녀와 트랜스젠더 커플의 따뜻한 동거

토모란 이름의 어린 소녀가 있다. 소녀의 엄마는 아이를 돌볼 의욕도 의지도 없다. 늘 편의점 삼각 김밥만 사주던 그녀는 어느 날 아이를 집에 홀로 내버려둔 채 가출한다. 갈 곳 없는 토모는 외삼촌 마키오의 집에 얹혀살게 된다. 그런데 그 집에는 심상치 않은 사람이 함께 산다. 그의 트랜스젠더 여자 친구 린코다. 토모는 그녀를 경계하는 눈빛으로 바라본다.

그런 토모의 시선에도 불구하고 린코는 아이를 다정다감하게 대한다. 아기자기한 도시락을 싸주기도 하고 머리를 묶어 주기도 한다. 토모의 엄마가 한 번도 해 주지 않은 것들이다. 토모는 점차 경계심을 풀고 린코와 친해진다. 그렇게 함께 살게 된 토모와 린코, 마키오의 동거는 어떤 결말에 이를까. 영화는 그들이 편견의 벽을 허물고 점점 더 친근한 가족이 되어 가는 과정을 그린다. 그를 통해 관객 자신도 타인에 대한 근거 없는 편견과 혐오를 지녔던 건 아닌지에 대해 한 번쯤 스스로를 되돌아볼 수 있게 해 준다.

근래 수많은 LGBTQ 영화가 만들어지고 있다. 하지만 이 영화만큼 조용하고 힘 있게 파고드는 작품이 또 있을까 싶다. 영화는 성소수자인 그들도 평범한 우리와 다르지 않은 존재임을 나지막한 어조로 잔잔하게 묘사하고 있다. 영화에 몰입하고 나면 관객은 가랑비에 옷이 푹 젖듯 어느새 감독의 의도에 감화되고 설득된다. 오기가미 나오코 감독 자신은 그간 만들어 온 힐링 풍 영화와 달리 상당히 공격적인 이야기를 담으려 했다지만 관객의 입장에서는 이 영화에서도 전작들 못지않게 마음이 푸근해지는 위안을 얻는다.

트랜스젠더에 대한 편견 깨기는 쉽게 다룰 수 있는 주제는 아니다. 아이를 가질 수 없지만 사랑만은 듬뿍 줄 수 있는 외삼촌과 그의 트랜스젠더 아내, 낳아 주긴 했으나 키우거나 사랑을 주는 능력이 부족한 엄마의 아이가 뭉친 새로운 형태의 가족 구성도 가족에 대한 기성의 관념을 깨는 혁신적 소재임은 틀림없다. 그러나 감독은 그런 낯선 재료들로 마치 어릴 적 엄마가 해 주었던 집 밥처럼 편안한 영화를 만들어 냈다. 그 탓에 분명 사회적 편견의 벽이라는 껄끄러운 면이 있음에도 불구하고 관객은 린코를 세상의 온갖 갈등과 불신을 치유해 주는 따뜻한 내 친구요 이웃으로 받아들이게 된다. 트랜스젠더 여성과 사랑에 빠지고 그녀를 평생의 동반으로 선택한 마키오의 심경에도 충분히 동의하게 된다.

영화 속 린코는 일종의 구원의 여인상처럼 착하디착하다. 진정성 있고 성의 있는 성품과 언행일치의 자세는 성의 구분을 떠나 인간의 측면에서 꽤 괜찮은 사람이란 인상을 준다. 마키오의 말대로 사람을 사랑하면 그가 어떤 성별이든 문제가 되지 않는 것처럼 우리는 트랜스젠더 린코가 아니라 인간 린코로 그녀를 대하게 된다. 바로 그것이야말로 우리가 암암리에 행하던 차별과 편견 혹은 혐오에서 벗어나는 이상적인 해결책이 아닐까.

영화를 보고 나면 린코 역을 맡은 이쿠타 토마의 연기력에 대해 감탄하게 된다. 얼굴이며 몸매며 아무리 봐도 남자 티가 역력한 이 배우를 극중에서 여성이라고 자연스럽게 인식하게 되는 건 순전히 그의 연기력 덕분일 것이다. 이쿠타 토마는 아라시나

뉴스, 스마프 같은 일본 아이돌을 좋아했던 사람이라면 익히 보아온 인물일 것이다. 그는 일본 아이돌의 산실인 쟈니스 출신으로 야마삐 등과 함께 쟈니스 주니어 황금기 멤버이다. 그의 극중 면모를 자세히 살펴보면 역할 하나하나에 대한 성의와 진지함, 캐릭터에 대한 이해의 깊이가 엿보인다. 한 인터뷰에서 본인이 밝힌 바에 의하면 극중 주어진 역할에 푹 몰입하면 실제 본인으로 돌아오는 데 시간이 걸리는 타입이라고 한다. 〈아름다운 그대에게花ざかりの君たちへ~イケメン♂パラダイス~〉나 〈인간실격The Fallen Angel〉 등 그의 필모에서 우리는 그런 사실을 확인할 수 있다.

이 영화에서의 연기 역시 여성의 세심한 행동 특성을 연구한 흔적이 보인다. 다소곳한 자세와 정성스러운 동작, 섬세한 손짓, 표정 연기가 일품이다. 그에 대해 잘 모르는 관객이라면 그가 정말로 트랜스젠더라고 착각할 법하다. 한 여성의 영혼에 푹 몰입된 이른바 메소드 연기를 실감하게 한다고 할까. 영화 속 주요 모티브인 뜨개질도 단지 흉내에 그치는 것이 아니다. 흔히 사용되는 아메리칸 니팅이 아니라 빠른 속도의 뜨개질이 가능한 컨티넨탈 니팅으로 익숙하게 손을 놀린다. 뜨개질에 어느 정도 숙달되어 있음을 짐작할 수 있다. 앞으로의 연기 변신이 기대되는 배우이다.

영화장수 루피형아의 영화 속 숨은 그림 찾기

"보이는 것이 전부가 아니다All is not as it seems."

일본은 화장이 일반화된 나라이다. 그런 이유로 골목마다 비석이 가득한 묘지가 한둘쯤 있다. 영화 속 풍경에도 간간이 발견할 수 있다. 필자는 그 모습에서 문득 영화가 내포한 '공존'의 개념을 떠올렸다. 일상의 공간 속에 자연스럽게 어우러진 묘지는 죽은 사람과 산 사람의 공존을 보여 준다. 소설《상실의 시대ノルウェイの森》에서 무라카미 하루키가 묘사한 것처럼 죽음이란 삶과 분리되거나 서로 반대편에 자리하는 것이 아니라 삶 속에 엄연히 그 일부로서 함께 존재하는 것이다.

제3의 성으로 불리는 트랜스젠더 역시 편견과 오해의 눈으로 보기보다는 이해하며 함께 살아가야 할 공존의 대상일 것이다. 그들은 그렇지 않은 사람들과 마찬가지로 한 인간으로서 자의에 의해 선택한 삶을 살아가는 존재이다. 우리는 누군가의 선택을 특정한 자로 재단하거나 매도할 수 없다. 린코를 보고 "정상적이지 않은 사람"이라며 멀리하라고 했던 영화 속 한 인물의 한마디가 우리에게 질문을 던진다. 그럼 누가 정상적인 사람이며 어떤 게 정상이냐고 말이다.

50. 금지옥엽 He's a Woman, She's a Man

1994. 홍콩. 로맨스

"남자든 여자든 상관없이 난 널 사랑해."

세상에는 쉽사리 말할 수 없는 비밀이 있다. 특히 사랑하는 사이에서 본의 아니게 누군가 하나가 거짓을 말하고 그 거짓말을 토대로 두 사람 사이의 인연이 시작되었다면 어지간한 용기가 아니고서는 진실을 고백하기 힘들 것이다. 마치 모래로 쌓아올린 성이 단 한 번의 큰 파도로 쓰러지듯 두 사람의 관계를 깨지게 만드는 결정적인 악재가 될 수도 있기 때문이다.

이 작품의 주인공인 자영도 거짓말을 통해 상대인 샘과 만나게 된다. 물론 살짝 귀여운 거짓말이긴 하다. 그녀는 자신의 우상인 여가수 로즈와 그의 애인인 작곡가 샘을 직접 만나기 위해 남자로 변장한 채 오디션을 보았다. 그런데 얼떨결에 가수로 발탁되어 샘의 기획사와 정식 계약까지 맺게 된다. 특별한 매력도 장기도 없는 그녀가 뽑히게 된 건 순전히 운발이었다. 샘은 못 생기고 노래 실력도 없는 보통 남자를 뽑아 화려한 스타로 만들겠다는 야심을 갖고 있었다. 때마침 샘과 로즈는 서로 성격과 취향이 맞지 않아 불화 중이다. 자영은 샘과 로즈가 자존심 싸움을 벌이던 와중에 옆에 있다가 홧김에 합격 판정을 받는다. 천생연분이나 시절인연이란 그런 걸 말하는 게 아닐까. 서로 인연이 되려면 길을 가다가도 옷깃이 스치는 법이다.

제작자와 가수로 샘과 함께 살게 된 자영은 남장을 도와준 사촌오빠 때문에 주변 사람 모두에게 동성애자로 의심받는다. 샘은 자영이 동성애자일까 봐 꺼린다. 로즈는 실험 삼아 자영을 유혹한다. 자신이 여자임을 밝힐 수 없는 자영은 로즈에게 어쩔 수 없이 여성에 관심 없는 동성애자라고 인정한다. 그러던 어느 날 샘과 자영은 정전으로 멈춘 엘리베이터 안에 함께 갇힌다. 샘은 폐쇄공포증이 있다. 자영은 남장을 위해 바지에 넣었던 야광봉을 꺼내 샘의 공포감을 달래준다. 그날 이후 두 사람은 자연스럽게 서로에게 이성의 감정을 느끼게 된다.

자영에게 마음이 끌릴수록 샘은 고민에 빠진다. 남자를 좋아하게 된 자신이 혹 동성애자가 아닌가 하는 생각이 들어서다. 그러나 한 번 시작된 마음을 멈추기는 힘든 법이다. 그 사실을 알아챈 로즈의 견제에도 불구하고 두 사람의 사랑은 점점 깊어만 간다.

성격도 관심사도 비슷한 샘과 자영의 훈훈한 케미, 괜스레 서로 고민하지 말고 얼른 고백했으면 싶은 남장여자라는 설정 속에 벌어지는 아기자기한 숨바꼭질 같은 사랑은 관객에게 달콤하면서도 유쾌한 즐거움을 선사한다. 특히 클라이맥스가 압권이다. 이미 사랑의 마력에 푹 빠져버린 샘이 남자를 사랑하는 것에 대한 그간의 고민에서 벗어나 자영에게 이런 고백을 한다.

“남자든 여자든 나는 널 사랑해.”

2천 년대 들어와 만들어진 우리나라 판 남장여자 로맨스물의 대표작 〈커피프린스 1호점〉에도 엇비슷한 대사가 있다. 사랑에 빠진 공유가 윤은혜를 향해, “니가 남자건 외계인이건 이제 상관 안 해. 가보자 갈 데까지.”라는 말을 던진다. 진정 사랑이란 그런 것이 아닐까. 국적과 연령, 출신, 성격, 취향, 직업, 심지어 성별까지 초월한 불가항력의 끌림. 우리는 누구든 일평생 한 번 올까말까 한 그런 치명적 사랑을 꿈꾼다.

영화장수 루피형아의 영화 속 숨은 그림 찾기

"보이는 것이 전부가 아니다All is not as it seems."

홍콩영화를 좋아한다면 무조건, 거기에 로맨스영화까지 좋아한다면 더더욱 봐야 하는 영화이다. 유머와 감동, 로맨스까지 한 번에 다 잡은 남장여자 영화 중 최고의 로맨스 코미디물이다. 개봉한 지 벌써 30년을 향해 달려가고 있지만 지금 봐도 세월의 차이가 느껴지지 않을 정도로 탄탄한 극적 구조와 감각적 상황 묘사가 빛을 발하기도 한다. 진가신 감독의 희대의 명작 〈첨밀밀Comrades: Almost a Love Story〉은 이 영화의 성공을 발판으로 만들어졌다고 해도 과언이 아닐 것이다.

당시 한국에서도 큰 인기를 누렸던 배우 장국영의 대표작 중 하나로 꼽히지만 원영의라는 여배우의 존재감까지 널리 알리게 된 작품이기도 하다. 남장여자 역할을 맡은 그녀는 신선한 충격으로 다가왔다. 나뿐 아니라 수많은 관객들이 장국영에 이끌려 영화를 보았다가 큰 눈망울과 중성적인 매력을 지닌 원영의에 더 흠뻑 빠져들었다. 극중 자영이 마치 배우 원영의를 위해 만들어진 배역이라 여겨질 만큼 최적의 캐스팅이었다.

장국영, 원영의는 이듬해 개봉된 요리영화 〈금옥만당金玉滿堂〉에서도 함께 호흡을 맞췄다. 장국영이 지닌 코믹 코드를 원 없이 감상할 수 있으며 각 캐릭터의 매력이 듬뿍 느껴지는 영화이다. 이 작품 역시 매니아 층을 거느릴 정도로 팬들의 사랑을 많이 받았다.

51. 미성년Another Child

2019. 한국. 드라마

외형만 어른인 성년들이 만든 사회의 부조리에 대한 두 미성년의 충격적 해법

어찌 보면 흔하디흔한 소재인 불륜을 이처럼 독특한 시각으로 묘사한 영화도 드물 것이다. 가정을 가진 한 남자의 딸과 그 내연녀의 동갑내기 딸이 사춘기 여자아이들만의 투명한 시각으로 아빠와 엄마의 불륜으로 인해 일어나는 해프닝을 바라보고 있다.

주인공 주리와 윤아는 같은 학교에 다니는 고등학교 2학년생이다. 최근 두 아이는 주리 아빠 대원과 윤아 엄마 미희 사이에 벌어진 부적절한 일을 알게 된다. 어떡하든 엄마인 영주 몰래 사태를 수습해 보려는 주리와 달리 윤아는 직선 돌파 형이다. 학교 옥상에서 만나 대책을 묻는 주리의 휴대폰을 빼앗아 때마침 전화를 걸어온 영주에게 두 사람의 관계를 폭로한다. 그때부터 두 집안에는 혼란의 폭풍이 몰아치게 된다.

영화를 보다나면 제목 '미성년'이 어떤 의미로 쓰였는지 알게 된다. 그리고 진정한 성년, 즉 '어른'이란 개념에 대해 깊이 생각해보게 된다. 어른이란 무엇일까. 우리는 어떤 것을 어른다운 행동이라 여길까. 아마도 어른이란 자기 자신의 자유의지로 삶의 많은 부분을 선택할 수 있는 상태를 말할 것이다. 그러나 그 선택의 자유는 일방적으로 마냥 누릴 수 있는 게 아니다. 스스로 선택해서 행한 행동에 따라 벌어지는 일에 책임을 질 수 있어야 한다. 타인의 삶을 존중하고 민폐를 끼치지 않으려는 성숙한 자세도 지녀야 한다. 또한 염치와 수치를 알고 삼가는 면이 있어야 할 것이다.

불륜을 저지른 어른인 대원은 하나뿐인 딸에게 부끄러운 모습을 들키자 어린아이처럼 현장에서 도망치는 데 급급하다. 또 다른 어른인 미희는 한 소중한 생명을 낳은 후 일말의 애정도, 아이를 돌보겠다는 의지도 없어 보인다. 그에 비해 미성년인 두 아이는 다르다. 어른들이 무책임과 회피로 일관할 때 그 어른들이 저지른 결과를 책임지려는 기특한 발상을 해낸다. 어른들이 외면한 핏줄에 대한 인간으로서의 연민과 애정을 보여 준다. 피해자격인 영주에게 가해자인 엄마 미희가 병원비를 신세지는 것이 안타까워 알바로 모은 돈을 대신 갚아 주는 윤아의 모습에서도 오히려 염치, 혹은 수치를 아는 참된 어른의 모습이 보인다. 겉모습만 성장한 어른들의 언행과 달리 아직 성인이 되지 않은 아이들이 오히려 어른스런 자세를 보여 준다.

그런데 문제는 대원과 미희의 모습이 극 속에만 등장하는 특별한 사례가 아니라는 데 있다. 우리는 사회 도처에서 그런 모습들을 본다. 저질러 놓고 책임지지 않는 사람들, 남의 피해에는 아랑곳 않고 자신의 잇속만 챙기는 사람들. 어쩌면 우리 사회의 어른들은 모두 아직 미성년인지도 모른다. 어른이라고 해서 다 어른은 아닌 것이다.

아이를 책임지려는 윤아와 주리의 의도는 그들이 미성년자라서 난관에 빠진다. 학교라는 또 하나의 사회 역시 차별과 편견으로 아이들을 대한다. 어른들로 이루어진 이 사회 전체가 두 미성년의 순수한 마음을 미성년이라는 굴레로 제약한다. 쉽사리 깨뜨리기 힘든 미성년 같은 어른들이 쌓아올린 무책임, 몰염치의 카르텔이 그나마 양심을 지키려는 두 아이를 방해하는 것이다. 영화의 마지막 장면에서 그 완고한 부조리의 성채를 깨부수는 아이들만의 해결책은 너무나 충격적이다. 하지만 그 장면을 곱씹어 보면 그 마음이 충분히 이해가 가기도 한다. 핏줄을 나눈 가족이 아니라면, 진정으로 사랑하지 않는다면 결코 할 수 없는 행동이기 때문이다.

이 영화는 배우 김윤석이 감독의 이름으로 첫 연출을 맡은 작품이다. 흥행에 성공하지는 못했지만 완성도가 상당히 높다. 무엇보다 연기와 연출력이 뛰어난 수작이었다.

배우 염정아의 달관한 듯 초연한 연기에서는 일정한 경지에 오른 한 연기자의 완숙한 아름다움이 느껴진다. 나이 듦에 순응하여 그 나이대에 맞는 온화한 관용의 표정이 깃드는 것은 억지로 만들어 낼 수 있는 일이 아니다. 만약 그조차도 영화의 캐릭터를 연기하기 위한 설정이었다면 그녀는 천상 배우라고 할 수 있을 것 같다. 여성들의 분노를 부르는 무책임하고 철없는 미희 역을 맡은 김소진의 연기 또한 천연덕스러움 그 자체다. 어디 그뿐인가. 바닷가 마을 촌부로 등장한 카메오 이정은의 연기는 명불허전이다. 하다못해 미희와 같은 병실에 입원한 모녀, 도박에 눈 먼 윤아 아빠의 양아치 같은 연기도 현실 속의 인물이 되어 펄펄 살아 움직인다. 영화의 완성도를 높인 것은 작품 곳곳에 디테일하게 숨어 있는 그런 치밀한 연기적 장치들이다.

동시에 우리는 앞으로 스크린에서 활약이 기대되는 주리 역 김혜준과 윤아 역을 맡은 박세진의 연기에 주목해볼 필요가 있다. 연기력은 물론이고 그 위상만으로도 아우라를 지닌 염정아, 김소진, 김윤석 같은 여러 대가들만큼이나 존재감이 선명했기 때문이다. 두 사람의 시각으로 바라본 사건을 다루고 있다는 극의 특성상 주연들의 연기 비중이 큰 작품이다. 대선배들 앞에서 그들을 리드하는 주역을 해 낸다는 게 주눅 들고 부담스러웠을 만도 하다. 어떻게 극을 끌고 가야 하나 고민도 많았을 것이다. 그럼에도 불구하고 두 신에는 본인들이 맡은 캐릭터에 완벽히 일치되어 당차게 제 역할을 소화해 내고 있다.

두 배우의 궁합 역시 잘 맞았다. 적대적인 관계를 벗어나 점차 동지애로 뭉쳐 하나가 되는 과정을 자연스럽고 무리 없이 보여 준다. 그 결과 세 선배의 연기가 둘의 연기를 압도한다기보다 안정적으로 서포트 해 준다는 느낌이 들었다. 연기력에 의해 치일 뻔한 상황임에도 두 배우가 중심을 잘 잡는 바람에 극이 의도하는 바를 제대로 전달할 수 있었다.

그리고 그 모든 것을 적재적소에 놓고 완급을 조절하며 총체적으로 이끌어 간 김윤석 감독의 연출력은 기대 이상이었다. 장면 하나하나 버릴 게 없을 정도로 섬세하고 깔끔했다. 그의 첫 감독 데뷔작이라는 게 믿기지 않을 정도이다. 오랜 시간 기초 체력을 다져온 영화에 대한 감독 김윤석으로서의 안목과 실력을 가늠해 볼 수 있었다.

52. 플립Flipped

2017. 미국. 로맨스

일방적인 짝사랑에서 시작되어 상대를 포로로 만든 기막힌 사랑의 반전

1960년대를 배경으로 한 이 영화는 마치 책장 먼지 속에 잠든 초등학교 졸업앨범을 펼쳐보는 것과 같은 느낌을 준다. 빛바랜 사진을 바라보면 낡은 영사기 속 필름이 재생되듯 오래된 기억들이 머릿속에서 순차적으로 혹은 두서없이 떠오르곤 한다. 낯설면서도 익숙한 새 책의 인쇄 잉크 냄새, 신기한 물건들이 가득하던 하굣길의 문방구, 방과 후 아이들과 정신없이 뛰어놀다 숨을 몰아쉬며 바라보던 저녁노을… 그 시절을 관통하는 그런 다채로운 추억 중에서도 이 영화는 누구나 한 번은 겪고 지나가는 첫사랑에 대해 그리고 있다.

영화의 주인공은 당차고 똑똑한 여자 줄리와 잘생겼지만 실속 없는 남자 브라이스이다. 그들의 이야기는 일곱 살인 줄리의 옆집에 동갑내기 브라이스가 이사 오면서 시작된다. 첫눈에 브라이스의 눈빛에 반한 줄리는 사춘기가 될 때까지 줄곧 그를 짝사랑한다. 반면 브라이스는 그녀의 끈질긴 대시가 싫기만 하다. 일방적으로 달려드는 그녀가 부담스러워 도망 다니거나 따돌리고 무시한다.

브라이스를 향한 자신의 마음이 몇 번인가 매정하게 거절을 당한 후 줄리는 그를 완전히 잊기로 한다. 하지만 아무리 맘에 들지 않는다 해도 자신을 좋아해 주는 누군가에게 상처를 주거나 그 사람의 간절한 애원을 거절하는 것은 양심의 저변을 자극하기 마련이다. 브라이스는 일종의 양심의 가책에서 그녀에게 관심을 쏟게 된다. 그때 그에게 기적 같은 일이 일어난다. 마음을 기울여 자세히 그녀를 바라보기 시작한 순간 이전에는 보이지 않던 그녀의 장점들이 하나둘씩 영롱한 보석처럼 가슴속에 들어와 박혔다. 그러자 그들은 처지가 바뀌어 버린다. 줄리는 콧대 높게 튕기고 브라이스는 애타게 그녀를 따라다니기 시작한다. 이 역전된 관계 속에서 이어지는 두 사춘기 남녀의 흥미진진한 사랑의 밀당은 보는 내내 우리에게 엄마미소, 아빠미소를 절로 짓게 한다.

아직도 이런 아날로그적인 서정을 그린 영화가 있다는 건 참 다행스런 일이다. 사실 우리는 흠잡을 곳 없는 플롯과 머리 복잡한 스토리, 천문학적 제작비를 쏟아 넣은 블록버스터와 지나치게 기교를 부려 만든 세련된 영화들에 질려버렸는지 모른다. 그에 비한다면 이 작품은 화려한 소품이나 치밀한 고증 같은 백그라운드 작업이 필요 없을 정도로 오로지 스토리텔링에만 의지하고 있다. 대신 독특한 구성으로 자칫 신파가 될 수도 있는 내용을 신선하고 상큼하게 전달한다. 영화는 남자와 여자가 각각의 1인칭 시점에서 독백을 통해 같은 사건에 대한 전혀 다른 입장을 밝히는 구성으로 이루어져 있다. 그러한 형식은 수채화처럼 맑고 투명한 두 남녀의 섬세한 감정의 변화를 효과적으로 묘사할 수 있게 만든다.

첫사랑 혹은 짝사랑이라는 고전적 소재에는 오늘날처럼 첨단기기가 난무하는 시대보다는 이 영화에서처럼 1960년대 배경의 풋풋함이 확실히 더 어울릴 것도 같다. 아마도 그 속성 자체가 꾸밈없는 순수함, 아련한 감상적 그리움 같은 것이기에 더욱 그럴 것이다. 나 역시 영화를 보면서 잠시나마 어린 시절의 순수했던 짝사랑을 떠올렸다. 짝꿍이든 이웃집 아이든 그 시절엔 누구에게나 짝사랑의 대상이 하나쯤 있기 마련이다. 영혼이 순수한 시절이기에 가능했던 사랑. 그때 내가 참 좋아했던 내 짝꿍은 지금 뭘 하며 살고 있을까.

이 영화는 웬들린 밴 드라넌의 동명 소설이 원작이다. 영화가 만들어진 2010년 당시 국내에선 개봉되지 않았다. 후에 입소문이 돌면서 팬들의 열화와 같은 성원에 힘입어 2017년에야 비로소 재개봉됐다. 지적 상상력을 자극하는 복잡한 형식이나 내용을 다루지 않아서인지 날카로운 매의 눈으로 영화를 뜯어보는 평론가, 기자들의 평점은 대체적으로 낮은 편이다. 그에 비해 관객들은 평이 후하다. 그런 차이는 무엇을 의미하는 것일까.

영화를 만들 때는 예술적 완성도와 함께 상업성, 대중성을 고려할 수밖에 없다. 하지만 창작자에게 그보다 더욱 보람 있는 쪽은 오래도록 스테디셀러로 관객의 마음을 사로잡는 일이 아닐까. 이 영화에 대한 관객의 평가가 각별히 높은 이유는 그들에게 깊은 공감을 불러일으켰다는 의미일 것이다. 세상에는 욕하면서 보는 영화가 있고 정말로 마음에 들어서 보는 영화가 있다. 보는 동안은 즐겁지만 끝나면 그걸로 정말 끝인 영화도 있다. 그리고 어떤 영화는 이 작품처럼 마음 어딘가에 자리 잡고 영영 거기 살아 있기도 한다. 그런 면에서 이 영화는 나름의 성공을 거둔 작품이다. 평론가들에게 각광받거나 폭발적인 흥행성과를 낸 건 아니지만 적지 않은 젊은 여성 관객들이 이 영화를 평생 잊지 못할 첫사랑을 다룬 인생영화로 꼽고 있다. 심지어 그들 사이에서는 '첫사랑의 바이블'로 불리기까지 한다.

53. 대니쉬 걸 The Danish Girl

2016. 미국. 드라마

거부할 수 없는 내면의 부름이 바꾼 한 트랜스젠더의 삶과 배우자의 지극한 사랑

인간이란 마음이 진정으로 원하는 바를 숨길 수 없는 존재이다. 예를 들어 양심을 속이는 원치 않는 행동이라든지 성격이 맞지 않는 사람, 적성과 다른 일 등을 잠시 동안은 지속할 수 있지만 내내 그러긴 힘들다. 그런데 마음이 절실히 향하고 있는 것이 사회적으로 쉽사리 용인되지 못하는 종류라면 어떨까. 스스로에게 솔직해지기 위해 큰 희생이 필요한 상황에서도 마음을 따르는 일이 가능할까. 아마도 남의 삶이 아닌 자신의 삶을 살고 싶은 이라면 그럼에도 불구하고 결국은 마음에 충실한 길을 택하게 될 것도 같다. 이 작품은 파란만장한 역정을 겪으면서도 자신의 내면이 원하는 삶을 살고 싶어 했던 한 사람의 이야기를 다루고 있다. 영화 속 주인공은 1920년대 중반 덴마크의 풍경화가로 이름을 날리던 아이나 베게너이다. 그는 20세기 초반이라는 시대적 한계 속에서 남성이란 타고난 성별을 여성으로 바꾼 최초의 트랜스젠더였다.

아이나는 사회적 기반과 안정된 가정, 같은 화가의 길을 골으며 누구보다 서로를 잘 알아주는 사랑하는 아내를 지닌 행복한 남자이다. 그러나 그는 우연한 기회에 자신 안에 숨어 있던 강렬한 부름을 마주하게 된다. 아내 게르다의 모델인 친구 울라가 오지 못하자 대신 발레용 스타킹과 신발을 신고 포즈를 취하면서 영혼 저 밑바닥의 여성성을 깨닫는다.

그런 발견 이후 그는 좀 더 적극적으로 여성이 되기 위해 노력한다. 릴리라는 여성으로 변신하여 아내와 함께 모임에 가고 남자를 사귀기도 한다. 처음엔 장난스럽게 동조했던 아내 게르다는 점차 무언가 잘못 되어가고 있음을 직감한다. 그녀는 그가 여자 노릇을 하는 걸 강하게 말려 보지만 어느 순간 그의 의지가 확고하다는 것을 알게 된다. 남편을 잃은 것 같은 상실감과 자신의 힘으로는 더 이상 막을 수 없는 그의 내면의 욕구 사이에서 고민하던 그녀는 모든 것을 포기하고 그의 변신을 수긍한다.

아이나는 마음뿐 아니라 외형도 완벽한 여성이 되기로 마음먹는다. 그리고 게르다의 심적 응원과 도움을 받으며 성전환 수술을 하기로 결정한다. 그런 선택을 하기까지 그는 자신의 외형과 정 반대되는 내면의 성향을 부정하거나 숨겨도 보고 주변의 반대와 스스로의 갈등 속에서 인간적인 고뇌를 겪어야만 했다. 그의 아내의 입장 역시 인간적인 연민이 느껴진다. 한 남성으로서 남편을 사랑했지만 그 남편은 여성이 되고 싶다. 이혼이나 이별이 아님에도 그녀는 졸지에 삶의 절반과도 같았던 믿음직한 반려자를 영영 되찾을 수 없게 된다.

그런데도 그녀는 남편을 이해하고 포용하며 그가 여자가 되는 걸 적극 돕는다. 그리고 그를 놓아주는 대신 둘도 없는 친구가 되기로 한다. 진정 사랑하지 않는다면 결코 선택할 수 없는 길일 것이다. 하지만 당시는 트랜스젠더에 대한 사회적 인식 자체가 미미하던 때다. 오늘날처럼 의학이 발달하지도 못했다. 시대를 앞서간 과감한 선택으로 그는 결국 목숨을 잃게 된다.

극의 엔딩은 영화 내용 중 가장 인상적인 부분이다. 사랑했던 남편에 대한 아내의 성숙하고 지극한 사랑의 경지가 고스란히 녹아든 상징적인 장면이기 때문이다. 주인공의 삶을 보는 감독의 시선, 더 나아가 극이 말하고자 하는 바가 담겨 있기도 하다.

게르다는 릴리가 죽은 후 그녀가 자신의 남편이던 시절 풍경화 속에 묘사하던 바일레의 해안을 찾아간다. 그곳은 어린 시절 아이나가 친구와 함께 미래의 꿈을 키우던 장소이다. 그때 바람에 스카프가 휙 날려간다. 그녀는 문득 릴리가 되고자 했던 아이나의 영혼을 떠올린다. 그러자 스카프를 붙잡는 대신 하늘로 훨훨 날아갈 수 있도록 놓아둔다. 아이나의 영혼으로 화해버린 것 같은 그 스카프는 마치 한 마리 새처럼 바람의 날개를 달고 마음껏 하늘로 비상해 오른다. 그는 비록 남성의 외형 속에 깃든 여성의 영혼이라는 천형 아닌 천형을 받고 태어났지만 죽어서야 자유로운 영혼이 되어 진정한 여자로서의 삶을 만끽하게 되었을 것이다.

사랑하는 남편이 지상에서는 끝내 완벽하게 벗을 수 없었던 성별의 굴레에서 헤어나 저 세상에서라도 자유롭게 살길 바라는 아내의 애틋한 기원이 담겨 있다고 할까. 그 어떤 대사나 신들보다 가슴에 묵직하고 진한 울림을 준 명장면이 아닐까 싶다.

영화장수 루피형아의 영화 속 숨은 그림 찾기

"보이는 것이 전부가 아니다All is not as it seems."

영화 속 주인공인 아이나 베게너는 실존 인물이며 세계 최초의 트랜스젠더 여성인 릴리 엘베로 잘 알려져 있다. 명확하게는 최초로 수술 받은 사람들 중 하나였다고 한다. 영화는 그의 삶을 모티브로 만들어졌다. 여장남자로 지내던 그는 독일로 건너가 총 다섯 차례에 걸친 험난한 성전환 수술 끝에 난소와 자궁을 지닌 완전한 여성이 되었다. 그러나 그가 그토록 바라던 여성으로서의 삶을 누린 것은 불과 3개월간이었다. 그는 수술의 후유증인 면역거부반응으로 인해 갑작스레 숨을 거두었다.

제작진은 릴리가 남긴 일기를 토대로 만들어진《여자가 된 남자Man into Woman》라는 회고록 등을 참고해서 영화를 만들었다. 릴리 역을 맡은 에디 레드메인은 이미 연극 데뷔작인 셰익스피어의 〈십이야The Twelfth Night〉에서 비올라 역을 맡아 여성적인 동작을 몸에 익힌 상태였다. 재미있게도 비올라는 극중 여성이면서 세자리오라는 남자로 변장한 남장여자 캐릭터이다. 남장여자, 여장남자 역할을 종횡무진 연기할 수 있는 그의 연기력이 새삼 대단하다는 생각이 든다.

영화의 연출을 맡았던 톰 후퍼 감독이 리더스 다이제스트와 인터뷰한 내용에 따르면 처음 대본을 읽었을 때 그는 세 번을 울었다고 한다. 그를 감동시킨 것은 세상에서 흔히 보기 힘든 게르다의 전폭적인 이해와 지지에 기반한 사랑이었다. 소재의 특이성으로 인해 관객의 시선을 끈 것은 여장남자 릴리의 동선이지만 그의 선택을 뒷받침하고 믿어주며 내면의 갈등과 고통, 두려움과 함께 그를 직접적으로 도울 수 없다는 무기력을 표현해 내는 것은 게르다의 몫이었다는 것이다. 진정 사랑하기에 남편이 어떤 성별이 되건 관계없이 그가 원하는 바를 실현시켜주고 싶었던 게르다의 사랑이야말로 이 영화의 중심이라고 할 수 있다. 인터뷰의 결어처럼 그녀는 우리가 안아 주고 북돋아 줄 또 하나의 '대니쉬 걸'인 셈이다.

54. 연인 The Lover

1992. 프랑스 · 영국. 드라마

사랑을 약속할 수 없는 남자와 사랑을 인정할 수 없는 여자의 격정적인 끌림과 이별

세상엔 사람의 숫자만큼 다양한 사랑의 형태가 존재한다. 소설이나 영화에서 묘사하는 각각의 사랑은 나름의 색다른 스토리와 매력이 있다. 우리는 그 안에서 각기 다른 외형을 관통하는 미묘한 심리적 움직임과 내면의 갈등에 대한 공감, 혹은 사랑과 삶의 본질에 대한 통찰과 깨달음을 얻는다. 이 영화는 한 사춘기소녀와 30대 남자의 육감적인 사랑을 그리고 있다. 짧은 기간 동안 그들은 평생 기억에 남는 강렬한 사랑을 나눈다.

베트남에 사는 부유한 화교의 아들인 주인공은 돈을 벌 필요가 없는 남자다. 그는 아편에 탐닉하거나 여자를 만나는 일밖에 할 것이 없다. 결핍이 주는 성취의욕이 없는 그의 삶은 생기 없이 지루한 나날의 반복일 뿐이다. 그에 비해 소녀는 프랑스에서 식민지로 건너와 살고 있는 몰락한 집안의 딸이다. 아직 기숙학교 학생인 그녀는 서로간의 애정이 전혀 없는 문제 많은 가족에게서 도망치는 삶을 꿈꾼다.

두 사람은 메콩강을 건너는 배 안에서 처음 만나 서로에게 끌린다. 그리고 시장 통에 자리한 남자의 임시 숙소에서 도발적인 사랑을 나눈다. 그곳은 곧 둘만의 밀회를 위한 아지트가 된다. 장사꾼과 손님들의 흥정으로 바깥이 한창 떠들썩한 대낮, 그들은 소음이 차단된 절대 정적의 그 공간에서 각자의 삶으로부터 도피한 채 육체적 탐닉에 빠져든다.

그러나 둘 사이에 가로놓인 현실의 벽은 점점 그들의 사랑을 방해하기 시작한다. 남자는 아버지가 물려준 재산을 지키기 위해 또 다른 부유한 집안의 여자와 정략적으로 결혼을 해야만 한다. 그에게 사랑은 이미 틀에 꽉 짜인 삶 속에서 그 자신이 자기 의지를 갖고 자발적으로 행동할 수 있는 유일한 해방구이며 돌파구였다. 안 되는 일인 줄 알면서도 그는 아버지에게 사랑하는 소녀와의 결혼을 이야기해 보지만 일언지하에 거절당한다.

소녀는 소녀대로 당시 동양 사람을 그저 식민지 원주민쯤으로만 여기던 서양인의 우월적인 시각에서 자유롭지 못하다. 그녀는 백인인 자신이 동양인의 상대가 된다는 것이 부끄러운 일이라는 문화적 고정관념을 애써 고수한다. 반대로 제대로 된 신발이나 옷조차 없고 사랑하는 남자 앞에서 돈에 눈이 먼 듯 행동하는 가족을 둔 소녀는 가난한 이들의 어려움을 이해할 수 없을 부유한 남자에 대해 수치심을 느낀다. 그는 인간에 대한 체면과 인정을 챙길 수 있을 만큼 여유로운 부자이고 자신은 볼품없고 가난하며 염치마저 내던져버린 비참한 삶에 내몰려 있다. 그런 상황에서 그녀가 택한 길은 그와의 사랑을 인정하지 않는 것이었다. 그저 돈 때문에 맘에도 없는 정부 노릇을 하고 있는 것이라고 스스로를 세뇌했다. 그래야 그 남자에 대해 일말의 자존심을 세울 수 있었다.

사랑하는 여자를 위해 앞날을 꿈꿀 수도, 사랑의 지속을 약속할 수도 없는 남자의 무기력과, 자존심 때문에 그것이 사랑임을 부정할 수밖에 없는 여자의 사랑은 결국 슬픈 이별로 귀결된다. 그러나 영구한 이별의 순간이 오자 이제 겉치장을 내려놓고 다시는 볼 수 없는 사랑을 안타까워하는 마음과 마음이 대면한다. 남자는 마치 평생 눈에 각인이라도 해놓으려는 듯 차 안에서 오래도록 멀어지는 소녀의 모습을 지켜본다.

사랑이 아닌 욕망일 뿐이라며 무심한 표정으로 일관하던 소녀는 남자의 모습이 보이지 않자 그제야 오열하며 사랑을 잃은 솔직한 슬픔을 밖으로 분출한다.

흔히들 사랑을 정신적인 사랑과 육체적인 사랑으로 나누곤 한다. 하지만 마음 없이 육체적인 면만 탐하는 순간의 욕망을 진정한 사랑이라 할 수 있을까. 실질적으로 몸과 마음은 따로 분리되어 존재하지 않는다. 몸에 와 닿는 감각은 어떤 식으로든 마음에 영향을 미친다. 반대로 마음이 움직이면 몸은 아무리 감추려 해도 그 징후를 띠게 마련이다. 서로에 대한 그들의 원초적 욕망은 어쩌면 마음과 마음의 지극한 합일을 위한 최선의 몸짓이었는지도 모른다. 소녀가 그랬던 것처럼 의식은 애써 이분법의 잣대로 몸과 마음을 나눈다 해도 그것이 진정한 사랑의 몸짓이었다면 그들이 미처 인식하지 못하는 새 무의식이나 영혼에 깊은 흔적으로 남게 된다. 그를 증명이라도 하듯 영화 속에서 소녀와 중국인 남자는 평생 서로를 잊지 못한다.

영화장수 루피형아의 영화 속 숨은 그림 찾기

"보이는 것이 전부가 아니다All is not as it seems."

영화 〈연인〉은 프랑스의 저명한 소설가인 마르그리트 뒤라스의 동명 소설이 원작이다. 프랑스의 권위 있는 문학상인 공쿠르상을 수상한 소설 《연인L'amant》은 소설가 자신이 사춘기 때 겪었던 일을 토대로 한 자전적 작품으로 널리 알려져 있다. 작가는 36세가 되었을 때 당시의 기억을 《태평양을 막는 제방Un Barrage contre le Pacifique》이란 소설로 먼저 풀어냈다. 그리고 그로부터 수십 년이 지난 70살 노년의 나이에 이르러 소설 《연인》으로 다시금 그 기억을 되살려 냈다. 그만큼 그녀가 겪었던 사춘기의 체험들은 그녀의 삶과 문학에 있어 중요한 원천이 되었음을 짐작할 수 있다. 참고로 그녀는 알랭 레네 감독의 고전 〈히로시마 내 사랑Hiroshima My Love〉의 시나리오를 쓴 작가이기도 하다.

처음 이 작품을 감상했을 때는 그저 야한 영화라고만 생각했다. 그러나 다시 한 번

찬찬히 보게 될 기회가 생기자 첫 번째와는 전혀 다른 느낌이 들었다. 인물 간의 감정선이 지극히 섬세하게 그려져 있었고 감탄이 나올 만큼 영상미가 뛰어났다. 영화의 진면목이 비로소 보이기 시작했다고 할까. 대사 역시 기억에 남는다. 영화 속 두 사람은 마음 놓고 자신들의 감정을 사랑이라 말할 수 없다. 사랑이란 서로에 대한 약속이 포함된 말임을 잘 알고 있어서이다. 그래서 그들의 말 한마디 한마디는 서로에게 상처이며 회피이다. 두 사람은 분명 사랑하는 사이가 맞지만 남자는 여자가 돈만을 보고 자신과 사귀었다고 말해 달라고 한다. 여자 역시 그쪽이 마음 편하다. 마음에 없는 말들로 채우는 그들의 대사가 절절한 슬픔으로 다가왔다. 그들에 비하면 마음껏 사랑한다고 말할 수 있는 다른 이들의 사랑은 얼마나 행복한가.

감각과 감각이 맞닿는 육감적인 사랑을 묘사하고 있기 때문인지 영화가 주는 인상도 상당히 촉각적이다. 뜨거운 여름날, 피부에 와닿는 끈적한 무더위 속에서 매미 우는 버드나무 아래에 선 채 시원한 바람을 맞는 기분이라고 할까. 묘한 청량감이 느껴지는 영화이다.

55. 빛나는光

2017. 일본. 로맨스

사라져가는 것의 아름다움에 대한 교감을 읊은 한 편의 시 같은 영화

사랑이 위대한 이유 중 하나는 각각의 이기적 속성을 지닌 두 사람이 몸과 마음의 완벽한 공감을 이루며 하나가 될 수 있다는 점이다. 물리적으로 불가능할 것 같은 일을 가능하게 만드는 것이다. 이 영화 속에도 한 남자와 한 여자가 어떻게 사랑하게 되었는가 하는 경위가 담겨 있다. 그러나 그것은 우리가 흔히 대해 왔던 사랑이야기와는 결이 다르다. 이야기의 초점이 애정사에 있지 않다. 아름다움에 대한 두 사람의 깊숙한 교감과 함께 내면의 성장을 이루어가는 과정에 맞춰져 있다.

한때 잘나가던 사진작가인 나카모리는 점점 시력을 잃고 있다. 그는 시각장애인들을 위해 영화의 화면을 설명해 주는 대본 작업 모니터링 모임에 정기적으로 참석하고 있다. 모니터링 모임에는 출연 여배우와 그 외의 시각장애인들이 참여 중이다. 나카모리는 영화의 사진 작업을 했었다.

그는 그곳에서 대본을 작성하는 작가 미사코와 만난다. 아직 미숙한 초보 작가인 그녀는 영화의 숨은 의미를 잘 이해하지 못한다. 단편적이고 본질을 파악하지 못한 그녀의 해석은 시각장애인들의 마음에 다가가지 못한다. 그녀는 나카모리의 지적을 받는다. 한정된 시각에 의존한 자의적인 해석을 들려주는 것이 상상력이 풍부한 시각장애인들의 자유로운 영화 해석을 방해한다는 이유이다.

미사코는 번번이 트집을 잡는 것처럼 느껴지는 나카모리의 말꼬리를 잡아 공격하며 감정적으로 대한다. 그러면서도 스스로 마음 한구석의 미진함을 느낀다. 그가 유명 사진작가임을 알게 된 미사코는 출연 여배우에게서 그의 작품집을 얻는다. 작품집 속에는 그녀의 눈길을 끄는 석양 사진이 있다. 그 풍경에서 그녀는 자신 안에 있는 아름다운 석양의 기억을 끄집어낸다. 실종된 아빠와의 애잔한 추억이 얽힌 어린 시절의 노을에 관한 것이다. 나카모리의 작품에 매료되어 그에게 관심을 갖기 시작하면서 그녀는 점점 보지 못한다는 것과 소중한 것을 잃는다는 것의 의미에 대해 깊이 공감하고 이해하게 된다.

나카모리와 미사코는 작품 속 석양이 찍힌 장소에 함께 여행을 간다. 지는 해를 함께 바라보던 두 사람은 사라져가는 빛의 아름다움에 대한 완벽한 공감을 이룬다. 그 순간 나카모리는 아름다움의 절대성을 깨닫는다. 그는 아끼던 카메라를 자신의 심장이라 표현하곤 했다. 사진작가에게는 눈과 다름없는 사진기로 빛을 포착한다는 것이 생명과 같은 일이기 때문이다. 시력을 잃어가면서 그 카메라로 풍경의 아름다움을 잡을 수 없게 된 그는 줄곧 절망에 빠져 있었다. 하지만 이제 그에게 카메라나 시각은 큰 의미가 없다. 모든 것은 사라져갈 때 더 절박한 아름다움을 발하지만 보다 본질적인 아름다움은 보이는 것과 보이지 않는 것을 초월해 존재한다. 그런 사실을 깨닫게 된 나카모리는 카메라를 노을 지는 산 밑으로 던져 버린다. 그리고 당당하게 삶과 사랑에 맞설 수 있는 자신감을 갖게 된다. 그제야 그는 수동적으로 이끌려가던 미사코를 향해 비로소 스스로의 의지로 걸어갈 수 있게 되었다.

나카모리와의 교감을 통해 미사코 역시 잘 보이지 않던 영화 속 빛이 어떤 의미인지 알게 된다. 빛이란 세상 모든 아름다움을 있게 한다. 빛이 없다면 색채나 형체의 존재 자체가 불가능하다. 동시에 빛은 색채나 형체를 초월한 절대적인 요소이다. 눈에 보이느냐 보이지 않느냐의 차원을 넘어서 있다. 영화 속 주인공인 주조가 사랑하는 여인이 눈앞에 있다 해도 다시 보이지 않는 아름다움에 눈길을 주듯, 이제 아름다운 것을 보지 못한다 해도 진정한 아름다움은 보이지 않는 그것을 초월해 존재한다.

그처럼 그들은 사랑의 공감을 통해 한 편의 영화 속에 내재하는 진짜 의미, 즉 그들이 붙잡을 수 없으면서도 어린 시절부터 그토록 붙잡고 싶었던 아름다움, 여기서는 빛과 동일한 의미의 그 아름다움에 함께 도달할 수 있게 되었다. 완성된 해설 본으로 더빙된 영화의 마지막 장면을 감상한 시각장애인 관객들은 모두들 조용한 기쁨의 미소를 짓는다. 그것은 마치 석가모니와 제자 가섭이 말로 하지 않아도 서로의 마음을 알아챈 것처럼 그들도 나카모리와 미사코의 깨우침에 대해 염화미소의 공감을 이루었기 때문일 것이다.

영화장수 루피형아의 영화 속 숨은 그림 찾기

"보이는 것이 전부가 아니다All is not as it seems."

영화를 연출한 가와세 나오미 감독의 이름 앞에는 '거장'이란 수식어가 붙는다. 영화를 예술의 차원으로 승화시킨 이런 작품을 보면 우리는 그 표현에 절로 고개가 끄덕여진다. 아름다움, 상실, 공감과 같은 관념적 개념들을 특수상황에 처한 인물들의 디테일을 통해 체화시킴으로써 손에 잡힐 듯한 구체적 영상으로 구현해 내고 있기 때문이다. 관념의 형상화는 결코 쉽지 않은 일이다. 그러나 그녀의 영화는 군더더기 없는 깔끔한 완성도로 번번이 그것을 보여 준다. 마치 절제된 문장들로 고도의 상징체계를 담아낸 한 편의 아름다운 시와도 같다.

이 작품은 공감과 사랑, 인간적 성숙, 혹은 작품에 대한 작가적 성숙과 이해, 예술적 완성과 미의 본질 등에 관한 상당히 고차원적인 지점을 다루고 있다. 영화를 모두 감상하고 나면 마치 오랜 참선 끝에 깨달음을 얻은 희열 같은 미소가 절로 지어진다. 삶과 사랑, 예술의 경지와 사라져가는 것의 아름다움을 석양의 빛에 빗대어 묘사한 정교하고 완성도 높은 예술작품 같은 영화이다. 예술성을 추구한 일반적인 영화들이 다

보고 나서도 자칫 모호하게 느껴지는 면이 있는 반면 이 영화는 관객에게 직관적이고 명료한 공감을 준다.

미움

결국 남는 것은

미움과 원한에 사무친 이들의 내면에도
저마다 인간적인 사정이 있다.

56. 손톱Deep Scratch

1995. 한국. 스릴러

친구를 해치려다 스스로를 할퀸 시기와 증오의 뒤끝

자존감을 상하는 것만큼 사람을 분노하게 만드는 게 또 있을까. 이 영화는 자존감에 상처받은 한 이상 심리 여성과 그녀에게 무심코 상처를 준 친구의 심리적 갈등, 그리고 그로 인한 파멸을 치밀하고 감각적으로 그려낸다.

주인공 소영은 자상한 남편과 행복한 결혼생활을 누리고 있다. 일에서도 성공한 잘나가는 인테리어 업체의 CEO이다. 그녀는 세속에서 말하는 집안과 학벌, 재능, 미모 등 모든 것을 지녔다. 그에 비해 친구인 혜란은 학창시절부터 스스로를 루저라고 생각해 왔다. 두 사람은 어느 날 우연히 호텔 화장실에서 다시 만난다. 혜란은 소영에게 자기 작품전의 스폰서가 되어 달라고 부탁한다. 혜란의 재능을 내심 못 미더워 하던 소영은 그녀의 청을 거절한다.

자신의 형편없는 예술적 재능에 대해 비웃는 소영과 그 남편의 대화를 엿들은 혜란은 자존심에 큰 상처를 입는다. 그 사건은 학창시절부터 지녀 왔던 소영에 대한 열등감과 극단적인 시기심이 맞물린 혜란의 이상 심리를 밖으로 표출하게 만드는 트리거로 작용한다. 복수를 결심한 그녀는 의도적으로 소영의 사회적 삶과 일상에 접근한다. 그리고 소영이 가진 것들을 하나하나 자신의 것으로 빼앗으며 그녀의 성취와 행복을 파괴해 가기 시작한다.

제목으로 쓰인 '손톱'은 상대에게 치명적인 흔적을 남기려는 한 여성의 복수심과 질투심 같은 이상 심리를 의미한다. 손톱 혹은 발톱은 동물이 자기 자신을 지키는 데 유용한 도구이다. 그러나 적절한 시기에 다듬거나 잘라주지 않으면 누군가를 찌르고 상처 입히게 된다. 제 살을 파고들어 스스로를 해치는 흉기가 될 수도 있다.

친구의 모든 것이 부러웠고 그것을 파괴하여 자신의 것으로 만들고 싶던 혜란은 시기와 증오, 열패감을 키우다가 자신의 손톱이 날카롭게 길어지는 것도 모르고 있었다. 과하게 자란 그녀의 손톱은 친구의 모든 것을 할퀴어 버린다. 그러고도 성이 차지 않아 자기 자신의 삶마저 파멸의 길로 이끈다. 한 번 새겨진 손톱자국은 마음속 깊이 고통의 흔적을 남긴다. 혜란이 주변에서 사라진 이후에도 소영은 쉽사리 그녀가 남긴 상처 자국에서 자유로울 수 없다. 일상의 도처에 스민 그녀에 대한 공포가 여전히 남아 있기 때문이다.

인생을 살아가다 보면 한 번쯤 운명의 경쟁상대를 만나게 된다. 상대에 대한 경쟁심리를 분발의 계기로 삼는다면 인격적인 성숙과 성장에 도움이 될 것이다. 그러나 감정에 치우쳐 손톱의 날을 세우는 데만 급급하다면 나도 상대도 시기와 질투의 진흙탕 속에 파묻혀 앞길을 그르치게 된다. 영화를 계몽적, 교훈적 측면에서만 바라볼 필요는 없지만 어떤 영화는 관객으로 하여금 반면교사하게 만드는 경우도 있다. 자기 자신이 소영의 입장이라면 자신보다 덜 가진 상대에게 무심코 마음의 상처를 주고 있는 건 아닌지 돌아볼 필요가 있을 것이다. 상처는 원망을 부를 수 있다. 반대로 혜란과 비슷한 입장에 처해 있다면 각각의 삶은 그 출발점부터 중간 기착지, 종착점이 저마다 다른 개별의 것임을 깨달아야 한다. 타인과 자신의 삶은 결코 하나로 겹쳐질 수 없다. 그럼에도 그에 빗대어 스스로를 자책하거나 남을 원망하는 것은 어리석은 일일 것이다.

영화장수 루피형아의 영화 속 숨은 그림 찾기

"보이는 것이 전부가 아니다All is not as it seems."

영화가 만들어질 당시 우리나라에서 심리 스릴러물은 창작자들에게도 관객에게도 크게 각광받지 못했다. 실은 아직까지도 이웃 일본이나 미국, 영국 등 서양에 비하면 상대적으로 취약한 장르임에는 틀림없다. 열악한 영화 제작 환경에서 고도의 심리적 갈등 구조를 만들고 그것을 영상으로 표현하는 작업은 쉽지 않은 일이긴 하다. 누군가가 쌓아온 노하우 없이 하늘에서 뚝 떨어진 듯 어느 날 갑자기 잘하게 될 리도 없다.

그런 상황에서 극중 이상 캐릭터와 완벽하게 하나가 된 한 연기자의 소름 끼치는 몰입이 담긴 심리 스릴러는 상당히 고무적인 시도였을 것이다. 혜란 역을 맡은 진희경은 이 영화를 통해 1995년 대종상 영화제에서 여자신인상을 수상했다. 수많은 여성들의 본처 본능에 불을 댕기는 그녀의 도발적인 연기가 돋보이는 영화이다.

57. 아메리칸 히스토리 X American History X

1999. 미국. 범죄

세뇌된 편견에 의한 증오와 분노의 악순환이 부른 비극

인간은 종종 검증되지 않은 편견에 사로잡힐 때가 있다. 특히 막 세상을 배워가는 단계일 때 한 번 각인된 편견은 아이를 잘못된 행동과 결정으로 이끌기도 한다. 훗날 자기 스스로의 깨달음을 통해 그 오류를 발견하고 벗어나기도 하지만 거기에 이르기까지는 심각한 대가를 치러야 할 수도 있다.

이 영화는 인종문제에 대한 한 백인의 편견과 그로 인해 벌어지는 한 가정의 비극을 그리고 있다. 주인공 데릭은 흑인의 총격으로 아버지를 잃는다. 그 일에 대한 분노로 나치를 신봉하는 백인우월주의자가 된 그는 흑인을 비롯한 유색인종에게 배타적으로 대하며 증오와 폭력으로 얼룩진 청소년기를 보내게 된다.

점점 광기의 끝으로 치닫던 그는 차를 훔치러 집에 온 흑인을 잔인하게 죽이고 교도소에 갇히는 신세가 된다. 그곳은 현실 세상과 달리 백인이 다수의 주류가 아닌 소수의 비주류이다. 그런 상황에 처하자 데릭은 비로소 자신의 모습을 되돌아볼 수 있게 된다. 또한 한 흑인과 친해지고 그의 도움으로 죽음의 위협에서 벗어나게 되면서 그들을 인간적인 눈으로 바라보게 된다. 그는 그런 경험들을 통해 과거를 반성하고 유색인종에 대한 편견에서 완전히 벗어난다.

동생인 대니는 스킨헤드 조직의 영웅으로 추앙받는 형 데릭에 대한 선망을 갖고 있다. 그는 형을 좇아 스킨헤드가 된다. 그리고 형이 그랬던 것처럼 그들의 정신적 지주인 카메론에게 세뇌된다. 어느 날 그는 히틀러를 찬양하는 레포트를 써서 교장실에 불려간다. 형제를 잘 아는 교장은 대니에게 반성의 기회를 주기 위해 형 데릭에 관한 레포트를 쓰라고 한다.

감옥에서 나온 데릭은 카메론을 혼내주고 스킨헤드 조직에서 도망친다. 형의 변절을 받아들일 수 없는 동생 대니에게 그는 자신이 감옥에서 당한 일들을 얘기해 준다. 대니는 형의 끔찍한 경험에 충격을 받는다. 그리고 형의 깨달음에 감화되어 마음을 고쳐먹게 된다. 레포트의 완성과 함께 그는 형처럼 인종에 대한 편견을 버린 새로운 사람으로 거듭나고 싶다. 그러나 주변 상황이 순순히 좋아지기엔 그들이 쌓은 분노와 증오의 고리가 이미 복잡하게 얽혀 버린 상태이다.

책에 선정한 모든 영화들이 그렇지만 그중에서도 이 영화는 특별히 더 추천하고 싶은 작품이다. 영화는 혐오란 무엇인지, 세뇌된 잘못된 신념에 빠지면 인간이 어떻게 황폐해지는지에 대해 다루고 있다. 그리고 그로 인해 행한 분노와 혐오의 행동이 또 다른 복수를 낳고 그것이 계속 악순환 되는 업보를 보여 준다. 아버지로부터 비롯된 인종 혐오의 대물림은 잘못된 편견에 자신을 맡긴 채 젊음의 혈기를 온통 분노로만 채운 데릭의 악행으로 이어진다. 후일 그런 시절에서 벗어나 평범한 사람으로 살겠다고 마음먹지만 이미 저지른 죄업은 또 다른 사건의 원인이 되어 비극적 결과를 낳는다.

충격적인 클라이맥스와 엔딩은 깊은 잔상을 남겼다. 가장 소중한 것을 잃은 슬픔과 고통이 담긴 나지막한 포효와도 같던 데릭의 울부짖음이 아직도 귓전에 생생하다. "내가 무슨 짓을 한 거야."라며 울음 끝에 내뱉는 그의 자조 섞인 한마디에는 지난 세월에 대한 회한이 함축되어 있다. 스스로가 만든 결과이기에 누구를 탓할 수도, 원망할 수도 없는 뼈아픈 자책이 참으로 쓰라리고 아프게 다가왔다.

영화장수 루피형아의 영화 속 숨은 그림 찾기
"보이는 것이 전부가 아니다All is not as it seems."

영화는 액자식 구성으로 이루어져 있다. 형 데릭이 교도소에서 출소한 이후인 현재의 이야기가 전개되는 가운데 동생 대니가 '아메리칸 히스토리X'라는 레포트에 형의 과거 이야기를 회상 형식으로 담는 방식이다. 그 때문에 영화의 시제는 내용상의 필요에 따라 현재와 과거를 자유롭게 오간다. 한 편의 영상 속에서 시제를 자주 바꾼다는 것은 영화 창작자로서 몹시 부담스러운 일이다. 관객에게 인식의 혼란을 줄 수 있기 때문이다. 그런 이유로 현재와 과거를 명확히 구분 짓는 다양한 영상 기법들이 동원되곤 한다.

이 영화는 독특하게도 과거 이야기는 흑백화면으로, 현재 이야기는 칼라화면으로 구분한다. 그런 구분 덕분에 관객은 혼선 없이 스토리 전개에 몰입할 수 있다. 하지만 주목해 볼 만한 부분들이 있다. 첫 번째는 데릭이 출소 후 증오의 시절에서 벗어나 마치 그간의 죄과를 뉘우치듯 깨끗한 물로 샤워를 하는 장면이다. 그는 동생과 바닷가를 뛰놀던 어린 시절을 떠올린다. 하늘을 나는 갈매기를 신기한 듯 바라보던 대니의 표정은 한없이 천진난만하다. 그런데 그 신은 회상 시제임에도 불구하고 흑백이 아닌 제 색채를 지니고 있다. 감독은 왜 그런 차이를 두고 화면을 배치했을까. 대니의 레포트 속 과거와 데릭 자신의 회상에 대한 단순한 구분이었을까.

두 번째는 영화의 처음과 끝이다. 오프닝은 흑백으로 펼쳐지는 바다와 하늘의 풍경이다. 그에 비해 클로징 화면은 제 색채를 되찾은 비슷한 풍경이다. 감독의 의도가 본래 그런 것인지는 알 수 없다. 그러나 우리는 다소 의도적인 그런 화면 대비가 데릭의 달라진 시각을 암시한다고 짐작해볼 수 있다. 유색인종에 대한 차별과 혐오로 세뇌된 스킨헤드 시절의 데릭은 무채색의 죽은 세상에 살고 있었다. 무명과도 같은 그 시절에서 벗어나 본래의 자신으로 돌아간 현재의 데릭은 아름다운 색채로 가득 찬 세상을 있는 그대로 보게 된다. 편견과 분노, 증오의 닫힌 눈으로 보는 세상과 다양성의 존중,

사랑, 관용의 열린 눈으로 보는 세상의 차이란 그런 게 아닐까. 편견으로 세뇌된 탁한 삶에서 벗어나게 되면서 그는 비로소 세상의 아름다움을 맑은 눈으로 바로 보던 어린 날의 순수를 되찾게 된 것이다.

58. 멜리스Malice

2016. 한국. 스릴러

친구의 자리를 빼앗고 싶던 한 허언증 여성이 저지른 참혹한 범죄

범죄 심리스릴러의 대가 패트리샤 하이스미스가 지은《재능 있는 리플리The Talented Mr. Ripley》라는 소설이 있다. 5부작 시리즈의 첫 권인 이 작품은 능숙한 거짓말이 특기인 톰 리플리라는 한 청년에 관한 이야기다. 아르바이트로 근근이 연명하던 리플리는 어느 날 한 부자로부터 이색적인 제안을 받는다. 이탈리아에서 아들 디키를 데려오라는 것이다. 디키를 만난 리플리는 초라한 자신과는 다른 그의 여유롭고 세련된 삶이 부럽다. 그는 점점 디키를 시기하고 증오하게 된다. 그리고 자신이 디키가 되겠다고 마음먹는다. 함께 떠난 여행지에서 디키를 죽인 리플리는 디키의 모든 것을 자신의 것으로 만든다. 거짓말로 위기를 모면하고 서명을 위조하며 필요하면 살인까지 저지르지만 그는 스스로를 정당하게 여긴다. 자기 자신이 진짜 디키라고 믿기 때문이다.

소설의 반향이 워낙 컸던지 정신심리학계에서는 리플리의 독특한 캐릭터와 유사한 인격 장애 증상을 '리플리 증후군'이라 부르게 되었다. 실제 현실 속에서도 그와 닮은 인격 장애를 지닌 사람들이 존재하는 것이다. 리플리 증후군이란 자신의 현실을 부정하며 스스로 상상해 낸 허구의 세계를 진실이라 믿고 그것을 합리화시키기 위해 거짓된 말과 행동을 반복하는 반사회적 인격 장애를 뜻한다. 자기 자신에 대한 기대

심리가 높지만 현실의 벽에 부딪혀 쉽사리 원하는 바를 이룰 수 없을 때 나타난다.

소설 속 리플리에 관한 이야기는 인간 내면의 복잡한 심리를 탐구하려는 여러 영화 창작자들에게 영감을 주었다. 1960년에는 르네 클레망 감독의 고전 명작 〈태양은 가득히Plein Soleil〉로 영화화되어 전 세계 영화팬들에게 많은 사랑을 받았다. 알랭 들롱의 도발적인 눈빛 연기가 인상적인 영화이다. 그리고 다시 1999년에는 맷 데이먼 주연의 영화 〈리플리The Talented Mr. Ripley〉로 재탄생하게 된다.

우리나라 영화인 2015년 작 〈멜리스〉 역시 리플리 증후군을 지닌 한 여성과 그 친구의 이야기를 다루고 있다. 주인공 가인은 가진 것이 없으면서도 온몸을 명품으로 치장하고 다닌다. 그녀는 교통사고로 위장하여 의도적으로 고교 동창인 은정의 가정에 접근한다. 마침 어린 딸 서아의 돌보미가 필요했던 은정은 보육교사 자격증을 지닌 가인에게 딸을 맡기기로 한다.

한순간도 행복한 적이 없었던 가인은 자신이 짝사랑한 남자와 결혼하여 안정된 가정과 직장을 지니고 살아가는 은정에게 극도의 시기와 질투를 느낀다. 그녀는 점차 자신이 은정이라는 허상에 빠진다. 은정의 옷을 입고 그녀의 헤어스타일을 따라하기까지 한다. 그러던 그녀에게 절호의 기회가 온다. 은정이 병원에 입원을 하게 되었다. 은정이 없는 동안 가인은 가족사진 속의 은정을 지우고 그녀의 옷과 이불을 내다버린다. 그리고 은정이라는 존재를 완벽히 없앤 후 자신이 그 자리를 대신하기 위해 집에 돌아온 그녀를 상대로 잔인한 범행을 저지른다.

더욱 충격적인 것은 이 내용이 실화에 기반한 이야기라는 점이다. 영화는 실제 2003년에 일어났던 '거여동 여고 동창생 살인사건'에서 모티브를 얻어 만들어졌다. 피의자는 친구의 화목한 가정에 극단적인 질투를 느끼면서 끔찍한 살인계획을 세웠고 그 모든 것을 친구의 자살로 위장하려 했다. 당시 그 사건은 우리 사회에 큰 충격을 안겨 주었다. 한때는 둘도 없는 친구 사이였던 두 사람. 그러나 스스로 인생의 실패자라는 가해 여성의 열등감과 사회에 대한 피해의식에 친구를 향한 시기와 질투가 겹치며 참혹한 살인 사건을 부른 것이다.

영화장수 루피형아의 영화 속 숨은 그림 찾기

“보이는 것이 전부가 아니다All is not as it seems.”

앞서 소개한 영화 〈손톱〉과 비슷한 소재의 작품이다. 관객 평점을 참고해볼 때 호불호가 엇갈리지만 개인적으로는 나름의 장점을 발견할 수 있었던 괜찮은 작품이었다. 영화는 초반부터 빠른 전개에 돌입한다. 필요 이상으로 서론을 길게 끌지 않는 것은 이 작품만의 확실한 장점이다. 또한 가인 역을 맡은 홍수아의 광기 어린 눈빛 연기가 일품이다. 관객에게도 섬뜩한 공포로 다가올 정도였다. 스토리 전개와 관계없이 그 눈빛 하나로도 한 사이코패스 여성이 평온한 친구의 가정에 가져올 불행의 강도를 짐작할 수 있었다. 그러나 배역에 대한 지나친 몰입으로 살짝 튀는 감이 있는 것은 더 좋은 연기를 하기 위해 배우 홍수아가 넘어야 할 벽일 것이다. 그에 비해 임성언이 맡은 은정 역의 자연스러운 연기는 강한 인상 일변도인 가인의 캐릭터가 주는 피로감을 상쇄시키고 극에 안정감을 부여하고 있다.

한 가지 아쉬운 게 있다면 극 전개의 뒷심이 약하다는 점이다. 영화의 결말을 보고 나면 일순 긴장이 풀어지며 어딘가 허무하다는 기분이 든다. 전반적으로 무리는 없지만 좀 더 탄탄하게 극을 마무리 지었다면 보다 완성도를 기할 수 있었을 것이다. 하지만 한편으론 이해가 가는 측면도 있다. 이 영화는 실제 사건을 겪은 당사자가 존재한다. 졸지에 아이들과 아내를 잃은 피해자인 남편과 가족들에게 이 사건은 평생 잊을 수 없는 악몽일 것이다. 아무리 창작이라고 하지만 실존 인물의 일대기를 만들 때와 비슷한 윤리적 제약이 있었을 것이다. 표현의 수위에도 민감할 수밖에 없다. 현실 속의 범죄를 기반으로 하여 작품의 현실감을 확보했지만 오히려 그것이 자유로운 전개와 결말을 방해했다고도 볼 수 있다.

덧붙여 필자는 이 영화를 사회적인 시각으로 보고 싶다. 반사회적 인격 장애를 지닌 가인의 삶과 행동을 물끄러미 바라보며 어쩌면 그녀는 우리 사회에 만연한 물질 우선의 풍조가 만든 또 하나의 피해자가 아닐까 싶은 생각이 들었다. 가진 것 없는 가인은 명품 구두나 핸드백 사진을 SNS에 올린다. 그런 행동 속에는 "내가 이렇게 부자다." 혹은 "남보다 잘살고 있다."라는 무언의 메시지가 담겨 있다. 그녀의 이런 행태는 현재 우리들이 빠져 있는 SNS의 폐해 중 한 부분을 반영한다. 우리는 허구가 진실로 포장되는 세상, 가진 것이 곧 그 사람의 인격으로 치환되는 세상에 살고 있다.

내가 가진 물질로 현실의 나와는 전혀 다른 내 이미지를 만들고 싶다면 그 안에 가인과 같은 이상심리가 깃들어 있는 건지도 모른다. 가인의 경우는 완연히 병적인 증상이었으니 정상의 이성과 인격을 지닌 경우와 비교할 바는 아닐 것이다. 그렇다 해도 SNS와 그것이 만들어 낸 가상의 이미지에 과하게 빠져든다면 누구든 한 번쯤 스스로를 경계해 봐야 할 것이다. 정도만 가벼울 뿐, 혹시 자신도 리플리 증후군에 빠져 있는 건 아닌지 말이다.

59. 잇 컴스 앳 나잇 It Comes at Night

2017. 미국. 미스터리

숲처럼 깊은 내면에 숨어 공포와 파멸을 부르는 '의심'이란 이름의 치명적 바이러스

고립된 공간만큼 인간의 본성과 내면의 갈등을 표현하기에 좋은 상황이 또 있을까. 작가나 감독들은 갈등의 극대화를 위해, 혹은 인간 내부의 심연에 심도 깊게 파고들기 위해 인간세상과 단절된 공간을 이야기의 배경으로 삼곤 한다. 이 영화의 배경 역시 깊은 숲속에 자리한 외딴집이다. 정체를 알 수 없는 바이러스가 창궐하는 세상을 피해 숲으로 숨어든 폴이라는 한 남자와 그 가족이 주인공이다. 그들은 바이러스에 감염되지 않기 위해 자신들만의 규칙을 만들고 그것을 철저히 지키며 살아가고 있다. 그들에게 숲은 자신들에게 해를 주는 의문의 존재가 사는 공포의 대상이다.

그들의 집과 세상을 연결하는 유일한 통로는 하나뿐인 빨간 문이다. 어느 날 그 문을 통해 윌이란 이름의 침입자가 그들의 공간에 숨어든다. 그 일을 계기로 톰의 가족은 윌의 가족과 동거하게 된다. 그들은 한동안 화목한 공동생활을 해 나간다. 톰과 그의 부인 사라, 아들 트래비스는 윌과 부인 킴, 아들 앤드류와 좋은 관계를 맺고 서로 의지하며 살게 된다.

키우던 개 스탠리가 숲속의 무언가에 이끌려 집을 나간 날, 밤에는 절대 열어서는 안 될 빨간 문이 열리게 된 사건이 생긴다. 그리고 그 문 앞에는 바이러스에 감염된 스탠리가 쓰러져 있다. 그 사건 이후 폴의 가족은 윌의 가족을 의심하게 되고 그들의 관계는 점점 걷잡을 수 없는 파국으로 치닫는다.

영화 속 설정처럼 바이러스가 만연한 극한 상황에서 인간은 어느 선까지 상대를 포용하거나 타협하며 공존할 수 있을까. 외부의 존재에 대한 경계심이 강한 폴이 타인인 윌과 그의 가족을 받아들일 수 있었던 이유는 우선 생명에 위협을 주는 대상을 같이 없애며 얻은 일시적인 동지 의식이었다. 윌과 합심하면 고립된 생활에서 식량문제를 해결할 수 있는 방도가 생기기도 했다. 그러나 영화는 상대가 생존의 직접적 위협으로 돌변한다면 한때의 동지도 적이 될 수 있다는 사실을 보여 준다.

영화 속 평화로운 공존이 깨지는 건 빨간 문이라는 금기를 어긴 사건 때문이다. 하지만 그것은 하나의 구실에 지나지 않는지도 모른다. 폴은 근본적으로 가족 외에는 아무도 믿지 않았다. 경계의 고리가 잠시 느슨해졌을 뿐이다. 세상과 통하는 단 하나뿐인 문이 빨간색이란 설정도 외부 자체에 대한 부정적인 인식을 반영하는 것일 수 있다. 통념적으로 빨강은 불안과 경고, 혹은 공포의 이미지와 상통한다. 그 문을 통해 외부에서 온 사람 역시 폴과 그 자신의 가족들에게 해를 입힐 거라는 막연한 두려움과 경계의 대상일 것이다. 그의 뿌리 깊은 불신은 작은 위기만 닥쳐도 다시 굳건하게 되살아날 수밖에 없다.

인간을 경계 심리로 가득한 고독한 존재로 만들고 상생이 아닌 파괴를 부르는 건 세상에 널리 퍼진 바이러스가 아니다. 인간 내부의 깊은 곳에 숨어 언제든 위험한 상황이 올 때면 고개를 쳐들고 일어나는 타인에 대한 의심이다. 영화의 파국적인 결말은 어쩌면 그러한 의심과 불신의 늪에서 헤어나지 못한 폴 자신이 부른 게 아닐까.

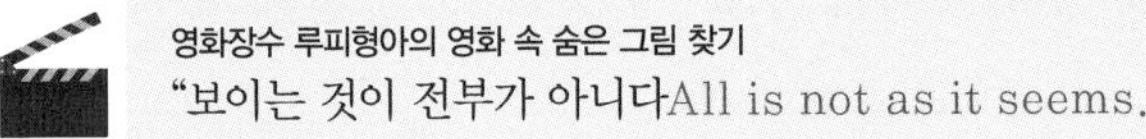

스토리의 완결을 보고 나서도 개운한 느낌이 들지 않는 영화가 있다. 이 영화도 그런 부류에 속한다. 공포물을 좋아해서 이 작품을 택한 관객이라면 기대에 미치지 못하는 예상 밖의 전개에 실망감을 느낄 수도 있다. 영화 속에서는 일반적인 공포 스릴러물과 달리 의문의 해답을 명쾌하게 가르쳐 주지 않는다. 시종일관 밤에 찾아올지도 모르는 의문의 존재에 대한 모호한 불안감만을 묘사한다. 숲 어딘가에 있는 것으로 짐작되는 그 존재는 영화가 끝날 때까지 모습을 드러내지 않는다. 개 스탠리가 숲을 향해 짖은 후 실종됐다가 바이러스에 감염된 상처투성이의 몸으로 돌아온 이유도 명확하게 설명되지 않는다. 영화 속 스토리의 행간에서 관객이 스스로 알아채길 바란다. 그러므로 이 영화는 보는 이에 따라 천차만별의 해석이 나올 여지가 있다.

필자는 영화의 스토리 이면에 숨어 있는 은유를 이렇게 해석하고 싶다. 숲속에 있는 외딴집은 인간의 내면을 상징한다. 폴과 가족이 정한 규칙은 자신들 스스로가 믿고 있는 가치나 신념, 혹은 공존을 위해 지켜야 할 규약을 뜻할 것이다. 그렇다면 숲속 어딘가에 있는 의문의 존재는 어떤 의미일까.

외부에서 온 또 다른 가족과 그들은 신뢰라는 끈으로 연결되어 있었다. 그러나 서로를 의심하게 되면서 심각한 균열이 생기게 된다. 그들은 그로 인해 파괴적인 결과를 맞게 된다. 그들이 그토록 두려워하던 죽음의 공포가 온 가족을 덮치게 된 것이다. 상대를 믿는다는 전제가 없는 한 우리는 타인과 진정성을 나눌 수 없다. 진정성이 결여된 세상은 살아도 살아 있는 것 같지 않은 세상, 즉 죽음과도 같다. 내면 깊숙한 곳으로부터 생겨나는 독버섯 같은 의심이야말로 한 개인을 타인과 세상으로부터 단절시키고 결국 죽음에 이르게 하는 가장 치명적인 바이러스와도 같다. 극 전체에 암울한 그림자를 드리우는 공포의 대상인 숲속 의문의 존재는 인간의 마음속에 자리한 '의심', 또는 의심을 불러일으키는 헛된 망상이라 볼 수 있다.

의심이란 본래 실체 없는 마음의 움직임이다. 정황만 있고 실증되긴 어렵다. 숲속에 사는 의문의 존재가 끝내 모습을 드러내지 않는 건 그것이 실체가 없는 것임을 반증한다. 그러나 그 위력은 상상 이상으로 크다. 모든 것을 파멸시키기도 한다. 극 속에서는 타인과의 소통을 단절시켰고 우호적인 관계를 파괴했다. 그리고 가장 소중한 가족과 폴 자신마저 파탄에 이르게 만든다. 인간에게 죽음의 위협을 느끼게 하는 가장 큰 공포는 타인에 대한 의심에서 비롯된 불신인 것이다.

60. 얼라이브Eden

2015. 스페인 · 말레이시아. 스릴러

극한상황에서 드러나는 날것 그대로의 인간 본성과 사회의 단면

인간이란 근본적으로 선한 존재일까 아니면 악한 존재일까. 성선설과 성악설로 불리는 이 질문은 인간의 본성에 대한 아주 오래된 쟁점이다. 누가 가르쳐 주지 않아도 불쌍한 사람을 보면 측은함이 느껴지고 돕고 싶은 마음이 생기는 걸 봐서는 본래 선한 본성이 있는 것 같다. 반대로 뉴스에서 종종 다뤄지는 잔혹한 사건을 보면 악한 본성에 더 무게를 두게 된다. 규범과 예절이 일상의 기본이 되는 사회 속에서는 대부분의 사람들이 선하다. 그러나 생존을 위한 최소한의 요건마저 박탈된 극한상황이라면 어떻게 달라질지 알 수 없다. 한정된 자원 앞에서 내가 살기 위해 누군가가 희생되어야 한다면 그때도 선함을 유지할 수 있을까.

이 영화는 비행기 사고로 무인도에 표류하게 된 사람들의 처절한 생존기를 다룬 극한 스릴러이다. 미국의 국가대표 축구팀이 탄 비행기가 엔진 결함으로 무인도에 추락한다. 생존자들은 넓은 모래사장에 나뭇가지로 'Help'라는 구조 요청 신호를 써 놓고 비행기 잔해에서 찾아낸 물과 식량을 정해진 시간에만 배급하기로 약속한다.

하지만 아무리 기다려도 구조대는 오지 않고 식량은 바닥이 나고 있다. 그런 상태에서 절망보다 더 치명적인 것은 생존자들 간의 반목과 불신이다. 힘을 합해서 헤쳐 나가도 쉽지 않은 상황에 그들은 서로를 점점 믿지 못하고 식량에 눈이 멀어 해서는 안 될 일을 벌이기도 한다. 음식보다 더 생존에 필수적일 물의 배분에 관해서는 극단의 이기적 행태가 오간다. 사면이 바다에 면한 외딴섬에서 물을 구할 수 있는 방법은 딱히 없다. 생존과 직결된 일인 만큼 물 문제에 있어서는 신경이 칼끝처럼 날카로워지고 급기야 서로를 향해 욕설과 주먹을 날리게 된다. 자신들이 살기 위해 누군가의 희생을 당연시하기도 한다. 추락 당시 심하게 부상당한 이들에게 생명과도 같은 물을 주지 않기로 결정한 그들의 언행은 평상시라면 상상도 할 수 없었을 것이다.

똑같은 상황에 처했다 해도 그것을 대하는 사람들의 반응은 다르기 마련이다. 그들 중 누군가는 자신들이 꼭 구조될 것이라는 희망을 갖는다. 반면 또 다른 사람들은 그대로 거기서 서서히 죽어갈 거라며 절망한다. 날이 갈수록 갈등의 골이 깊어가던 생존자들은 결국 팀의 주장인 슬림을 중심으로 모인 한 무리의 사람들과 약육강식의 아이콘 안드레아스가 이끄는 또 다른 무리로 나뉜다. 슬림 쪽에 선 이들은 극한 상황에서도 인간적인 면과 진정성을 잃지 않으며 함께 힘을 모아 희망을 찾아야 한다고 생각한다. 그에 비해 안드레아스의 무리는 분노와 의심, 절망의 성향을 지니고 있다. 그들은 서로 적이 되어 충돌하게 된다.

그야말로 막장까지 내몰린 절체절명의 상황 속에서 편마저 갈린 분열상은 그들을 점점 더 나락으로 몰아간다. 그러나 그들에게 돌을 던지기는 쉽지 않다. 만약 관객이 똑같은 입장에 처했다면 어떤 행동을 할까. 인간이 이룬 사회가 주는 안전망이 모두 배제된 극단적인 환경에서 가장 우선시되는 것은 '살아남는 일'일 것이다. 삶을 향한 이기적 본능이 모든 행동의 기준이 될 수도 있다. 누군가의 생존을 위해서 다른 누군가는 죽어야 한다는 생각을 가진 이는 처음엔 괴물처럼 여겨졌지만 점차 다른 이들에게 설득력 있게 받아들여진다. 생존의 논리가 지배하게 된 극한상황에서 그들의 행태를 비인간적이라고 비난할 수만은 없다.

사실 이 영화는 육지로부터 단절된 무인도 조난이라는 상황을 전제하고 있지만, 아이러니하게도 우리들이 사는 사회의 한 단면을 보여 준다. 누군가의 생존을 위해 다른 누군가가 희생되어야 하는 모습은 더 높이 오르기 위해 타인을 밟고 올라가는 약육강식과 적자생존의 무한경쟁을 연상시킨다. 동일한 집단에서 일어나는 희망과 절망의 상반된 선택, 분열과 갈등 역시 우리 사회 속에서 흔하게 벌어지는 양상이다. 무인도라는 극중 공간은 결국 여러 사람이 모여 살아가는 사회를 축소해 놓은 상황과도 같다. 극한 상황에 몰리면 인간 본성이 보다 첨예하게 드러나게 된다. 영화에 등장하는 여러 인간 군상을 보며 우리는 그 안에서 우리 자신의 날것 같은 본 모습을 발견할 수 있다.

영화장수 루피형아의 영화 속 숨은 그림 찾기

"보이는 것이 전부가 아니다All is not as it seems."

사람들은 이런 소재를 좋아한다. 비행기 사고가 나서 무인도에 고립된다는 설정의 작품들은 늘 있어 왔다. 대표적인 예로 노벨상 수상 소설을 영화화한 〈파리대왕Lord of the Flies〉, 배구공 윌슨을 영화팬의 가슴속 깊이 애틋한 존재로 각인시켜 준 〈캐스트 어웨이Cast Away〉 등이 있다. 이 영화와 동일한 제목으로 개봉되었던 프랭크 마샬 감독의 〈얼라이브Alive〉는 비행기 사고로 남미 안데스 산맥에 추락한 생존자들의 이야기를 담고 있다.

이 영화는 절대 고립이라는 똑같은 상황을 다룬 앞의 여러 영화들에 비해 좀 더 인간 본성의 말초 감각적인 측면을 다룬 대중적 작품이다. 스토리나 상황 설정의 개연성과 몰입을 위한 극적 구조 면에서는 설득력이 약하다는 평도 받고 있다. 그러나 그러한 약점에도 불구하고 갈등과 대립으로 인한 긴박감, 미처 상상하지 못했던 상황 전개와 반전 등 의외성의 측면에서는 재미있게 봤다는 관객도 적지 않다.

특히 이 영화는 설마하는 관객의 머뭇거림을 과감하게 치고 나가는 경향이 있다. 모든 영화가 다 철학적인 진지함이나 치밀한 극적 완성도를 지녀야만 하는 건 아니다. 이 영화는 그런 부담과 기대감을 내려놓고 그저 영화 속의 흥미진진한 전개를 즐기겠다는 마음가짐으로 보는 것이 관전 포인트이다. 극 중반까지는 스릴러보다 드라마적 색채가 짙지만 후반부로 갈수록 극한 생존 스릴러물답게 긴장감이 느껴진다. 마치 막판 뒤집기라도 하는 것 같다. 엎치락뒤치락하는 상황 전개를 지켜보면서 영화의 결말이 어떨지 정말 궁금해지기도 했다.

결말에서는 둘로 나뉜 집단 간의 목숨을 건 싸움이 계속되는 가운데 그들이 그토록 바라던 구조 헬기가 나타난다. 그들을 최악의 갈등국면으로 몰고 간 절대 고립의 상황이 졸지에 해소되어버린 격이다. 그렇게 희망에서 절망으로, 다시 절망에서 희망으로 바뀌던 순간 여러 가지 생각이 들었다. 그들이 처한 상황 속에서 절망을 키운 건 바다도, 나무도, 바람도 아니었다. 바로 인간이었다. 망망대해 속 무인도라는 자연은 그대로인데 인간 간의 의심과 반목이 그들의 처지를 더욱 악화시켰다.

마지막 반전이 인상적이다. 두 개의 집단 중 희망을 잃지 않던 인간적 집단의 리더 슬림은 추가 생존자를 묻는 구조대의 질문에 의외로 매정한 답변을 한다. 다른 생존자들도 암묵적으로 동의하듯 침묵을 지킨다. 극중 진정성의 상징이던 그들이었지만 인간이기를 포기한 다른 이들에 대해 관용을 베풀기보다 단죄를 택했다. 그런데 내게는 그런 답변을 할 수밖에 없던 그들이 어딘가 슬퍼 보였다. 고립이 두려운 건 똑같았지만 그 상황에 대처하는 방식이 전혀 달랐던 이들의 잘못된 선택에 대한 인간적 연민 때문이 아니었을까.

61. 러브리스 Loveless

2019. 러시아 · 프랑스 · 독일. 드라마

사랑과 관심을 향한 실낱같은 소망을 담아 나무 위로 던져 올린 버려진 빨간 리본

부모의 이혼으로 오갈 데 없어진 알로샤라는 한 아이가 있다. 엄마인 제냐와 아빠인 보리스는 서로 아이를 맡지 않으려 말다툼까지 벌인다. 자신을 보육원에 데려다 놓겠다는 말을 엿들은 아이는 어둠 속에서 손으로 입을 틀어막은 채 소리 죽여 운다. 그리고 엄마와 아빠가 각자의 새 연인들과 사랑을 속삭이는 사이 말없이 집을 나간다. 부모는 아이가 없어진 지 이틀 후 아이의 담임교사에게 연락을 받고서야 그 사실을 알게 된다. 자원봉사 수색구조단체 담당자가 아이가 갈만한 곳을 추정하기 위해 아이의 시시콜콜한 일상에 대해 묻지만 부모는 딱히 아는 게 없다.

영화의 도입부인 이 짧은 내용만으로도 관객은 알로샤가 처한 상황을 충분히 짐작할 수 있다. 분명 영화의 주인공 중 하나지만 극 초반 이후 우리는 좀처럼 알로샤의 종적을 찾을 수 없다. 사랑이 없는 가정에서 태어나 사랑받지 못하고 자란 한 아이에 대한 안쓰러운 정황만 영화의 전반에 걸쳐 감돌고 있을 뿐이다.

아이 친구의 도움으로 구조단체 자원봉사자들과 보리스가 찾아간 버려진 건물의 풍경은 사랑이 사라진 그들의 가정을 형상화해 놓은 것처럼 을씨년스럽다. 그곳은 평소 알로샤가 친구와 함께 잘 가던 비밀기지이다. 아이가 늘상 바라보던 그 풍경 속에는 차가운 겨울바람이 휩쓸고 간 폐허의 공허함이 깃들어 있다. 아빠인 보리스 역시 그곳을 둘러보며 비로소 알로샤의 시선으로 아이가 바라보았을 그 황량한 숲의 모습을 본다. 그로써 아이의 내면을 짐작했을지도 모른다. 온몸이 얼어붙을 듯한 그런 풍경 속에서 아이는 어떤 생각을 했을까. 영화의 오프닝과 엔딩에서 우리는 그 단초를 발견할 수 있다.

영화의 오프닝은 얼어붙은 숲의 풍경으로 시작된다. 아이는 그 숲을 지나다가 오래된 나무의 밑동에 버려진 빨간 줄이 간 리본을 발견한다. 아마 한때는 제 용도로 쓰이다가 버려졌을 것이다. 그러나 이제는 지나가는 사람 중 누구도 거기 관심을 두지 않는다. 어쩌면 처음부터 그 리본은 그저 선물을 포장하거나 공사장에 경계선으로 둘러쳐졌다가 무심히 버려질 운명이었는지도 모른다. 마치 자신의 처지와도 같은 그 끈에 관심을 둔 유일한 사람도 알로샤 뿐이었을 것이다.

아이는 그 리본을 주워 햇살 눈부시게 비추는 거대한 나무 위로 던져 올린다. 사랑받기를 바라는 실낱같은 희망을 거기 얹기라도 하듯…. 시종 음울한 겨울 날씨가 배경인 이 작품 속에서 유일하게 햇살이 직접 눈에 띄는 신이기도 하다. 영화의 엔딩에서 우리는 그 끈의 종적을 다시 발견할 수 있다. 알로샤가 키 큰 나무 위로 던져 올린 버려진 리본은 아이가 사라진 지 수년이 지난 후에도 가지 위에서 바람에 나부끼고 있다. 세상에서 가장 많은 사랑과 관심을 주어야 할 부모에게조차 사랑받지 못한 한 아이. 어쩌면 그 리본은 그렇게라도 세상에 제 존재감을 남기고 싶은 그 아이의 간절한 외침이요 바람이 아니었을까. 그리고 그것은 아마도 아이의 엄마와 아빠의 가슴 한구석에 내내 남아있을 한 조각 양심의 가책을 의미하기도 할 것이다. 언젠가 비와 바람에 그 리본이 삭아 없어진다 해도 그들은 살아 있는 한 결코 아이의 죽음으로부터 자유로울 수 없을 것이다.

메이킹 필름 속에서 안드레이 즈비아겐체프 감독이 언뜻 들려준 이야기는 이 영화의 엔딩을 이해하는 한 지표가 된다. 그는 촬영 중인 연기자들을 향해 이런 조언을 들려주었다.

"이 사건은 그들의 인생을 완전히 바꿀 거야. 180도도 아니고 360도로 휘어져 버리는 거지. 영화의 마지막 장면은 그 이후의 삶이야. 이 일로부터 빠져나오려는 무력한 시도지. 어디론가 달리고 있지만 준비도 하지 못한 채 끝나 버려. 이게 바로 삶의 모든 것을 바꿔 버린 거지."

영화장수 루피형아의 영화 속 숨은 그림 찾기
"보이는 것이 전부가 아니다All is not as it seems."

사랑의 가장 원초적 단위인 부모 자식 간에도 관심과 대화, 즉 소통이 단절된 현대사회의 한 속성에 대한 성찰이 돋보이는 작품이다. 특히 영화 속 풍경이나 상황을 바라보는 카메라의 시선에서 감독의 의도와 생각의 깊이를 극명하게 엿볼 수 있다. 영화는 줄곧 겨울이란 계절을 화면에 담고 있다. 겨울의 나라답게 눈 덮인 러시아의 풍경은 아름답고 우아하다. 겨울이 잠식한 도시와 산야, 눈 맞은 숲의 풍경이 차분한 정적과 함께 우리에게 영화 속 사랑과 소통의 부재에 대해 깊이 사색해 볼 수 있는 시간을 갖게 한다.

그처럼 아름답고 세련된 화면이지만 색채는 회색과 청색의 차가운 색조로 이루어져 있다. 가로등 불빛조차 원래의 따스한 빛을 잃은 차가운 색이다. 이는 사랑이 결여된 제냐와 보리스, 그리고 알로샤의 내면을 상징한다고 볼 수 있다. 그들은 둘 중 누구도 아이와 소통하지 않았고 아이를 이해하려고도 하지 않았다. 포스터 속 세 사람의 시선 역시 각기 다른 곳을 보고 있다. 가족이라는 공감대가 사라진 곳에는 쓸쓸한 무관심과 방임만 남아 있다. 아이란 사랑의 결실이며 사랑을 먹고 자라나는 존재이다. 사랑의 상징이라고도 볼 수 있다. 알로샤의 실종은 한 아이의 실종을 넘어 소통의 부재로 인한 사랑 그 자체의 실종을 의미한다.

극의 감정을 고조시키기 위한 음악이 별로 없는 것도 이 영화의 특징이다. 담담하게 효과음이 들어가고 음악은 최소한의 역할을 할 뿐이다. 그런 가운데 오프닝과 엔딩을 장식하는 배경음악은 기차 건널목을 건널 때 곧 기차가 지나가니 주의하라는 경고음을 연상케 한다. 아무도 관심을 갖지 않는 한 아이의 삶에 대한 관객의 주의를 환기시키는 장치처럼 느껴진다. 가정을 이루거나 꿈꾸는 어른이라면 모두 한 번쯤 봐야 할 듯한 영화이다. 아이를 때리는 것만 학대가 아니다. 영화 속 어른들처럼 사랑 없이 방치하는 것도 일종의 아동 학대이다.

62. 논픽션 다이어리Non-fiction Diary

2014. 한국. 다큐멘터리

90년대 초반 지존파가 저지른 엽기적 범죄 사건에 대한 인간적 고찰

1990년대 초반 대한민국을 충격과 공포에 휩싸이게 한 이른바 지존파 사건을 다룬 다큐멘터리 영화이다. 당시 사건을 수사했던 담당 형사들, 교도관, 정부 관계자, 성직자 등 여러 사람들의 증언과 사건 기록 등을 토대로 만들었다. 사건의 원인과 결과, 사회적 반향 등 사건 자체의 전모는 물론 시대상과도 접목하여 사건을 보는 다각적이고 총체적인 시각을 객관적 입장에서 담아 보려 노력한 작품이다.

지존파 사건은 1993년 봄부터 이듬해 초가을까지 지존파란 이름의 범죄 집단이 저지른 연쇄살인사건이다. 차마 입에 담기 힘든 엽기적인 범행수법으로 악명이 높다. 담당 형사조차 그 수법이 너무 비현실적이어서 처음엔 제보자가 전한 내용을 믿지 못했을 정도였다. 대부분 20대 초반이었던 이들은 "여자는 엄마조차 믿지 말라."는 등의 행동 강령을 세우고 치밀하게 사전연습까지 시행하며 범죄 행각을 벌였다. 검거 후 인터뷰에서 스스로 인간이길 포기한 악마의 대리인으로 자처하는 등 죄를 뉘우치는 기색이 전혀 없어 전 국민적 공분을 샀다. 절대적 빈곤과 불우한 가정환경 속에서 어린 시절을 보냈다는 이들의 범행 동기는 부유층에 대한 증오심이었다. 다른 연쇄살인사건의 범인들이 사이코패스인 것에 반해 이들은 그런 성향을 띠지 않았다고 한다.

영화는 그들의 문제를 단순한 개인들의 일탈로 보기보다 시대 상황과 맞물려 벌어진 사회적 범죄로 보고 있다. 세계적인 유래가 없는 급속한 경제 발전으로 풍요로운 세상을 살게 되었지만 그 혜택에서 소외된 이들이 갖게 된 사회에 대한 적개심을 그 중요한 원인으로 꼽았다. 그들의 범죄에 대한 사람들의 부정 일변도의 평가를 재고해 보려는 다양한 시도도 엿보인다. 특히 그들의 인간적 측면을 부각시킴으로써 사회적 책임에 더 무게를 두었다. 열악한 가정환경, 빈부 격차의 폐해가 사회문제화 되던 구조적 원인이 아니었더라면 그들도 평범한 청년으로 꿈을 펼치며 살 수 있지 않았을까 하는 가정을 담고 있다.

또한 영화는 비슷한 시기에 벌어진 삼풍백화점과 성수대교 붕괴 사건을 지존파 사건에 비교하기도 한다. 수많은 피해자를 양산한 그 사건들과 이 사건이 "미필적 고의인지 의도적 범죄인지의 차이가 있을 뿐 내용상으로 같다."는 수사 담당자의 증언은 미처 깨닫지 못한 새로운 측면을 관객에게 제시한다. 정치적인 사면으로 사형을 면한 사람들과 정책적으로 조기에 이루어진 그들의 형 집행에서는 힘없는 개인의 인권 문제를 한 번쯤 생각해보게 한다.

영화장수 루피형아의 영화 속 숨은 그림 찾기

"보이는 것이 전부가 아니다All is not as it seems."

개인적으로는 부모님께 효도하고 싶어 살인을 하게 되었다는 그들의 증언이 충격적이었다. 부자에 대한 증오, 잘나가는 사람들에 대한 적개심으로 범죄를 저질렀다고 했지만 정작 그들의 손에 죽은 것은 부유층이나 힘 있는 사람이 아닌 평범한 시민들이란 사실 역시 아이러니했다. 그들에 의한 잔인한 범죄와 그 피해자의 고통스럽고 억울한 죽음은 그것이 사회적 문제의 영향이든 개인사에 기인하는 것이든 세상에 대한 좁고 일방적인 시각을 지닌 청년들의 어리석은 선택의 결과일 것이다.

영화 속 한 관계자의 말처럼 나 역시 천륜을 어긴 잔혹한 범죄를 저지른 지존파에 대해 동정의 여지 같은 건 전혀 없었다. 그러나 그들과 밀접하게 함께했던 사람들의 증언을 들으며 악마의 마음을 지녔다고 여겼던 그들도 결국 그 내면엔 소박한 인간의 마음이 깃들어 있었다는 사실을 알게 되었다. 우리가 아는 다른 젊은이들처럼 유행가를 좋아하고 좋은 차를 갖고 싶다는 소망을 지닌 평범한 청년들이었다. 그들 중 누군가는 죽는 것 자체보다 사후 세계에서 자신이 저지른 범죄에 의해 벌을 받게 될 것을 더 두려워했다고 한다. 그들 생애의 마지막 나날을 함께 한 한 교도관의 말이 인상적이다.

"절대 악인도 절대 선인도 없는 것 같아요. 인간은 마음속에 악마와 천사가 공존합니다. 어떤 사안과 환경에 어떻게 반응하는가에 따라서 악역이 될 수도 있고 천사의 역할을 할 수 있는 것이죠. 절대 선하게 태어난 사람, 절대 악하게 태어난 사람은 없습니다."

63. 괴물들Wretches

2018. 한국. 드라마

또 다른 괴물이라는 열매를 맺은 학교 폭력의 씨앗

영화의 주인공은 재영이라는 한 고등학생이다. 영화는 그의 학교에서 벌어진 한 사건으로부터 시작된다. 학교 폭력을 휘두르던 권력 일인자가 사물함 속에 들어 있던 제초제 음료수를 마시고 쓰러진다. 그가 병원에 입원하게 되자 두 번째 서열인 양훈이 모든 권력을 잡고 그의 자리를 대신한다. 재영은 양훈에게 속칭 빵셔틀로 지목되어 괴로운 나날을 보내게 된다.

학교 폭력 가해자인 양훈과 상철은 우리가 학교생활 중 한 번쯤 봐 왔던 괴물 같은 인물들이다. 수업시간임에도 불구하고 그들은 재영에게 문자를 보내 빵을 사오라고 시킨다. 폭력이 두려운 재영은 화장실에 간다고 둘러대며 교실을 빠져나온다. 그는 3분이라는 짧은 시간 안에 편의점에서 빵을 사고 전자레인지에 돌려 따뜻하게 데운 후 교실에 가져와야 한다. 단 1초라도 늦으면 아이들이 보는 앞에서 인정사정없이 폭행을 당하게 된다.

누구보다 간절히 폭력에서 벗어나고 싶지만 재영을 도와줄 이는 주변에 아무도 없다. 재영은 이미 어른들에 대한 기대를 접었다. 승진에 눈이 먼 아버지는 아들의 고충 따위는 신경도 쓰지 않는다. 전학 가고 싶다는 재영의 말에 엄마 역시 현실적인 유불리를 따지며 무심하게 반응한다. 학교에 이야기를 해 봐도 소용없다는 것을 잘 알고 있다. 재영이 일방적으로 양훈에게 얻어맞을 때도 지나가던 선생님은 피해자인 재영까지 묶어 "대낮부터 학교에서 싸움질이냐."며 소리칠 뿐이다. 개인적으로 이 짧은 장면은 오래도록 기억에 남는다. 실제 현실 속에서 학교 폭력에 대한 학교의 입장과 처신을 단적으로 드러내기 때문이다.

공권력도 무기력하긴 마찬가지이다. 사건을 조사하러 온 형사는 재영에게 혹시나 복수를 꿈꾼다면 시작도 하지 말라고 충고한다. 날마다 돌파구 없는 폭력에 시달리던 재영의 마음속에는 분노와 증오의 검은 그림자가 드리우게 된다. 그 위에 뿌려진 폭력의 씨앗은 그러한 마음을 밑거름 삼아 점점 자라난다. 그리고 결국은 그 자신이 다른 이에게 폭력을 가하는 괴물이라는 열매를 맺게 된다.

이 영화는 실제 경기도의 한 고등학교에서 학교 폭력의 폐해로 벌어진 제초 제음료수 사건에서 영감을 얻어 만들어졌다. 영화는 메시지 전달력이 뛰어나다. 배우들의 연기도 일품이었다. 재영 역 이원근과 양훈 역을 맡은 이이경의 열연은 사실감을 극대화한 페이크 다큐 한 편을 보는 것처럼 극과 현실의 간극을 느낄 수 없게 만들어 주었다.

한 가지 아쉬운 것은 결말 부분이다. 영화는 필자를 비롯한 관객들이 기대하는 바를 제대로 충족시켜 주지 못한 채 그대로 끝이 나버렸다. 관객의 허를 찌르는 결말도 좋지만 극 속에서 공분을 불러일으킨 부분에 대해서는 정당한 해소가 있는 것이 극적 완성도를 위한 중요한 장치일 것이다. 하지만 전체 영화를 통해 감독이 전하고자 했던 메시지 측면에서 본다면 어느 정도 이해가 가는 면도 있다. 그는 폭력의 응징보다는 연속적인 악순환이라는 비극적 속성에 주목해서 영화를 만들었기 때문이다.

영화장수 루피형아의 영화 속 숨은 그림 찾기

"보이는 것이 전부가 아니다All is not as it seems."

〈불리Bully〉라는 다큐멘터리 영화가 있다. 'Bully'는 약자를 괴롭히는 행위나 사람을 뜻한다. 미국에서 제작된 이 영화에는 학교 폭력과 집단 따돌림에 시달리는 다섯 명의 아이들이 등장한다. 그중 하나인 중학생 알렉스는 착하고 여린 성격이다. 겉보기에는 일상생활에 아무런 문제가 없어 뵈는 아이지만 속내는 다르다. 스쿨버스와 학교 등 장소를 가리지 않고 아이들로부터 집단 괴롭힘을 당한다. 알렉스의 경우에서는 폭력의 습관성을 엿볼 수 있다. 오랫동안 폭력과 집단 괴롭힘에 시달린 아이는 그걸 당연시하게 된다. 일상적인 폭력에 노출되어 있으면서도 수십 년을 무기력하게 그대로 사는 가정폭력 피해 여성들과 비슷한 경우라고 할까.

그에 비해 영화 〈괴물들〉은 폭력의 씨앗이 낳은 또 다른 폭력에 대해 다룸으로써 폭력의 연속성에 주목한다. 조용하고 평범했던 한 아이의 내면에 점점 폭력과 증오의 씨앗이 자라 결국 스스로도 폭력의 가해자가 된다는 내용이다. 영화의 제목이 상당히 의미심장하다. '괴물'이 아니라 복수접미사가 붙은 '괴물들'이다. 한 괴물이 폭력의 씨앗을 뿌려 또 다른 괴물이라는 열매를 맺게 되고, 그것이 우리 사회의 수많은 괴물들을 양산하게 된다. 폭력의 악순환을 끊지 않으면 대물림처럼 계속될 것이다.

학교 폭력의 실상을 그대로 전한 영화 〈불리〉는 미국 전역의 사람들에게 큰 충격을 주었고 청소년들이 자발적으로 학교 폭력과 집단 따돌림의 문제점 해결을 위해 집단 토론회를 열기도 했다. 영화 속에서 학교 폭력으로 아이를 잃은 한 부모가 개설한 페이스북 페이지는 27만여 명의 사람들이 팔로우해서 피해자 보호 활동에 참여 중이다. 관심이 줄어들고 문제가 방치되는 한 학교의 어느 음지에선가는 또 다른 수많은 아이들이 괴롭힘을 당할 것이다. 울림을 주는 좋은 영화는 백 마디 구호보다 훨씬 더 파급력 있게 사람들의 마음을 움직인다. 학교 폭력 문제를 다룬 이런 작품들이 더 많이 쏟아져 나왔으면 한다.

64. 분노怒り

2017. 일본. 스릴러

인간의 마음속에 잠재된 의심과 분노, 죄책감을 다룬 감성 스릴러

살다 보면 "속을 뒤집어서 보여 줄 수도 없고."라는 말을 해야 할 경우가 있다. 인간은 정도의 차이만 있을 뿐, 자신의 속내를 누군가에게 전부 털어놓을 수 없는 존재이다. 말할 수 없는 개인의 비밀도 있고 말로 표현하기 힘든 사정도 있는 법이다. 말한다 해도 상대가 그것을 이해하지 못하는 경우도 있다. 이 작품은 보이지 않는 진심을 대하는 인간의 여러 가지 행태를 담고 있다.

영화는 옴니버스 스타일의 세 가지 이야기가 서로 교차하듯 진행되는 독특한 형식이다. 서로 관계없는 세 이야기는 '한 사건의 용의자라고 의심되는 사람'이라는 공통점으로 연결되어 있다. 세 이야기 속에 등장하는 중심인물은 한결같이 무언가 숨길 만한 사정이 있어서 자신에 대해 말하지 않는 사람들이다. 그리고 그에 의해 주변의 의심을 산다.

가출했던 딸 아이코와 살고 있는 아버지 마키는 딸이 새로 좋아하게 된 타시로를 믿지 못한다. 사실과 다른 경력사항을 비롯해서 수상한 점이 한두 가지가 아니어서이다. 동성애 클럽에서 만난 나오를 자신의 집으로 데려와 동거하게 된 샐러리맨 유마 역시 시간이 지날수록 점점 그를 의혹의 눈길로 바라보게 된다. 섬으로 이사 온 이즈미는 타츠야의 배를 타고 섬에 갔다가 일용직을 전전하며 배낭여행 중인 타나카를 만난다. 이즈미를 짝사랑하는 타츠야는 어느 날 그녀가 미군에게 성폭행 당하는 장면을 목격한다. 용기가 없어 구해 주지 못한 그는 죄책감에 시달린다. 그리고 얼마 뒤 타나카에게 고민을 상담했다가 뜻밖에 그 역시 그 장면을 본 뒤 자신과 똑같은 고통을 안고 있음을 알게 된다. 마키와 유마는 살인범을 수배하는 방송 속 인물이 각각 타시로와 나오를 꼭 닮았다고 생각하며 한층 강한 의심에 빠진다. 그러나 방송을 보지 못한 타츠야는 타나카가 살인범과 닮았다는 사실을 모른 채 오히려 동병상련의 굳건한 믿음을 갖게 된다.

영화는 동정과 분노, 믿음과 의심, 죄책감과 후회, 배신과 용서 같은 인간관계에서 비롯되는 여러 가지 미묘한 감정들에 관해 깊이 생각해 볼 기회를 준다. 특히 살인을 부른 분노의 원인이 우리가 흔히 따뜻한 감정이라 여기는 '동정'이었다는 사실은 충격적이면서도 어딘가 공감 가는 측면이 있다. 사실 동정은 동등한 입장에서 표하는 '공감'과 달리 어떤 방면으로든 조금이라도 형편이 나은 이가 상대적으로 못하다고 생각되는 이에게 보여 주는 감정이다. 영화 속 살인범은 스스로 우월하다는 근거 없는 자신감 속에 사는 이였지만 어느 날 처음 본 주부가 자신을 동정하는 행동을 하자 격한 분노가 일어 그녀를 죽인다. 이 경우 그녀의 동정은 호의였지만 받아들이는 이의 입장에서는 자신을 지탱하는 자존감을 한순간에 무너뜨린 행동이었다. 그러나 아이러니하게도 살인범 자신은 자기를 무작정 믿어준 이를 배신함으로써, 그것이 부른 분노에 의해 죽게 된다.

이처럼 영화 속에서 우리는 자존감에 대한 상처, 사회적 방관에 의한 피해, 믿음에 대한 배신 등이 어떻게 분노를 부르고, 분노가 인간을 얼마만큼 파괴하며 서로를 의심하게 하는지, 또 사랑하는 사람에 대한 의심이 사랑을 어떤 식으로 무너뜨리는지에 대해 충분히 공감할 수 있다. 아빠인 마키가 딸 아이코의 선택을 믿지 못하고, 아이코가 타시로의 과거를 의심하기 시작했을 때 두 사람의 사랑이 파국에 이를 뻔한 위기에 빠졌던 것처럼 의심은 사랑을 잃게 한다. 또한 유마 역시 나오를 의심하며 세상에서 가장 소중한 걸 잃게 된다.

인간관계에서 본의 아니게 그런 일들이 벌어지는 이유는 타츠야의 말처럼 진심이 눈에 보이지 않기 때문이다. 영화는 그럴 때 가장 좋은 해결책이 '믿어 주는 것'임을 우리에게 알려 준다. 보이지 않는 것은 마음으로 느끼고 상대를 믿어야겠다는 스스로의 느낌을 신뢰해야 할 것이다. 특히나 상대에게 쉽사리 말할 수 없는 사정이 있을 때는 이심전심으로 통하는 믿어 주는 일이 더욱 필요하다. 밝히지 못하는 사정이 있는가보다 하며 넘어가 주는 것도 지혜일 수 있다.

말할 수 없는 사람을 캐물어 진실을 알아낸다 한들, 그 말을 들은 상태와 안 들은 상태가 사안을 달라지게 만드는 것도 아니다. 상대와 마음이 오가고 둘만의 교감이 있다면 그것만으로도 충분할 것이다. 그런데 사람들은 더 많이 더 자세히 알고 싶어 한다. 그리고 그 답이 본인의 궁금증을 충족시켜 주지 못하거나 원하는 논리에 맞지 않으면 상대를 의심하기 시작한다. 영화 속 인물들처럼 상대를 시험에 들게 하고 그 의심이 괜한 것으로 밝혀지면 다시 그에 대한 죄책감에 시달린다.

아이코가 위기를 헤쳐 나가고 끝내 사랑을 잃지 않은 것도 의심에 의해 끊어지려는 타시로에 대한 신뢰의 끈을 꼭 붙잡고 있었기에 가능했다. 그녀가 그의 가방에 돈을 넣어 준 일은 설사 그가 범인이라 해도 그의 편이 되어 주겠다는 온전한 믿음을 보여주었고 그것이 두 사람의 관계를 더 굳건하게 만들었다.

영화장수 루피형아의 영화 속 숨은 그림 찾기
"보이는 것이 전부가 아니다 All is not as it seems."

일본 최고의 문학상인 아쿠타가와상 수상 작가 요시다 슈이치의 동명 소설을 영화화한 작품이다. 추리의 형식을 빌려 인간관계에서 오는 미묘한 심리와 감정들을 보여주고 그 본질에 대해 깊이 파고든 감성스릴러이자 인간 탐구의 수작이다. 재일교포인

이상일 감독은 원작의 주제 의식과 탄탄한 구성, 감성적이고 치밀한 심리묘사를 탁월한 연출력과 영상으로 풀어내고 있다. 특히 극이 다 끝나갈 때까지도 관객이 좀처럼 범인의 윤곽을 확정지을 수 없게 만든 솜씨가 일품이다. 의심에 대해 다루고 있는 영화답게 관객 역시 영화가 지속되는 내내 진범에 대한 자신의 판단을 의심하고 또 의심하게 된다. 재미있는 사실은 요시다 슈이치 자신도 소설을 쓰는 동안 처음부터 범인을 누구라고 확정한 게 아닌 상태로 이야기를 이끌어 갔다고 한 인터뷰에서 밝히고 있다. 소설이 끝나기 전까지는 그들 중 누구든 범인으로 밝혀질 가능성을 지니고 있었다는 말이다.

이 영화는 어떤 관점에서 보는가에 따라 다른 느낌으로 다가올 수 있다. 만약 이 영화를 단지 누가 범인인가에 초점을 맞추고 본다면 분명 스릴러가 맞다. 그러나 영화를 스릴러로만 본다면 사건이 해결된 뒤 뒷부분에 이어지는 내용이 사족처럼 느껴질 수 있다. 뒷부분이 지루하다고 느낀다면 영화에서 스릴러적인 전개만을 기대했기 때문이다. 이 작품이 완성도 높은 스릴러가 되기 위해선 각 주요 인물들의 숨은 사연이 밝혀지고 결말이 난 것으로 끝을 맺었어야 했다. 그런데 이야기가 다 끝나고도 그 후속담이 이어진다. 러닝타임을 살펴봐도 무려 140분이 넘어간다. 일본 드라마나 영화의 특징 중 하나이기도 하지만 작품이 주는 의미와 교훈을 반드시 한 번 더 짚고 넘어가는 순서가 이어지는 탓이다. 그러다보니 관객은 '다 끝난 거 아니었어?' 하는 의아한 생각으로 후반부를 볼 수밖에 없다. 영화적 대중성만을 놓고 보자면 이 작품은 완벽한 스릴러로 만드는 게 훨씬 더 임팩트 있지 않았을까 하는 아쉬움도 있다.

하지만 영화를 좀 더 깊이 있게 바라보면 또 다른 면이 보인다. 사실 이 영화는 단순한 스릴러가 아니다. 넓은 시각으로 보자면 이 영화는 스릴러의 옷을 입은 인간 내면의 깊숙한 탐구 같은 작품이다. 영화는 의심과 분노의 폐해 속에서도 신뢰에 의해 더욱 굳건해지는 사랑의 중요성을 우리에게 알려 준다. 영화를 만든 이상일 감독은 스릴러라는 외형적 장르를 고수하기보다 주제의 표명에 치중하고 싶었을 것이다. 그런 관점에서 보면 그 긴 시간을 잘라내지 않고 그대로 갔던 이유를 이해할 수 있다.

65. 소셜포비아 Socialphobia

2015. 한국. 미스터리

소름끼치도록 현실과 꼭 닮은 영화 속 이야기

우리는 날마다 인터넷에 올라오는 수많은 동영상과 이미지, 글을 보며 습관적으로 댓글을 단다. 별생각 없이 흥미로운 내용이면 환호하고 혐오스럽다면 부정적인 반응을 보인다. 또한 블로그와 브이로그, 트위터나 페이스북, 인스타그램과 유튜브 등에 내가 먹는 것, 가는 곳을 일일이 포스팅 한다. 내면의 고민조차 가까운 가족이나 친구보다는 타임라인에 털어놓는 게 더 편할 때도 있다. 그러나 우리가 일상적으로 행하는 이 무심한 행동들의 저변에는 여러 가지 생각지 못한 문제점이 내포되어 있다. 단지 의식하지 못할 뿐이다.

어떤 일의 한가운데 빠져 있으면 그 일의 전모가 보이지 않는다. 이미 몸에 익은 일상을 스스로 되돌아보긴 쉽지 않다. 제3자의 시각이 되어 바라봐야만 비로소 어렴풋이나마 진실이 보이기 시작한다. 그런 이유로 사회적인 비판이 담긴 소설이나 영화가 미처 깨닫지 못한 우리 자신을 보여 주는 거울이요 창이 될 때가 있다. 이 영화 역시 마찬가지다. 영화는 일상적인 인터넷 사용에서 발생할 수 있는 문제점과 그 중에서도 특히 마녀사냥으로 인한 폐해를 현실 체감적으로 다루고 있다. 마치 유체이탈이라도 한 듯 한걸음 물러서서 우리 자신이 몸담고 사는 SNS 세상에서 벌어지고 있는 일들을 바라보게 만든다.

영화의 이야기는 레나라는 키보드 워리어가 탈영했다 자살한 군인을 향해 악플을 달면서 시작된다. 그녀의 악플은 네티즌의 공분을 불러일으킨다. 유명 BJ 양게는 동시접속자 수를 늘리기 위해 실시간 핫이슈가 된 이 사안을 자신의 인터넷 개인방송에서 언급한다. 그는 열성 구독자들에게 이미 신상 털기로 정보가 노출된 레나의 집으로 라이브 현피를 뜨러 가자고 제안한다.

노량진에서 경찰공무원 시험을 준비 중인 주인공 지웅은 얼떨결에 친구 용민을 따라 양게가 소집한 현피 모임에 참여하게 된다. 그러나 그들을 기다리는 건 충격적인 장면이다. 수많은 비난의 댓글에도 꿋꿋이 대항하며 그보다 한층 더한 악플로 응대하던 강한 멘탈의 레나가 어쩐 일인지 자신의 방안에서 극단적 선택을 한 상태로 발견된다. 라이브로 고스란히 중계된 당시 상황 때문에 경찰서에 끌려간 지웅과 용민 등은 경찰시험을 포기해야 할 위기에 처한다. 석연치 않은 레나의 자살에 의문을 갖고 누군가 그녀를 죽였을 거라고 확신한 그들은 자신들이 직접 범인을 잡아 경찰에 특채되겠다고 마음먹게 된다. 하지만 사건에 깊숙이 파고들자 놀라운 사실이 드러난다. 애초에 레나는 군인에게 악플을 단 사실이 없다. 누군가가 레나의 트위터를 해킹해 그녀를 마녀사냥의 대상이 되도록 조작한 것이다.

이처럼 흥미진진한 반전의 전개와 함께 영화는 끊임없이 새로운 대상을 물색하며 마녀사냥에 몰입하는 사람들의 모습을 묘사한다. 영화 속에는 일상은 물론 내면까지 인터넷과 SNS에 잠식된 인물들이 등장한다. 그들이 자신의 의사를 표현하고 타인과 소통하는 방식은 모두 인터넷상의 댓글이고 골뱅이가 달린 트윗이며 실시간 메시지이다. 범인이라고 지목된 용의자조차 자신의 행동을 인증 샷으로 남기거나 세로드립으로 존재감을 과시한다. 레나가 삶을 마감한 수단도 인터넷 세상과의 연결점을 상징하는 랜선이다. 그녀의 죽음을 밝혀 주는 열쇠 역시 컴퓨터에 남몰래 깔린 카메라 해킹 프로그램이다. 그리고 그 모든 것은 인터넷 방송으로 낱낱이 생중계된다. SNS 유저들의 생태가 배경과 출발점이고 전개이며 단서이고 해결인 셈이다.

영화의 클라이맥스에는 사이버공간 익명 사용자들의 소시오패스적인 일면이 단적으로 담겨 있다. 인터넷 방송이 라이브로 진행되는 와중에 생명이 오가는 위급상황이 벌어지고 있는데도 채팅 창의 댓글은 가히 충격적이다. 마치 스트래티지 게임을 관전하듯 무심하고 희화적인 반응들이 실시간으로 올라오고 있다. 그런데 그런 모습을 지켜보는 관객은 속이 편하진 않다. 영화 속 인물들의 행태를 마냥 비난할 수도 없다. 왜냐하면 자신들도 어쩌면 본의 아니게 그들 중 일부일 수 있기 때문이다.

우리는 날마다 인터넷에 퍼지는 수많은 영상과 글을 보며 휴대폰과 컴퓨터의 키보드를 두드린다. 거기 올라온 것이 진실이든 아니든 상관없이 말이다. 영화 속 인물들 역시 진실이 무엇인지에 대해서는 관심이 없다. 오히려 진실이 아니기를 바라는 것 같기도 하다. 진실이 드러난다 해도 사람들은 좀 더 자극적인 이야기, 가십거리에 집착한다. 흥밋거리가 없어지는 것에 대한 아쉬움을 담아 또 다른 음모론으로 몰아가거나 영구미제사건 같은 미스터리 이미지를 덧씌우기도 한다. 사실 그것은 영화 속 그들만의 모습은 아니다. 인터넷과 SNS에 매몰되어 있는 우리 자신의 일상적인 초상이기도 하다.

이처럼 영화는 우리 주변에서 일어날 법한 지극히 현실적인 사건을 보여 주며 실시간의 즉각적 의사소통과 손쉬운 네트워크 구축에 의한 집단지성의 발현 등 인터넷과 SNS의 여러 가지 편의성 뒤에 감춰진 익명의 폭력성, 인간에 대한 신뢰와 존중이 결여된 비정상적 소통 문화에 대해 날카롭게 파고든다. 배려도 재고도 없이 즉각적으로 표현되는 원색적인 글들과 지극히 사적인 것들의 무분별한 노출, 가차 없이 벌어지는 마녀사냥을 우리는 이대로 지속해야 할까.

영화장수 루피형아의 영화 속 숨은 그림 찾기

"보이는 것이 전부가 아니다All is not as it seems."

관객을 영화 속 현실에 몰입시키는 것은 무엇보다 중요한 일이다. 그래야 감독이

하고 싶은 이야기를 전할 수 있다. 그를 위해 듣도 보도 못한 충격적인 볼거리가 필요할 수도 있다. 일단 극 초반에 큰 사건을 터뜨린 다음 빠르고 흥미진진한 전개로 관객이 미처 생각할 틈을 주지 않고 밀어붙이는 방법이 가장 많이 사용된다. 감성을 파고드는 영상과 음악으로 관객이 극중 내용에 빠질 수 있는 분위기를 만들기도 한다. 영화 속 현실이 자신의 일상적 현실과 꼭 닮아있을 때도 관객은 감독이 말하고자 하는 바에 기꺼이 귀를 기울이게 된다. 공감의 출발점은 동질성의 확인에서 비롯되기 때문이다.

영화든 소설이든 현실에서 벌어질 법한 일, 즉 개연성을 중시하는 이유도 거기에 있다. 이질적인 것이 제아무리 매력적이라 해도 우리는 그 안에서 우리 안의 것과 공통으로 느껴지는 무언가가 있을 때 내면의 문을 열고 진지하게 거기 몰입하고 싶어진다. 이 영화는 개연성의 끝판왕 같은 작품이다. 영화 속 현실은 SNS에 중독되어 사는 우리네 일상을 그대로 반영하고 있다. 그러다 보니 내용 전개는 물론 결말도 현실 속에서 실제로 벌어진 일처럼 느껴진다. 나를 비롯해서 영화를 본 많은 이들이 "소름끼친다."는 반응이었다.

스토리 전개상의 무리수가 없진 않았지만 소재의 선정, 전하고자 하는 의미를 자연스럽게 느낄 수 있게 한 적절한 연출, 극히 생활밀착적인 연기자들의 호연 등, 나무랄 데 없는 수작이었다. 저예산의 독립영화가 거대자본의 상업영화에 맞서려면 어떤 전략을 써야 하는지 잘 보여 주는 작품이기도 하다.

66. 휴게소Stranger Coming

2018. 한국. 공포

인간 내면의 악이 불러낸 사탄이 세상에 주는 경고

여행을 가던 네 명의 남녀가 늦은 밤 허기진 배를 채우기 위해 잠시 들른 휴게소. 그런데 그곳은 일반적인 휴게소와 달리 음침한 분위기가 흐른다. 휴게소를 운영하는 이들은 본래의 주인을 살해하고 그 자리를 빼앗은 노숙자 가족이다. 저마다 악행의 전력이 있는 등장인물들은 그곳에서 벌어지는 사건과 얽히면서 숨겨진 죄가 드러나게 되고 그들 내면의 악이 불러낸 사탄에 의해 최후의 심판을 받는다.

전형적인 공포영화를 기대하고 이 영화를 보게 된 이들은 시종 눈을 뗄 수 없게 만드는 숨 막히는 스릴과 참혹한 시각적 공포 속에서 의외의 철학적 질문과 마주친다. 사탄은 과연 인간세상과 동떨어진 지옥 속에만 존재하는 것일까. 악마나 악령에 빙의된 사람을 다루는 영화에서는 보통 그런 악의 화신들이 신의 대리자인 구마사제, 목사 등 성직자나 특수한 영적 능력을 지닌 퇴마사에 의해 퇴치되는 결말이 온다. 하지만 이 영화는 특이하게도 사탄이 죄를 저지른 악한 인간들을 심판하고 벌한다는 내용이다. 인간 본성 속에 숨은 악마적인 근성이 악마보다 오히려 더 해악스럽다는 것이 영화의 전제이기 때문이다.

영화 속 악인들은 인간의 자유와 행복을 좌우하고 심지어 박탈도 할 수 있는 자본의 힘에 기대어 차마 상상조차 할 수 없는 악한 일들을 저지른다. 그리고 그런 일들은 우리 사회의 음지에서도 실제로 벌어지고 있다. 그 모든 악행의 중심에는 인간으로서 지켜야 할 최소한의 양심조차 버리고 돈만을 쫓는 물질만능의 이기적 심성이 자리한다. 악마의 목소리와 심판을 통해 영화는 인간 내면의 추악한 본성과 우리 사회에 만연한 비인간적인 풍조를 꼬집고 있다.

영화 속에는 잔인한 장면이 난무한다. 마음 약한 이라면 시각적 트라우마로 남을 만큼 하드고어에 가까운 내용이 담겨 있다. 희화적인 느낌이어서 아쉽긴 했지만 악마가 직접 모습을 드러내기도 한다. 그러나 그 안에 담긴 메시지가 주는 묵직함이 우리를 한 번쯤 생각해보게 만든다.

영화가 보여 주는 것처럼 악마는 어디 멀리 있는 게 아니다. 바로 인간의 내면에 자리한다. 인간이 자신의 욕망과 이기심의 충족을 위해 다른 인간을 해칠 때 세상은 아비규환의 지옥 같은 공간이 된다. 악행이 거듭되고 쌓여 포화된 내면은 더 큰 악의 에너지인 사탄을 불러낸다. 그리고 거꾸로 그에 빙의되어 인간으로서의 존엄을 잃고 신의 구원조차 닿지 않는 자멸의 길을 가게 된다. 천국도 지옥도 실은 모두 마음먹기에 달려 있다는 말이 있다. 인간의 내면에 선과 악의 두 가지 본성이 모두 존재하는 까닭에 나온 말일 것이다. 그중 어느 쪽을 세상 속에 발현할 것인지 선택하는 것은 결국 인간의 몫이다. 영화가 경고하는 것처럼 악이 만들어 낸 사탄에 지배되기 전에 인간 스스로 악행을 삼가는 자정작용이 이루어진다면 얼마나 좋을까.

영화장수 루피형아의 영화 속 숨은 그림 찾기

"보이는 것이 전부가 아니다All is not as it seems."

이런 유형의 공포물을 오컬트 영화라고 한다. 악령이나 심령술, 마술, 사후세계처럼 과학적으로 해명할 수 없는 신비하고 초자연적인 현상을 다루는 장르이다. 대표적인 작품으로는 〈오멘The Omen〉, 〈엑소시스트The Exorcist〉, 〈링リング〉 등이 있다.

제작환경이 열악할 수밖에 없는 독립영화가 국내에서는 드물게 제작되는 오컬트물에 도전장을 내민 것 자체가 공포영화 팬들의 이목을 끌만 한 일이었다. 게다가 이 영화는 제작비 6억의 저예산 영화이다. 그럼에도 웬만한 상업영화보다 완성도가 높다. 스토리의 구성을 비롯해 감독이 전하고자 하는 메시지, 특수 분장은 물론 그 모든 것을 가능케 한 연출력이 돋보이는 영화이다. 인간의 악행에 대한 깊은 성찰은 이 영화를 단순히 보고 즐기는 공포영화에서 한 차원 높은 경지로 이끈다. 영화를 보고 난 후 개인적으로 감독님을 한 번 만나보고 싶다는 생각이 들 만큼 연출력과 심오한 주제의식에 이끌렸다. 만약 이 영화에 상업영화만큼 충분한 예산이 확보되었더라면 얼마만큼의 완성도를 갖춘 결과가 나왔을지 궁금해지기도 한다.

앞서 영화 〈공작〉이나 〈수성못〉에서 이미 언급한 기억이 있지만 영화 속 디테일한 장치에는 의외로 이면의 진실이 담겨 있을 때가 있다. 인간이란 의식적 혹은 무의식적으로라도 자신의 속내를 드러내는 존재이다. 그것이 감독의 의도적 설정이든 연기자나 소품 담당의 영역이든 간에 영화의 의도와 추이, 내면을 잘 알고 있는 이들에 의해 감추려 해도 감출 수 없는 진실이 바깥에 배어난다.

이 영화중에서도 오싹한 장면을 목격했다. 주인공들이 휴게소로 들어갈 때 화면에는 '휴게소'라고 쓰인 네온사인 간판이 비친다. 그런데 바로 다음 순간 '휴게소'라는 글자 중 '게'의 'ㅣ' 부분에 불이 꺼지는 광경이 언뜻 눈에 들어온다. 무심히 지나치려다 생각해 보니 '휴게소'라는 글자가 '휴거소'라고 읽힌다.

잘 알려져 있다시피 '휴거'는 신약성경의 예언서인 요한계시록에 등장하는 용어이다. 그리스도가 재림하여 최후의 심판이 이루어지는 날, 믿음이 지극한 사람들을 지상에 벌어지는 끔찍한 환난으로부터 구원하여 하늘로 들어 올린다는 의미이다. 공포영화에서도 종종 등장하는 이 말은 20세기가 끝나갈 때 각종 종말론과 맞물려 일반에 널리 알려졌었다. 영화의 배경인 휴게소는 죄지은 사람에게만 보이는 곳이다. 그 안에서는 각 인물들이 지은 죄를 심판받는다. 그러니까 그곳은 운전 중 쉬었다 가는 평범한 휴게소가 아니라 휴거가 이루어지는 장소, 즉 구원받을 자와 그렇지 못할 자가 최후의 심판을 받는 장소인 셈이다.

마치 이런 사실을 방증하듯 글자 일부의 네온이 꺼져 '휴거소'라고 읽히는 순간, 때마침 화면 하단에는 '그때는 하느님도 악한 인간들을 외면하는 것이니….'라는 자막이 흐르고 있다. 간판에서 특정 글자의 불이 꺼진 게 감독의 의도적인 연출인지 여부는 알 수 없다. 그러나 별 의미 없이 그런 내용이 찍혔다면 그것이야말로 더욱 더 기막힌 우연의 일치가 아닐까.

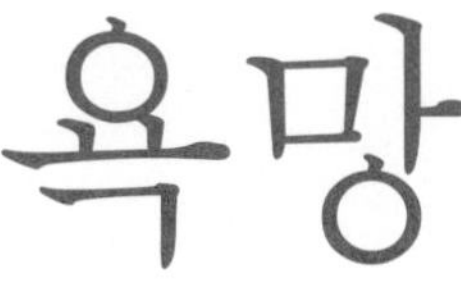

무엇을 위한 질주인가

세상에는

비뚤어진 욕망도 있고 건강한 욕망도 있다.

67. 더 룸The Room

2019. 프랑스 · 룩셈부르크 · 벨기에. 미스터리

끝없는 욕망과 망상이 만들어낸 허상의 방

사람들은 누구든 소원이 눈앞에서 쉽게 이루어지길 꿈꾼다. 하지만 〈알라딘과 이상한 램프〉 같은 옛날이야기에서도 볼 수 있듯 소원은 원하는 대로 전부 이루어지진 않는다. 램프의 요정이 들어줄 수 있는 소원은 딱 세 가지뿐이다. 일종의 한도가 설정되어 있는 셈이다. 소원이 이루어지는 대신 그만큼의 중대한 대가를 치러야 하는 경우도 있다. 인어공주는 인간의 발을 얻기 위해 목소리를 잃어야 했다. 상상하는 모든 것이 실현되어도 무방할 것 같은 허구의 이야기들에서조차 그런 식의 신중함이 요구되는 이유는 무엇일까. 아마도 만족을 모르고 끝없이 계속되는 욕망의 속성을 감안했기 때문이 아닐까.

이 영화 역시 인간의 욕망과 그 속성에 대해 다루고 있다. 영화는 부부인 맷과 케이트가 뉴욕 인근의 한적한 집으로 이사를 하면서 겪게 된 일을 그린다. 경제 사정이 넉넉지 않은 두 사람은 자신들이 직접 낡은 집 내부를 수리하게 된다. 그러던 중 벽지 속에서 의문의 방으로 통하는 문 하나를 발견한다. 아내가 잠들고 그 방에서 술잔을 기울이던 남편은 술이 떨어지자 혼잣말로 “딱 한 병만 더 있었으면” 하며 아쉬워한다. 그 순간 놀라운 일이 벌어진다. 그의 눈앞에 새 술 한 병이 생겨난 것이다.

그 방이 무어든 소원을 빌면 그대로 이루어지는 곳이란 걸 알게 된 부부는 그날부터 원하는 것들을 모두 얻게 된다. 보통 사람들이 그렇듯 그들은 처음엔 돈과 값진 보석, 산해진미와 비싼 옷가지 등 물질적인 것에 탐닉한다. 그러나 점차 손쉽게 얻어진 온갖 것들에 시들해진 아내는 해서는 안 될 일을 저지른다. 오래도록 아이가 생기지 않던 자신들에게 아기가 필요하다는 소원을 빈 것이다. 꿈에도 그리던 아기 셰인을 품에 안게 된 아내는 남편의 만류에도 불구하고 아기에게 점점 더 집착한다. 그때 그들은 그 방과 관련된 치명적인 비밀을 한 가지 더 알게 된다. 그 방에서 얻게 된 모든 것은 집밖으로 나가는 순간 먼지가 되어 흔적도 없이 사라져 버린다는 사실이다.

영화를 보고 나면 인간의 내면에 자리한 탐욕이 얼마나 위험한 것인지에 대해 느낄 수 있다. 욕망이란 적절한 수준에서 제어되지 않으면 결국 그 자신과 주변을 파멸시키고 만다. 그런 주제를 전달하기 위한 영화 속 설정에는 고도의 상징이 깃들어 있다. 부부가 이사 간 집은 인간의 내면을 형상화한 공간이다. 이따금 전기 합선이 발생하는 얽히고설킨 전선 더미 속 비밀의 방은 복잡한 신경다발로 둘러싸인 뇌의 구조를 본떠 만들어졌다. 그 방에서 일어나는 일들은 밖으로 드러나지 않는 인간의 은밀한 욕망에 의한 망상을 의미한다. 부부가 소원하고 이루어졌던 것들이 집의 외부에서는 허망한 먼지일 뿐이란 사실은 욕망이 빚어낸 망상이 실체가 아닌 허상임을 말해 준다.

부러울 것 없이 모든 것을 가졌다 해도 욕망은 결코 포기하는 법이 없다. 오히려 충족될수록 더 크고 도발적인 것을 필요로 한다. 처음엔 손톱만한 무언가를 원했지만 그것을 얻게 되는 순간 그보다 더 큰 것을 갈구하게 된다. 견제 없이 계속되는 끝없는 탐욕은 과포화 된 나머지 내면의 허상을 넘어 밖으로 분출된다. 그리고 그에 의해 실체의 체계마저 무너지게 된다. 마치 영화 속 집 전체가 어느 게 허상이고 실체인지 모를 혼란의 도가니에 빠지듯 머릿속 망상이 과해지면 이성의 굳건한 구조가 무너지면서 허상과 실상의 혼돈이 오게 될 수도 있는 것이다. 영화 속 아기가 점점 성장하며 부부를 향해 위협을 가한 것처럼 허상이 실상을 해칠 수도 있다. 이처럼 지나친 욕망은 인간의 삶을 파괴하거나 파멸 속으로 침몰시킨다.

주인공의 상황에 이입되어 끝없이 반복되는 숲과 집의 환영 속에서 헤매고 누가 진짜인지 가짜인지 모를 허상과 실상 간의 싸움에 휘말려 한바탕 씨름을 벌이다 빠져나오면 안도의 한숨이 다 쉬어진다. 그럼에도 그게 끝이 아니다. 부부는 탐욕으로 인해 겪게 된 모든 사태가 마무리 된 뒤 전혀 예상치 못한 결과에 직면한다. 완전히 사라진 줄 알았던 망상의 씨앗이 다시 살아남은 것이다. 영화의 에필로그는 그처럼 내면의 망상이 만들어 낸 허상이 언제든 되살아날 가능성이 있음을 경계한다. 욕망이 남아 있는 한 망상의 뿌리도 결코 완벽히 제거되지 않을 것이기 때문이다.

영화장수 루피형아의 영화 속 숨은 그림 찾기

"보이는 것이 전부가 아니다All is not as it seems."

영화의 결말에 대해서는 여러 가지 해석이 가능하다. 임신테스터에 잡힌 아이의 존재가 어디에서 비롯되었는지에 따라 영화를 파악하는 시각이 달라지기도 한다. 그러나 어떤 경우든 확실한 것은 욕망과 망상이 만든 허상의 위험성이 우리네 일상 도처에 도사리고 있다는 사실이다. 케이트가 머물던 모텔방의 불빛이 깜빡거리는 마지막 장면은 그러한 감독의 의도를 나타낸다. 극중 비밀의 방이 평범한 방이 아님을 보여 주는 표지 역시 원인 모를 불빛의 깜빡거림이었다. 인간의 내면으로 설명하자면 실체에서 벗어나 더 이상 이성이 작동하지 않는 허상의 세계를 의미한다. 그 세계가 비밀의 방이 아니라 일상의 공간인 모텔 방에도 존재할 수 있는 것이다.

정통 스릴러를 선호하는 관객이라면 호감과 비호감이 갈릴 듯도 하다. 스릴러의 외형을 띠고 있긴 하지만 그 안에 철학적인 의도가 깃들어 있기 때문이다. 비밀의 방에서 끝없는 물질적 욕망에 탐닉하다 아이를 원하게 된다는 설정은 생명을 창조하는 신의 영역에까지 도전하는 무모한 인간의 모습이라고도 해석된다. 혹자는 어머니인 케이트의 망상에 의해 생겨난 셰인이 아버지인 맷을 죽이려 하는 모습을 두고 그를 그리스 신화에 등장하는 오이디푸스에 견주기도 한다. 부모를 없애고 살아남은 익명의 남자 존 도의 존재는 부모로부터 완전히 독립해야 한 명의 성인으로 세상 앞에 우뚝 서게 되는 인간의 숙명이 담겨 있다고도 한다. 개인적으로는 이 작품을 상당히 흥미롭게 관람했다. 보고 즐기는 차원을 넘어 관객에게 다양한 해석의 여지를 남겨주는 것은 이 영화의 강점이다.

68. 행복은 성적순이 아니잖아요

Happiness Does Not Come in Grades

1989. 한국. 드라마

꿈이 뭐냐고 한 번이라도 물어봤다면

고등학생인 은주는 반에서 1등, 전교 석차 6등의 우등생이다. 그런데도 엄마는 딸의 성적이 불만이다. 더 좋은 성적을 받아야 최고의 대학에 진학해서 아빠나 오빠처럼 수재 집안의 맥을 이을 수 있다. 은주는 엄마의 기대에 부응하기 위해 묵묵히 공부에만 열중한다. 다른 아이들처럼 음악도 듣고 영화도 보고 친구들과 어울리고 싶지만 그처럼 평범한 일상조차 허락되지 않는다. 그녀는 눈을 뜨는 순간부터 잠들 때까지 오로지 공부만 해야 하는 생활이 벅차고 답답하기만 하다.

같은 학급의 봉구는 은주를 짝사랑한다. 그녀에게 자신의 마음을 전하고 싶어 호시탐탐 기회를 엿본다. 학기말 고사가 끝난 주말 드디어 그에게 절호의 기회가 온다. 은주와 단 둘이 시간을 보낼 수 있게 된 것이다. 두 사람은 시장 구경도 가고 떡볶이도 먹으며 즐거운 시간을 보낸다. 은주는 활짝 웃으며 생전 처음 자기 또래 아이들의 일상을 경험해본다. 하지만 꿈같은 시간도 잠시뿐, 며칠 후 학교 운동장에 나붙은 시험 결과를 본 그녀는 큰 충격에 빠진다. 전교 10등 안에 이름이 없다. 한참을 눈길로 더듬어 내려간 끝에 은주는 자신의 이름 위에 적힌 32등이란 숫자를 발견한다. 그날 저녁 머뭇거리는 손길로 집 초인종을 누른 그녀에게 엄마의 냉소 어린 질책이 날아온다. 그 순간 그녀는 충격적인 결심을 하게 된다.

1989년에 개봉한 이 영화를 모르는 사람은 거의 없을 듯하다. 그 당시 태어나지 않아 영화를 보지 못했다 해도 제목만은 익히 들어봤을 것이다. "행복은 성적순이 아니잖아요."라는 말은 아직도 성적지상주의에 빠진 학교의 현실을 빗대어 이야기할 때 인용되곤 한다. 영화는 1등만을 바라는 세상에서 치열한 경쟁에 치여 감정 없는 로봇처럼 공부에 목숨을 거는 아이들의 모습을 가감 없이 보여 주고 있다. 아니, 아이들이 아니다. 그들의 부모가 자식의 성적에 목숨을 건다는 표현이 더 적확할 것이다. 학교는 학교대로 상위권 학생만을 편애한다. 공부 못하는 아이들에겐 아예 관심조차 없다. 이런 모습은 1980년대만의 일이 아니다. 아주 오래 전부터 악습처럼 이어져 왔다. 21세기를 살아가는 현재에도 똑같은 상황이 계속되고 있다.

그런 이유로 작품 속 이야기는 오늘날의 우리에게도 그대로 가슴에 와닿는다. 세월의 흐름이 무색할 정도로 생생한 현실로 느껴진다. 지금도 아이들은 하루 종일 학교에서 공부를 하고 종이 울리면 집이 아닌 학원으로 향한다. 그 학원의 수업이 끝나면 또 다른 학원이 기다리고 있다. 집에 도착하면 자정이 훨씬 넘을 수밖에 없다. 그렇다고 그대로 잠들 수 있는 것도 아니다. 내신과 학생부 활동을 챙기기 위해 다시 책상 앞에 앉거나 밤을 새워야 한다.

극단적 선택을 묘사한 영화의 엔딩은 요즘보다는 덜 자극적이었던 당시 영화들의 표현 수위로 보자면 상당히 충격적이다. 그로 인해 영화가 전달하고자 하는 의미가 보다 날카롭게 가슴에 스민다. 일반적인 시각에서는 잘하는 성적임에도 불구하고 은주는 전혀 행복하지 않았다. 자신이 왜 공부를 해야 하는지도 몰랐다. 집 또한 그녀에게 쉴 수 있는 안식처가 아니었다. 최선을 다하고 있는데도 능력 이상의 성과를 요구하는 엄마의 언행은 보는 이를 가슴 쓰리게 만든다. 그러나 그것은 우리 사회에서 아이를 키우는 부모들 대부분의 초상일 것이다.

영화 속에는 평소 음악 들을 시간조차 주어지지 않던 은주가 친구의 카세트테이프에 담긴 노래를 들으며 잠시 행복하게 미소 짓는 모습이 있다. 가장 가슴 아픈 장면으로 기억 속에 남아 있다. 한창 꿈과 감성이 커가는 사춘기 시절, 마음대로 꿈꾸고 아름다운 것들을 누릴 수 있는 자유를 빼앗긴 아이의 삶이란 얼마나 팍팍하고 모진 것이었을까. 아이의 부모가, 스승이, 더 나아가 우리 사회 전체가 그런 아이의 속내에 대해 조금이라도 주의를 기울였다면 어땠을까. "네 꿈은 뭐니?"라고 단 한 번만이라도 아이에게 물어봤었더라면….

영화장수 루피형아의 영화 속 숨은 그림 찾기

"보이는 것이 전부가 아니다All is not as it seems."

무려 30년이 지난 지금까지도 널리 회자되고 있을 만큼 한국영화사의 한 획을 그은 작품이다. 1989년 개봉 당시 관객 15만 5천여 명을 동원할 만큼 큰 성공을 거두었고 영화사적인 면에서 여러 모로 의미 있는 위치를 차지하고 있다. 우선 평론가 유지나에 의하면 우리나라 영화 산업에 '기획이라는 개념을 최초로 도입한 작품'으로 평가받고 있다. 상업적 성공이라는 목적을 위해 구상 단계부터 치밀하고 다각적인 방법을 전략적으로 설계하고 모색해 만든 영화이다.

영화가 선풍적인 인기를 끌면서 90년대 초반까지 청소년 대상의 후속작이 연이어 만들어지기도 했다. 영화의 속편으로 이미연과 허석이 다시 동반 출연한 〈그래 가끔 하늘을 보자〉를 비롯해서 〈있잖아요 비밀이에요〉, 〈꼴찌부터 일등까지 우리 반을 찾습니다〉 등을 들 수 있다. 또한 같은 제목의 소설도 영화 개봉과 엇비슷한 시기에 출간되어 영화 내용을 동시에 소설로도 볼 수 있는 이른바 '영상 소설' 장르를 크게 유행시켰다.

배우 이미연의 청순한 리즈 시절과 '으리'로 유명해진 김보성이 연기생활 초반 '허석'이란 본명으로 활동할 때의 순수한 모습이 풋풋하게 다가온다. 본래 이 영화는 1986년 꽃다운 생명을 버린 한 중학교 여학생의 유서를 모티브로 만들어졌다. 전교 1등을 하던 아이였지만 공부만 해야 하는 현실이 부담스러워 극단적인 선택을 했다.

당시 그 사건은 입시 과열로 병들어가는 교육 현장에 대한 전 국민적 관심을 불러일으켰다. 문화계에서는 이를 소재로 한 여러 예술작품이 만들어졌고, 교육계에서는 자성을 촉구하는 참교육 운동이 일어나기도 했다. 아이가 남긴 유서 전문을 구해 읽어보니 구구절절 애달프다. 아울러 사회의 모순을 향한 통렬한 비판이 가슴 깊이 파고든다. 그 마지막 구절을 실어본다. 참으로 의연한 아이였던 것 같다.

"난 나의 죽음이 결코 남에게 슬픔만 주리라고는 생각지 않아. 그것만 주는 헛된 것이라면 난 가지 않을 거야. 비록 겉으로는 슬픔을 줄지는 몰라도 난 그것보다 더 큰 것을 줄 자신을 가지고 그것을 신에게 기도한다."

69. 밀리언 달러 베이비 Million Dollar Baby

2005. 미국. 드라마

남은 전 생애를 걸고 지켜 주고 싶었던 소중한 나의 혈육, 모쿠슈라

프랭키는 오랜 경력의 복싱 트레이너다. 영화는 그의 절친이며 그가 운영하는 작은 체육관을 관리하는 스크랩이 화자가 되어 들려주는 편지글 형식이다. 어느 날 프랭키에게 매기라는 여성이 찾아온다. 그녀는 서른 한 살의 늦은 나이지만 복싱 선수가 되겠다는 꿈을 포기하지 않는다.

시작하기엔 나이가 너무 많아 안 된다며 스승이 되길 거부하던 프랭키는 그녀의 열정과 친구 스크랩의 권유에 못 이겨 매기를 가르치게 된다. 프랭키에게 제대로 교육받게 된 그녀는 복싱에 대한 천부적인 재질을 뒤늦게 꽃 피운다. 프랭키는 그녀에게 게일어 '모쿠슈라Mocushura'라는 닉네임을 지어준다. 승승장구하며 실력을 인정받게 된 매기는 권투 팬들 사이에서 모쿠슈라라는 애칭으로 확실히 각인된다.

드디어 그녀는 전 세계 복싱선수들이 꿈꾸는 WBA 챔피언 경기에 도전자로 출전하게 된다. 상대는 푸른 곰이란 별명의 세계 챔피언이다. 그러나 푸른 곰을 제압하며 챔피언이 되는 순간 매기는 상대의 반칙으로 쓰러져 치명적인 중상을 입는다. 전신 마비로 식물인간이 된 그녀는 그토록 원하던 꿈을 이룬 인생의 가장 아름답고 빛나는 시간을 간직한 채 죽기를 원한다. 그리고 아버지처럼 가깝게 여기게 된 프랭키에게 자신을 안락사 시켜 달라고 부탁한다.

영화의 표면적 스토리는 그렇게 요약할 수 있다. 그런데 그 안에 내재된 이야기 구조는 프랭키와 매기가 끈끈한 인간적 관계를 형성해 가는 과정을 보여 준다. 두 사람은 가족이 결핍된 채로 살고 있다. 매기는 자신을 사랑해 주었으나 오래 전에 죽은 아버지와 딸보다 돈이 더 중요한, 있으나마나한 엄마가 있다. 프랭키는 늘 편지를 보내지만 그 편지를 반송하는 딸을 하나 두고 있다. 아버지를 가족으로 받아들이지 않는다는 의미이다.

매기의 꿈에 동참하고 그 누구보다 그녀의 성공을 기뻐하며 프랭키는 점차 그녀를 딸처럼 살갑게 여기게 된다. 매기 역시 가족보다 자신의 꿈에 대해 더 잘 아는 프랭키를 무의식적으로 아버지와 동일시한다. 집에 다니러 간 길에 아버지와 잘 가던 레몬파이 집에 그를 데려간 것은 그녀가 자신의 가장 소중한 기억을 그와 공유하고 싶어서였다. 죽음을 결정하는 부탁을 하게 된 것도 그만큼 그를 가깝게 생각했기 때문이다. 프랭키는 고민에 빠진다. 하지만 그런 일을 해 줄 사람이 자신뿐임을 직감한다.

영화는 초반 전개에서 뒤늦게 꿈의 실현을 향해 첫발을 내딛은 한 여성이 그 꿈을 이뤄 가는 여정을 다룬다. 서른이 넘었다는 이유로 하고 싶은 일을 시도조차 해볼 수 없다는 인식은 우리보다 상대적으로 사회적 통념에서 자유로워 뵈는 미국도 마찬가지인가 보다. 우리가 사는 사회는 무슨 일을 해도 숫자와 연결시키려는 경향이 있다. 태어날 때부터 주민등록번호를 받고 학교에서는 출석 번호를 이름 앞에 달게 된다. 나이도, 신체사이즈도, 성적도, 모든 일들이 전부 숫자로 표시된다. 문제는 편의상 붙여지는 그 숫자들이 인간의 자유로운 행동을 제약한다는 점이다.

한 인간에게 꿈은 삶을 지탱하게 하는 가장 큰 동력이다. 개개의 인간은 저마다 삶의 속도가 다르기 때문에 누구는 일찌감치 꿈을 향해 나아가지만 다른 이는 남보다 늦게 출발할 수도 있다. 모두에게 적용되는 일률적인 잣대인 나이 한 가지로 그처럼 소중한 꿈을 제한한다는 것은 불합리한 일이다. 영화 속 매기는 매 경기마다 상대를 케이오 시키면서 보기 좋게 그 모든 사회적 통념을 격파시킨다. 그리고 나이는 그야말로 숫자에 불과하다는 사실을 증명해 준다.

이야기가 거기서 끝났다면 이 영화는 훈훈한 용기를 주는 따뜻한 범작에 그쳤을 것이다. 그러나 작품의 경지를 한 차원 높이 승화시키는 건 매기가 성공한 그 이후에 전개되는 부분이다. 관객은 영화가 후반으로 접어들면서 매기의 성공담이 전체의 한 부분일 뿐이란 사실을 알게 된다. 이 영화는 단순히 꿈의 실현만을 묘사하지 않는다. 꿈과 실패, 불운, 배신, 상처, 운명, 순응 등 인생 전반의 양상과 의미를 다루고 있다. 그리고 그중에서도 가장 중요한 요소 중 하나인 사람 사이의 관계와 사랑에 대해 말하고 있다. 진정한 사랑이란 자신의 남은 삶을 죄책감의 검은 굴레 속에 밀어 넣을지라도 상대를 위해 극한의 일도 해 줄 수 있는 희생과 책임감까지 포함한 일임을 역설한다.

그런 의미에서 프랭키가 매기에게 준 선수용 닉네임이자 게일어로 '나의 혈육'이란 뜻을 지닌 단어 '모쿠슈라'는 영화를 관통하는 주제어와도 같은 말이다. 두 사람은 비록 피가 섞인 사이는 아니지만 진짜 혈육끼리만 가능한 사랑을 나눔으로써 비로소 한 가족이 된다. 가족이란 세상에서 제일 귀한 생명을 전제로 한 사이다. 보통의 부녀관계는 아버지가 준 생명의 유전자에 의해 딸이 삶을 시작하게 된다. 두 사람의 경우는 프랭키가 매기의 삶을 끝맺음하게 도와줌으로써 가족처럼 확고하게 맺어졌다고 볼 수 있다.

영화장수 루피형아의 영화 속 숨은 그림 찾기

"보이는 것이 전부가 아니다All is not as it seems."

명연기자를 넘어 감독으로서 클린트 이스트우드의 필생의 역작이라 불릴 만한 작품이다. 관객과 평단에서 받았던 찬사는 다시 적을 필요가 없을 정도다. 이 영화는 여러 면에서 레전드로 불린다. 우선 작품성을 인정받아 클린트 이스트우드라는 영화 사상 주요 인물로서의 위상을 보다 확고히 해 주었을 뿐 아니라 제77회 아카데미 시상식에서도 여우주연상, 남우조연상, 작품상, 감독상을 휩쓰는 기염을 토했다. 초고 그대로 촬영에 들어가는 진기록도 남겼다. 이 작품은 폴 해기스라는 탁월한 작가가 F.X. 툴 원작의 단편집《불 타는 로프: 링 위의 이야기》에 실린 단편 두 개를 바탕으로 각본을 썼다. 보통 대본작업에서 완성본이 나오기까지는 숱한 수정작업을 거쳐야 한다. 하지만 그가 쓴 각본은 초고 단계에서 이미 더 이상 가감할 필요가 없을 만큼 완벽했다.

매기 역을 맡은 배우 힐러리 스왱크의 실제 삶 역시 극 중 매기의 이야기와 어딘가 상통하는 데가 있다. 한 매체와의 인터뷰에 따르면 힐러리 스왱크는 홀어머니 밑에서 어렵게 성장하며 배우에 대한 꿈을 키웠다. 소녀시절 우리 돈으로 채 십만 원도 되지 않는 75불의 현금을 가지고 LA로 옮겨 간 그녀와 어머니는 차 밖에서 생활할 정도로 혹독한 시절을 겪었다. 그러다 다행히 부동산 일을 하던 지인의 도움으로 그가 팔고 있는 집에서 잠시 지낼 수 있었다. 밤에는 비어 있는 집에 들어가 잠을 자고 손님들이 보러 오는 낮에는 나와 있는 식이었다. 그들은 어머니가 일자리를 얻으면서 간신히 방 한 칸을 얻어 살 수 있게 되었다.

배우로 데뷔하게 된 그녀는 어릴 때부터 자신에게 영감을 주었던 헐리우드의 거물과 일해 보는 게 꿈이었다. 그런 그녀에게 마치 복싱계를 주름잡던 트레이너 프랭키가 매기 앞에 나타났듯 대배우이자 감독인 클린트 이스트우드가 나타난 것이다. 힐러리는 그의 낙점을 받았을 때 그야말로 오랜 꿈이 이루어진 것 같은 느낌을 받았다고 한다. 그런 유사성으로 인해 그녀는 매기 역할에 흠뻑 빠져들었고 결국 이 영화로 아카데미에서 두 번째 여우주연상을 거머쥐었다.

70. 록키 Rocky

1977. 미국. 드라마

경기는 졌지만 스스로와의 싸움에서 이긴 진정한 삶의 챔피언

성취란 무엇일까. 도전해서 반드시 원하던 것을 손에 쥐어야만 그것을 성취라 부를 수 있을까. 이 영화는 상대방을 이기고 챔피언이 되어야 승리라 여기는 권투경기를 소재로 인생에서 진정한 성취란 무엇인지에 대해 그리고 있다.

주인공 록키는 필라델피아 빈민가에 자리한 한 권투클럽에서 짧은 경기를 뛰며 근근이 살아가는 삼류 헝그리 복서다. 그는 생계를 해결하기 위해 내키지 않는 고리대금업자의 수금원으로 일하고 있다. 애완동물 가게에서 일하는 에이드리안을 짝사랑하며 그녀에게 잘 보이기 위해 노력하는 순정파이기도 하다. 특별히 나아질 것 없는 시시한 삶을 살아가던 그에게 어느 날 인생을 역전할 수 있는 큰 기회가 찾아온다. 세계 복싱 챔피언 아폴로 크리드의 도전자로 선택된 것이다. 게다가 그 경기는 미국독립 200주년을 기념해 열리는 아주 특별한 이벤트이다.

정규전과는 거리가 먼 뒷골목 복서가 갑작스레 초일류 경기에 참여하게 된 데는 사연이 있다. 도전자가 시합을 얼마 안 남기고 부상을 입자 아폴로는 지역 출신의 신인에게 기회를 주자는 깜짝 제안을 한다. 그리고 수많은 선수 중 하필 록키가 그의 눈에 든다. 이탈리안 종마라는 닉네임이 마음에 들어서였다. 겸손한 록키는 스스로 그런 자리에 설 실력이 안 된다며 거절하지만 상대측의 적극적인 설득에 넘어가 경기를 하기로 약속한다.

과거에 나름 성공적인 커리어가 있는 체육관 관장 미키와 우여곡절 끝에 한 팀이 된 록키는 열심히 몸을 만들고 체력을 기르기 시작한다. 그러나 기량과 기술이 뛰어난 챔피언에게 뒷골목 복서가 단시간 내에 실력을 쌓아 도전한다는 것은 비현실적인 일이다. 더욱이 기껏해야 4회전 경기만 뛰던 그에게 챔피언 방어전의 15라운드는 무리하기 짝이 없는 조건이다. 그럼에도 그는 뼈를 깎는 고된 훈련을 하며 진지하게 그 경기를 준비한다. 그에게 복싱은 최선을 다해 전념해야 할 필생의 소명과도 같은 신성한 대상이기 때문이다.

드디어 시합 날, 이제까지 한 번도 경기 중 코뼈가 부러져 본 적 없는 게 자랑이었던 록키의 자존심은 초반부터 여지없이 박살이 난다. 경기 내내 그는 흠씬 두들겨 맞으며 판정패로 지고 만다. 그러나 그런 모습을 본 관객은 누구도 그가 졌다고 생각하지 않는다.

도전자의 목표는 챔피언 타이틀을 쟁취하는 것이지만 시합에 임하기 전 그는 자신만의 목표를 설정했다. 싸움에 이기기보다 링 위에서 최대한 버티겠다는 것이었다. 모두들 그가 3라운드도 못 넘길 거라고 부정적으로 예상했다. 그런 상황에서 사람들의 예단을 뒤엎고 그보다 더 오래 경기에 임하는 건 어쩌면 그 자신의 현실적 한계를 깨는 일인지도 몰랐다. 링 위에 올라간 그는 자신의 기량을 총 동원해서 힘껏 싸워 낸다. 그런 자세를 통해 쇼맨십에 능하고 권투에 대한 순수성이 거의 희석되어 버린 상대를 진짜 싸움판으로 이끌어 낸다. 그 결과 대략 쇼로 보여 주고 마는 복싱이 아니라 챔피언을 상대로 한 링 위의 혈투를 벌일 수 있었다. 비록 8대 7이라는 판정패로 지긴 했지만 경기 초반의 케이오 패가 아니라 경기를 모두 뛴 다음 심사위원 판정패라는 결과까지 이끌어 낸 건 분명 그의 인간승리이다. 그것만으로도 록키는 스스로에게 승리를 거둔 것이다. 또한 진지하지 못했던 상대에게 진정성이란 한 방의 주먹을 크게 날려 주었다. 1라운드에서 그를 갖고 놀 듯 경기에 최선을 다하지 않던 아폴로가 예상 못한 록키의 한 방에 잠시 다운된 것은 그런 의미였을 것이다.

영화 속에서 우리를 감동시키는 것은 천재일우의 기회를 대하는 그 같은 록키의 자세이다. 그는 스스로의 한계를 알고 그 속에서 잡을 수 있는 최선의 것을 얻으려 노력했다. 이기거나 지는 것은 이미 그의 관심사가 아니었다. 최선을 다해 최대한 끝까지 버틴다는 자신의 목표를 달성했으니 그 경기에서 이긴 것이라고도 볼 수 있다.

"종소리가 울릴 때까지 두 발로 서 있으면 내 인생에서 처음으로 뭔가를 이뤄 낸 순간이 될 거야."라는 록키의 말처럼 인생에서의 성취란 것도 반드시 외형의 성과를 의미하는 건 아니다. 자신이 정한 목표가 있고 거기 이르렀다면 손에 쥔 것이 없다 해도 이룬 것이다. 그것은 오히려 가시적인 성과보다 더 값진 것일 수 있다. 세상에서 가장 어려운 것 중 하나가 자기 자신을 이기는 일이기 때문이다. 그는 비록 아폴로에게 패배했지만 자신과의 싸움에서 이겼다. 그러니 우리는 그를 진정한 인생의 챔피언으로 불러도 좋을 것이다.

영화장수 루피형아의 영화 속 숨은 그림 찾기

"보이는 것이 전부가 아니다All is not as it seems."

이 영화는 무려 10여 년에 걸쳐 다섯 편의 속편까지 제작되고 다시 30년 후 완결편이 제작될 만큼 관객의 많은 사랑을 받았다. 각 편의 영화가 편차가 있긴 했지만 어쨌건 동일 캐릭터를 그린 영화가 그처럼 오래도록 팬들의 사랑을 받았던 이유는 무엇일까. 그리고 이 작품이 성공 스토리를 다룬 다른 영화와 차별되는 점은 무엇일까.

작품 외적인 여러 요인도 작용했겠지만 순수하게 작품의 내부적 요인으로만 살펴본다면 그 첫 번째는 캐릭터의 승리일 것이다. 록키는 인간성 좋은 청년이다. 바보스러울 만큼 우직하다. 심지어 동네 여자아이에게 헤픈 여자가 되지 말라고 진심으로 충고해 주며 늦은 밤 집까지 데려다주는 바른생활 사나이다. 남의 말 따위는 아무렇지도 않은 것처럼 말하지만 실은 속으로 상처받는 여린 청년이기도 하다. 애완동물 가게의 개마저 챙겨 줄 정도로 마음 따뜻하고 인간미가 살아 있는 이 사나이는 관객의 사랑을 안 받을 수가 없다. 더군다나 어눌하고 순박한 청년 역을 실제 인물처럼 재현해 낸 실베스타 스탤론의 뛰어난 연기로 인해 관객은 그를 우리 이웃 어딘가에 살고 있는 진짜 인물처럼 여기게 된다. 그리고 그의 인간성에 반한 관객들은 록키가 고난 같은 상황을 이겨 내고 역전승을 거두길 진심으로 바라게 된다.

두 번째는 스토리 전개의 현실성일 것이다. 스토리는 우연한 사건으로 시작된다 해도 그 사건을 어떻게 다루느냐에 따라 현실적 체감으로, 혹은 공감으로 이어진다. 이 영화는 상당히 현실적인 결말이 마음에 든다. 보통의 영화들처럼 영웅을 만들기 위한 설정을 따른다면 그는 마땅히 챔피언을 이겼어야만 한다. 그러나 이야기가 그렇게 흘러가는 순간, 영화는 한 번 보고 다시는 돌아보지 않을 단순한 오락용 영화가 되었을 수도 있다. 영화가 만들어진 지 오랜 시간이 지났음에도 여전히 사랑받는 것은 주인공의 인간적인 노력이 담긴 진정성이 이 영화의 주제요 결말이기 때문이다. 진정한 챔프란 이처럼 자신과의 싸움에서 이기고 그 안에서 인간적 성장을 이룬 사람일 것이다. 영화에서 묘사된 현실적인 스토리에 깔려 있는 그런 균형 잡힌 생각이야말로 이 영화에 공감하게 되는 핵심적 요인 중 하나이다.

71. 매직 티팟The Brass Teapot

2012. 미국. 코미디

탐욕에 찌든 현대인의 삶을 되돌아보게 하는 돈에 관한 우화

우리는 돈 때문에 평소 얼마나 많은 것들을 희생하고 사는 걸까. 필요 이상의 것들을 얻기 위해 돈이 필요하고, 그 돈을 벌기 위해 자신이 가진 삶의 대부분의 시간을 바친다. 어떤 이는 돈에 양심을 팔기도 하고, 상대를 배신한 채 사랑보다 돈을 선택하는 경우도 있다. 그런 삶에 오래도록 익숙해지다 보니 양심이나 신의보다 눈앞의 돈에 더 마음이 끌리는 것을 보다 인간적이라고 여기기도 한다.

돈에 대한 욕망을 다룬 이 영화의 주인공은 가진 거라곤 사랑밖에 없는 존과 앨리스 부부이다. 무능한 텔레마케터인 존과 만년 취준생인 앨리스는 늘 돈이 부족하다. 그런 그들 앞에 황동으로 만든 매직 티팟이 나타난다. 골동품 점에서 그것을 훔친 앨리스는 그 주전자가 자신이 고통과 통증을 느낄 때마다 돈을 토해 낸다는 걸 알게 된다. 돈의 액수는 통증의 강도가 높아질수록 많아진다. 존과 앨리스는 더 많은 돈을 얻기 위해 자신들의 몸에 점점 더 치명적인 고통을 가하게 된다.

어찌 보면 참 황당한 설정이다. 하지만 이 영화는 돈에 대해 굳어진 인식을 되돌아보게 하는 마력이 있다. 영화를 보면 주인공 존과 앨리스의 어리석은 삶에 투영되는 우리들 자신의 모습을 발견할 수 있다. 스스로의 체력과 시간을 깎아 먹어 가며 버는 돈은 그들 부부가 자신들의 몸에 상처를 내고 폭력을 가해 얻는 돈과 다를 바 없어 뵌다. 또한 남의 아픈 곳을 들춰내고 그들의 고통에서 이익을 얻는 모습 역시 우리들이 사회에서 겪는 일상적인 풍경과 어딘가 닮아 있다. 돈의 속성이란 정말로 그런 것인지 모른다. 그런 면에서 이 작품은 동화적인 이야기로 돈에 관한 현실을 빗대어 교훈을 주는, 어른들을 위한 우화로서의 역할을 톡톡히 해내고 있다.

그러나 이 영화는 버라이어티하게 전개되는 장편 영화적 서술이라기보다는 치열하게 한 가지 주제를 단선적인 구성으로 파고드는 단막극 같은 작품이다. 서브플롯이 존재하긴 하나 주된 이야기에 묻혀 제 역할을 해내고 있진 못하다. 일면 이해가 가기도 한다. 이 영화는 감독이 만든 동명의 단편영화를 장편으로 늘려 만든 작품이기 때문이다. 저예산 영화라는 한계 상 등장인물을 더 늘리거나 좀 더 다양한 상황을 결합시키기도 어려웠을 것이다.

다행스러운 것은 그런 내적 외적인 한계가 어느 정도는 이 영화의 장점으로 작용하고 있다는 점이다. 직진하듯 단선으로 밀어붙이는 이야기의 전개에 관객은 영화의 추이를 어느 정도는 짐작하면서도 화면에서 눈을 뗄 수가 없다. '설마 그렇게까지'라는 관객들의 예상은 번번이 빗나가고 영화 속 이야기는 그야말로 갈 데까지 가고야 만다. 사건이 점증될수록 극의 갈등도 고조되어 간다. 그 결과 관객은 극 속 주인공들과 일치된 마음으로 다가오는 파멸을 조마조마한 마음으로 지켜보며 우려하게 되고 저래서는 안 된다는 안타까움에 사로잡힌다. 그만큼 관객을 몰입시킨다는 의미다.

반면 단선적 전개에 의한 태생적 단점은 여전히 존재한다. 관객을 설득하는 뒷심이 부족하다고 할까. 욕망의 끝으로 치닫는 행보 속에서 브레이크를 잡는 유일한 역할을 하는 것은 남편인 존의 양심과 가책, 혹은 윤리적 가치 같은 것이다. 그런 류의 추상적 개념일수록 사건이나 그 사건에 대처하는 인물의 행동 같은 것으로 구체화, 시각화할 필요가 있다. 그럼에도 이 영화에서는 그런 모습을 제대로 보여 주지 못했다. 행동은 그렇지 않으면서 영혼 없는 대사만 읊는 격이다. 내내 아내의 '욕심과 욕망'이라는 전

차에 적극적으로 함께 탑승했던 그가 적기에 그 열차에서 뛰어내릴 수 있게 만들어 주는 적절한 내면적 계기가 마련되어 있지 않았다.

그러다 보니 극의 말기에서 보여 주는 그의 회개 혹은 전향이 다소 도식적이고 뜬금없어 보인다. 관객은 갑작스런 그의 태도 변화가 낯설다. 스토리 전개상 억지로 그래야만 한다는 인상을 준다. 영화 속 모든 인물은 작가 혹은 감독이 마음대로 정하는 스토리 전개상의 당위에 따라 움직이는 것이 아니다. 그 자신이 극 속에서 갈등을 통해 쌓아 온 내적 동력, 혹은 캐릭터의 일관성에 따라 스스로 결정하고 행동해야 할 것이다. 그 편이 개연성 있고 보다 현실적인 인물에 가깝다.

그럼에도 불구하고 영화는 기대보다 재미있다. 한 번쯤 돈이 펑펑 샘솟아 나오는 화수분 같은 것을 꿈꿔 본 사람들이라면 누구든 공감할 만한 설정이었다. 또한 돈과 인간성 말살이라는 심각한 주제에 직면했으면서도 이를 부담 없이 가볍게 이끌고 간 부분이 영화의 대중성을 확보하게 했다.

영화장수 루피형아의 영화 속 숨은 그림 찾기
"보이는 것이 전부가 아니다All is not as it seems."

영화는 내게 두 가지 궁금증을 남겼다. 우선 하나는 매직 티팟의 결말에 관한 것이다. 영화 속 중국인 리 링 박사는 전설로 전해 내려오는 매직 티팟을 찾아 그것을 봉인함으로써 악의 근원을 없애 버리려는 선한 의도를 지닌 사람이다. 할아버지와 아버지에 이어 3대째 그 행방을 좇을 만큼 강한 집념을 갖고 있다. 하지만 존과 앨리스에게서 주전자를 전해 받은 그의 행동은 왠지 석연치 않다. 어떤 식으로 봉인할 것인지 궁금해 하는 관객의 기대를 뒤로 하고 그는 매직 티팟을 바다에 수장시킨다.

바다에 버리면 언젠가는 또 다른 사람에 의해 발견될 날이 있을 수도 있다. 그렇게 되면 매직 티팟은 다시 이 세상에서 그 불행의 씨앗을 뿌릴 수 있게 된다. 그런 걸 알면서도 굳이 미봉책처럼 수장을 택한 이유는 무엇일까. 아마도 돈에 대한 탐욕은 인간의 역사가 계속되는 한 결코 근절될 수 없다는 점을 암시하는 것은 아닐까.

또 한 가지 의문은 영화 속 소품에 관한 것이다. 스크린이라는 사각 프레임 안에 놓이는 것은 그게 무엇이든 나름의 의미와 역할이 있기 마련이다. 별생각 없이 끼여 있었다 해도 그것은 전체 이미지의 퍼즐 같은 한 조각이 되거나 극적 배경의 한 구성요소로 작용하게 된다. 극중 골동품점 주인 노파는 여주인공 앨리스에게 "이게 전쟁 전의 내 사진이라오."라며 사진을 한 장 보여 준다. 사진 속 여인은 희미하게 표현되긴 했으나 젊고 이목구비가 뚜렷한 아름다움을 지니고 있다. 그런데 그 사진에 주목한 관객이라면 그 속의 인물을 어디선가 한 번은 본 듯한 느낌을 받았을 것이다. 그 사진의 실제 주인공은 누구일까.

바로 프랑스 조각가 카미유 클로델Camille Claudel이다. 그녀는 조각가 오귀스트 로댕의 연인이었다. 1988년 이자벨 아자니 주연의 동명 영화로도 제작될 만큼 파란만장한 생애를 살았다. 천재적인 자질을 지니긴 했으나 로댕의 작품적 영감을 위해 어찌 보면 희생되었다는 편이 맞을 것도 같다. 그녀는 그로 인한 피해망상에 시달리다 정신병원에서 생을 마치게 된다. 그런 그녀의 사진을 감독은 어떤 의도로 극 속 노파의 젊은 시절 사진으로 설정한 것일까. 단순히 젊은 날의 생생한 미모를 표현하고자 했다면 오히려 얼굴이 잘 알려지지 않은 일반인의 모습을 보여 주는 게 낫지 않았을까.

72. 아이 토냐 I, Tonya

2018. 미국. 드라마

"누구에게나 자신만의 진실이 있다."

미국 여성 선수 중에는 최초로 트리플악셀에 성공한 피겨스케이팅 선수 토냐 하딩의 삶을 영화화한 작품이다. 토냐는 자식에 대한 애정이 전혀 없이 딸을 이용해 돈을 벌려는 냉정한 엄마의 손에 이끌려 겨우 네 살 때부터 피겨를 배운다. 엄마는 언어폭력과 매질로 토냐를 학대하며 친구조차 사귀지 못하게 하고 오로지 기계처럼 피겨만 연습시킨다.

다이앤 코치를 만나면서 타고난 재질을 발견하게 된 그녀는 점차 피겨스케이팅 선수로서 명성을 쌓아 간다. 20세 되던 해 여자 선수들은 구사하기 힘든 트리플악셀을 처음 성공시킨 그녀는 자신감에 가득 차며 최고의 선수로 공인받는다. 그러나 개인적인 삶은 평탄하지 않다. 엄마와 싸우고 집을 나온 뒤 남자친구 제프와 결혼하지만 그는 곧 폭력남편으로 돌변한다.

그런 저런 여파로 토냐는 올림픽에 출전해서도 실력 발휘를 못 한 채 4위에 그치면서 스폰서 계약을 받지 못한다. 선수의 삶을 살아가기 힘들어진 그녀는 식당 종업원 노릇을 하며 생계를 잇게 된다. 그러던 어느 날 그녀에게 다시금 기회가 온다. 결별했던 다이앤 코치가 그녀를 찾아왔다. 그러나 다이앤과 함께 재기를 꿈꾸던 그녀는 올림픽선수권선발대회 기간에 또 다른 불운에 휩싸인다. 남편 제프가 친구 션을 시켜 라이벌인 낸시 케리건을 협박하려 했던 계획이 큰 사건으로 번진 것이다. 원래는 심리적 협박에 그치려 했지만 과대망상에 빠진 션이 실제로 그녀의 무릎을 공격하도록 일을 벌였다. 그 사건으로 인해 토냐는 국민의 공분을 사며 파멸의 길을 걷게 된다.

수신제가치국평천하修身齊家治國平天下라는 구절이 있다. 대학大學 출전의 이 문장은 천하를 다스리기 위한 전제조건이 개인의 인격 수양과 가정의 평화임을 강조하고 있다. 이 영화는 누구든 어릴 때부터 익히 들어왔을 이 말을 떠올리게 한다. 올림픽에서 우승 메달을 목에 건다는 것은 세계를 제패하는 일과 같기 때문이다. 작은 마을의 대표가 되는 것도 쉽지 않은데 한 국가의 대표 선수가 되어 올림픽까지 출전한다는 것은 보통 일이 아니다. 실력과 운을 동시에 갖추지 않으면 안 된다. 또한 전 세계 사람들이 지켜보는 초긴장 상황의 무대에서 자신이 지닌 기량을 백퍼센트 발휘하기 위해서는 스스로를 컨트롤할 수 있는 강인한 정신과 체력이 필요하다.

토냐의 경우는 가정사가 원인이 되어 대회의 집중력을 흐트러지게 만든다. 한 번도 사랑을 준 적 없는 냉정하고 시니컬한 엄마, 걸핏하면 폭력을 휘두르는 남편, 그에 휘둘리는 토냐의 혼란스런 마음은 실력이라는 날개를 달고 훨훨 날아오르려는 그녀를 번번이 붙잡아 내린다. 보통의 가족은 어떤 식으로든 도움이 되는 존재이지만 그녀에겐 인생 최대의 안티인 것이다.

게다가 그녀는 어릴 때부터 사회적 편견에 의해 피해를 입는다. 심사위원들은 그녀가 실력이 출중하다는 사실은 인정하면서도 그녀의 출신에서 오는 부정적인 인상을 결격사유로 들어 제대로 된 점수를 주지 않는다. 그러다 결국은 남편이 빌미가 된 낸시 케리건 습격 사건에 휩쓸리며 사회 전체로부터 외면 받는다. 사건의 공범으로 몰리면서 전 세계의 가십성 이목을 집중시킨 그녀가 아이스 링크에 오르기 직전 홀로 화장하며 눈물 속에서 억지로 웃음 짓는 신은 그녀의 인간적인 고독과 삶에 대한 비애를 담아낸 명장면이다.

그처럼 가정과 사회에서 처하게 된 여러 가지 불합리한 여건은 그녀가 그토록 사랑하는 피겨스케이팅을 영구히 할 수 없게 만든다. 하지만 주변 환경과 상황에 치여 결국은 아무에게도 주목받지 못하는 삼류 인생으로 살아간다 할지라도 우리는 그녀의 삶을 단지 비극이라고 슬퍼해야만 할까. 그녀가 법정 신에서 밝혔다시피 그런 상황에서도 그녀는 최선을 다해 헤쳐 나가려 애썼다. 미국 여성 최초로 트리플악셀에 성공한 역사적 성취는 악조건 하에서 그녀가 보여 준 최고의 결과다. 비록 그 후속의 발전된 모습을 보여 주지 못했다 해도 끊임없이 시도했던 것만으로 그녀의 삶은 충분했다. 누구에게나 자신만의 진실이 있다는 그녀의 말처럼, 세상 모든 사람이 다 그녀를 욕한다 해도 그녀의 삶은 '토냐'란 이름의 '나'에 충실했던 삶으로서 스스로에게 진실 되고 의미가 있는 것이다.

영화장수 루피형아의 영화 속 숨은 그림 찾기

"보이는 것이 전부가 아니다All is not as it seems."

영화의 이해를 돕기 위해 토냐 하딩에 관해 좀 더 자세히 적어보자면 케리건 사건이 벌어진 후 당시 미국사회에서 토냐는 국민악녀로 여겨졌다. 그에 비해 그녀는 오늘날까지도 공격이 벌어지기 전까지 자신은 전혀 그 사실을 몰랐다고 항변하고 있다. 그녀의 입장만을 참고한다면 그녀에 대한 항간의 부정적인 시선은 부당하고 억울한 일일 수밖에 없다.

그러나 그녀는 법정에서 케리건 공격자에 대한 기소 방해를 공모한 혐의에 대해 유죄를 인정했고 3년 보호관찰과 16만 달러의 벌금, 500시간의 사회봉사를 명령 받았다. 선수로서는 사건이 발생했던 당시 획득한 미국챔피언 금메달을 박탈당했고 미국 내에서 피겨스케이팅 선수로 뛰는 것을 영구히 금지당하기도 했다.

어쨌거나 그 사건으로 치명적인 징벌을 받은 상황에서 그녀의 입장만을 두둔하거나 미화할 수도 있다는 우려가 있었을 것이다. 그래서인지 제작진은 극중 출연자들이 인터뷰를 통해 각자 입장에서 정황을 설명하게 하는 일종의 페이크 다큐 형식을 도입하는 등 다각적인 시도로 스토리의 균형을 잡으려 했다. 단 페이크 다큐가 허구의 사실을 마치 실제상황인 것처럼 보여 주기 위한 형식이라면 이 영화의 경우 실존하는 극중 인물이 허구가 아닌 사실을 전하고 있다는 차이는 있다.

그런데도 영화를 보고 나면 우리는 토냐라는 한 사람에 대해 동정과 우호의 시선을 보낼 수밖에 없다. 그녀를 이해하려는 시각이 극 전반에 깔려 있기 때문이다. 아무도 그녀의 결백을 믿어 주지 않지만 그 인간적인 면을 파고들어가 보면 그녀가 왜 그런 정황에 빠지게 되었는지 수긍할 수 있다. 아직도 우리는 진실이 무엇인지 알 수 없다. 그러나 그녀의 말처럼 누구에게나 자신만의 진실이 있긴 하다. 죄는 미워도 인간은 미워하지 말라는 말도 있듯.

73. 빌리 진 킹: 세기의 대결Battle of the Sexes

2017. 영국 · 미국. 코미디

9천만 시청자의 눈앞에서 벌인 운명의 한판 승부로 여성의 평등과 권익을 외치다

사회의 여러 분야에서 적어도 공식적으로 여성이 남성과 동등한 대우를 받기까지는 보이지 않는 곳에서 여권 신장을 위해 노력해 온 많은 사람이 있다. 성소수자 문제도 마찬가지다. 뿌리 깊은 동성애 혐오에 대항해 개인의 성 정체성을 당당하게 세상에 알리고 동성애란 존중받아야 할 성적 취향 중 하나임을 대중에게 널리 인식시켜 온 사람들도 있다. 그랜드슬램을 달성하고 수년 간 세계 랭킹 1위 자리를 고수한 미국 여자 테니스 선수 빌리 진 킹은 평생 그 두 가지에 매진한 대표적인 인물이다. 이 영화는 그녀가 자신이 몸담고 있는 테니스계에서 어떤 노력을 통해 여성의 권리를 쟁취했고 그 과정에서 스스로의 성적 정체성을 어떻게 발견하고 정립해 나갔는지를 생생히 보여 준다.

어느 날 빌리 진 킹은 US테니스협회 측에 이의를 제기한다. 똑같은 흥행 성적을 내고 있음에도 남자선수의 대회 상금이 여자선수가 받는 것에 비해 8배나 많다는 이유에서였다. 그녀의 그런 항변에 대해 "남자는 여자보다 더 빠르고 힘도 좋고 투지도 강하다."며 반박하는 협회 남자 관계자들의 의견은 그 당시 사회의 일반적인 통념을 보여 준다. 그녀는 뜻 맞는 동료들과 함께 테니스협회를 뛰쳐나와 독자적인 행동을 펼친다. 그녀와 선수들 총 아홉 명은 단 돈 1달러에 버지니아 슬림 서킷 오픈 대회에 참여하고 전국을 돌며 경기를 펼친다. 그리고 그에 힘입어 세계여자테니스협회WTA를 창립한다. 그런 와중에 빌리 진은 자신의 머리를 매만져 주는 미용사 마릴린을 만나 묘한 교감을 나눈다. 마릴린이 대회를 치르고 있던 빌리 진을 찾아오면서 두 사람은 연인관계가 된다.

개인사도 직업과 사회에서의 활동도 모두 격동의 시기를 보내던 그녀에게 한 테니스 스타가 운명의 도전장을 던진다. 전 남자 윔블던 챔피언인 바리 릭스이다. 도박중독자이며 쇼맨십이 강해 튀는 행동을 서슴없이 해대던 바비는 빌리 진 킹에게 남자 대 여자의 대결이라는 세기의 이벤트를 제안한다. 빌리 진은 여성도 능력을 발휘하면 못할 게 없다는 자신의 신념을 증명하기 위해 그와의 경기를 수락한다.

바비 릭스의 도전을 받아들인 그녀는 전 세계 9천만 명이 시청하는 가운데 최선을 다해 싸운다. 남성우월주의자인 바비 릭스는 여자가 남자보다 열등하다는 사실을 증명하기 위해 경기를 펼친다. 그러나 그 속내는 시선 끌기와 상금이었다. 관심 받기를 좋아했던 그는 세기의 대결 자체에 흥미가 있었고 돈을 위해 남성우월주의를 상업적으로 희화화했다. 그에 비해 그녀는 상금이 목표가 아니었다. 여자 테니스와 여성의 권익을 위해 진지하게 시합에 임했다.

순수성이 결여된 목적과 비논리적인 편견에 자신을 맡긴 바비와 동료들을 비롯한 여성 전체의 권익 향상이라는 대의에 자신의 전부와도 같은 테니스 선수로서의 명예와 위상을 건 빌리는 누가 보아도 비교가 되지 않는 상대였다. 체력이나 기량을 떠나 빌리 진은 대회를 대하는 진정성 면에서 이미 승자였다. 결국 그녀는 그 대회를 우승으로 이끌며 여성에 관해 인류가 품었던 "더 약할 것이다."라는 편견을 보기 좋게 깨뜨린다.

한편 그녀의 사랑은 그와 맞물린 또 하나의 편견에 대한 도전과도 같았다. 그녀는 미용사 마릴린과 동성애에 빠져들면서 스스로가 레즈비언임을 깨닫게 된다. 당시 가족과 사회에 부끄러운 것으로 여겨졌던 동성애는 그녀를 슬럼프에 빠지게 만든다. 그러나 그녀는 곧 신념에 충실해 최선을 다함으로써 여성에 대한 전 세계 사람들의 인식을 바꾼 것처럼 자신이 옳다고 믿는 것을 감출 필요가 없다는 사실을 깨닫는다. 영화 속에서는 모호하게 그려졌지만 훗날 빌리 진은 자기 자신에게 솔직하고 진실해지기 위해 성 정체성을 확립하고 당당히 커밍아웃 한다. 사회적으로 영향력이 컸던 그녀의 그런 행동은 수많은 성소수자의 권리 향상을 위한 든든한 발판이 되었다.

영화장수 루피형아의 영화 속 숨은 그림 찾기
"보이는 것이 전부가 아니다All is not as it seems."

빌리 진 킹은 가장 보수적인 스타일의 경기를 펼쳐야 하는 테니스계에서 처음으로 여성의 능력에 대한 사회적 편견을 바꾼 여성이었다. 한 인터뷰에서 밝힌 바에 의하면 바비와 싸워 질 경우 여성의 동등한 지위에 관한 세간의 인식이 50년 전으로 돌아갈까 봐 전전긍긍하며 투지를 불태웠다고 한다. 그녀에게 세기의 대결이 얼마나 절박한 경기였을지 짐작이 간다. 앞서 적은 것처럼 그녀는 1981년 자신의 동성연애 사실을 공식적으로 시인하면서 스포츠선수로서는 처음 커밍아웃 한 인물로도 기록에 남았다.

"시대가 변했어. 당신이 지금 세상을 바꿨잖아. 언젠가 우리 모습 이대로 살 수 있는 날이 오겠지. 당당하게 사랑하면서."

빌리 진 킹이 바비와 싸워 이겼을 때 글래디스 헬드맨이 그런 말을 했다. 그녀의 말처럼 그 후 세상은 차츰 바뀌어 갔다. 그 이면에는 양성평등과 성소수자의 권익을 위해 노력한 빌리 진 킹과 같은 사람이 존재한다.

욕망이라고 하면 누구든 먼저 탐욕을 떠올린다. 그러나 세상에는 돈이나 물질, 본능적인 욕구의 충족을 지나치게 탐하는 불건전한 욕망이 있는 반면 건강한 욕망도 있다. 세간의 시선과 인기, 돈만을 노렸던 바비에 비해 빌리 진 킹의 욕망은 확실히 건강하다. 올바른 가치관 위에 세워진 합리적인 생각이 정당한 언행으로 표출되고 있기 때문이다. 건강한 욕망을 지닌 이의 노력은 보는 이에게도 선한 감화를 준다. 그래서 관객 역시 이런 영화를 보고 나면 세상을 바꿔 가는 올바른 일들에 대한 건강한 욕망을 갖게 된다. 그런 면에서 이 작품은 재미뿐 아니라 의미도 갖춘 영화로 평할 수 있을 것이다.

사족이지만 70년대의 배경이나 소품이 레트로 영화를 좋아하는 필자의 마음에 들었던 영화이기도 하다. 예를 들어 바비가 한밤중에 멀찍이 차를 세워 놓고 빌리 진 킹에게 전화를 하는 장면에 등장하는 공중전화 부스라든지, 공항에서 테니스 경기를 지켜보기 위해 동전을 넣어 작동시키던 TV 등은 사라진 아날로그의 나날을 떠올리게 해서 정겹다. 세기의 대결이 주는 극적 매력 덕에 남녀 간 테니스 대결이라는 이 소재는 2001년 ABC 방송에서 텔레비전 영화로도 만들어졌고 2013년에는 다큐멘터리로 제작해 개봉되기도 했다.

74. 블리드 포 디스Bleed for This

2017. 미국. 드라마

치명적인 부상을 딛고 일어서 불가능의 가능을 이룬 진짜 챔프의 귀환

살다 보면 위기의 순간이 온다. 그러나 그 위기를 어떻게 대하는가에 따라 그 이후의 삶은 크게 달라진다. 어떤 사람들은 그것을 감성적으로만 받아들인다. 절망하고 한탄하며 위기와 함께 주저앉는다. 그처럼 자기 앞에 닥친 거센 위기의 파도에 그대로 휩쓸리는 것은 본인의 뜻과 관계없는 상황의 물결에 삶의 거취를 맡기겠다는 의미와 같다. 또 다른 이는 살아남겠다는 한조각 희망의 나무 조각을 붙잡고서라도 어떻게든 그 물결을 헤쳐 나간다. 비록 하다가 안 돼서 물에 빠져 버릴지라도 스스로의 의지로 선택한 길은 후회가 덜한 법이다.

주변 모두가 회의적인 상황에서도 포기하지 않고 끝내 자신을 일으켜 세운 한 복싱 선수의 이야기가 있다. 〈블리드 포 디스〉란 영화이다. 거장 마틴 스콜세지가 기획을 맡은 이 영화는 1980년대 미국 역사상 최고의 복서였던 비니 파지엔자라는 실존 인물을 그린 작품이다. 챔피언 타이틀을 딴 직후 교통사고를 당해 걷는 것도 불가능할 수 있다는 판정을 받지만 불굴의 투지로 다시 챔피언에 오르는 과정을 담고 있다.

주인공 비니는 슈퍼라이트급 세계 챔피언이다. 그는 기술적인 한계에 부딪혀 타이틀 방어전에 실패한 후 슬럼프에 빠진다. 마이크 타이슨의 코칭을 맡았던 케빈 역시 업계의 퇴물이 되어 재기의 기회만 노리고 있다. 케빈과 의기투합한 비니는 두 단계나 위인 주니어미들급으로 체급을 올리며 노력한 끝에 세계 챔피언 자리를 되찾게 된다.

하지만 그는 챔피언 타이틀 재탈환의 기쁨을 만끽할 새도 없이 불의의 교통사고를 당한다. 의사는 그에게 충격적인 진단을 내린다. 복싱을 못하는 것은 물론이고 두 다리로 걸을 수 있을지조차 알 수 없다는 것이다. 주변 사람들은 모두 그의 선수 생활이 끝났음을 기정사실로 여긴다. 케빈과 가족조차 그에게 권투를 포기하라고 말한다. 보통의 경우라면 환자의 회복을 위해 격려의 말을 해 주거나 용기를 북돋아 주는 게 가까운 이들의 역할일 것이다. 그런데 그들 중 아무도 그에게 헛된 희망을 갖게 하고 싶지 않았다. 그만큼 절망적인 상황이었다.

그는 권투를 못하게 막는 가족들 몰래 숨어 고독한 재활 운동을 시작한다. 그리고 권투를 할 수 있을 만큼 체력을 회복한다. 그러나 자기 자신을 이기는 것만큼이나 어려운 점은 주변 사람들의 생각을 바꾸는 일이었다. 그 자신은 링 위를 펄펄 날아다닐 것 같은데 업계 사람들은 그의 재기를 비관적으로 보고 있었다. 복싱 장면을 촬영하기 위해 스파링 상대를 구하는 신에서는 당시 그를 보는 사람들의 인식이 어땠는지 체감할 수 있다. 권투는 서로의 투지를 에너지로 싸우는 스포츠이다. 그런데 아직 몸이 성치 않은 비니를 상대로 강한 펀치를 날리겠다고 마음먹는 이가 하나도 없었다. 자신들이 내두른 한 방이 잘못하면 사람의 생명을 앗아갈 수도 있다는 부담감이 있었을 것이다. 싸우고 싶지만 싸워 주지 않는 것만큼 허탈하고 절망적인 상황이 또 있을까.

위기의 끝에 선 비니는 그럼에도 불구하고 좌절하지 않는다. 수없이 절망 앞에 무릎을 꿇으려는 자기 자신을 이겨냈듯 사람들의 굳어진 인식을 바꾸기 위해 한 걸음씩 천천히 앞으로 나아간다. 그리고 마침내 다시 도전에 나선 그는 챔피언 타이틀을 거머쥐게 된다.

인생을 살아가며 우리는 불가능해 보이는 일에 대해 머리로 가늠하고 포기하는 경우가 많다. 본인이 진정 원하고 반드시 가야만 할 길이라 여긴다면 직접 해보는 용기도 필요하다. 다른 이들이 아무리 불가능하다고 만류한다 해도 결국 포기한 후에 벌어지는 후회의 날들을 오롯이 겪어 내야 하는 건 본인이다. 포기하라고 부추기는 건 어쩌면 그들이 아닌지도 모른다. 자기 안의 나약함이 적절한 이유와 타협점을 찾은 것일 수도 있다. 자기 자신을 이기고 타인의 생각마저 뛰어넘어 다시금 승리를 쟁취한 그는 복싱챔피언을 넘어 삶의 진정한 챔피언이라 말할 수 있을 것이다. 영화 속 비니의 마지막 인터뷰 대사는 이런 저런 이유를 대며 손을 놓아 버리려는 이들에게 스스로에 대한 경각심을 일깨워 준다.

"'그렇게 간단하지 않아요.' 그게 제가 들은 가장 큰 거짓말이에요. 그래서 사람들을 포기시키는 거죠. 진실은 간단하다는 거예요. 불가능해 보이지만 실제로 해보면 어느 순간 끝이 나고 얼마나 간단한지 알게 돼요. 처음부터 불가능은 없었던 거죠."

영화장수 루피형아의 영화 속 숨은 그림 찾기

"보이는 것이 전부가 아니다All is not as it seems."

비니 파지엔자의 실화는 불가능에 가까운 가능을 이루어 낸 이야기이다. '스포츠 역사상 가장 불가능한 복귀전'이라는 영화 속 표현은 결코 과장이 아니다. 사고를 당한 비니가 착용한 좀 기괴해 뵈는 장치인 헤일로는 정형외과에서 할로베스트 또는 할로조끼라 부르는 경추 보조기의 일종이다. 다친 목뼈나 척추를 보조하기 위해 두개골에 핀을 삽입해서 고정해야 한다. 듣기만 해도 쉽지 않은 일이다. 보통 8주 정도 착용하는 이 장치는 환자의 상태에 따라 기간을 조정하게 되어 있다. 비니는 무려 6개월간이나 헤일로를 착용했다. 증상의 심각성을 가늠해 볼 수 있다. 절대 안정이 필요한 그 상황에서 근육 운동을 하는 건 거의 미친 짓에 가깝다. 게다가 그는 사고 후임에도 자신의 체급을 다시 한 계단 위인 슈퍼미들급으로 올리는 무리를 감행했다. 처음 체급으로 본다면 무려 세 단계가 상승한 것이다.

극장에서 이 영화를 볼 때 손에 땀이 날 정도로 긴장하며 몰입했던 기억이 난다. 웬만한 서스펜스 영화보다 더 흥미진진했다. 마지막 권투 경기 시퀀스에서는 주인공의 투지에 완전히 이입되어 그가 챔피언 벨트를 쟁취하는 순간의 환희를 함께 누릴 수 있었다. 한 인터뷰에 의하면 비니는 앞에서 다룬 영화 〈록키Rocky〉를 보면서 챔피언이 되겠다는 꿈을 꾸었다고 한다. 그가 영화를 통해 꿈을 이루었듯 우리들 중 누군가도 그의 재기를 다룬 이 영화에서 어려운 삶을 헤쳐 나갈 수 있는 용기를 얻었으면 한다.

75. 산전수전 Weathering the Storms

1999. 한국. 코미디

이뤄야 할 목표가 있다는 것이 삶에 미치는 영향

이 영화만큼 파란만장한 스토리가 또 있을까. 주인공 아현은 돌잡이 상에서 돈을 집을 정도로 태어나서부터 돈을 좋아했다. 취미가 뭐냐는 면접관의 질문에 "돈 세는 것"이란 대답을 해서 바로 은행에 취직되기도 한다. 어느 날 은행 강도에게 납치되었다 돌아온 그녀는 자신과 함께 산속 깊은 웅덩이에 빠졌던 5억이 든 노란 돈 가방을 떠올린다. 사람들은 그 돈 가방이 자동차가 폭발하며 불타버린 줄 안다. 이제 그 돈은 공식적으로 지상에서 증발한 임자 없는 돈이 되어 버렸다. 아현은 정확한 위치를 알 수 없지만 산속 웅덩이에 가라앉아 있을 그 돈을 찾기 위해 백방으로 방법을 알아본다.

그런데 그 방법이란 것이 일반인의 상상을 훌쩍 뛰어넘는다. 그녀는 일단 은행을 그만둔다. 그리고 대학 입학 공부를 해서 지질학과에 들어간다. 심지어 암벽등반 하는 법을 배우고 스쿠버다이빙과 수영, 운전도 배운다. 오랜 세월에 걸쳐 집요하고 억척스럽게 목표를 향해 돌진하던 그녀는 결국 돈 가방이 숨겨진 장소를 찾아낸다. 하지만 그런 집념의 과정에 비해 정작 돈을 발견한 그 이후의 행동은 의외이다. 돈이 가득 든 돈 가방을 다시 절벽 밑으로 던져 버렸기 때문이다. 그녀는 왜 그런 선택을 하게 되었을까.

영화는 삶에 있어서 목표라는 것의 의미에 대해 생각하게 해 준다. 막연히 돈을 좋아하긴 했지만 그녀는 돈 가방을 떠올리기 전까지는 구체적인 삶의 목표가 없었다. 그러나 일단 돈 가방을 찾아야 한다는 목표가 생기자 인생의 양상이 달라지기 시작한다. 목표가 있으니 한눈을 팔 여가가 없다. 매순간 집중하게 되고 성의를 다하게 된다. 그와 함께 무의미하게 흘려보내던 한순간 한순간이 생생하게 살아나 빛나기 시작한다. 더욱이 그 모든 것이 누가 시켜서 하는 일이 아니니 자발적이고 열성적일 수밖에 없다. 삶에 뚜렷한 목표가 있다는 것은 사람을 그렇게까지 성실하고 적극적이며 최선을 다하게 만들어 주는 것이다.

무엇이든 치열하게 해낸 세월은 그녀에게 여러 가지 예기치 않은 복을 안겨 준다. 공부를 열심히 했더니 특별장학생이 되었고 수영대회와 암벽대회에 나가 우승 상금도 받았다. 적극적으로 노력하며 살아온 덕분에 그녀는 이제 좋아하는 취미들이 생겼고, 매진할 수 있는 전공이 정해졌다. 취미와 관련된 강사로 활약할 정도로 각 분야에서 능력도 인정받게 되었다.

그런데 막상 돈 가방을 발견하는 순간 그녀는 잠깐의 성취감을 얻은 대신 삶의 목표를 잃게 된다. 아마도 그 즉시 목표 없는 삶의 무력감과 회의, 허무감이 엄습했을 것이다. 그녀는 목표를 위해 열심히 뛴다는 것 그 자체가 행복이며 의미 있는 삶이라는 걸 깨닫게 된다. 작품 속의 모든 고난과 극복은 주인공을 인간적으로 성장시킨다. 만약 돈 가방을 찾은 상황에 안주했다면 그녀의 인생은 거기서 멈춰 버렸을 것이다. 그러나 그녀는 돈 가방을 던져 버리면서 그 목표에서 벗어나 또 다른 인생의 목표이자 방향을 찾게 되었다. 동시에 앞으로 한 발 더 나아갈 수 있는 전진의 계기가 마련된 것이다.

영화장수 루피형아의 영화 속 숨은 그림 찾기
"보이는 것이 전부가 아니다All is not as it seems."

영화 제목 〈산전수전〉은 우리가 아는 그 산전수전山戰水戰이 아니라 산전수전山錢水錢이다. 돈을 찾기 위해 온갖 풍파를 다 겪는다는 의미가 된다. 제목이 시사하는 것처럼 주인공은 산을 오르고 물을 건너는 고생 끝에 원하던 돈을 얻게 된다. 본래 이 영화는 야구치 시노부 감독의 일본영화 〈비밀의 화원ひみつの花園〉을 리메이크한 작품이다. 아쉽게도 원작과 너무 판박이라는 평가를 받고 있다.

그러나 영화가 만들어진 당시는 일본문화 규제로 인해 아직 완전 개방이 이루어지지 않았던 시절이다. 일본 노래나 영화, 애니 등을 접할 수 있는 길은 비공식적인 경로뿐이었다. 사람들은 그 실체와 관계없이 금지된 것에 대한 욕망이 큰 법이다. 일본 문화에 대한 호기심이 상대적으로 강해질 수밖에 없었다. 그런 상황이니 영화를 만드는 쪽에서는 일본에서 대중적 인기를 얻은 작품을 단지 우리나라 것으로 현지화 하는 것만으로도 관심을 끌 여지가 있다고 판단했을 것이다. 독창성보다는 상업적 성공을 염두에 두고 만들어진 작품인 셈이다.

그런 논란에도 불구하고 이 영화를 인생영화 목록에 선정한 이유는 영화가 갖는 함의 때문이다. 표면적으로는 좌충우돌 캐릭터가 벌이는 예측 불허의 코믹한 내용이다. 하지만 부담 없이 가볍게 웃고 즐기다 보면 그 안에 담긴 인생의 진실이 보인다. 그토록 염원했던 가방을 절벽에서 던져 버리는 짧은 반전의 결말에서 우리는 삶에 있어 목표라는 것이 주는 참 의미를 깨닫게 된다. 골치 아프고 심각한 전개가 아님에도 스스로의 삶을 돌아볼 수 있게 해 주는 뼈 있는 코믹 어드벤처 영화라고 할까.

76. 배틀 로얄 Battle Royale1

2002. 일본. 액션

입시라는 무한경쟁의 서바이벌 게임 속에서 살아남기 위한 아이들의 투쟁

영화는 21세기의 일본 사회를 배경으로 하고 있다. 실업자 천만 명에 등교 거부 학생이 무려 80만 명에 달하게 되면서 나라는 통제 불능의 상태로 치닫는다. 치솟는 청소년 범죄율에 겁이 난 어른들은 BR법이라는 황당한 교육개혁법을 만들어 낸다. 전국 중학교 졸업반 중 한 학급을 골라 외딴 장소에 데려가 풀어놓은 뒤 서로가 서로를 죽이는 살인 서바이벌 게임을 하도록 만든다는 내용이다. 단 게임에는 몇 가지 규칙이 있다. 규칙을 어길 경우 목에 장착된 시한폭탄이 터지게 된다. 게임에서는 최후에 남는 한 사람만 살려 준다. 제한 시간은 단 3일. 그 안에 승자가 결정되지 않으면 시한폭탄이 일제히 터지며 모두가 죽게 된다.

올해도 한 중학교의 3학년 학급이 비밀리에 BR법 대상자인 배틀 로얄 학급으로 선정되었다. 주인공 나나하라 슈야를 비롯한 학급 아이들은 수학여행을 가는 줄 알고 신이 나 있다. 하지만 차에서 수면 가스에 의해 잠이 든 후 목에 알 수 없는 장치가 부착된 채 한 무인도의 폐교에서 깨어난다. 자신들이 무슨 상황에 빠졌는지 몰라 어리둥절한 아이들은 눈앞에 나타난 인물을 보고 경악한다. 그는 학생의 칼에 맞고 학교를 그만둔 1학년 때 담임 키타노이다. 아이들에게 앙심을 품고 있는 그는 규칙을 알려

주는 순서에서 이미 반항하는 아이들을 아무렇지도 않게 죽인다. 눈앞에서 친구들이 처참하게 죽어가는 광경을 지켜본 아이들은 그제야 그게 장난이 아니라 실제 상황이란 걸 절감한다. 그리고 점차 자신이 생존하기 위해 본의 아니게 친구를 죽이게 된다.

아무리 무한 상상이 가능한 영화라지만 영화에 대한 사전정보가 없는 관객이라면 그 설정의 막장성에 혀를 내둘렀을 것이다. 그런데 아이러니하게도 영화는 관객을 몰입시키는 흡입력이 있다. 여과 없이 보여지는 잔인하고 폭력적인 장면이 신경을 거스르면서도 그 안에 담긴 숨은 의미와 선명한 주제의식이 현실적인 공감을 불러일으키기 때문이다. 어떤 상황을 극단적으로 단순화시키거나 극한까지 밀어붙이면 보이지 않던 사안의 본질이 보이게 된다.

영화는 성장기 아이들이 어른이 되어 가는 과정에서 부딪히는 무한경쟁과 적자생존의 현실에 대해 다루고 있다. 그 가운데서 우리는 인간 존재의 내밀한 본성과 다양한 인간군상을 엿볼 수 있다. 처음부터 아예 포기하고 죽음을 택하는 아이들, 주어진 상황에 충실해서 서로를 죽이는 아이들, 그런 상황을 즐기며 재미로 참가한 아이도 있다. 또한 어떤 아이들은 그곳에서 벗어나기 위해 해킹으로 시스템 자체를 파괴하려 하는 등 적극적으로 대처하거나 끝까지 희망을 잃지 않기도 한다. 그중 특히 우리의 감성을 자극하는 인물들은 주인공 나나하라 슈야와 나카가와 노리코이다. 그들이 무기로 지급받은 쌍안경과 솥뚜껑이 상징하듯 두 사람은 애초에 싸울 뜻이 없다. 슈야의 목적은 오로지 순수성을 간직한 노리코를 지켜 주는 것이다. 두 사람은 아비규환의 지옥 같은 환경 속에서도 인간적인 감정을 잃지 않는다.

다른 한편으로 영화는 학교 사회에서 벌어지는 입시 경쟁을 무인도에서 살아남기 위해 서로를 죽이는 극단적인 상황에 비유하고 있다. 새로운 법률에 의거한 시스템에 의해 감시되는 무인도는 마치 어른들의 사회에서 정한 룰이 일방적으로 적용되는 학교라는 고립된 공간과도 같다. 아이들은 그곳에서 1등이 되기 위해 친구들을 이겨야 하는 혹독한 전쟁을 벌이고 있다. 무인도에 갇혀 서바이벌게임을 벌이는 아이들과 다를 바 없다. 영화 속에선 차마 친구들을 죽일 수 없던 마음 약한 아이들이 스스로 목숨을 끊기도 한다. 그 장면에선 입시 전쟁의 부담감을 이기지 못하고 극단적 선택을 하는 아이들이 떠오른다.

최후의 승자는 힘이 센 아이도 강력한 무기를 가진 아이도 상황을 적극적으로 타개하기 위해 애썼던 아이도 아니다. 끝까지 서로 믿고 배려하며 인간이길 포기하지 않았던 슈야와 노리코이다. 그러나 그렇게 살아남는다 해도 그들은 결코 행복하지 않다. 어쩔 수 없이 친구들과 스승을 밟고 살아남은 그들은 또 다시 그것이 업보가 되어 사회 속에서 쫓기듯 살아 나가게 된다. 보다 의미심장한 사실은 그들이 넓고 험난한 세상에서 살아가기 위해 무기를 지니게 되었다는 점이다. 다른 아이들이 활이며 칼, 전기충격기와 기관총으로 무장하고 친구들과 대결할 때 두 아이에게는 기껏해야 쌍안경과 솥뚜껑이 무기로 주어졌다. 무기를 지니지 않았던 것이나 마찬가지다. 그처럼 평화롭고 비폭력 무저항주의의 화신과도 같았던 두 사람이 영화의 결말 부분에서는 세상과 대결하기 위해 칼이라는 무기를 자발적으로 소지하게 된다. 그것은 인생이 결코 인간적인 온기만으로는 살아지지 않는다는 걸 의미한다. 혹은 모순투성이의, 약육강식이 판치는 정글과도 같은 사회에서 인간으로서의 따뜻한 본질과 속성을 지키기 위해서는 더더욱 무기가 필요하다는 사실을 역설하는지도 모른다.

"인생은 게임이야. 다들 필사적으로 싸워서 가치 있는 어른이 되자는 거다."

영화의 초반 왜 그런 게임을 해야 하는 거냐고 묻는 학생에게 키타노 선생은 그런 답변을 한다. 그렇다면 그가 말하는 가치 있는 어른이란 처절한 게임 같은 삶에서 가까운 이들을 죽이고 살아남은 이를 말하는 것일까. 사회 속에서 잘 적응하고 살아가려면 영화에서 주장하는 것처럼 자신만의 치명적인 무기를 지녀야만 하는 것일까. 자유롭게 진리를 탐구하며 마음껏 미래를 꿈꾸어야 할 성장기 아이들에게 전하기엔 참 씁쓸한 주장이 아닐까 싶다.

아이들은 자라면서 배운다. 성장기에 자신이 경험한 것을 토대로 평생을 살아간다. 사회가 아이들의 터전인 학교를 무한경쟁의 서바이벌 게임의 장으로 만드는 한 아이들은 거기서 살아남는다 해도 삶을 전쟁터라 여길 수밖에 없다. 남을 해치기 위한 무기를 지녀야겠다고 마음먹는 게 당연할 수도 있다. 하지만 인생은 키타노 선생의 말처럼 남을 적대시하고 필사적으로 싸워 이겨야 하는 게임인 것만은 아니다. 서로를 위한 배려와 존중, 평화로운 공존으로 이룩되는 측면도 크다. 우리는 우리의 미래를 짊어질 아이들에게 어떤 쪽의 경험을 물려줄 것인가. 영화는 그런 질문을 우리에게 던져 주고 있다.

영화장수 루피형아의 영화 속 숨은 그림 찾기

"보이는 것이 전부가 아니다All is not as it seems."

넷플릭스 드라마 〈오징어게임〉의 폭발적 흥행에 힘입어 최근 서바이벌물이 주목을 받게 되면서 다시금 조명되고 있는 영화 중 하나이다. 개봉 후 일본에서 흥행 수입 30억 엔을 넘긴 대형 히트작이었다. 우리나라에서는 관객의 호불호가 크게 갈리는 편이지만 쿠엔틴 타란티노 감독을 비롯, 서양의 영화전문가들 사이에서는 비교적 호평을 받았다. 이 영화를 필두로 일본 영화나 만화에 데스 게임 형식의 작품들이 만들어지고 컴퓨터 게임에서도 배틀 로얄 장르가 따로 생겨날 정도였으니 그야말로 동시대의 대중문화에 나름 큰 족적을 남긴 영화라고도 할 수 있다.

원래 이 영화는 타카미 코슌의 동명 원작 소설을 영화화한 작품이다. 그러나 소설과 영화는 다소 결이 다르다. 원작 소설에서는 1940년대 후반의 대동아공화국이라는 가상의 전체주의 국가가 배경이다. 학생들을 죽음의 공포로 몰아넣는 이 게임은 외형적으로는 육군의 전투 시뮬레이션을 위한 방위 차원의 프로그램으로 위장되어 있다. 하지만 그 내막은 서로 아는 사이에서 살인을 저질러 상호간의 불신을 조장함으로써 국가에 반대하는 반정부 세력을 와해시키기 위한 것이다. 그에 비해 영화는 현대의 일본사회를 무대로 하고 있다. 일명 신세기교육법이라는 미명 하에 어른들의 권위와 그들이 만든 사회체제에 반항하는 청소년들을 길들이기 위한 방책으로 서바이벌 데스 게임을 만들어 냈다는 설정이다.

키타노 다케시의 본래 면모를 알고 본다면 좀 더 색다른 느낌이 들 수도 있다. 그는 극중 학생들에게 배척당하고 딸에게까지 미움을 받는 가부장적 중년 교사 키타노 역을 맡았다. 골수 영화팬이라면 다들 아는 사실이긴 하지만 그는 베니스 영화제 황금사자상을 수상한 영화 〈하나비Hana-bi〉의 감독이다. 또한 연기, 개그맨, 화가, 작가 등 연예계와 예술계를 종횡무진 넘나드는 희대의 팔방미인이기도 하다.

77. 똥파리 Breathless

2009. 한국. 드라마

쓰레기 위를 맴도는 파리처럼 살다간 밑바닥 인생의 비애

고슴도치처럼 세상을 향해 날카로운 온몸의 털을 세우고 사는 상훈은 피도 눈물도 없는 용역 깡패이다. 친구 만식의 용역 사무실에 나가며 폭력을 휘둘러 사채 빚을 대신 받아 주고 불법 시설물을 때려 부숴 철거하거나 시위대를 진압한 대가로 돈을 받아 살아간다. 그러나 그는 의외로 배다른 누나가 낳은 조카 형인을 끔찍이 여기며 번 돈을 모두 두 사람에게 가져다줄 정도로 인정 많은 구석이 있다. 그것은 어쩌면 어린 날 가질 수 없었던 정상적인 가족에 대한 그리움 같은 것인지도 모른다. 상훈은 아버지의 가정폭력에 얽힌 아픈 기억을 가지고 있다. 늘 맞던 그의 어머니와 여동생은 아버지의 폭력에 시달린 끝에 사고로 죽었다.

그는 길거리에서 여고생 연희를 만난다. 연희 역시 가정환경이 불우하다. 엄마는 포장마차를 철거하러 온 용역 깡패들을 막다가 죽음을 맞았다. 베트남전에 참전했던 아버지는 치매에 걸렸고 죽은 아내를 데려오라며 밥상을 걷어차기 일쑤다. 동생 영재는 누나의 지갑에 몰래 손을 대 유흥가를 떠도는 불량한 청춘이다. 상훈과 연희는 서로에게 묘한 동질감을 느끼며 가까운 사이가 된다.

어느 날 상훈에게 마주하기 싫은 어린 시절의 상처를 들춰내는 일이 벌어진다. 아버지가 오랜 교도소 생활 끝에 출소를 하게 된 것이다. 그는 "미안하다."고 사과하는 아버지에게 폭력을 가하며 어린 날의 울분을 푼다. 그 뒤로도 간간이 아버지를 찾아가 폭력을 휘두르다 때마침 할아버지 집에 들른 형인이 그 광경을 목격한다. 자신과 같은 성장과정을 겪지 않았으면 했던 조카에게 못 보일 걸 보였다는 죄책감이 상훈을 괴롭힌다.

그 와중에 아버지가 자살을 시도하자 병원에 갔던 상훈은 새벽 한강 둔치로 연희를 불러낸다. 남들에게 속내를 드러내지 않는 상훈에게 연희는 유일하게 기대고픈 구원의 상대이다. 각자의 불우한 가정사가 기막혀 말없이 함께 흘리는 두 사람의 눈물 속에는 삶의 비애에 대한 심정적 공감대와 위안이 담겨 있다. 그러나 두 사람을 조여 오는 비극의 씨앗은 이미 그들이 만나기 훨씬 이전부터 악연으로 잉태되어 있음을 그들은 잘 모르고 있다.

영화는 '가정폭력'과 '가족'의 의미, 그리고 가난과 폭력의 대물림에 대해 생각해 보게 만든다. 상훈은 어른이 되어서도 어린 날 아버지의 가정폭력으로 인한 트라우마에서 자유로울 수 없다. 가정폭력을 겪은 아이는 그렇지 않은 아이들에 비해 그 자신이 가정폭력의 가해자나 피해자가 될 확률이 높다고 한다. 부모의 행동을 그대로 학습하게 될 위험성이 있어서이다. 그 결과 폭력이 폭력을 낳는 악순환의 고리가 이어지며 학교에서 또 사회에서 연속적으로 문제를 일으킬 가능성도 높아진다.

그토록 싫어했던 아버지의 폭력은 어린 상훈의 가슴에 큰 상처를 남기고 어머니와 여동생을 한순간에 앗아 갔다. 하지만 어른이 된 상훈 역시 폭력을 사용하는 일에 종사하고 있다. 사람을 만나거나 못마땅한 일이 있을 때 혹은 자신이 관철해야 할 일이 있을 때마다 그는 회유보다 욕설이 먼저 나오고 말보다 주먹이 앞선다. 사람을 대하는 일, 일상을 살아가는 일에 모두 폭력이 개입되어 있다. 그것은 그가 가정 내에서 따뜻한 포용과 화해, 공감과 소통으로 문제를 해결하는 법을 배우지 못해서일 것이다. 부모를 표본으로 세상을 배워야 할 나이에 그가 주로 익힌 것은 분노를 폭력으로 배출하는 방식이었다.

그러나 가정의 폭력이 아이들에게 학습되어 이어진다는 말은 어떤 면에선 참 가혹한 이야기이다. 아이의 입장으로는 폭력 자체가 선택의 여지없이 그 부모 그 가정에서 태어날 때부터 던져진 억울한 굴레와도 같다. 그들도 분명 다른 아이들처럼 평범하고 행복한 가정을 꿈꾸었을 것이다. 어른이 되면 평화롭고 폭력 없는 가정을 만들 거라는 각오를 했을지도 모른다. 상훈 역시 조카인 형인이나 이복누나 현서를 대하는 행동을 보면 핏줄을 향한 끌림과 따뜻한 가족에 대한 아련한 그리움이 묻어난다. 연희를 만나면서는 어두운 그늘의 삶에서 벗어나 떳떳하고 환한 햇살 아래서의 삶을 꿈꾸었을 것이다. 하지만 그의 삶에 드리운 폭력의 그림자는 끝내 그를 놓아주지 않았다. 이제 좀 제대로 살아 보려 하는 그의 희망을 허락하지 않은 채 그 자신이 뿌린 폭력의 씨앗이 키운 또 다른 폭력에 희생되어 버린다.

폭력은 상대를 존중하지 않는 사고에서 비롯된다. 한 인격으로 존중받지 못한 성장과정은 상훈의 자존감을 앗아 갔다. 그것이 그를 삶에 대한 희망도 없이 마치 쓰레기 위를 맴도는 파리처럼 세상의 밑바닥 같은 일을 전전하며 살 수밖에 없도록 만들었다. 그리고 결국은 연탄재가 아무렇게나 널브러져 있는 공터의 쓰레기더미 옆에서 파리 한 마리가 죽어가듯 의미 없는 폭력의 희생자가 된다. 그의 마지막을 지켜본 하늘은 처절하게 아름다운 노을빛이다. 가난과 폭력이라는 비루한 환경에서 자라 그 언저리에 내내 머물렀지만 마음은 어쩌면 늘 드높고 깨끗한 하늘가를 꿈꾸었을지도 모를 한 사내는 그렇게 비극적인 최후를 맞는다.

영화장수 루피형아의 영화 속 숨은 그림 찾기
"보이는 것이 전부가 아니다All is not as it seems."

한국독립영화사의 한 획을 긋는 명작 중의 명작이다. 영화를 보고 나면 주연과 각본, 연출을 모두 맡은 양익준이란 감독에 대해 절로 감탄이 나올 수밖에 없다. 천생 양

아치인 상훈 역을 그 누가 그렇게 잘 연기해 낼 수 있을까. 연기라기엔 너무나 깊숙이 체화되어 있어 배우와 극 속 인물을 따로 떨어뜨려 생각하기 힘들다. 우리 주변 어딘가 음지의 세상에 실제로 그런 사람이 살고 있을 것 같은 착각에 빠지기도 한다. 그러나 그보다 더 큰 경이로움으로 다가오는 건 그가 지닌 창작자로서의 역량이다.

연희의 엄마가 죽음을 맞게 된 한 원인이 상훈에게 있고, 그 엄마의 아들이자 연희의 남동생인 영재가 다시 상훈을 죽이게 된다. 연민과 동지애로 시작된 사랑이지만 폭력을 매개로 이어지는 악연이 잠재된 상훈과 연희의 관계는 구원의 상징이면서도 실상은 비극 그 자체이다. 영화의 마지막 부분에서는 삶의 그런 모순과 이중성을 바라보는 감독의 깊이 있는 시각이 엿보인다.

한인 듯 넋두리인 듯 신산한 배경음악이 흐르는 가운데 연희는 철거 현장에서 각목을 휘두르는 영재를 바라보고 있다. 상훈과 똑같은 일을 하며 폭력의 광기에 물든 영재의 모습 속에서 그녀가 언뜻 발견하는 상훈의 모습은 어떤 의미였을까. 상훈이 그랬던 것처럼 동생 역시 쓰레기더미 위를 맴도는 똥파리처럼 살아갈 수밖에 없는 밑바닥 인생에 대한 한탄이었을까. 아니면 수년 전 엄마의 죽음을 불렀던 포장마차 철거 현장에서 한 번쯤 마주쳤을 상훈의 눈빛을 떠올렸기 때문일까. 오래도록 무의식 속에 맴돌고 있다가 영재의 광기를 목도한 충격으로 다시금 기억의 수면 위로 불쑥 떠올랐을지도 모를 그 눈빛. 그 순간 그녀는 비로소 상훈과 자신의 악연을 깨달았을 것이다. 어느 쪽이든 마지막 장면을 가득 메우던 연희의 표정에는 참 많은 것이 담겨 있다.

루 피

형 아

너에게 나를 보낸다

1판 1쇄 발행 2022년 5월 18일

지은이 박시영(영화장수 루피형아)

발행인 김성룡
코디 정도준
편집 김은희
디자인 김민정

펴낸곳 도서출판 가연
주소 서울시 마포구 월드컵북로 4길 77, 3층 (동교동, ANT빌딩)
구입문의 02-858-2217
팩스 02-858-2219